世界文學
經典名作

理性與感性

SENSE AND SENSIBILITY

JANE AUSTEN

珍・奧斯汀 著
孫致禮 譯

前言

珍·奧斯汀（一七七五～一八一七）是英國文學史上傑出的現實主義小說家。她生活和寫作的年代，英國小說正經歷著一個青黃不接的時期。從十八世紀七十年代到十九世紀頭十年，菲爾丁等大師開拓的英國現實主義傳統幾乎完全中斷，英國小說被淹沒在一派假浪漫主義的感傷淚水之中，四十年間沒有產生任何重要作品。直至一八一一年，奧斯汀出版了她的第一部小說《理性與感性》（Sense and Sensibilit），才打破了這種令人窒息的沉悶局面。❶

接著，奧斯汀又相繼發表了《傲慢與偏見》（Pride and Prejudice，一八一三）、《曼斯菲爾德莊園》（Mansfield Park，一八一四）、《愛瑪》（Emma，一八一六）、《諾桑覺寺》（Northanger Abbey，一八一八）和《勸導》（Persuasion，一八一八）等五部小說。這些作品以其理性的光芒照出了感傷派小說的矯揉造作，使之失去容身之地，從而爲英國十九世紀現實主義小說高潮的到來，掃清了道路。

非但如此，奧斯汀還因爲創造出堪與莎士比亞、狄更斯相媲美的精湛藝術，而被評論家譽爲「無與倫比的珍·奧斯汀！」❷

英國著名學者H·沃爾波爾有句名言：

---

❶ 愛德華·高斯：《十八世紀文學史》。

❷ T·A·傑克遜：《無與倫比的珍·奧斯汀》。

「這個世界，憑理性來領會是個喜劇，憑感性來領會是個悲劇。」❸奧斯汀憑著理性來領會世界，寫出了一部部描寫世態人情的喜劇作品。但是，正如G．H．劉易士所指出的：堅持原則和嚴肅認眞，是奧斯汀藝術的精髓❹。奧斯汀的喜劇猶如生活的一面鏡子，讀者可以從中照出某些人的愚謬和荒誕，從而得到教育和啓迪。

《理性與感性》初稿寫成於一七九五年，後來幾經修改，過了十多年才拿出去發表，它屬於奧斯汀最富於幽默情趣的作品之一。小說以兩位女主角曲折複雜的婚事風波爲主線，透過「理性與感性」的幽默對比，提出了道德與行爲的規範問題。

艾麗諾是個「感情強烈」而又「頭腦冷靜」的年輕姑娘，她在選擇對象時，不重儀表，而講人品，愛上了爲人坦率熱忱的愛德華。後來發現愛德華早已同露西訂有婚約，她儘管極爲傷心，卻能竭力克制自己，交際應酬，行若無事。最後，愛德華相繼遭到母親和露西的遺棄，艾麗諾對他依然一往情深，與他結爲終生伴侶，獲得了眞正的愛情。

和艾麗諾適成對比的，是妹妹瑪麗安。她雖然聰明靈慧，但過於多情善感，對愛情抱著富有浪漫色彩的幻想，一心要嫁個「人品出衆、風度迷人」的如意郎君。三十五歲的布蘭登上校對她表示好感時，她覺得他太老了，因而不屑一顧。隨後，她意外地遇見了「風度翩翩」的輕薄公子威洛比，當即陷入熱戀之中。不久被對方拋棄，她又悲痛欲絕，自我作踐，差一點送掉性命。沉痛的教訓，姊姊的榜樣，使她終於變得理智起來，最後還是嫁給了一直

❸ 轉引自伊恩．沃特編輯的《珍．奧斯汀評論集》第4頁。

❹ 轉引自同書第33頁。

傾心於她而最沒有浪漫色彩的布蘭登上校。顯然，作者透過這般對照描寫，說明了這樣一個道理：人不能感情用事，感性應該受到理性的制約。

如果說瑪麗安是吃了「感性有餘、理性不足」的虧，那麼，書中還有一夥人則是走了另外一個極端。這夥人在感情上可以說是一貧如洗，在「理智」上卻相當「富有」。他們一個個不是冷漠自私，便是冷酷無情，爲人行事總是機關算盡，貌似很有理智，實則滿腦子歪門邪道，往往搞得自相矛盾，荒誕之極。

約翰．達什伍德與艾麗諾姊妹本是同父異母兄妹，父親臨終時把全部家產都交給了他，囑託他要好生照應繼母和三個妹妹。他當場也滿口應承，並且慨然決定給每個妹妹再補貼一千鎊收入。可是一回到家裏，經過比他「更狹隘、更自私」的妻子以「理」相勸，他又變了卦，對寡母和妹妹不但分文不給，還把她們擠出她們長期居住的諾蘭莊園。

約翰的岳母費拉斯太太爲長子愛德華物色了一門貴親，愛德華不從，偏要與出身低賤的露西結婚。費拉斯太太氣急敗壞，剝奪了愛德華的財產繼承權，並且把他攆出了家門，揚言一輩子不讓他有出頭之日。

約翰．達什伍德和費拉斯太太，一個要財產不要兄妹情，一個要門第不要母子情，同是利令智昏，令人鄙夷。

威洛比和露西是兩個無獨有偶的反派角色。從表面上看，他們兩人都有強烈的「情感」，不過他們的情感是虛假的，內心極度冷酷與自私。

威洛比從小養成了遊手好閒、放蕩不羈的惡習。他先是玩弄了布蘭登上校的養女伊麗莎，等她懷孕後又無情地將她遺棄。後來，他抱著同樣的目的，纏上了瑪麗安，與她捲入了一場「眞正的愛情」。然而，一想到瑪麗安沒有財產供他揮霍，便又同樣無情地拋棄了她，而與一位富家小姐結了婚。婚後得不到幸福，又可憐巴巴地企圖再找瑪麗安重溫舊情。

露西則是個自私、狡詐的女人，她先是與愛德華訂了婚，愛德華被剝奪了財產繼承權之後，她轉而去勾引愛德華的弟弟羅伯特·費拉斯，兩人臭味相投，一拍即合。婚後，她又在費拉斯太太面前，「裝作低三下四的樣子，一再對羅伯特的罪過引咎自責，對她自己受到的苛刻待遇表示感激，最後終於受到費拉斯太太的賞識。」

顯而易見，奧斯汀塑造威洛比和露西這樣兩個典型，是想告誡無辜的世人，不要誤上那些貌似多情、實則多詐的小人的當。

在奧斯汀看來，感情用事的人儘管顯得十分滑稽可笑，但只要心地善良，待人熱誠，總比機關算盡的勢利之徒要強得多。這可以詹寧斯太太爲例。作爲書中最滑稽可笑的一個角色，她最初給人的印象是缺乏教養，粗俗不堪。她自恃嗅覺靈敏，「善於發現兒女私情」，其實是滿腦子錯覺，爲此曾引起艾麗諾和瑪麗安的反感。可是，隨著小說的發展，讀者發現：詹寧斯太太不僅熱情無私，而且具有強烈的是非感。別看她平時有口無心，盡鬧笑話，但是到了節骨眼上，她卻絲毫也不糊塗。她見到費拉斯太太母女爲金錢和門第而歇斯底里大發作時，頗爲憤慨，毅然說道：「她們兩人我一個也不可憐。」最後，她以實際行動贏得了艾麗諾姊妹倆的信託和尊重。

奧斯汀寫喜劇從不做正面說教，她的拿手好戲是諷刺。她的諷刺主要採取了兩種藝術手法，一是滑稽模仿，二是反諷，兩者相輔相成，相映成趣，經常使讀者發出「啓人深思的笑」❺。在小說的前半部，作者以略帶誇張的諷刺筆調，對瑪麗安的傷感作了多次滑稽描

---

❺ 喬治·梅雷迪斯語，轉引自《珍·奧斯汀評論集》第42頁。

寫，給人留下了極爲深刻的印象。一次，瑪麗安聽愛德華吟誦考柏的詩，事後她對母親說：「我要是愛他的話，聽他那麼索然乏味地念書，我的心都要碎成八瓣了。媽媽，我世面見得越多，越覺得我一輩子也見不到一個我眞心愛戀的男人。」

離別諾蘭莊園的頭天夜裏，她一邊在房前獨自徘徊，一邊向那「幸福的家園」和「熟悉的樹木」揮淚「話別」。後來，她來到了克利夫蘭，獨自登高遠眺，「在這極其難得而又無比痛苦的時刻，她不禁悲喜交集，熱淚奪眶而出」。吟詩時「激動得發狂」，賞景時達到「如痴如醉」，開心時能夠得意忘形，悲傷時可以肝腸寸斷，這既是對瑪麗安的辛辣諷刺，也是對感傷派小說的無情嘲弄，這就進一步深化了小說的思想內容。

反諷的筆墨，小說裏更是俯拾皆是。這不僅見諸某些人物的喜劇性格，不僅見諸對情節的喜劇性處理，而且融匯在故事的整個構思裏。

瑪麗安最早斷定，布蘭登上校「年老體衰」，根本「沒有資格考慮結婚」，可後來的事實卻恰恰是她自己做了布蘭登太太。再看露西，她先前是那樣鄙夷羅伯特．費拉斯，說他「傻乎乎的，是個十足的花花公子」，可她最後又心甘情願地嫁給了他。而費拉斯太太呢，她一聽說愛德華要娶露西爲妻，便勃然大怒，立即導演了一場剝奪財產繼承權的鬧劇。可是，當後來羅伯特秘密娶了露西時，她非但沒有懲罰他，反而對他慷慨資助，甚至把露西視爲「掌上明珠」，而把財產和出身都勝她一籌的大兒媳艾麗諾當作「不速之客」。

在奧斯汀的筆下，現實就是這麼惡作劇，喜歡對世人的判斷、願望和行動進行嘲諷。

《理性與感性》裏有幾個妙趣橫生的戲劇性場面，歷來爲評論家所津津樂道，被稱爲奧斯汀絕妙的諷刺章節。

第二章，約翰．達什伍德夫婦在談論要不要資助繼母和三個妹妹，一個強詞奪理，一個言聽計從，短短一席對話，兩個冷漠自私的守財奴的形象躍然紙上。第三十四章，這對夫婦破例宴請約翰·米德爾頓夫婦，「這裏沒有出現別的貧乏，唯有言談是貧乏的」，作者僅僅抓住區區兩個小話題，便把書中幾乎所有女性的弱點暴露得淋漓盡致。

奧斯汀寫小說，她的最大樂趣或許是創造人物。她塑造人物形象，一不靠抽象的外貌描寫，二不靠精細的內心刻劃，她只是借助生動的對話和有趣的情節，就能把人物寫得栩栩如生。因此，英國著名作家福斯特稱奧斯汀的人物是「圓的」立體，而不是「扁的」平面❻。《理性與感性》裏塑造了近二十個有閒階級的先生、夫人和小姐，且不說前面提到的主要人物，一個個莫不是精雕細刻，活靈活現，即使著墨不多的次要人物，也寫得有血有肉。

露西的姊姊斯蒂爾，長到二十九歲還沒找到婆家，於是只好從別人的取笑中尋求點精神安慰。一次，人們拿戴維斯大夫開她的玩笑，她一時得意忘形，「裝出認真的樣子」求詹寧斯太太替她「闢謠」，而詹寧斯太太完全理解她的心意，「當即向她保證說，她當然不會闢謠。斯蒂爾小姐聽了心裏簡直樂開了花。」寥寥數語，活現出一個單相思小姐的可憐形象。

有時，奧斯汀喜歡在對話和情節之外，加上幾句帶有諷刺意味的議論，往往起到畫龍點睛的作用。例如詹寧斯太太的二女兒夏洛特，她憑著自己的美貌，嫁給了一心向上爬的帕爾默先生。有好多次，她當著眾人主動同丈夫搭話，丈夫竟全然不理睬她，她也毫不介意，只道是丈夫「真滑稽」。接著，作者寫道：「誰也不可能像帕爾默夫人那樣絕對和和氣氣，始終歡歡樂樂。她丈夫故意冷落她，傲視她，嫌棄她，都不曾給她帶來任何痛苦；他申斥她，辱罵她的時候，她反而感到其樂無窮。」

❻ 引自《珍·奧斯汀評論集》第9頁。

在帕爾默夫人看來，女子嫁人，不過是爲了歸宿和衣食之計，至於丈夫是否把她當人看待，那是無關緊要的。這在一定程度上反映了婦女的可悲命運。

從布局上看，《理性與感性》包含著兩個「三角」關係，故事可謂錯綜複雜，但作者始終能妥貼安排，作品看起來渾然一體。尤其值得一提的是，小說中，一個異樣的表情，一個偶然的舉動，都寓有一定的含意，引起讀者的關注。

例如第十三章，布蘭登上校正打算帶領眾人到惠特韋爾遊覽，突然，他收到一封信，「一看姓名地址，臉色唰地變了。」隨即，他也不肯道明緣由，便匆匆地趕到倫敦。又如第十五章，本來同瑪麗安打得火熱的威洛比，突然一反常態，冷冰冰地來向瑪麗安一家道別。只說是「到倫敦去出差。」作者利用偶發事件製造懸念，使讀者急欲看個究竟。

對話，是文學創作塑造人物形象的基本材料和基本手段。奧斯汀的對話鮮明生動，富有個性，讀起來如聞其聲，如見其人，難怪評論家常拿她和莎士比亞相提並論。

在《理性與感性》中，露西聽說艾麗諾把愛德華視爲「心上人」，趕忙告訴艾麗諾：她自己早已與愛德華訂了婚。儘管她是打著向「知心朋友」講「私房話」的幌子，但是透過她那矯揉造作和洋洋得意的語調，讀者可以直窺她那自私、狡詐的心靈：原來，她對艾麗諾信任是假，刺激是眞。再看約翰·達什伍德，他張口是錢，閉口是錢，就連向妹妹們告別，也「祝賀」她們「不費分文就能朝巴頓方向做這麼遠的旅行」，生動逼眞地表現了他那吝嗇、貪婪、冷酷的性格特徵。可以毫不誇張地說，讀奧斯汀的小說，的確能「使讀者由說話看出人來的」（魯迅語）。

奧斯汀的小說大都取材於一個「三、四戶人家的鄉村」，天地是狹小了些，但這卻是個森羅萬象、意味無窮的世界。奧斯汀把自己的創作比作「二寸牙雕」❼，她的作品纖巧精緻。玲瓏剔透，完全當得起這個美稱。

❼《奧斯汀書信集》一八一六年十二月十六日。

第一章

達什伍德家在蘇塞克斯❶定居，可有些年代了。家裡置下一個偌大的田莊，府第就設在田莊中心的諾蘭莊園。祖祖輩輩以來，一家人一直過著體面日子，贏得了附近裡鄰的交口稱譽。已故莊園主是個單身漢，活到老大年紀。在世時，妹妹長年陪伴他，替他管管家務。不料妹妹早他十年去世，致使府上發生巨變。爲了塡補妹妹的空缺，他將侄兒亨利・達什伍德一家接到府上。亨利・達什伍德先生是諾蘭田莊的法定繼承人，老達什伍德打算把家業傳給他。這位老紳士有侄兒、侄媳及其子女作伴，日子過得倒也舒心。他越來越喜愛他們。亨利・達什伍德夫婦不僅出自利害關係，而且由於心地善良，對他總是百般照應，使他晚年享盡了天倫之樂。而那些天眞爛漫的孩子更增添了他的生活情趣。

亨利・達什伍德先生和前妻生下一個兒子，和現在的太太生了三個女兒。兒子是個踏實體面的青年。當年他母親留下一大筆遺產，到他成年時有一半交給了他，爲他奠定了厚實的家底。此後不久，他也成了親，又增添了一筆財產。所以，對他說來，父親是不是繼承諾蘭田莊，遠不像對他幾個妹妹那樣至關緊要。這幾個妹妹假若不依賴父親繼承這筆家業可能給她們帶來的進益，她們的財產便將微乎其微。她們的母親一無所有，父親僅僅掌管著七千鎊，而對前妻另一半遺產的所有權只在生前有效，他一去世，這一半財產也歸兒子承襲。

❶ 蘇塞克斯（Sussex）：英格蘭東南部郡名，現已劃分為東、西兩個郡。

老紳士死了，開讀遺囑，發現跟其他遺囑一樣，叫人既高興，也失望。他並非那樣偏頗無情，還是把田莊傳給了侄兒。但是，因爲附有條件，這份遺產便失去了一半價值。本來，達什伍德先生想要這筆財產，只是顧念妻子和女兒，而不是爲自己和兒子著想。但財產卻偏偏要世襲給他兒子和四歲的孫子，這樣一來，他便無權動用田莊的資財，或者變賣田莊的珍貴林木，來贍養他那些最親近、會需要贍養的家眷。

爲了那個孩子，全盤家業都被凍結了。想當初，這孩子只是偶爾隨父母親到諾蘭莊園來過幾趟，跟其他兩、三歲娃娃一樣，也沒有什麼異常逗人喜愛的地方，也不過正牙牙學語，稟性倔強，好惡作劇，愛大吵大鬧，卻博得了老紳士的歡心。相形之下，侄媳母女多年關照的情分，倒變得無足輕重了。不過，老人也不想太苛刻，爲了表示他對三個姑娘的一片心意，好歹分給了每人一千鎊。

達什伍德先生起初極爲失望，但他性情開朗，滿以爲自己能多活些年歲，憑著這麼大的一個田莊，只要馬上改善經營，省吃儉用，就能從收入中存下一大筆錢。然而，這筆遲遲到手的財產在他名下只持續了一年工夫，因爲叔父死後不久，他也一命歸天，給他的遺孀和女兒們留下的財產，包括叔父的遺產在內，總共不過一萬鎊。

當時，家人看他病危了，便打發人去叫他兒子。達什伍德先生竭盡最後一點氣力，向兒子做了緊急交代，囑託他照應繼母和三個妹妹。

約翰．達什伍德先生不像家裡其他人那樣多情善感。可是，此時此刻受到這般囑託，他也深爲感動，答應盡力讓她們母女生活得舒舒適適的。父親聽到這番許諾，便也放寬心了。於是，約翰．達什伍德先生算了一下：若是精打細算，他到底能爲她們盡多大力量。

這位年輕人心眼不壞，除非你把冷漠無情和自私自利視爲壞心眼。總的說來，他很受人尊敬，因爲他平常辦起事來，總是十分得體。他若是娶個和藹一點的女人，也許會更受人尊重，甚至他自己也會和藹一些。無奈他結婚時太年輕，太偏愛妻子了。不過，約翰．達什伍德夫人倒也活像她丈夫，只是更狹隘、更自私罷了。

他向父親許諾的時候，心裡就在盤算，想給他妹妹每人再補貼一千鎊的收入。當時，他確實覺得這是他力所能及的。他除了目前的收入和父親另一半遺產以外，還可望每年再添四千鎊。一想到這裡，心裡不禁熱呼呼的，他認爲自己可以慷慨一點。「是的，我可以給她們三千鎊，這多麼慷慨大方啊！可以確保她們安安全全地過日子啦。三千鎊呀！我可以毫不費勁地省出這麼一筆巨款。」他整天這麼想著，接連著想了好多天，一點也沒反悔。

父親的喪事剛辦完，約翰．達什伍德夫人也不打個招呼，就帶著孩子、僕人來到婆婆家裡。誰也無法懷疑她有權來這裡，因爲從她公公死去的時刻起，這房子就屬於她丈夫的了。不過，她的行爲實在太不文雅，按照人之常情，任何一個女人處在達什伍德太太當婆婆的位置上，都會感到很不愉快。何況，達什伍德太太是個自尊心很強、慷慨大方、落拓不羈的女人，對這種唐突無禮的事情，無論是誰幹的或者對誰幹的，她都會感到深惡痛絕。約翰．達什伍德夫人在婆家從未受過任何人的喜愛，可是直到今天她才有機會向她們擺明：在必要時，她爲人行事可以全然不顧別人的痛癢。

達什伍德太太厭惡這種蠻橫無禮的行徑，並因此而鄙視她的兒媳。一見兒媳過門來了，她就恨不得永遠離開這個家。怎奈大女兒一再懇求，她開始考慮一走了之是否妥當。後來硬是出自對三個女兒的愛憐，她才決定留下來。看在女兒們的份上，還是不跟那做哥哥的鬧翻爲好。

大女兒艾麗諾的勸解奏效了。艾麗諾思想敏銳，頭腦冷靜，雖然年僅十九歲，卻能爲母親出謀對策。達什伍德太太性情急躁，做事總是冒冒失失。艾麗諾為大家著想，經常出來勸阻勸阻。她心地善良，性格溫柔，感情強烈，然而她會克制自己——對於這一手，她母親還有待學習，不過她有個妹妹決計一輩子也不要學。

瑪麗安各方面的才幹都堪與艾麗諾相媲美。她聰慧善感，只是做什麼事都心急火燎的。她傷心也罷，高興也罷，都沒有個節制。她為人慷慨，和藹可親，也很有趣，可就是一點也不謹慎，與她母親一模一樣。

艾麗諾見妹妹過於感情用事，不免有些擔心，但達什伍德太太卻覺得這很難能可貴。現在，她們兩人極度悲痛的情緒，互相感染，互相助長。最初的那種悲痛欲絕的情狀，一觸即發，說來就來，反反覆覆地沒完沒了。她們完全沉湎於悲慟之中，真是哪裏傷心往哪裏想，越想越痛不欲生，認定這輩子就這麼了結啦，誰來解勸也無濟於事。艾麗諾也很悲痛，不過她尚能頂得住，盡量克制自己。她遇事能同哥哥商量著辦，嫂子來了能以禮相待。她還能勸說母親也這樣做，請她多加忍讓。

三妹瑪格麗特是個快活厚道的小姑娘，不過由於她已經染上了不少瑪麗安的浪漫氣質，而又不像她那麼聰明，處在十三歲的年紀，還不可能趕上涉世較深的姊姊。

第二章

約翰・達什伍德夫人如今當上了諾蘭莊園的女主人，她的婆婆和小姑們反而落到寄人籬下的境地。不過，這麼一來，她待她們反倒文靜客氣起來。她丈夫對她們也和和氣氣的，他除了對自己的老婆孩子之外，對別人充其量也只能如此。他頗爲懇切地請求她們把諾蘭莊園當作自己的家。達什伍德太太覺得一時在附近也找不到合適的房子，不如暫且待在這裏，於是便接受了他的請求。

對於達什伍德太太來說，待在個老地方，隨時隨地都能回想起昔日的歡樂，倒也再稱心不過了。碰到高興的時候，誰也沒有她那樣開心、那樣樂觀地期待著幸福的到來，彷彿期待本身就是一種幸福似的。可是一遇到傷心事，她也同樣胡思亂想，失去常態。同她高興時不能自已一樣，她傷心起來也是無法解脫的。

約翰・達什伍德夫人根本不贊成丈夫資助他幾個妹妹。從他們小寶貝的財產中挖掉三千鎊，豈不是把他刮成窮光蛋了嗎？她請丈夫重新考慮這件事。自己的孩子，而且是獨生子，他怎麼忍心剝奪他這麼一大筆錢呢？幾位達什伍德小姐與他只是同父異母兄妹，她認爲根本算不上什麼親屬關係，她們有什麼權利領受他這樣慷慨的資助？人所周知，同父異母子女之間歷來不存在什麼感情，可他爲什麼偏要把自己的錢財送給同父異母妹妹，毀自己，也毀他們可憐的小哈里？

「我父親臨終有囑咐，」丈夫回答說，「要我幫助寡母和妹妹們。」

「他準是在說胡話。那陣子，他十有八九是神志不清了，要不然他就不會異想天開地要你把自己孩子的財產白白送掉一半。」

「親愛的范妮，他倒沒有規定具體數目，只是籠統地要求我幫助她們，使她們的境況好一些，他是無能爲力啦。也許他不如索性把事情全部交給我。他總不會認爲我會怠慢她們吧。但他讓我許諾時，我又不能不應承；起碼在當時，我是這麼想的。於是，我許諾了，而且還必須兌現。她們早晚要離開諾蘭莊園，到別處安家，總得幫她們一把吧。」

「那好，就幫她們一把吧；可是幫一把何必要三千鎊。你想想看，」她接下去說道，「那錢一旦拋出去，可就再也收不回來了。你那些妹妹一出嫁，那錢不就無影無蹤啦。眞是的，這錢要是能回到我們可憐的小兒子手裏……」

「哦，當然，」丈夫一本正經地說道，「那可就了不得啦。有朝一日，哈里會怨恨我們給他送掉這麼一大筆錢。他一旦人丁興旺起來，這筆款子可就派得上大用場了。」

「誰說不是呢。」

「這麼說，不如把錢減掉一半，這或許對大家都有好處。給她們一人五百鎊，她們也夠發大財的了。」

「哦，當然是發大財了！世上哪個做哥哥的能這樣照應妹妹，即使是對待親妹妹，連你的一半也做不到！何況你們只是同父異母關係！可你卻這樣慷慨解囊！」

「我做事不喜歡小家子氣，」他回答說。「逢到這當口，人寧可大手大腳，也別小裏小氣。至少不會有人覺得我虧待了她們，就連她們自己也不會有更高的期望了。」

「誰知道她們有什麼期望，」夫人說道。「不過，我們也犯不著去考慮她們的期望。問題在於：你能拿得出多少。」

「那當然，我想我可以給她們每人五百鎊。其實，即便沒有我這份補貼，她們的母親一死，她們每人都能得到三千多鎊。對於一個年輕女子來說，這是一筆相當不錯的財產啦！」

「誰說不是呢！說實在的，我看她們根本不需要額外補貼了。她們有一萬鎊可分。要是出了嫁，日子肯定富得很。即使不出嫁，就靠那一萬鎊得來的利息，也能在一起生活得舒舒服服的。」

「的確如此。所以我在琢磨：整個來看，趁她們母親活著的時候，給她點補貼，這是不是比給她們更可取呢？我的意思是給她點年金什麼的。這個辦法產生的良好效果，我妹妹和她們的母親都能感覺得到。一年出一百鎊，管叫她們全都心滿意足。」

然而，他妻子沒有馬上同意這個計劃，她猶豫了一會兒。

「當然，」她說，「這比一下子送掉一千五百鎊要好。不過，要是達什伍德太太活上十五年，我們豈不上了大當。」

「十五年！我親愛的范妮，就她那命呀，連半數也撈不到。」

「當然撈不到。不過，你留心觀察一下，人要是能領到一點年金的話，總是活個沒完沒了。她身強力壯的，還不到四十歲，年金可不是鬧著玩的，一年一年地給下去，到時想甩都甩不掉。你不懂這種事，我可體驗到給年金的不少苦楚，因為我母親遵照我父親的遺囑，年年要向三個老僕人支付退休金，她發現這事討厭極了。這些退休金每年支付兩次，要送到僕人手裏可麻煩了。此後聽說有一個僕人死了，但後來發現並沒有這回事。我母親傷透了腦筋。她說，她的財產被這樣長久刮下去，她哪裏還做得了主？這都怪我父親太狠心，不然這錢還不都是我母親的，愛怎麼用就怎麼用。如今，我對年金憎惡透了，要是叫我給哪個人付年金，我說什麼也不幹。」

「一個人的收入年年這樣消耗下去，」達什伍德先生說，「這當然是件不愉快的事情。你母親說得對，這財產就不由自己做主了。一到年金支付日，都要照例支出一筆錢，這著實有些討厭：它剝奪了一個人的自主權。」

「那還用說。儘管如此，你還不討好。她們覺得自己到期領取，萬無一失，而你又不會再多給，所以對你壓根兒不領情。我要是你呀，不管做什麼事，一定自作裁奪。我決不會作繭自縛，去給她們什麼年金。逢到某些年頭，你要從自己的開銷中抽出一百鎊，甚至五十鎊，可不那麼容易。」

「親愛的，我看你說得對，這事還是不搞年金爲好。偶爾給她們幾個錢，比給年金有益得多，因爲錢給多了，她們只會變得大手大腳，到了年底一個小錢也多不出來。這是個最好不過的辦法。不定時地送她們五十鎊，這樣她們什麼時候也不會缺錢用，我還能充分履行我對父親的諾言。」

「當然如此。說實在話，我認爲你父親根本沒有讓你資助她們的意思。我敢說，他所謂的資助，不過是讓你合情合理地幫點忙，比方替她們找座舒適的小房子啦，幫她們搬搬東西啦，等季節到了給她們送點鮮魚野味啦，等等。我敢以性命擔保，他沒有別的意思；要不然，豈不成了咄咄怪事。親愛的達什伍德先生，你只要想一想，你繼母和她女兒們靠著那七千鎊得來的利息，會過上多麼舒適的日子啊。況且每個女兒還有一千鎊，每年能給每人帶來五十鎊的收益。當然啦，她們會從中拿來向母親繳納伙食費的。總計起來，她們一年有五百鎊的收入，就那麼四個女人家，這些錢還不夠嗎？她們開銷少得很！管理家務不成問題。她們一無馬車，二無馬匹，也不用雇僕人。她們不跟外人來往，什麼開支也沒有！你看她們有多舒服！一年五百鎊啊！我簡直無法想像她們哪能花掉一半。至於說你想再給她們錢，未免太荒誕了吧，論財力，她們給你點倒差不多。」

「喲！」達什伍德先生說，「你說得眞是一點不假。我父親對我的要求，除了你說的之外，肯定沒有別的意思。我現在搞清楚了，我要嚴格履行我的諾言，照你說的，爲她們幫點忙，做點好事。等我母親搬家的時候，我一定盡力幫她安頓好，還可以送她點小件家具。」

「當然，」約翰．達什伍德夫人說。「但是，有一點你還得考慮。你父母親搬進諾蘭莊園時，斯坦希爾那裏的家具雖說都賣了，可是那些瓷器、金銀器皿和亞麻台布都還保存著，統統留給了你母親。因此，她一搬家，屋裏準擺得闊闊氣氣的！」

「你考慮得眞周到。那可是些傳家寶啊！有些金銀器皿送給我們可就美啦。」

「就是嘛。那套瓷器餐具也比我們家的漂亮多了。我看太漂亮了，她們的房裏根本不配擺設。不過事情就這麼不公平。你父親光想著她們。我實對你說吧：你並不欠你父親的情，不用理睬他的什麼遺願，因爲我們心裏有數，他若是辦得到的話，會把所有財產都留給她們的。」

這個論點是無可爭辯的。如果達什伍德先生先前還有點下不定決心的話，這下子可就鐵了心啦。他最後決定，對他父親的遺孀和女兒，按他妻子說的，像鄰居式地幫幫忙也就足夠了；越此雷池一步，不說有失體統，也是絕對多餘的。

第三章

達什伍德太太在諾蘭莊園又住了幾個月。這倒不是因爲她不願意搬走。有一陣子，一見到她所熟悉的每個地方，她都要激動不已，可是現在已經激動不起來了。如今她情緒開始好轉，不再被那些令人痛苦的傷心事所壓制，而是能夠思索點別的問題了。她急切地想離開這裏，不辭辛苦地四處打聽，想在諾蘭莊園附近找座合適的房子。她留戀這個地方，要遠走高飛是不可能的。不過，她怎麼也打聽不到這樣一個去處，一方面符合她自己需要舒適安逸的想法，另方面又能滿足謹愼從事的大女兒的要求。有幾座房子，做母親的本來是中意的，不料大女兒比較固執己見，硬說房子太大住不起，最後只好作罷。

達什伍德太太聽丈夫說過，他兒子鄭重其事地答應關照她們母女幾個。丈夫臨終前聽到這番許諾，死也瞑目了。她和丈夫一樣，對兒子的誠意深信不疑。雖然她覺得自己別說七千鎊，即使再少得多，也能過得綽綽有餘，但是她一想起來就爲女兒們感到高興。再看那做哥哥的心眼這麼好，她也爲他感到高興。她責怪自己以前不該錯怪他，認爲他一毛不拔。他這樣對待繼母和妹妹們，足以說明他多麼關心她們的幸福。

她和兒媳剛認識，就瞧不起她，半年來，進一步了解她的爲人，不覺對她更加鄙視。儘管她處處注意禮貌，若不是出現一個特殊情況，婆媳倆也許還共處不了這麼長時間呢。照達什伍德太太的看法，出了這件事，她的女兒們理所當然是要繼續待在諾蘭莊園的。

這樁事就出在她大女兒和約翰・達什伍德夫人的弟弟之間，兩人漸漸萌發了愛慕之情。

那位弟弟是個很有紳士派頭的逗人喜愛的年輕人，他姊姊住進諾蘭莊園不久，就介紹他與她們母女結識了。從那以後，他將大部分時間都消磨在那裏。

有些做母親的從利害關係出發，或許會進一步撮合這種感情，因爲愛德華．費拉斯乃是一位已故財主的長子；不過，有些做母親的爲了愼重起見，也許還會遏制這種感情，因爲愛德華除了一筆微不足道的資產之外，他的家產將取決於母親的遺囑。可是達什伍德太太對這兩種情況都不予考慮。對她來說，只要愛德華看上去和藹可親，對她女兒一片鍾情，而艾麗諾反過來又鍾情於他，那就足夠了。因爲財產不等而拆散一對志趣相投的戀人，這與她的倫理觀念是格格不入的。艾麗諾的優點竟然不被所有認識她的人所公認，簡直不可思議。

她們之所以賞識愛德華．費拉斯，倒不是因爲他人品出衆，風度翩翩。他並不漂亮，那副儀態嘛，只有和他熟悉了才覺得逗人喜愛。他過於靦腆，這就使他越發不能顯現本色了。不過，一旦消除了這種天生的羞怯，他的一舉一動都表明他胸懷坦率，待人親切。他頭腦機靈，受教育後就更加聰敏。但是，無論從才智還是從意向上看，他都不能使他母親和姊姊稱心如意；她們期望看到他出人頭地——比如當個——她們也說不上當個啥。她們想讓他在世界上出出這樣或那樣的風頭。他母親希望他對政治發生興趣，以便能躋身於議會，或者結攀一些當今的大人物。約翰．達什伍德夫人抱有同樣的願望，不過，在這崇高理想實現之前，能先看到弟弟駕著一輛四輪馬車，她也就會心滿意足了。誰想，愛德華偏偏不稀罕大人物和四輪馬車，他一心追求的是家庭的樂趣和生活的安逸。幸運的是，他有個弟弟比他有出息。

愛德華在姊姊家盤桓了幾個星期，才引起達什伍德太太的注意；因爲她當初太悲痛，對周圍的事情也就不注意了。她只是看他不聲不響，小心翼翼，爲此對他發生了好感。他從來不用不合時宜的談話，去擾亂她痛苦的心靈。她對他的進一步觀察和讚許，最早是由艾麗諾偶然說出的一句話引起來的。那天，艾麗諾說他和他姊姊大不一樣。這個對比很有說服力，幫他博得了她母親的歡心。

「只要他不像范妮，這就足夠了，」母親說。「這就是說他爲人厚道，我會喜愛的。」

「我想，」艾麗諾說，「你要是對他了解多了，準會喜歡他的。」

「喜歡他！」母親笑吟吟地答道。「我心裏一滿意，少不了要喜歡他。」

「你會器重他的。」

「我還不知道怎麼好把器重和喜愛分離開呢！」

隨後，達什伍德太太便想方設法去接近愛德華。她態度和藹，立即使他不再拘謹，很快便摸清了他的全部優點。她深信愛德華有意於艾麗諾，也許正是如此，她才有這麼敏銳的眼力。不過，她確信他品德高尙。就連他那文靜的舉止，本是同她對青年人的既定的看法相抵觸的，可是一旦了解到他待人熱誠，性情溫柔，也不再覺得令人厭煩了。她一察覺愛德華對艾麗諾有點愛慕的表示，便認準他們是在眞心相愛，巴望著他們很快就會結婚。

「親愛的瑪麗安，」她說，「再過幾個月，艾麗諾十有八九要定下終身大事了。我們會惦記她的，不過她會很幸福。」

「噢，媽媽，要是離開她，我們可怎麼辦啊？」

「我的寶貝，這還算不上分離。我們和她就隔著幾里路遠，天天都能見面。你會得到一個兄長，一個眞正的、情同手足的兄長。我對愛德華的那顆心算是佩服到家了。不過，瑪麗安，你板著個臉，難道你不贊成你姊姊的選擇？」

「也許是吧，」瑪麗安說。「我感到有點意外。愛德華非常和藹可親，我也很喜愛他。但是，他可不是那種年輕人——他缺少點什麼東西，他那副形象可不引人注目——我覺得，可以眞正吸引我姊姊的那種魅力，他連一絲一毫都不具備。他兩眼無神，缺乏生氣，顯不出美德與才華。除此之外，他恐怕還沒有眞正的愛好。音樂對他幾乎沒有吸引力，他雖然十分讚賞艾麗諾的繪畫，但那不是內行人的讚賞。艾麗諾畫畫的時候，他總要湊到跟前，儘管如此，他對繪畫顯然一竅不通。他那是有情人的讚賞，而不是行家的讚賞。使我滿意的人，必須同時具備這兩種氣質。跟一個趣味與我不能完全相投的人一起生活，我是不會幸福的。他必須與我情投意合：我們必須醉心於一樣的書，一樣的音樂。哦，媽媽！愛德華昨天夜裏給我們朗讀時，樣子無精打采的，彆腳透了！我眞替姊姊擔心。但她倒沉得住氣，就像是沒看見似的。我簡直坐不住了，那麼優美的詩句，常常使我激動得發狂，可是讓他那麼平淡無味、不動聲色地一朗讀，誰還聽得下去！」

「他一定善於朗讀質樸風雅的散文──可是，你卻偏要讓他唸考柏的詩❶。」

「得了吧，媽媽，要是考柏的詩都打動不了他，那他還配讀什麼！──不過，我們必須承認趣味上的差異。艾麗諾沒有我這樣的情趣，因此她可以無視這種欠缺，跟他在一起還覺得挺幸福的。可是，我要是愛他的話，聽他那樣索然乏味地念書，我的心都要碎成八瓣了。媽媽，我世面見得越多，越覺得我一輩子也見不到一個我會眞心愛戀的男人。我的要求太高了！他必須具備愛德華的全部美德。而爲美德增添光彩，他又必須人品出衆，風度迷人。」

「別忘了，我的寶貝，你還不到十七歲，對幸福喪失信心還爲時過早。你怎麼會不及你母親幸運呢？瑪麗安，你的命運與我的命運只會有一點是不同的！」

❶ 考柏（William Cowper，一七三一～一八〇〇）：英格蘭浪漫主義抒情詩人和讚美詩作者，以描寫鄉村的風土人情著稱。

第四章

「眞可惜呀，艾麗諾，」瑪麗安說，「愛德華竟然不愛好繪畫。」

「不愛好繪畫？」艾麗諾答道。「你怎麼能這樣看？的確，他自己不畫，可是他很喜歡看別人畫。我敢向你擔保，他決不缺乏天資，只不過沒有機會深造罷了。他要是一步步地學下來，我想會畫得很出色的。他不大相信自己這方面的鑒賞力，總是不願意對任何畫發表意見。不過，他先天就有一種恰當而純樸的鑒賞力，使他通常都很明斷。」

瑪麗安唯恐惹姊姊生氣，便不再往下說了。不過，艾麗諾說他讚賞別人的繪畫，可是這種讚賞遠遠沒有達到如痴如醉的程度，在她看來，只有達到如痴如醉的程度，才能稱得上眞正具有鑒賞力。姊姊的錯誤使她暗自發笑。然而，她又佩服姊姊對愛德華的盲目偏愛，正是這種盲目偏愛才導致了那個錯誤。

「瑪麗安，」艾麗諾繼續說道，「我希望你不要認爲他缺乏一般的鑒賞力。其實，我也許應該說你不會有那種看法，因爲你待他十分熱誠。如果你眞有那種看法的話，你肯定不會對他那麼彬彬有禮。」

瑪麗安簡直不知說什麼好。她無論如何也不想傷害姊姊的感情，然而又不能說此言不由衷的話。最後她回答說：「艾麗諾，要是我對他的稱讚與你對他優點的認識不盡一致，請你不要生氣。我不像你那樣，有那麼多機會去揣摩他那些愛好和情趣的細微的傾向；但是，我極其佩服他的德行和理智。我覺得他可敬可親極了。」

「我敢肯定，」艾麗諾笑盈盈地答道，「像這樣的稱讚，連他最親密的朋友聽了也不會不滿意的。我很難設想，你能說出更熱情的讚語。」

瑪麗安看到取悅於姊姊這麼容易，禁不住也樂了。

「對於他的德行與理智，」艾麗諾接著說，「凡是經常見到他，能同他暢所欲言的人，我想誰也無法懷疑。他有卓越的見識和操守，只因生性緬腆，經常寡言少語，一時顯現不出來。你了解他，能對他那實實在在的人品做公正的評價。至於談到你所謂的細微的傾向，有些特殊情況你沒有我了解。我有時常和他在一起，而你卻完全讓母親拴住了，親熱起來沒完沒了。我常常見到他，研究了他的情感，聽取了他在文學與鑒賞方面的見解。整個來說，我敢斷言，他知識淵源，酷愛讀書，想像力豐富，觀察問題公允而準確，情趣風雅而純潔。他各方面的能力和他的人品舉止一樣，你越是了解，印象越好。初看上去，他的風度的確不很引人注目，相貌也算不上漂亮，不過你一見到他那無比動人的眼神，你就會發現他的整個表情都十分可愛。現在我很了解他，就覺得他確實漂亮，至少可以說幾乎是漂亮的。你看呢，瑪麗安？」

「艾麗諾，我要是現在不認為他漂亮，馬上就會這麼認為的。既然你叫我愛他如愛兄長，我將看不到他外貌上的欠缺，就像我現在看不出他內心裡有什麼欠缺一樣。」

一聽這話，艾麗諾不禁為之一驚。她後悔自己不該那樣熱烈地讚揚愛德華。她覺得，她對愛德華尊崇備至。她認為這種尊崇是雙方互有的。不過，對這種相互尊崇，她需要有更大的把握，才能讓瑪麗安確信他們是相互鍾情的，她自己也好感到踏實一些。她知道，瑪麗安和母親忽而胡猜亂想，忽而信以為真。對她倆來說，想望著的便是有希望的，有希望的便是指日可待的。她想把事情的真相向妹妹解釋清楚。

「我不想否認，」她說，「我非常看重他——我十分尊敬他，喜歡他。」

瑪麗安突然勃然大怒起來。

「尊敬他！喜歡他！冷漠無情的艾麗諾。哼！比冷漠無情還壞！你怕羞才這樣講。你再說這些話，我馬上就離開這個房間。」

艾麗諾忍不住笑了。「請原諒，」她說，「你儘管放心，我這樣平心靜氣地談論我的感情，決沒有冒犯你的意思。請你相信，我的感情比我表白的還要強烈。而且你要相信，由於他有那麼多優點，由於我懷疑他——希望他有情於我，我才理所當然地產生了這種感情，這既不輕率，也不唐突。但是除此之外，你切不可信以爲眞。我不敢保證他一定有心於我。有些時候，這種事情還很難說。在沒有徹底摸清他的眞實思想以前，我想自己還是不要縱容這種偏愛，不要以想像代替事實，輕信妄言，這你是不會感到奇怪的。講眞心話，我並不——幾乎一點也不懷疑他對我特別喜愛。但是，除此之外，還有別的問題需要考慮。他絕非是獨立自主的。他母親究竟是什麼樣的人，我們不得而知。不過，范妮偶爾談到過她的行爲和見解，我們從不認爲她是和悅的。愛德華自己也肯定知道，他假若想娶一個財產不多、身價不高的女人，一定會遇到重重困難。」

瑪麗安驚愕地發現，她和母親的想像已經大大超過了事實眞相。

「你當眞沒有和他訂婚！」她說。「然而，這準是馬上就要發生的事情。不過，這樣推遲一下倒有兩個好處，一則我不會這麼快就失去你，二則愛德華可以有更多的機會提高自己天生的鑒賞力，以便欣賞你的特殊愛好，這對你們未來的幸福是必不可少的。哦！他若爲你的天才所激發，也學會畫畫，那該多麼令人高興啊！」

艾麗諾把自己的眞實想法告訴了妹妹。她不像瑪麗安想像的那樣，把對愛德華的鍾情看得那麼遂心如意。他有時候沒精打采的，如果不是表示態度冷淡的話，就說明前景有點不妙，假如他對艾麗諾的鍾情感到懷疑，頂多不過使他憂慮一番，不可能惹得他老是那麼垂頭喪氣的。這裡或許有個更合乎情理的原因：他的從屬地位不允許他感情用事。

艾麗諾知道，他母親對他的態度，既不是讓他把現在的家安排得舒適一些，又不是確認他可以不嚴格遵循她爲他制定的生財發跡之道，而自己成家。艾麗諾深知這一情況，心裡不可能感到安穩。她不相信他的鍾情會產生什麼結果，只有她母親和妹妹依然認爲很有把握。不，他們在一起待的時間越長，他的情意似乎越令人感到可疑。有時，出現那麼痛苦的幾分鐘，她覺得這只不過是友情而已。

儘管愛德華的感情很有節制，但是一旦讓他姊姊察覺了，也眞夠叫她心神不安、大不自在的，同時，也更使她變得粗暴無禮。她一抓住機會，便當場衝著婆婆奚落開了，神氣活現地敘說起她弟弟多麼前程遠大啦，費拉斯太太決計給兩個兒子都娶門貴親啦，誰家姑娘膽敢誘他上鉤決沒有好下場啦，說得達什伍德太太既不能佯裝不知，又不能故作鎭定。她鄙夷地回敬了一句，便走出房間，心想不管多麼不方便，花費多麼大，也要馬上搬家，不能讓親愛的艾麗諾再忍受這種含沙射影式的惡語中傷了，一個星期也不多待了。

正當她處於這種精神狀態的時候，達什伍德太太接到郵遞來的一封信，信裡有個特別及時的提議，說是有一幢小房子要出租，要價很便宜，因爲房主是她的一位親戚。此人是德文郡❶一位有錢有勢的紳士。信就是這位紳士親自寫的，寫得情眞意切，表現出友好相助的精神。他說，他曉得她需要一處住所，雖然他現在向她提議的這座房子只是座鄉舍，但是他向

❶ 德文郡（Devonshire）英格蘭西南部郡名，郡府設在埃克塞特。

她保證，只要她滿意這個地方，他一定根據她的需要，盡力加以改修。

他介紹了房屋和花園的具體情況之後，便懇摯地敦促她和女兒們一道，早日光臨他的寓所巴頓莊園，以便親自權衡一下，看看巴頓鄉舍（因爲這些房子都在同一教區）經過改修是否能使她稱心如意。看樣子，他確實急於想給她們提供住房，整封信寫得那麼友好，表妹讀了哪能不高興呢？特別是當她遭受近親的冷落之後。她不需要時間去細想細問，讀著讀著便下定了決心。巴頓地處德文郡，遠離蘇塞克斯。若是在幾個小時以前，僅憑這一個不利條件，就足以抵消它可能具備的一切有利條件，但目前它卻成了最爲可取之處。搬出諾蘭一帶不再是不幸的事情，而是成爲一心想望的目標，與繼續寄人籬下、忍受兒媳的窩囊氣相比，這簡直是一件幸事。諾蘭莊園縱然是個可愛的地方，但是有這樣一個女人在這裡做主婦，能永遠離開還是比住在這裡更少些痛苦。她當即給約翰·米德爾頓寫信，感謝他的好意，並且接受他的建議。然後，她急忙將兩封信拿給女兒們看，以便在發信前先徵得她們的同意。

艾麗諾素來覺得，爲了謹愼起見，她們還是離開諾蘭莊園遠些，而不要夾在目前這幫人中間。因此，基於這一點，她沒有反對母親準備搬到德文郡的打算。另外，從約翰爵士的信裡看，那幢房子比較簡陋，房租低得出奇，使她沒有理由加以反對。因此，雖然這不是一項令她爲之神往的計劃，雖然她並不願意離開諾蘭莊園一帶，但她還是沒有試圖阻止母親把那封表示贊同的信發出去。

第五章

達什伍德太太一發出回信，就喜不自勝地向兒子兒媳婦宣布：她已經找到了房子，一旦做好遷居準備，就不再打擾他們了。他倆聽她這麼一說，不禁吃了一驚。約翰．達什伍德夫人沒有吭聲，她丈夫倒挺客氣，說他希望遷居的地方不要離諾蘭莊園太遠。達什伍德太太洋洋得意地回答說，她要搬到德文郡。愛德華一聽這話，連忙把臉轉向她，帶著驚訝而關切的口氣（這並不出她所料），重覆了一聲：「德文郡，你眞的要去那兒？離這兒這麼遠。去德文郡什麼地方？」她說明了地點，就在埃克塞特以北不到四英里的地方。

「那只是個鄉舍，」她接著說道，「不過我希望能在那裡接待我的許多朋友。這幢房子可以很容易地再增加一、兩個房間。如果我的朋友們能遠道趕來看我，我一定會毫無困難地給他們安排住處。」

最後，她非常客氣地邀請約翰．達什伍德夫婦去巴頓作客，還一片深情地向愛德華提出邀請。雖然她最近與兒媳的一次談話促使她打定主意：除非不得已，決不在諾蘭莊園多待一天，但是那次談話中兒媳的主要意向卻對她絲毫沒有影響。和以往一樣，她這次搬家的目的決不是爲了要把愛德華和艾麗諾分開，她想透過針鋒相對地邀請愛德華，向約翰．達什伍德夫人表明：「你儘管反對這門親事好了，我壓根兒不買你的帳！」

約翰．達什伍德先生三番兩次地對繼母說：她在距離諾蘭莊園這麼遠的地方找了座房子，叫他不能爲她搬運家具效力，眞是不勝遺憾。此時，他良心上的確感到不安，他已經把履行對父親的諾言局限在幫幫忙這一點上，想不到這樣一來，連這點忙也幫不上了。

家具全部由水路運走。主要的東西有家用亞麻台布、金銀器皿、瓷器、書籍，以及瑪麗安的漂亮鋼琴。約翰．達什伍德夫人眼看著東西一包包地運走了，不覺吸了口氣。達什伍德太太的收入與他們的相比，是微乎其微的，可是她竟然能有這麼漂亮的家具，怎麼能叫她不覺得難受呢？

這座房子，達什伍德太太租用一年，裡面陳設齊全，她馬上就可住進。雙方在協議中沒有遇到任何困難。達什伍德太太只等著處理掉她諾蘭莊園的財物，確定好將來家裡用幾個僕人，然後再起程西遷。因爲她對自己關心的事處理起來極其迅速，所以很快就辦妥了。她丈夫留下的馬匹，在他死後不久就賣掉了。

現在又出現一個處理馬車的機會，經大女兒懇切相勸，她也同意賣掉。若是依照她自己的願望，爲了使孩子們過得舒適，她還是要留下這輛馬車，怎奈艾麗諾考慮周到，只好依了她。也是依照艾麗諾的明智想法，她們還把僕人的數量限制到三個——兩個女僕，一個男僕，都是從她們在諾蘭莊園已有的僕人中很快挑選出來的。

那位男僕和一位女僕當即被差往德文郡，收拾房子迎接女主人，因爲達什伍德太太與米德爾頓夫人素昧平生，她寧肯立即住進鄉舍，而不願到巴頓莊園作客。約翰爵士將房子描述過了，對此她深信不疑，無心再去親自查看，等搬進去再說吧。她要離開諾蘭莊園的心情越來越迫切。明擺著，那位兒媳眼見她要搬家了，不禁得意揚揚，那股得意勁兒，即使在冷冰冰地請她推遲幾天再走的時候，也不加掩飾。

現在該是約翰．達什伍德妥善履行父親的諾言的時候啦。既然他初來諾蘭莊園時沒有盡到責任，現在她們行將離開他的家，也許是他履行諾言的最好時機。但是，達什伍德太太很快就死了這條心，她從他的話音裏聽得出來，他所謂的幫助，只不過是讓她們在諾蘭莊園寄住了六個月。他成天喋喋不休，什麼家庭開支越來越大呀，什麼要花錢的地方沒完沒了呀，什麼不管多麼顯要的人物也面臨著無可估量的開銷問題呀，聽起來，他自己似乎需要更多的錢財收入，而決不想往外送錢。

從約翰，米德爾頓爵士寫給諾蘭莊園的頭一封信收到後，只不過幾個星期，達什伍德母女的新居便料理妥當了，於是她們可以起程了。最後向如此可愛的地方告別，母女們可沒少流眼淚，

「親愛的諾蘭莊園！」離別前的頭天夜裏，瑪麗安在房前獨自徘徊，邊走邊說。「我什麼時候能不留戀你呢？什麼時候能安心於異土他鄉呢？哦，幸福的家園！你知道我現在站在這兒打量你有多麼痛苦，也許我再也不能站在這兒打量你啦！還有你們，多麼熟悉的樹木！你們依然如故。你們的影子不會因爲我們搬走了而凋謝，你們的枝葉不會因爲我們不能再觀看了而停止搖動！那是不會的，你們將依然如故，全然不知你們給人們帶來的是喜是哀，全然不知在你們蔭影下走動的人們發生了什麼變化！可是，誰將留在這兒一早受你們給予的樂趣呢？」

第六章

旅途開頭一段，大家心情抑鬱，只覺得道路漫長，索然無味。但是，臨近終點的時候，一看到馬上就要居住的鄉間，興致就冒了出來，沮喪的情緒頓時被壓了下去。而一走進巴頓山谷，大家便都情不自禁地興奮起來。這地方景色宜人，土質肥沃，林木茂密，牧草豐盛。沿著蜿蜒的山谷走上一英里多路，便來到她們的家。屋前只有個綠茵小院，她們母女幾個穿過一道整齊的小門，走進院裡。

巴頓鄉舍作爲一所住宅，儘管太小，倒也舒適緊湊。不過作爲一座鄉舍，卻有不少缺陷，因爲房子造得太正規，房頂鋪瓦，窗板沒有漆成綠色，牆上也沒有爬滿忍冬花。一條狹窄的穿堂過道，直通屋後的花園。過道兩旁各有一間客廳，約略十六英尺見方，客廳向裡是下房和樓梯。構成小樓其餘部分的是四間臥室和兩間閣樓。房子蓋好不多年，修繕得很好。與諾蘭的住宅相比，的確顯得寒磣、矮小！但是，她們馬上擦乾了剛進屋時勾起的辛酸眼淚。僕人見主人來了，一個個喜氣洋洋，主人也跟著樂了。各人都看在別人的份上，硬是裝出高高興興的樣子。

現在是九月初，正趕上好時節。多虧老天作美——天氣晴朗，她們初次見到這個地方，就留下了良好的印象，這對於促使她們長久喜愛這個地方，起了巨大的作用。

房子的位置選得恰到好處。緊靠屋後，山巒聳立；左右不遠，也有峰巒依傍；群山之中，有的是開闊的高地，有的是耕地和林帶。巴頓村大致建在一座山上，站在鄉舍窗口舉目遠眺，景色十分宜人。房舍正面，視野尤爲開闊，整個山谷一覽無遺，目力所及，直達遠處鄉間。山谷綿延到鄉舍跟前，終於被三面環抱的山巒斷截；但是在兩座最陡峭的山巒之間，沿另一方向，岔出一條另有名目的支谷。

整個說來，達什伍德太太對房子的大小和陳設還是滿意的。因爲她雖然過慣了先前的生活方式，以後少不得要添這置那的，然而添置和修繕對她是一種樂趣。眼前她倒有足夠的現錢，可以把一個個房間裝修得更漂亮些。

「至於房子本身嘛，」她說，「的確是太小了，我們一家人住不下，不過歲時已晚，來不及改建，暫且湊合著也夠舒服的了。也許到了春天，如果我手頭寬裕的話（我想一定會寬裕的），咱們再考慮改建的事兒。我希望經常邀請朋友來這裡聚會，可是這兩間客廳太小了。我有點想法，準備把一間客廳擴大，加進走廊，也許再加進另一間客廳的一部分，而把那間客廳的餘下部分改作走廊。這麼一來，再有一間新客廳（這很容易增加），一間臥室和閣樓，就能把我們的小鄉舍安排得小巧精當、舒舒服服。我本來還想把樓梯修得漂亮些，但是人不能期望一口吃成個胖子，雖然把它加寬一下沒有什麼難處。到了春天，我還要看看手頭有多少錢，然後根據情況來計劃我們的裝潢修繕。」

一個婦女，一生從未攢過錢，現在居然要從一年五百鎊的收入中攢錢完成所有這些改修工作。在改修工作沒有完工之前，她們倒明智地認爲，就按規定的樣子，這房子也滿不錯了。她們都在各忙各的私事，在四周擺上自己的書籍等物，以便給自己建個小天地。瑪麗安的鋼琴給拆了包，放在恰當的位置。艾麗諾的圖畫掛在客廳的牆壁上。

第二天早飯後不久，正當母女如此這般忙碌不停的時候，房東登門拜訪來了。他歡迎她們來到巴頓，眼前如有短缺不便之處，從他邸園裡可以提供一切方便。約翰．米德爾頓爵士是個四十來歲的美男子。他以前曾去過斯坦希爾，不過那是很久以前的事，他那幾位年輕的表侄女記不得他了。他和顏悅色，那風度就像他的信一樣親切友好。看來，她們的到來使他感到由衷的高興，她們的舒適成爲他深爲關切的問題。他一再表示，誠摯地希望我們兩家能親密相處，熱忱地懇求她們在安頓好之前，每天到巴頓莊園用餐。他一個勁地懇求著，簡直到了有失體統的地步，但是並不會惹得對方生氣。他的一片好心不光掛在嘴皮上，他走後不到半個鐘頭，就打發人從巴頓莊園送來一大籃子蔬菜水果，天黑之前又送來些野味。此外，他執意要替她們往郵局送取來往信件，還樂於把自己的報紙每天送給她們看。

米德爾頓夫人託丈夫捎了個十分客氣的口信，表示願意在她們確信不會給她們帶來不便的時候，立即來拜訪達什伍德太太。作爲回答，達什伍德太太同樣客氣地提出了邀請。於是，這位夫人第二天就被引見給達什伍德母女。

當然，她們很想見見她，因爲她們以後能否在巴頓過上舒適日子，在很大程度上有賴於她，她的光臨正合她們的心願。米德爾頓夫人不過二十六、七歲，臉蛋俊俏，身材苗條，儀態嫵媚動人。她丈夫缺少的優雅舉止，她倒一應俱全。不過，她若是多少具備幾分他丈夫的坦率和熱情，舉止還會顯得更加優雅。但她待的時間一長，達什伍德母女不像開頭那樣對她讚羨不已了。因爲她雖然受過良好的教養，但卻不苟言笑，冷冷淡淡，除了極其簡單地寒暄幾句之外，別無他話可說。

不管怎樣，話兒還是沒有少說，因爲約翰爵士喜好閒聊，而且米德爾頓夫人也有先見之明，帶來了她的大孩子。他是個六歲上下的小男孩，這就是說，一旦談話陷入僵局，他可以成爲太太小姐們反覆提及的話題。因爲大夥少不得總要問問他叫什麼名字，今年幾歲啦，稱讚稱讚他的美貌，然後再提些別的問題，不過統統都得由他母親代爲回答。

出乎米德爾頓夫人意料之外，這孩子緊緊依偎在她身旁，一直低著頭。她不由得納悶；他在家裡還大吵大鬧的，到了客人面前怎麼這樣羞羞答答。每逢正式探親訪友，爲了提供談話的資料，人們該帶上孩子一同前往。現在，大夥足足用了十分鐘，談論這孩子究竟像父親還是像母親，以及具體地在哪些地方像哪個人。當然，大家的看法很不一致，各人都對別人的看法表示驚訝。

過不了多久，達什伍德母女就會有機會對客人的另外幾個孩子展開一場爭論，因爲約翰爵士得不到她們同意第二天去巴頓莊園用餐的許諾，說什麼也不肯離去。

第七章

巴頓莊園離鄉舍約半英里。達什伍德母女沿山谷進來時，曾從它近前走過，但是從家裡望去，卻被一座山峰遮斷了視線。那座房子高大美觀，米德爾頓夫婦保持著一種好客、高雅的生活氣派。好客是爲了滿足約翰爵士的願望，高雅則是爲了滿足他夫人的願望。他們家裡幾乎隨時都有朋友在作客。他們的客人各種各樣，比方圓鄰近誰家的都多。這事關係到兩人的幸福，實在不可缺少，因爲他們不管在性情和舉止上多麼不同，但在缺乏天資和情趣這一點上卻極其相似。因此，他們只好把自己的職業（這和社會上的職業毫無聯繫）局限在一個非常狹小的天地。約翰爵士喜好打獵，米德爾頓夫人專當媽媽。一個追捕行獵，一個哄逗孩子，這是他們僅有的能耐。對米德爾頓夫人有利的是，她可以一年到頭地嬌慣孩子，而約翰爵士只有一半時間進行獨立活動。不過，裡裡外外的不斷忙碌倒彌補了天賦和教育上的一切不足，一方面使約翰爵士精神振奮，一方面使他妻子在教養子女上大顯身手。

米德爾頓夫人素以做得一手好菜和善於料理家務爲榮，出於這種虛榮心，她才對家裡舉行的每次宴會感到其樂無窮。不過，約翰爵士對社交活動的興致卻眞誠多了。他喜歡招來一幫年輕人，屋裡都容納不下，他們越吵鬧，他越覺得高興。他成了附近青少年一代的福星，因爲一到夏天，他就接連不斷地把大夥聚集起來，在室外吃冷凍火腿和燒雞；到了冬天，他的家庭舞會多得不計其數，對於年輕姑娘來說，誰都會感到心滿意足。

鄉裡新來了一戶人家，這對約翰爵士總是一件喜事。不管從哪個角度看，他給巴頓鄉舍招來的新房客都使他著迷。三位達什伍德小姐年輕漂亮，毫不做作，這就足以博得好評，因爲不屑做作正是年輕姑娘所缺乏的東西，裝腔作勢使其心靈不能像外貌一樣具有魅力。爵士性情善良，每逢誰遭到不幸，總愛提供方便。因此，能對幾個表侄女表明一番好意，使他感到一個好心人的由衷喜悅；而能讓一家女眷住進他的鄉舍，卻又使他感到一個狩獵愛好者的由衷喜悅。因爲對於一個狩獵愛好者來說（雖然他只敬佩那些與他屬於同一性別、也愛好打獵的人們），他並不是經常願意把女人們引進自己的莊園居住，縱容她們得寸進尺。

約翰爵士在門口迎接她們母女，眞誠地歡迎她們的光臨。他陪著客人步入客廳，一再向幾位小姐表示，沒有找來幾位漂亮小伙子來歡迎她們，他深感不安；前一天，這個問題已經引起了他的不安。他說，除他之外，她們在這裡只能見到一位男客。這是他的一位特別要好的朋友，現在就住在這裡，不過他既不年輕，也不活躍。賓客這麼少，希望小姐們見諒，並且向她們保證：以後決不會再發生類似情況。那天上午，他跑了好幾家，想多拉幾個人來，怎奈今宵是個月明之夜，大家都有約會。幸運的是，米德爾頓夫人的母親才來到巴頓不久，她是個非常快樂、非常和藹的女人，爵士希望小姐們不會像她們想像的那樣感到枯燥乏味。幾位小姐和她們的母親見席上有兩位素不相識的客人，也就心滿意足，並沒有別的奢望。

米德爾頓夫人的母親詹寧斯太太是個上了年紀的女人，性情和悅，體態肥胖。她嘮嘮叨叨地說個不停，看樣子很開心，也相當粗俗。她很能說笑話，自己也跟著哈哈大笑。到晚飯結束時，她已經情人長、情人短說了不少俏皮話。她希望小姐們沒把自己的心上人留在蘇塞克斯，還假裝看見她們羞紅了臉，也不管是否眞有其事。瑪麗安爲姊姊抱不平，感到十分惱火。她將目光轉向艾麗諾，想看看她如何忍受這番攻擊，誰想艾麗諾看見妹妹那副一本正經的神氣，比聽到詹寧斯太太那陳腐不堪的戲謔還感到痛苦。

從風度上看，客人布蘭登上校似乎並不適合做約翰爵士的朋友，就如同米德爾頓夫人不適合做他的妻子、詹寧斯太太不適合做米德爾頓夫人的母親一樣。他沉默嚴肅，不過外貌倒不令人討厭，儘管瑪麗安和瑪格麗特認為他一定是個老光棍，因為他已經過了三十五歲。雖說他的面孔不算漂亮，卻顯得神情明睿，頗有紳士氣派。

這夥人中，哪一位也沒有任何與達什伍德母女志趣相投之處。不過，米德爾頓夫人過於陰沉，讓人反感至極，相形之下，嚴肅的布蘭登上校、興高采烈的約翰爵士及其岳母，倒還有趣一些。米德爾頓夫人好像只是飯後見她四個孩子吵吵嚷嚷地跑過來，興致才高起來。這些孩子把她拖來拖去，扯她的衣服，於是，大夥除了談論他們，別的話題全部停止。

到了晚上，人們發現瑪麗安很有音樂才能，便邀請她當場表演。琴蓋打開了，大家都準備陶醉一番。瑪麗安的歌喉非常優美，在眾人的要求下，她演唱了樂譜裡最動聽的幾首歌曲。這些樂譜都是米德爾頓夫人出嫁時帶過來的，後來放在鋼琴上可能一直沒有挪動過。不過，照她母親的話說，她彈得好極了；照她自己的話說，她非常喜愛音樂。

瑪麗安的演唱受到熱烈歡迎。每演唱完一支歌曲，約翰爵士便高聲讚嘆，而在表演的過程中，他又和人高聲交談。米德爾頓夫人一次次地叫他安靜，奇怪有人聽音樂怎麼能有哪怕是片刻的分心，而她自己卻要求瑪麗安演唱一支才剛剛唱完的歌曲。賓主之間，唯獨布蘭登上校沒有聽得欣喜若狂。上校只是懷有敬意地聽著；瑪麗安當時對他也深表尊敬，因為其他人表現出來的庸俗趣味，理所當然地失去了她的敬意。他對音樂的愛好雖然沒有達到著迷的程度，沒有與她自己等同，但是與其他人的麻木不仁相對照，卻顯得十分難能可貴。瑪麗安非常通情達理地認為，一個三十五歲的男人，可能早已失去了感情的敏銳性和對歡樂的強烈感受。她完全可以理解上校的老成持重，這是人類所必需的。

第八章

詹寧斯太太是個寡婦，丈夫臨死時給她留下一大筆遺產。她只有兩個女兒，已親眼看著她們嫁給了體面的人家，於是現今閒著無事可做，只好給人家說親。她撮合起這種事情，只要力所能及，總是熱情滿懷，勁頭十足，只要是她認識的青年人，從不錯過一次說媒拉線的機會。她的嗅覺異常靈敏，善於發現兒女私情，而且專愛暗示誰家小姐迷住了某某公子，逗得人家滿臉通紅，心裡飄飄然。她憑藉這雙慧眼，剛到巴頓不久，便斷然宣布：布蘭登上校一心愛上了瑪麗安．達什伍德。

頭天晚上在一起時，從他聚精會神聽她唱歌的那副神情看，她就頗爲懷疑情況如此。後來米德爾頓夫婦到鄉舍回訪時，他又一次全神貫注地聽她唱歌，事實便確定無疑了。事情肯定如此。她有百分之百的把握。這將是一起天設良緣：他有錢，她有貌。自從在約翰爵士家第一次認識布蘭登上校以來，詹寧斯太太就急於想給他找個好太太。同時，她又總是急於想給每個漂亮姑娘找個好丈夫。

當然，她自己也可直接占到不少便宜，因爲這爲她戲弄他們兩人提供了無窮無盡的笑料。她在巴頓莊園嘲笑布蘭登上校，到了鄉舍便嘲弄瑪麗安。對於前者，她的戲弄只牽涉到他一個人，因而他也毫不在乎。但是對於後者，她的嘲弄起先是莫名其妙的，後來弄清楚了是針對誰的，瑪麗安眞不知道是該嘲笑這事的荒謬，還是責難它的欠妥。她認爲這是對上校上了年紀和孤苦伶仃的單身漢處境的無情捉弄。

達什伍德太太很難想像，一個比她自己年輕五歲的男人，在她女兒那富於青春活力的心目中，會顯得何等蒼老，於是便大著膽子對詹寧斯太太說：她不該拿上校的年齡取笑。

「不過，媽媽，這雖然不能說是居心不良，但你起碼不能否認那是荒唐的。當然，布蘭登上校比詹寧斯太太年輕，不過他老得都可以做我父親了。他若是曾經有興致談過戀愛的話，現在早就沒有這種衝動啦！眞是滑稽透頂！如果人的年老體衰都要成爲話柄，那麼何時才能不受到戲謔？」

「體衰！」艾麗諾說。「你說布蘭登上校體衰了？不難想像，他的年齡在你看來比母親看來要大得多，不過你總不能自欺欺人地說他手腳不靈活吧！」

「你沒聽說他有風濕病嗎？難道這不是最常見的衰老症？」

「我最親愛的孩子，」她母親笑著說，「照這麼說，你一定在不停地爲我的衰老而感到心驚膽戰啦。在你看來，我能活到四十歲的高齡一定是個奇蹟吧。」

「媽媽，你曲解了我的意思。我知道，布蘭登上校還沒老到使他的朋友現在就擔心會合乎自然地失去他。他可能再活二十年。但是到了三十五歲就不該考慮結婚。」

「也許，」艾麗諾說道，「三十五歲的人和十七歲的人最好不要結成姻緣。不過，萬一有個女人到了二十七歲還是獨身，我看布蘭登上校若是想要娶她爲妻，三十五歲總不該成爲障礙吧。」

過了一會兒，瑪麗安說道：「一個二十七歲的女人決不可能春心復萌，或者惹人動情。她若是家境不好，或者財產不多，認爲做妻子可以不愁生計，並且生活得安穩些，說不定會甘願去盡盡保姆的職責。因此，娶這樣一個女人，並沒有什麼不妥之處。這是一項實惠的協定，大家都感到稱心如意。在我看來，這根本算不上婚姻，不過這也無關緊要。對我來說，這似乎只是一種商品交換，雙方都想損人利己。」

「我知道，」艾麗諾回答說，「不可能讓你相信，一個二十七歲的女人可以對一個三十五歲的男人產生一定的愛情，使他成爲自己的理想伴侶。但是我不贊成你把布蘭登上校看成快死了，僅僅因爲他昨天（一個潮濕的大冷天）偶爾抱怨了一聲，說一邊肩膀略有點風濕病的感覺，便認爲他和他妻子注定要永遠關在病室裡。」

「可是他說起了法蘭絨背心，」瑪麗安說。「在我看來，法蘭絨背心總是與疼痛、痙攣、風濕以及老年體弱人所患的種種病症聯繫在一起的。」

「他只要發一場高燒，你就不會這麼瞧不起他了。坦白地說，瑪麗安，你不感到發燒時的紅臉頰、瞇眼睛、快脈搏也很有趣嗎？」

說完這話，艾麗諾便走出了房間。

「媽媽，」瑪麗安說道，「我對疾病抱有一種恐懼感，沒法向你隱瞞。我敢肯定，愛德華·費拉斯身體不好。我們來這兒都快兩個星期了，可他還不來。只有身體不好，才會使他拖延這麼許久。還有什麼事情能把他耽擱在諾蘭莊園呢？」

「你認爲他會來得這麼快？」達什伍德太太說。「我並不這麼想。正相反，如果說我對這件事有點擔憂的話，那就是我記得當初邀請他來巴頓作客時，他接受得不夠痛快。艾麗諾是不是已經在盼他來了？」

「我從沒和她提這件事。不過，她當然在盼。」

「我倒是認爲你想錯了。昨天我和她說起：想給那間空臥室安個爐子，她說現在不急，那間屋子可能一時還用不著。」

「這就怪啦！這是什麼意思呢？不過，他們兩人之間的態度也眞叫人不可思議！他們最後告別的時候有多麼冷淡，多麼鎮靜啊！他們最後聚會的那天晚上，說起話來多麼無精打采啊！愛德華道別時，對艾麗諾和我不加區別，都像親兄長似地祝願一聲。最後一天早晨，我有兩次故意把他們兩人拋在屋裡，可是不知道怎麼搞的，他兩次都跟著我走了出來。而艾麗諾在離別諾蘭莊園和愛德華時，還不及我哭得厲害。直到如今，她還一個勁地克制自己。她什麼時候沮喪過？什麼時候憂傷過？她什麼時候迴避跟別人交往？在交往中，她什麼時候顯出煩躁不安過？」

第九章

達什伍德家母女在巴頓定居下來，日子過得還算舒適。房屋、花園以及周圍的一草一木都熟悉了，原先給諾蘭莊園帶來一半魅力的那些日常消遣，現今在這裏也都恢復起來。自從父親去世以後，諾蘭莊園一直沒有使她們這麼快樂過。約翰．米德爾頓爵士在頭半個月裏天天都來拜訪。他在家裏清閒慣了，見她們總是忙忙碌碌的，不禁大爲驚奇。

達什伍德家的客人除了巴頓莊園一家人，來自別處的並不多。雖然約翰爵士一再懇請她們多與附近鄰舍交往，並且一再保證她們可以隨時使用他的馬車，怎奈達什伍德太太稟性好強，只能委屈女兒們少與外人來往。凡遠於步行可達的人家，她一概拒不走訪。其實，屬於這種情況的人家本來就寥寥無幾，何況還不都是能拜訪得成的。一次，小姐們才到不久，出去散步，順著彎彎曲曲的艾倫漢峽谷漫步走去（前面提到，這就是從巴頓村分出的那條支谷）。在離鄉舍大約一英里半的地方，發現一幢古老氣派的大宅第。這座宅第多少使她們想起了諾蘭莊園，激起了她們的興趣和遐想，情不自禁地想仔細瞧瞧。誰知一打聽，才知道房主是個性情和悅的老太太，不幸的是，她體弱多病，無法與世人交往，從來不出家門。

整個鄉間，曲徑交錯，景致幽美。一座座高聳的山岡，從鄉舍的窗口望去十分誘人，小姐們禁不住想攀登上去尋幽訪勝。又見谷中灰塵彌漫，綺麗的景色盡被遮斷，只有爬上山頂，才能盡情領略。一個難以忘懷的早晨，瑪麗安和瑪格麗特邁步向一座山上爬去。她們深爲透過陣雨灑下的陽光之美所吸引。同時，兩天來陰雨連綿，一直把她們關在家裏，憋得實在受不了。不過，儘管瑪麗安聲稱當天全天見晴，烏雲就要從山頂上驅散，這天氣還是無力把媽媽和姊姊吸引出來，她們依然是畫畫的畫畫，看書的看書，於是，兩位小姐就一塊出來了。

她們興高采烈地往山上爬去，每次瞥見藍天，都爲自己的先見之明感到高興。一股令人振奮的強勁的西南風迎面撲來，兩人不由得爲母親和艾麗諾顧慮重重、未能來分享她們的快樂和激動，而感到可惜。

「天底下還有比這還更開心的事嗎？」瑪麗安說。「瑪格麗特，我們起碼要在這兒溜達兩個小時。」

瑪格麗特欣然同意。兩人頂風前進，嘻嘻哈哈地又走了大約二十分鐘。驟然間，頭上烏雲密布，傾盆大雨劈頭蓋臉地潑撒下來。兩人又惱又驚，只好無可奈何地往回轉，因爲附近沒有比她們家更近的避雨處。不過，她們還有個聊以自慰的地方：在這緊要關頭，也是顯得異常得當的，她們還可以用最快的速度跑下陡峭的山坡，徑直衝到她們的花園門口。

她們開始跑了。瑪麗安起先跑在前頭，沒想到冷不防給絆倒了。瑪格麗特想停下來去扶她，卻怎麼也煞不住腳，身不由己地衝了下去，平安地到達山底。

就在瑪麗安出事的當兒，湊巧有個男子端著一支槍，領著兩隻獵犬，朝山上爬去，離瑪麗安不過幾碼遠。他放下槍，跑過去扶她。瑪麗安從地上爬起來，不料腳給扭傷了，根本站不起來。那男子上來攙她，發現她出於羞怯，不肯讓他幫忙，但事不宜遲，他還是把她抱起來，送下了山。然後穿過花園（瑪格麗特進來時沒有關門），將她徑直抱進屋裏。這時，瑪格麗特也剛剛進來。那男子把瑪麗安放在客廳的一張椅子上坐穩，然後才鬆開手。

艾麗諾和母親一見他們進來，便都驚愕地站了起來。兩人目不轉睛地盯著那男士，對他的出現明裏表示詫異，暗裏表示讚歎。那男子對自己的貿然闖入，一面表示歉意，一面陳述理由，態度誠摯大方。人本來就美貌絕倫，再聽那聲音、看那表情，更增添了幾分魅力。即令他又老又醜，俗不可耐，達什伍德太太就憑他關心女兒這一點，也會對他感激不盡，竭誠相待，何況他年輕貌美，舉止文雅，更使她對他的行爲越發歎賞不絕。

她幾次三番地向他道謝，並且帶著她那素有的親切口吻，請他坐下。不過，這被他謝絕了，因爲他渾身又髒又濕。隨後，達什伍德太太請問他的姓名，他說他姓威洛比，現在住在艾倫漢，希望能賞臉，允許他明天來向達什伍德小姐問安。達什伍德太太欣然同意，隨即他便冒著大雨告辭，這就使他更加惹人喜愛。

威洛比的堂堂儀表和不凡風度，立即成爲全家交口稱讚的主題，她們取笑他對瑪麗安過於殷勤，特別是一想起他那迷人的外表，便更加嗤笑不已。瑪麗安對他不如別人看得仔細，因爲她一被他抱起，就羞得滿臉通紅，進屋後哪裡顧得上去仔細打量他。不過，她也看了個大概，便跟著衆人一起大加讚賞，而且總是那麼起勁。他的人品風度，堪與她想像中的故事裏的英雄人物相媲美。他能事先不拘禮節地把她抱回家，可見眞夠當機立斷的，這就使她特別稱讚他的行爲。他一切的一切都很有趣。他的名字動聽，住在她們最喜愛的村莊裏。她很快發現，在所有的男式服裝中，就數狩獵夾克最神氣。她浮想聯翩，心裏不覺喜孜孜的，早把腳踝的傷痛拋到九霄雲外。

這天上午，天一放晴，約翰爵士便上門拜訪來了。她們一邊給他講述瑪麗安的意外遭遇，一邊迫不及待地詢問他是否認識艾倫漢一個姓威洛比的先生。

「威洛比！」約翰爵士大聲叫道，「怎麼，他在鄉下？不過，這是個好消息。我明天就坐車去找他，請他星期四來吃晚飯。」

「這麼說，你認識他？」達什伍德太太問道。

「認識他！當然認識他。噢，他每年都到這裏來。」

「他是個什麼樣的青年？」

「他的確是個好小伙子，要多好有多好。一個百發百中的神槍手，英格蘭沒有比他更勇敢的騎手。」

「你對他就能說這些？」瑪麗安急急地嚷道。「他與人相熟以後態度怎麼樣？有什麼愛好、特長和才能？」

約翰爵士愣住了。

「說實話，」他說，「我對他這些方面不太了解。不過，他是個可愛、快活的小伙子，養了一隻黑色的小獵犬，我從未見過那麼可愛的小獵犬。他今天把牠帶出來了嗎？」

就像約翰爵士說不清威洛比的智能狀況一樣，瑪麗安也不能令人滿意地告訴他那隻獵犬是什麼顏色。

「可是他是個什麼人？」艾麗諾問道。「他是哪裏人？在艾倫漢有房子嗎？」

在這一點上，約翰爵士可以提供比較確鑿的情報。他對她們說：威洛比先生在鄉下沒有自己的資產，他只是來探望艾倫漢大院的老太太，在那裏住幾天。他與老太太沾點親，以後要繼承她的財產。然後又補充說道：「是的，達什伍德小姐，老實跟你說吧，他很值得追求。除了這裏，他在薩默塞特郡❶還有一座小莊園。假若我是你的話，決不把他讓給妹妹，儘管他們一起滾下了山。瑪麗安小姐別想獨霸所有的男人。她若是不當心，那個布蘭登準會吃醋的。」

---

❶ 薩默塞特（Somerset）：英格蘭西南部郡名。

達什伍德太太和顏悅色地笑了笑，然後說道：「我相信，我的女兒不會像你所說的那樣去追求威洛比先生，使他爲難。她們從小沒有受過這種訓練。男人不用害怕我們，讓他永遠做有錢人去吧。不過，從你的話裏得知，他是個體面的年輕人！還可以結識一下。」

「我認爲他是個要多好有多好的小伙子，」約翰爵士重複說道。「我記得去年聖誕節，在巴頓莊園的一次小舞會上，他從晚上八點一直跳到凌晨四點，一次也沒坐下來。」

「眞的嗎？」瑪麗安大聲嚷道，眼裏閃閃發光。「而且還優雅自若，精神抖擻？」

「是的。而且八點鐘就起來了，騎馬去狩獵。」

「我就喜歡這樣。青年人不管愛好什麼，都應該孜孜不倦去追求。」

「啊，啊，我明白了，」約翰爵士說，「我明白了。你現在要去追求他啦，從此再也不想可憐的布蘭登了。」

「約翰爵士，」瑪麗安氣沖沖地說道，「我特別不喜歡你那個字眼。我討厭人們用陳腐不堪的字眼來戲謔人。『追求』一個人也好，『征服』一個人也好，都令人噁心透頂。這種說法越來越顯得粗俗不堪。如果說它們一度還稱得上巧言妙語的話，那麼久而久之，其巧妙之處早就喪失殆盡。」

約翰爵士聽不懂這番指責是什麼意思。不過，他還是開心地笑了，好像他聽懂了似的。然後，他回答說：「是呀，不管怎麼說，你肯定會征服不少人。可憐的布蘭登！他已經受到了很大的打擊。我可以告訴你，他是非常值得你去追求的，儘管發生了這起趺趺撞撞扭傷腳踝的事件。」

第十章

瑪麗安的救命恩人（這是瑪格麗特對威洛比言過其實的尊稱），第二天一早即來登門問安。達什伍德太太對他的接待不僅彬彬有禮，而且和藹可親，這是約翰爵士美言的結果，也是出自她自己的感激之情。威洛比在拜訪期間所見到的一切，都使他確信：他意外結識的這家人通情達理，舉止文雅，相親相愛，安安逸逸。對於她們的嫵媚動人，他無需進行第二次訪問，便深信不疑。

達什伍德小姐❶面色嬌嫩，眉目清秀，身段婀娜。瑪麗安長得還要漂亮。她的身材雖說不及她姊姊來得勻稱，但她個子高，顯得更加惹人注目。她的面孔十分漂亮，若是用一般的俗套來讚揚她，說她是個美麗的少女，倒不會像通常那樣純屬阿諛逢迎，與事實相去甚遠。她的皮膚黝黑，但是半透明似的，異常光潤；她眉清目秀，微笑起來甜蜜蜜的，十分迷人；她眼珠烏黑，機靈、神氣、熱切，誰見了都會喜愛。但在一開始，她還不敢向威洛比傳送秋波，因為一想起他抱她回家的情形，就覺得十分難為情。當這種感覺消釋了，當情緒鎮定下來，她看到他由於受到完美的紳士教養，顯得既坦率又活潑，尤其重要的是，她聽他說，他酷愛音樂和舞蹈，這時，她向他投出了讚賞的目光。於是，他來訪的後半段時間，絕大部分

---

❶ 按英國當時的習慣，姓加小姐是對大小姐的正式稱呼，二小姐以下或稱教名，或稱教名加姓。所以，本書中的「達什伍德小姐」一般指大小姐艾麗諾。

是用來同她攀談。

你要跟瑪麗安搭話，只消提起一項她所喜愛的娛樂活動就足夠了。一觸及這類話題，她就沉默不住了，談起話來既不靦腆，也不顧忌。他們迅即發現，兩人都愛好音樂和舞蹈，而且這種愛好還起因於他們對兩者完全一致的見解。爲此，瑪麗安大受鼓舞，便想進一步考察一下他的觀點。她問起他的讀書情況，搬出了她最喜愛的幾位作家，而且談得眉飛色舞。一個二十五歲的青年人不管以前多麼漠視讀書，如今面對如此優秀的作品還不趕緊頂禮膜拜，那一定是個十足的傻瓜。他們有著驚人相似的興趣。兩人崇拜相同的書籍、相同的段落，即使出現差別和異議，只要經她一爭辯，眼睛一亮閃，也都煙消雲散。凡是她所決定的，他都默認；凡是她所熱中的，他都喜愛。早在訪問結束之前，他們就像故友似地親切交談著。

「瑪麗安，」威洛比剛走，艾麗諾便說：「你這一個上午幹得很有成績呀！幾乎在所有重大問題上，你都已經摸清了威洛比先生的見解。你知道了他對考柏和司各特❷的看法，確信他對他們的優美詩篇作出了應有的評價。你還絕對相信他對波普❸的讚賞是恰如其分的。不過，照這樣奇特的速度了結一個個話題，你們怎麼能夠持久地交往下去！不用多久，你們最喜愛的話題都會一一談盡說完。再見一次面就能把他對美景和再婚的看法解說清楚，以後你就沒有東西好問了——」

「艾麗諾，」瑪麗安嚷道，「這樣說公平嗎？合理嗎？我的思想就這麼貧乏？不過，我明白你的意思。我一直太自在，太快活，太坦率了。我違背了拘泥禮節的陳腐觀念！我不該

---

❷ 司各特（Sir walter scott，一七七一～一八三二）：蘇格蘭浪漫主義詩人及歷史小說家。

❸ 波普（Alexander Pope，一六八八～一七四四）：英格蘭詩人。

那麼坦率，那麼誠摯，而應該沈默寡言，無精打采，呆頭呆腦，虛虛掩掩。我假若只是談談天氣馬路，而且十分鐘開一次口，那就不會遭此非難。」

「我的乖孩子，」她母親說，「你不該生艾麗諾的氣——她不過是開開玩笑。她要是眞想阻止你和我們的新朋友快樂地交談，我還要罵她呢。」頓時，瑪麗安又變得心平氣和了。

再看看威洛比。他處處表明，能結識她們委實使他感到榮幸。顯而易見，他熱切希望進一步改善這種關係。他每天都來登門拜訪。起先，他以問候瑪麗安爲藉口，但是，她們一天天待他越來越親切，使他深受鼓舞，沒等瑪麗安的身體完全復原，這種藉口已經大可不必了。瑪麗安在屋裡關了幾天，但是從來沒有關得這樣少有煩惱，威洛比是個十分精幹的小伙子，他思想敏捷，精力旺盛，性格開朗，感情充沛，他有這樣的氣質，正中瑪麗安的心意；因爲他把這些氣質不僅和他那副迷人的儀表，而且和他那顆火熱的心結合了起來。這顆心如今爲瑪麗安的心所激勵，變得更加火熱，博得了她的無比鍾情。

和他在一起逐漸成爲她的最大樂趣，他們一起讀書，一起交談，一起唱歌。他有相當高的音樂才能，讀起書來也充滿感情，富有生氣，這正是愛德華不幸所缺少的。

威洛比在達什伍德太太眼裡和瑪麗安眼裡一樣，也被視爲完美無缺。艾麗諾覺得他沒有什麼可以非議的地方，只是他有個和她妹妹十分相似、因而使妹妹特別喜愛的傾向，那就是任何時候，對自己的想法談論太多，不看對象，不分場合。他愛對別人匆忙下結論，注意力一旦被什麼東西吸引住了，便專心致志地盡情欣賞，連通常的禮貌都不顧了；本來是一些符合人情世故的禮儀，他也動輒加以蔑視，處處表明他辦事不夠謹愼小心，對此，儘管威洛比和瑪麗安極力進行辯護，艾麗諾還是不能贊同。

瑪麗安現在開始領悟到：她十六歲半就開始產生一種絕望情緒，認爲一輩子也見不到一個使她稱心如意的男人，這未免過於輕率，毫無道理。無論是在那不幸的關頭，還是在每個快樂的時刻，威洛比都是她理想中的完人，能夠引起她的愛慕。而且他的行爲表明，他在這方面的願望是熱切的，能力是超群的。

她母親起先沒因威洛比將來要發大財，便盤算她和瑪麗安結婚。但過了不到一個星期，她也隨著產生了希望和期待之心，並暗暗慶幸自己找到愛德華和威洛比這樣兩個好女婿。

布蘭登上校對瑪麗安的愛慕最早是被他的朋友們發現的，現在這些人注意不到了，卻第一次被艾麗諾察覺出來了。大夥的注意力和插科打諢都轉移到他那位更加幸運的情敵身上了。上校還沒產生愛慕之心之前招來了別人的戲謔，而待他果眞產生了感情，該當受人嘲弄的時候，卻得到了解脫。艾麗諾不得不勉強承認：詹寧斯太太原來說他對自己有感情，現在看來，他的感情實際上是讓她妹妹激發起來的。雖然雙方的情投意合促使威洛比產生了感情，但是雙方性格上的格格不入也沒有妨礙布蘭登上校產生好感。她爲此深感憂慮；因爲一個三十五歲的沉默寡言的人，跟一個二十五歲的朝氣蓬勃的人相競爭，哪裡能有什麼希望呢？既然她無法祝願他獲得成功，她衷心希望他不要那麼痴心。她喜歡他——儘管他莊重矜持，她仍然認爲他是個有趣的人。他的言談舉止雖說一本正經，卻也溫文爾雅。他的矜持似乎是精神受到某種壓抑的結果，而不是由於性情天生憂鬱引起的。

約翰爵士曾經暗示過，他以前曾遭受過創傷和挫折，這就證明她有理由認爲他是個不幸的人，因而對他充滿了敬意和同情。

也許正因爲上校受到威洛比和瑪麗安的冷眼看待，艾麗諾便更加同情他，敬重他。那兩個人覺得他既不活潑，又不年輕，就對他存有偏見，硬是設法貶低他的長處。

「布蘭登就是這麼一種人，」一天，他們一起議論他時，威洛比說，「口頭上人人都稱讚他，內心裡誰也不喜歡他；大家都願意見到他，可是誰也想不到要和他談話。」

「這正是我的看法。」瑪麗安嚷道。

「不過，不要過甚其詞，」艾麗諾說，「你們兩人都不公道。巴頓莊園一家人對他十分器重，我自己每次見到他總要設法同他交談一陣。」

「他能受到你的垂愛，」威洛比回答說，「當然是很體面的。但是別人對他的器重，卻實在是一種責備。誰會心甘情願地去接受米德爾頓夫人和詹寧斯太太一類女人的讚許呀？那簡直是一種恥辱，只能使人漠然置之。」

「不過，也許像你和瑪麗安這種人的非議，可以彌補米德爾頓夫人及其母親的敬重。如果說她們的讚許是責備，那你們的責備就是讚許啦；因爲和你們的偏見不公相比較，她們還不是那麼沒有眼力。」

「爲了保護你的被保護人，你竟然變得無禮了。」

「我的被保護人（用你的話說），是個很有理智的人；而理智對於我總是富有魅力的。是的，瑪麗安，即使他是個三、四十歲的人。他見的世面多，出過國，讀過不少書，有個善於思考的頭腦。我發現他在許多問題上都能給我提供不少知識，他回答我的問題時，總是非常乾脆，顯示出良好的教養和性情。」

「這就是說，」瑪麗安帶著輕蔑的口氣，大聲說道：「他告訴過你，東印度群島氣候炎熱，蚊子令人討厭啦。」

「我不懷疑，假如我問到這些問題的話，他會這麼告訴我的。然而遺憾的是，這都是些我早就知道的事。」

「也許，」威洛比說，「他還可以扯得遠些，說起從印度回來的財主、莫赫爾金幣❹和東方轎子。」

「我可以冒昧地說，他的見聞之廣是你的坦率所望塵莫及的。可你爲什麼討厭他？」

「我沒有討厭他。相反，我認爲他是個十分可敬的人。大家都稱讚他，可是沒有人注意他。他有花不完的錢，用不完的時間，每年添置兩件新外套。」

「除此之外，」瑪麗安高聲說道，「他既沒有天資和情趣，也沒有朝氣。他的思想缺乏光彩，他的心靈缺乏熱情，他的聲音刻板單調。」

「你們一下子給他編派了那麼多缺點，」艾麗諾回答說，「完全是憑著你們自己的想像。相形之下，我對他的稱讚就顯得淡漠無味了。我只能說他是個很有理智的人，受過良好的教育，見多識廣，舉止文雅，而且我認爲他的心地溫厚。」

「達什伍德小姐，」威洛比大聲說道，「你對我太不客氣了。你是在設法說服我，讓我違心地接受你的看法。然而，這是不可能的。任憑你多麼善於花言巧語，你都會發現我是執著不變的。我之所以不喜歡布蘭登上校，有三個無可辯駁的理由：其一，我本來希望天晴，他偏要嚇唬我說有雨；其二，他對我的車幔吹毛求疵；其三，我怎麼說他也不肯買我的棕色牝馬。不過，如果我告訴你我認爲他的品格在其他方面是無可指責的，從而能使你感到心滿意足的話，我願意應承。不過，這種應承肯定會給我帶來痛苦，作爲對我的報答，你不能剝奪我可以一如既往地不喜歡他的權利。」

❹莫赫爾金幣（mohur）：以前的印度金幣，一枚相當於十五盧比。

第十一章

達什伍德母女剛來德文郡的時候，萬萬沒想到馬上會有這麼多約會，請帖接二連三，客人絡繹不絕，簡直沒有空閒幹點正經事。然而，情況就是如此。等瑪麗安徹底好了，約翰爵士事先制定的室內外娛樂計劃便一個個付諸實現了。

這時，莊園裏開始舉行私人舞會了，人們還趁著十月天降雨的間歇機會，經常舉行水上遊藝會。每逢這種聚會，威洛比勢必到場。當然，這些聚會搞得優閒自如，恰好可以進一步密切他和達什伍德母女的關係，讓他有機會目睹一下瑪麗安的嫵媚多姿，表露一下他對她的傾慕之情，同時也想從她的言談舉止中，得到她也有情於自己的確鑿保證。

艾麗諾對他們的相戀並不感到意外。她只希望他們不要搞得太露骨，曾有一、兩次冒昧地建議瑪麗安還是克制點爲好。瑪麗安討厭遮遮掩掩的，覺得縱情任性不會眞正喪失體面，克制感情本身就不值得稱道。在她看來，這不僅沒有必要，而且是理智對陳腐錯誤觀念的可恥屈從。威洛比也有同感，他們的行爲始終可以說明他們的觀點。

只要他在場，瑪麗安便目無他顧。他做的每件事都很正確，說的每句話都很高明。如果莊園裏的晚會最後以打牌結束，那麼他就會極盡作弊之能事，寧肯犧牲自己和其他人，也要給她湊一手好牌。如果當晚的主要活動是跳舞，那麼他們有一半時間是在一起跳。萬不得已給拆散一、兩次，也要盡量挨在一起，兩人跟別人連一句話都不說。這種行爲自然會讓衆人嗤笑不已，但是嗤笑並不能使他們感到難爲情，也似乎並不惹得他們惱火。

達什伍德太太完全體諒他們的心情，她只覺得心裏熱呼呼的，哪裏還顧得上阻止他們感情的過於外露。在她看來，這僅僅是熱情奔放的年輕人傾心相愛的必然表現。

這是瑪麗安的幸福時刻。她把心獻給了威洛比。她從蘇塞克斯來到這裏時，還對諾蘭莊園滿懷深情，認爲這種感情什麼時候也不會淡薄。可是如今，威洛比的到來給她現在的家帶來了魅力，她對諾蘭莊園的一片深情就有可能淡薄下去。

艾麗諾倒不感到這麼幸福。她的心裏並不那麼安寧，對於各項娛樂並不那麼眞心歡喜，因爲這些娛樂既不能爲她提供一個夥伴，借以代替她撇在諾蘭莊園的那個人，又不能開導她減少對諾蘭莊園的思戀哀惜之情。無論米德爾頓夫人還是詹寧斯太太，都不能爲她提供她所留戀的那種談話，儘管後者是個喋喋不休的健談家，並且從一開始就很優待她，使她得以較多地聆聽她的談論。她已經早把自己的履歷向艾麗諾反覆講了三、四遍。艾麗諾只要沒有白長這麼大，記性還可以的話，她或許早在她們剛認識時，就了解到詹寧斯先生最後一場病的詳細情況，以及他臨終前幾分鐘對他太太說了些什麼話。

如果說米德爾頓夫人比她母親令人合意些，那只是在於她比較少言寡語。艾麗諾不用仔細觀察就能發現，她之所以少言寡語，只是因爲她性情穩靜，和理智毫無關係。她對丈夫、母親和別人一樣，都是這副樣子，因此不能企望她會親密一些。她除了重覆前一天說過的話之外，別無他言。她的漠然寡趣是無可改變的，因爲即使她的心情也總是一成不變的。對於丈夫安排的各種聚會，只要一切都辦得體面氣派，兩個大孩子又能跟著她，她也並不表示反對。但是，她似乎從來不顯得比坐在家裡快樂些。她雖然也出席，但從不介入衆人的交談，因而不能給別人增添樂趣，有時只有當她關照那些調皮搗蛋的孩子時，才知道她在場。

艾麗諾覺得，在她新結識的人裏，唯有布蘭登上校堪稱具有一定的才幹，能激起友誼的興致，帶來交往的樂趣。威洛比可就談不上啦。儘管她愛慕他，敬重他，甚至姊妹般地敬重他，但他畢竟處在熱戀之中，只知道向瑪麗安獻殷勤。也許，他若是少獻點殷勤，倒會更討衆人喜歡些。布蘭登上校很是不幸，他本想傾心於瑪麗安，瑪麗安對他卻無情意，冷若冰霜。不過，透過與艾麗諾進行交談，他得到了最大的安慰。

艾麗諾越來越同情上校，因爲她有理由猜想，他已經感到了失戀的痛苦。這種猜想是一天晚上在巴頓莊園聽他無意中漏出一句話而引起來的。當時，別人都在跳舞，他倆經過彼此同意，一道坐了下來。上校兩眼凝視著艾麗諾，沉默了幾分鐘之後，淡然微笑著說：「據我了解，你妹妹不贊成第二次愛情。」

「是的，」艾麗諾應道，「她的想法十分羅曼蒂克。」

「依我看，更確切的說，她認爲不可能存在第二次愛情。」

「我看她是這樣認爲的。但是，我不曉得她怎麼能這樣想，這豈不有損於她自己父親的人格，因爲他就有過兩個妻子。不過，再過幾年，她就會根據自己的常識和觀察，把看法變得合情合理一些。到那時候，她的觀點在除她以外的任何人看來，都會比現在更容易解釋，更容易辯護。」

「情況可能如此，」上校答道。「然而青年人的偏見別有一番親切感，誰肯忍心拋棄，而去接受那些比較平常的觀點？」

「在這一點上我不能同意你的看法，」艾麗諾說。「瑪麗安這樣的觀點帶有種種不宜之處，任憑世人的狂熱和無知有多大魅力，也將於事無補。不幸的是，她的思想嚴重傾向於蔑視禮儀。我期望她能進一步認識世界，這可能給她帶來極大的好處。」

上校停了一會兒，然後繼續說道：「你妹妹是不是不加區別地一概反對第二次戀愛？難道每個人這樣做都同樣有罪嗎？難道凡是第一次選擇失當的人，無論因爲對象朝三暮四，還是因爲情況違逆多舛，就該一輩子漠然處之？」

「說眞心話，我對她的詳細見解並不了解。我只知道，我從未聽她說過有哪一起二次戀愛是可以寬恕的。」

「這種看法，」上校說，「是不會持久的。感情上的變化，感情上的徹底變化——不，不，不要痴心妄想了，因爲青年人富於幻想，一旦被迫改變主意，代之而來的總是些平庸不堪、危險至極的觀點！我這樣說是有切身體驗的。我從前認識一位女子，她在性情和心地上很像你妹妹，像她那樣思考問題，判斷是非，但是她被迫改變了——是讓一連串的不幸事件逼迫的——」

說到這裏，他驀然地頓住了，似乎覺得他自己說得太多了。看他那臉色，艾麗諾不禁起了猜疑。她看得出來，他不想提起與那女子有關的事情，要不然，這女子不會引起她的疑心。其實，事情不難想像，他之所以如此動情，必定與想起過去的隱衷有關。艾麗諾沒去多想。不過，若是換成瑪麗安，卻不會想得這麼少。她憑著活躍的想像，很快就會把整個故事構思出來，一切都會被納入一場愛情悲劇的框框，令人憂傷至極。

第十二章

第二天早晨，艾麗諾與瑪麗安一起散步，瑪麗安向姊姊透露了一樁事。艾麗諾早就知道瑪麗安言行輕率，沒有心機，但是這樁事表明她搞得實在太過份了，不免大爲驚訝。瑪麗安欣喜異常地告訴她，威洛比送給她一匹馬。這匹馬是他在薩默塞特郡的莊園裏親自餵養的，正好供女人騎用。她也不想一想母親從不打算養馬——即便母親可以改變決心，讓她接受這件禮物，那也得再買一匹，僱個傭人騎著這匹馬，而且終究還得建一所馬廄——這一切她全沒考慮，就毫不猶豫地接受了這件禮物，並且欣喜若狂地告訴了姊姊。

「他準備馬上打發馬夫去薩默塞特郡取馬，」她接著說，「馬一到，我們就能天天騎啦。你可以跟我合著用。親愛的艾麗諾，你想想看，在這丘陵草原上騎馬飛奔，該有多麼愜意啊！」

她很不願意從這幸福的迷夢中驚醒，更不願意去領悟這樁事所含的不幸現實。有好長時間，她拒不承認這些現實。再僱一個人，那花不了幾個錢，她相信母親決不會反對。傭人騎什麼馬都可以，隨時都可以到巴頓莊園去牽。至於馬廄，只要有個棚子就行。隨後艾麗諾冒昧的表示，從一個自己並不了解、或者至少是最近才了解的男人那裏接受禮物，她懷疑是否恰當。這話可叫瑪麗安受不了啦。

「你想錯了，艾麗諾，」她激動地說道，「你認爲我不很了解威洛比。的確，我認識他的時間不長，可是天底下的人除了你和媽媽之外，我最了解的就是他了。熟悉不熟悉，不取決於時間和機緣，而只取決於性情。對某些人來說，七年也達不到相互了解，而對另些人來說，七天就綽綽有餘了。我倘若接受的是我哥哥的馬，而不是威洛比的馬，我會覺得更不恰當，那才問心有愧呢。我對約翰很不了解，雖然我們一起生活了許多年；但對威洛比，我早就有了定見。」

艾麗諾覺得，最好別再觸及那話題。她知道她妹妹的脾氣，在如此敏感的一個問題上與她針鋒相對，只會使她更加固執己見。於是，她便轉而設法激起她的母女之情，向她擺明：母親是很溺愛子女的，倘使她同意增加這份家產（這是很可能的），那一定給她招來諸多不便。這麼一講，瑪麗安當即軟了下來。她答應不向母親提起送禮的事，以免惹得她好心好意地貿然應允。她還答應下次見到威洛比時告訴他，不能收他的禮物了。

她信守諾言，威洛比當天來訪時，艾麗諾聽她低聲向他表示：她很失望，不得不拒絕接受他的禮物。她同時申述了她之所以改變主意的緣由，說得他不好再作懇求。但是威洛比顯然十分關切，並且一本正經地做了表白，然後以同樣低微的聲音接著說道：「不過，瑪麗安，這馬雖然你現在不能使用，卻仍然歸你所有。我先看養著，直到你領走爲止。等你離開巴頓去建立自己的家庭時，『馬布皇后』（馬的名字）就能以你爲主人了。」

這一席話都被達什伍德小姐無意中聽到了。她從他的整個說話內容，從他說話時的那副神情，從他直稱她妹妹的教名，當即發現他們兩人如此親密，如此直率，眞可謂情投意合極了。從此刻起，她不再懷疑他們之間已經許定終身。唯一使她感到意外的是，他們兩人性情如此坦率，她（或他們的朋友）竟因此而受騙，以至於在無意中她才發現這一秘密。

次日，瑪格麗特向她透露了一些情況，這就使問題更加明朗。前一天晚上，威洛比和她們在一起，當時客廳裏只剩下瑪格麗特、威洛比和瑪麗安，於是瑪格麗特便乘機觀察一番。

隨後，當她和她大姊單獨待在一起時，她擺出一副神氣十足的面孔，向她透個口風。

「噢！艾麗諾，」她嚷道，「我想告訴你瑪麗安的一件秘密。我敢肯定，她不久就要嫁給威洛比先生了。」

「自從他們在高派教會丘地邂逅以來，」艾麗諾答道，「你幾乎天天都這麼說。我想他們認識還不到一個星期，你就一口咬定瑪麗安脖子上掛著他的相片，沒想到那原來是伯祖父的小小畫像。」

「不過，這次確實是另一碼事。我敢肯定，他們不久就要結婚了，因爲他有一綹瑪麗安的頭髮。」

「當心點，瑪格麗特，那也許只是他伯祖父的頭髮。」

「艾麗諾，那的確是瑪麗安的頭髮。我幾乎可以肯定，因爲我親眼見他剪下來的。昨晚用過茶，你和媽媽都走出了房間，他們在竊竊私語，說起話來要多快有多快。威洛比像是在向她央求什麼東西，隨即只見他拿起剪刀，剪下她一綹長頭髮，因爲她的長髮都在背後。他把頭髮親了親，然後捲起來包在一張白紙裏，裝進他的皮夾。」

瑪格麗特說得這麼有根有據，有鼻子有眼，艾麗諾不能不相信啦。況且，她也不想再去懷疑，因爲情況與她自己耳聞目睹的完全一致。瑪格麗特並非總是顯得十分機靈，有時難免引起姊姊的不快。一天晚上，詹寧斯太太在巴頓莊園硬逼著她說出誰是艾麗諾的意中人（長久以來，她一直對此興致勃勃），瑪格麗特瞅了瞅姊姊，然後回答說：「我不能說，是吧，艾麗諾？」

不用說，這句話惹起一陣哄堂大笑，艾麗諾也試圖跟著笑，但這滋味是苦澀的。她知道瑪麗安要說的是哪個人，她不能心安理得地容忍這個人的名字成爲詹寧斯太太的永久笑柄。

瑪麗安倒是眞心實意地同情姊姊，不料卻好心幫了倒忙，只見她滿臉脹得通紅，悻悻然地對瑪格麗特說：「記住，不管你猜的是誰，你都沒有權利說出去。」

「我從沒有猜測過，」瑪格麗特答道，「那是你親口告訴我的。」

衆人一聽更樂了，非逼著瑪格麗特透點口風不可。

「噢！瑪格麗特小姐，你就全部說給我們聽聽吧，」詹寧斯太太說。「那位先生叫啥名字呀？」

「我不能說，太太。不過我知道他叫什麼名字，還知道他在哪兒。」

「喲！我們也猜得出他在哪兒，當然是在諾蘭莊園啦。大概還是那個教區的副牧師。」

「不，那他可不是。他壓根兒沒有職業。」

「瑪格麗特，」瑪麗安氣沖沖地說道，「你知道這都是你無中生有，實際上並不存在這麼個人。」

「哦，這麼說他不久前去世啦？瑪麗安，我敢肯定，以前可有過這麼個人，他的姓開頭一個字是『費』。」

使艾麗諾感激不盡的是，恰在這時，米德爾頓夫人說了一句話：「雨下得很大呀！」不過她知道，夫人之所以打岔，並非出於對自己的關心，而是因爲她對她丈夫和母親熱中於這種低級趣味，深爲厭惡。她提出的這種話頭當即被布蘭登上校接了過去，因爲他在任何場合都很照顧別人的感情。於是兩人下雨長下雨短地說了一大堆。威洛比打開鋼琴，要求瑪麗安坐下來彈一支曲。由於大家都想結束這個話題，這樣一來，談話就不了了之。但是艾麗諾受了這場虛驚，卻不那麼容易恢復鎭靜。

當晚，大家組成一個觀光團，準備第二天去參觀一個景色十分優美的地方。此地離巴頓約有十二英里，那地方歸布蘭登上校的姊夫所有。若上校沒有興致，別人誰也別想去隨意遊覽，因爲主人當時出門在外，對此曾有言在先，十分嚴格。據說這地方美極了，約翰爵士大力讚賞。近十年來，爵士每年夏天至少要組織兩次遊覽，因而可說是很有發言權。這裏小湖風光旖旎，上午主要用來乘船遊覽。大家帶上冷餐，乘上敞篷馬車，一切都按觀光團的通常規格行事。

在場有幾個人認爲，這似乎是一次冒險的行動，因爲時令不對，兩週來每天都在下雨。達什伍德太太由於感冒，經艾麗諾勸說，同意留在家裏。

第十三章

大家一心打算去惠特韋爾遊覽，但是結果卻是完全出乎艾麗諾的意料之外。她本來準備給淋得渾身濕透，累得精疲力竭，嚇得膽戰心驚；然而事情比這還要糟糕，因爲他們根本沒有去成。

十點鐘光景，觀光的人們聚集到巴頓莊園，準備吃早飯。雖然昨晚下了一夜雨，早晨的天氣卻相當適意，只見天上的烏雲正被驅散，太陽時隱時現。大夥興高采烈，興致勃勃，迫不及待地想玩樂一番，而且下定決心，即使有天大的艱難險阻，也在所不辭。

正當吃早飯的時候，郵差送信來了，其中有一封是給布蘭登上校的。他接過信，一看姓名地址，臉色唰地變了，當即走出了房間。

「布蘭登怎麼啦？」約翰爵士問。

誰也說不上來。

「但願他沒有收到壞消息，」米德爾頓夫人說。「一定有要緊的事，不然布蘭登上校不會這麼突然離開我的飯桌。」

大約過了五分鐘，他又回來了。

「上校，我想沒有壞消息吧？」他剛走進房裏，詹寧斯太太便問道。

「絕對沒有，太太，謝謝你。」

「是從阿維尼翁寄來的吧？但願信裏別說你妹妹病勢加重了。」

「沒說，太太。信是從城裏寄來的，只是一封公函。」

「倘若只是一封公函，怎麼能使你這麼心煩意亂呢？得了，得了，這不可能。上校，把事情的眞相說出來吧。」

「我的好媽媽，」米德爾頓夫人說，「看你說些啥呀。」

「也許是告訴你，你的表妹要出嫁啦？」詹寧斯太太說，對女兒的責備置若罔聞。

「不，眞的不是那回事兒。」

「噢，那麼，我知道是誰寄來了。上校，但願她安然無恙。」

「你這是說誰呀，太太？」他回道，臉色有點發紅。

「哦！你知道我說誰。」

「我非常抱歉，夫人，」他對米德爾頓夫人說，「今天竟然收到這封信。這是封公函，要我馬上到城裏去。」

「到城裏去！」詹寧斯太太大聲嚷道。「在這個時節，你到城裏會有什麼貴幹？」

「我們大家如此合得來，」上校接著說，「離開你們眞是我的莫大損失。而使我感到更加不安的是：你們要進惠特韋爾，恐怕需要我親自引見才行。」

這對衆人是當頭一擊！

「布蘭登先生，你要是給女管家寫個條子，」瑪麗安性急地說道，「這還不行嗎？」

上校搖搖頭。

「我們一定要去，」約翰爵士說。「事到如今，不能推延啦。布蘭登，你可以等到明天再進城，就這麼說定啦！」

「我但願能這麼容易就定下來。可是我無權推遲行期，哪怕一天也不行！」

「你只要告訴我們你有什麼事，」詹寧斯太太說，「我們也好評評能不能推遲。」

「你要是等到我們回來再進城，」威洛比說，「你頂多晚走六個小時。」

「我一個小時也耽擱不得。」

這時，艾麗諾聽見威洛比低聲對瑪麗安說：「有些人總是不肯與大夥一塊玩樂，布蘭登就是其中的一個。我敢肯定，他一定害怕感冒，於是就耍了個金蟬脫殼之計。我願拿五十個畿尼❶打賭，那封信是他自己寫的。」

「對此我毫不懷疑。」瑪麗安應道。

「布蘭登，我早就了解，」約翰爵士說，「你一旦下定決心，別人是無法說服你改變主意的。不過，我還是希望你慎重考慮一下。你想想，這裏有從牛頓趕來的兩位凱里小姐，有從鄉舍趕來的三位達什伍德小姐，再說威洛比先生，他為了去惠特韋爾，特意比平時早起了兩個小時。」

布蘭登上校再次表示遺憾，讓大家感到失望了，但同時又說，這實在無法避免。

「那好，你什麼時候回來？」

「我們就在巴頓等你，」米德爾頓夫人接著說，「希望你一得便就離開城裏。我們一定等你回來再去惠特韋爾。」

「謝謝你的一番好意。不過，我說不定什麼時候能回來，因此不敢貿然應允。」

「哦！他一定得回來，」約翰爵士大聲說。「如果到週末還沒有回來，我就去找他。」

「對，去找他，約翰爵士，」詹寧斯太太也附合著嚷道。「到時候，你也許會發現他在

---

❶ 畿尼（guinea）：英國舊金幣，值二十一先令。

幹什麼事呢！」

「我不想去探究別人在幹什麼事，我想，這是一件使他感到羞恥的事情。」

僕人通報，布蘭登上校的馬備好了。

「你不會騎著馬進城吧？」約翰爵士接著問。

「是的——我只騎到霍尼頓，然後改乘驛車。」

「好吧，既然你執意要走，我祝你一路順風。不過，你最好能改變主意。」

「老實說，我的確無能為力。」

他隨即向衆人辭別。

「達什伍德小姐，難道我今冬沒有機會在城裏見到你和你妹妹？」

「恐怕毫無機會。」

「這麼說，我們分別的時間比我希望的要長啦！」

他對瑪麗安只鞠了一躬，沒說什麼。

「喂，上校，」詹寧斯太太說，「你臨走之前，務必告訴我們你要去幹什麼。」

上校向她說了聲「再見」，然後由約翰爵士陪同，走出了房間。

剛才大家出於禮貌，一直壓抑著的滿腹委屈和哀怨，現在一古腦兒發泄出來了。他們三番兩次地表示，碰到這種掃興的事情，真叫人惱火。

「不過，他的事兒我猜得出來。」詹寧斯太太眉飛色舞地說。

「眞的嗎，太太？」大家幾乎異口同聲地說。

「眞的，我看一定是爲威廉斯小姐的事兒。」

「威廉斯小姐是誰？」瑪麗安問。

「什麼！你還不知道威廉斯小姐是誰？我敢說，你以前一定聽說過她。她是上校的一個親戚，親愛的！一個非常近的親戚。我們不說有多麼近，免得嚇壞了諸位小姐。」接著，她略微放低聲音，對艾麗諾說：「她是他的親生女兒。」

「眞的！」

「噢！是的。一愣起神來很像上校。上校大概要把全部財產都留給她。」

約翰爵士一回來，便和大夥一起對這不幸的事深表遺憾，不過，他最後提議，既然大家都聚在一起，總得做點事情開開心。經過商量，大家一致認爲，雖說去惠特韋爾才能感到快樂，但現在坐車在鄉下轉轉也能散散心。隨即，主人吩咐套好馬車。頭一輛是威洛比的，瑪麗安上車時看上去從來沒有那樣開心過。威洛比驅車迅速穿過邸園，一轉眼便不見了。兩人一去便無影無蹤，直到大家都回來了，才見他們返回。看樣子，兩人逛得十分開心，不過嘴裏只是籠統地說：大家都往高地上去了，他們一直在小路上兜風。

後來大夥商定，晚上舉行一場舞會，讓大家整天都歡歡樂樂的。凱里家又來了幾個人，晚飯就餐的將近二十人，約翰爵士見此情景極爲得意。威洛比像往常一樣，在達什伍德家兩位大小姐之間就座。詹寧斯太太坐在艾麗諾右首。大家剛入座不久，她就扭身俯在艾麗諾和威洛比背後，同瑪麗安嘀咕起來，聲音不高也不低，那兩人恰好都能聽見：「儘管你詭計多端，我還是發現了你的秘密。我知道你上午到哪兒去了？」

瑪麗安臉一紅，慌忙應道：「你說到哪兒去了？」

「你難道不知道，」威洛比說，「我們乘著我的馬車出去了？」

「是呀，是呀，厚臉皮先生，這我知道得一清二楚，可我一定查明：你們究竟到哪兒去了。瑪麗安小姐，我希望你很喜歡自己的住宅。我知道這房子很大，以後我去拜訪的時候，希望你們能添置些新家具，我六年前去那兒時，就該添置了。」

瑪麗安慌裏慌張地扭過臉去。詹寧斯太太不由得縱情大笑。艾麗諾發現，這位太太一心要弄清兩人究竟跑到哪兒去了，早就讓女僕詢問過威洛比的馬車夫，從而得知：他們到艾倫漢去了，先在花園裏轉來轉去，再到房子裏各處察看，前後逛了老半天。

艾麗諾簡直不敢相信眞有這種事。瑪麗安與史密斯太太分明素不相識，既然她在家裏，似乎威洛比不可能提出邀請，瑪麗安也不可能同意進屋。一走出餐廳，艾麗諾就向瑪麗安詢問這件事。使她大爲驚訝的是，她發現詹寧斯太太所說情況完全屬實。瑪麗安還因爲她不肯相信而非常忿怒。

「艾麗諾，你憑什麼認爲我們沒有去那裏，沒見過那房子？這難道不是你經常嚮往的事情嗎？」

「是的，瑪麗安，不過有史密斯太太在家裏，除了威洛比先生以外，又沒有別人陪伴，我是不會進去的。」

「可是威洛比先生是有權帶我去看那房子的唯一的一個人，因爲我們乘坐的是敞篷馬車，不可能再找別人作伴。我生平從來沒像今天上午過得這麼愉快。」

「恐怕，」艾麗諾答道，「一件事情是愉快的，並非總能證明它是恰當的。」

「恰好相反，艾麗諾，沒有比這更有力的證明了。假如我的所作所爲確有不當之處，我當時就會有所感覺，因爲我們倘使做錯了事，自己總是知道的，而一有這種認識，我就不可能感到愉快。」

「不過，親愛的瑪麗安，爲了這件事，你已經遭到了冷言冷語，難道你還不懷疑你的行爲有些不當嗎？」

「如果詹寧斯太太說了幾句怪話，就能證明別人的行爲欠妥，那我們大家無時無刻不在招惹是非。我既不稀罕她的稱讚，也不在乎她的非難。我在史密斯太太的花園裏散過步，還參觀了她的住宅，我不知道這有什麼過錯。有朝一日，這花園、房子都要歸威洛比先生所有，而——」

「哪怕有朝一日歸你所有，瑪麗安，你那樣做也是不合情理的。」

聽姊姊這麼一說，瑪麗安不由得臉紅了。不過看得出來，這話也使她感到得意。她仔細思忖了十來分鐘，然後又來到姊姊跟前，和顏悅色地說道：「艾麗諾，也許我去艾倫漢確實有失檢點，不過威洛比先生一定要帶我去看看。說實在話，那幢房子可美啦！樓上有一間萬分漂亮的客廳，不大不小，什麼時候都適用，若是配上新式家具，就要叫人稱心快意了。這是一間犄角室，兩邊有窗。從一邊憑窗望去，越過屋後的滾球場草坪，看到一片優美的坡林。從另一邊，可以望見教堂和村莊，再過去就是我們經常讚嘆不已的崇山峻嶺。我不覺得這個房間有什麼特別好，因爲那些家具著實可憐。然而，要是配上新家具——威洛比說要花費三百鎊，那它就會成爲英格蘭最舒適的避暑室之一。」

倘若艾麗諾能一直聽她講下去，別人不來打岔的話，瑪麗安會照樣把每個房間都津津有味地描繪一番。

第十四章

布蘭登上校突然終止了對巴頓莊園的拜訪，而且始終不肯說明緣由，這不免使詹寧斯太太滿腹狐疑，一直揣測了兩、三天。她是個頂愛大驚小怪的女人，其實，凡是一心留意別人來往行踪的人，個個都是這個樣子。她心裏不停地納悶：這究竟是什麼原因？她敢肯定他有不幸的消息，於是仔細琢磨他可能遭遇的種種不幸，認爲決不能讓他瞞過他們大夥。

「我敢肯定，準是出了什麼傷心事兒，」她說。「我從上校臉上看得出來。可憐的人兒！恐怕他的境況不佳呀。算起來，德拉福莊園的年收入從來沒有超過兩千鎊，他的弟弟把事情搞得一塌糊塗。我看哪，八成是爲錢的事找他，不然還會有什麼事兒呢？我在納悶是不是這麼回事兒。我無論如何也要弄個水落石出。也許是爲威廉斯小姐的事兒——這麼說來，肯定是爲她的事兒，因爲我當初提到她時，上校看上去很不自然。也許她在城裏生病了，十有八九是這麼回事兒，因爲我覺得她總是多災多病的。我敢打賭，就是爲威廉斯小姐的事兒。現在看來，上校不大可能陷入經濟困難，因爲他是個精明人，時至今日，莊園的開支肯定早就結清了。我眞不知道是怎麼回事兒！也許他在阿維尼翁的妹妹病情惡化了，叫他快去。他走得匆匆忙忙的，看樣子很像。唉！我衷心祝願他擺脫困境，還能討個好太太。」

詹寧斯太太就這麼疑疑惑惑，嘮嘮叨叨。她的看法變來變去，一會兒一個猜測，而且開頭總是滿有把握。艾麗諾雖然著實關心布蘭登上校的安樂，但是她不能像詹寧斯太太所企望於她的，對他的突然離去驚詫不已，妄加猜疑。因爲在她看來，情況沒有那麼嚴重，犯不著那樣驚疑。除此之外，還有眞正使她感到驚奇的事，那就是她妹妹和威洛比，他們明明知道他們的事情引起了大家的特別興趣，卻異乎尋常地保持緘默。他們一天天地越是不吭聲，事情越顯得奇怪，越與他們兩人的性情不相協調。從他們的一貫行爲看，本來是昭然若揭的事情，卻不敢向母親和她公開承認，艾麗諾無法想像這究竟是什麼緣故。

艾麗諾不難看出，他們還不能馬上結婚，因爲威洛比雖說在經濟上是獨立的，但並不能認爲他很有錢。按照約翰爵士的估計，他莊園上的收入一年只有五、六百鎊；但他花費太大，那筆收入簡直不夠用，他自己也經常在哭窮。但是，使她感到莫名其妙的是，他們訂了婚，竟對她也保守秘密，其實他們什麼也包不住。這與他們的慣常想法和做法太不一致了，以致使她有時候也會懷疑，他們是不是眞的訂了婚。因爲有了這個懷疑，她也就不便去探問瑪麗安。

威洛比的行爲最明顯地表達了他對達什伍德母女的一片深情。他作爲瑪麗安的情人，眞是要多溫柔有多溫柔；而對於其他人，他作爲女婿、姊夫和妹夫，也能殷勤備至。他似乎把鄉舍當成了自己的家，迷戀不捨，他泡在這裏的時間比待在艾倫漢的時間還要多。倘若巴頓莊園沒有大的聚會的話，他早晨就出來活動活動，而最後幾乎總是來到鄉舍，他自己守在瑪麗安身旁，他的愛犬趴在瑪麗安腳邊，消磨掉這一整天。

布蘭登上校離開鄉下的一週後的一天傍晚，威洛比似乎對周圍的事物產生了一股異乎尋常的親切感。達什伍德太太無意中提起了要在來年春天改建鄉舍的計劃，當即遭到了他的激烈反對，因爲他已經與這裏建立了感情，覺得一切都十全十美。

「什麼！」他驚叫道。「改建這座可愛的鄉舍。不——不，這我決不會同意。你若是尊重我的意見的話，務必不要增添一磚一石，擴大一寸一分。」

「你不要害怕，」達什伍德小姐說，「這是不可能的事情，我母親永遠湊不夠錢來改建它的。」

「那我就太高興啦，她若是有錢派不到更好的用場，我但願她永遠沒有錢。」

「謝謝你，威洛比，你儘管放心，我不會傷害你的、或是我所喜愛的任何人的一絲一毫的鄉土感情，而去搞什麼改建。你相信我好啦，到了春天結帳時，不管剩下多少錢沒派上用場，我寧可擱下不用，也不拿來幹些讓你如此傷心的事情。不過，你當眞這麼喜愛這個地方，覺得它毫無缺陷？」

「是的，」他說，「我覺得它是完美無缺的。唔，更進一步說，我認爲它是可以讓人獲得幸福的唯一的建築形式。我若是有錢的話，馬上就把庫姆大廈推倒，按照這座鄉舍的圖樣重新建造。」

「我想，也要建成又暗又窄的樓梯，四處漏煙的廚房啦！」艾麗諾說。

「是的，」他以同樣急切的語氣大聲說道，「一切的一切都要一模一樣。無論是便利的設施，還是不便利的設施，都不能看出一絲一毫的不同。到那時，只有到那時，我在庫姆住進這樣一座房子，或許會像在巴頓一樣快活。」

「依我看呀，」艾麗諾答道，「你今後即使不巧住上更好的房間，用上更寬的樓梯，你會覺得你自己的房子是完美無瑕的，就像你現在覺得這座鄉舍是完美無瑕的一樣。」

「當然，」威洛比說，「有些情況會使我非常喜愛我自己的房子；不過這個地方將永遠讓我留戀不捨，這是別的地方所無法比擬的。」

達什伍德太太樂滋滋地望著瑪麗安，只見她那雙漂亮的眼睛正含情脈脈地盯著威洛比，清楚地表明她完全明白他的意思。

「我一年前來艾倫漢的時候，」威洛比接著說，「經常在想，但願巴頓鄉舍能住上人家！每當我從它跟前經過，總要對它的位置歎羨不已，同時也對它無人居住而感到痛惜。我萬萬沒有料到，我再次來到鄉下時，從史密斯太太嘴裏聽到的頭一條新聞，就是巴頓鄉舍住上人了！頓時，我對這事既滿意，又有興趣。我之所以有這種感覺，那是因爲我預感到，我將從中獲得幸福。瑪麗安，難道事實不正是如此嗎？」他壓低聲音對她說。接著又恢復了原先的語調，說道：「不過，你要損壞這座房子的，達什伍德太太！你想用異想天開的改建，毀掉它的簡樸自然！就在這間可愛的客廳裏，我們初次結識，以後又在一起度過了許許多多快樂的時刻，沒想到你要把它貶黜成一道普普通通的門廊。可是大家還是渴望要進那間客廳，因爲它迄今爲止一直是個既實用又舒適的房間，天底下再氣派的房間也比不上它。」

達什伍德太太再次向他保證：她決不會做出那種改建。

「你是個善良人，」他激動地答道。「你的許諾讓我放心了，若是能更進一步，我會打心眼裏高興。請告訴我，不僅你的房子將依然如故，而且我還將發現你和令嬡像你們的房子一樣一成不變，永遠對我友好相待。這種情誼使我感到你們的一切都是那樣的親切。」

達什伍德太太欣然做出了許諾，威洛比整個晚上的舉止表明，他既親熱又快樂。

「明天來吃晚飯好嗎？」等他告辭的時候，達什伍德太太說。「我並不要求你上午就來，因爲我們必須去巴頓莊園拜訪米德爾頓夫人。」

威洛比答應下午四點再來。

第十五章

第二天，達什伍德太太去拜訪米德爾頓夫人，和她同去的還有兩個女兒。瑪麗安藉口有點小事，沒有隨同前往。母親斷定，前一天夜裏威洛比一定和她有約在先，想趁他們外出的時候來找瑪麗安，於是便滿心歡喜地任她留在家裏。

她們從巴頓莊園一回來，便發現威洛比的馬車和僕人在鄉舍前面恭候，達什伍德太太想她猜得果然不錯。就目前的情況看來，事情正像她預見的那樣。誰料一走進屋裏，她見到的情景與她預見的並不一致。她們剛跨進穿堂，就見瑪麗安急匆匆地走出客廳，看樣子極端悲傷，一直拿手帕擦眼睛，也沒覺察她們便跑上了樓。她們大爲驚異，徑直走進瑪麗安剛剛走出的客廳，只見威洛比背對著她們，倚靠在壁爐架上，聽見她們進房，他轉過身來。從他的臉色看得出來，與瑪麗安一樣，他的心情也十分激動。

「她怎麼啦？」達什伍德太太一進房，便大聲嚷道。「她是不是不舒服了？」

「但願不是，」威洛比答道，極力裝出高高興興的樣子。他勉強做出一副笑臉，然後說：「感覺不舒服的應該是我——因爲我遇到一件令人十分失望的事情。」

「令人失望的事情？」

「是的，因爲我不能履行同你們的約會。今天早晨，史密斯太太仗著她有錢有勢，居然支使起一個有賴於她的可憐表侄來了，派我到倫敦去出差。我剛剛接受差遣，告別了艾倫漢。爲了使大家高興，特來向你們告別。」

「去倫敦——今天上午就走嗎？」

「馬上就走。」

「這太遺憾了。不過，史密斯太太的指派不可不從。我希望這事不會使你離開太久。」

威洛比臉一紅，答道：「你眞客氣，不過我不見得會立即回到德文郡。我一年裏對史密斯太太的拜訪從不超過一次。」

「難道史密斯太太是你唯一的朋友？難道艾倫漢是你在附近能受到歡迎的唯一宅府？眞丟臉呀，威洛比！你就不能等待接受這裏的邀請啦？」

威洛比的臉色更紅了。他兩眼盯著地板，只是答道：「你眞太好了。」

達什伍德太太驚奇地望著艾麗諾。艾麗諾同樣感到驚訝。

大家沉默了一陣，還是達什伍德太太首先開口。

「親愛的威洛比，我再補充說一句：你在巴頓鄉舍永遠是受歡迎的。我不想逼迫你立即回來，因爲只有你才能斷定，這樣做會不會取悅於史密斯太太。在這方面，我既不想懷疑你的意願，也不想懷疑你的判斷力。」

「我現在的差事，」威洛比惶惑地答道，「屬於這樣一種性質——我——我不敢不自量力地——」

他停住了，達什伍德太太驚愕地說不出話來，結果又停頓了一會兒。威洛比打破了沉默，只見他淡然一笑，說：「這樣拖延下去是愚蠢的。我不想折磨自己了，既然現在不可能和朋友們愉快相聚，只好不再久留。」

隨後，他匆匆辭別了達什伍德母女，走出房間。

她們瞧著他跨上馬車，一會兒便不見了。達什伍德太太難過得沒有心思說話，當即便走出客廳，獨自傷心去了。威洛比的陡然離去，引起了她的憂慮和驚恐。

艾麗諾的憂慮並不亞於母親。她想起剛才發生的事情，既焦急又疑惑。威洛比告別時的那些表現：神色本來十分窘迫，卻要裝出一副高高興興的樣子；更爲重要的是，他不肯接受母親的邀請，畏畏縮縮的哪裏像個情人？這一切都叫她深感不安。她時而擔心威洛比從來不曾有過認眞的打算，時而擔心他和妹妹之間發生了不幸的爭吵。瑪麗安走出客廳時那麼傷心，最能解釋得通的就是雙方當眞吵了一場。不過，考慮到瑪麗安那樣愛他，爭吵又似乎是不可能的。但是，不管他們分離時的具體情況如何，妹妹的苦惱卻是毋庸置疑的。她懷著深切的同情，設想著瑪麗安正在忍受的巨大痛苦。很可能，這種痛苦不僅盡情地發泄出來了，而且還在有意識地推波助瀾呢。

約莫過了半個鐘頭，母親回到客廳，雖然兩眼通紅，臉色卻不顯得憂鬱。

「艾麗諾，我們親愛的威洛比現在離開巴頓好幾英里遠了，」她說，一面坐下做她的活計，「他一路上心裏該有多麼沉重啊！」

「這事眞奇怪。走得這麼突然！好像只是一瞬間的事情。他昨晚和我們在一起時，還那麼愉快，那麼叫人高興，那麼多情！可是現在，只提前十分鐘打了個招呼，便走了，好像還不打算回來似的。一定出了什麼事他沒告訴我們。他嘴裏不說，行動也很反常。對於這些變化，你應該和我一樣看得仔細。這是怎麼回事呢？他們兩個可能吵架啦！可是他爲什麼不肯接受你的邀請呢？」

「艾麗諾，他不是不願意！我看得很清楚，他無法接受我的邀請。說實在的，我已經仔細地考慮過了。有些事情起先在你我看來很奇怪，現在件件我都能給予完滿的解釋。」

「你眞能解釋？」

「是的，我給自己解釋得滿意極了。不過，你嘛，艾麗諾，總愛懷疑這懷疑那的——我知道，我的解釋不會叫你滿意，但是你也不能說服我放棄我的看法。我相信，史密斯太太懷疑威洛比對瑪麗安有意，硬是不贊成（可能因爲她替他另有考慮），因此便迫不及待地把他支使走了。她打發他去幹什麼事，那僅僅是爲了打發開他而捏造的一個藉口。我看就是這麼回事兒。另外，他也知道史密斯太太不贊成這門親事，因此目前還不敢向她坦白他已和瑪麗安訂婚。相反，由於他處於依賴她的地位，他又不得不聽她的安排，暫時離開德文郡。我知道，你會對我說，事情也許是這樣，也許不是這樣。我不想聽你說些吹毛求疵的話，除非你能提出同樣令人滿意的解釋來。那麼，艾麗諾，你有什麼好說的？」

「沒有，因爲你已經料到我會怎麼回答。」

「你會對我說：事情也許是這樣，也許不是這樣。哦！艾麗諾，你的思想眞叫人難以捉摸！你是寧信惡而不信善。你寧願留神瑪麗安的痛苦、威洛比的過錯，而不願意替威洛比尋求辯解。你是執意認爲威洛比該受責備，因爲他向我們告別時不像平常那樣情意綿綿。難道你就不考慮考慮他可能是一時疏忽，或是最近遇到失意的事情而情緒低落？可能性並不是百分之百地有把握，難道僅僅爲此就不考慮這些可能性嗎？威洛比這個人，我們有一千條理由喜愛他，而沒有一條理由瞧不起他，難道現在一點也不能原諒嗎？難道他不可能有些不便說出的動機，暫時不得不保守秘密？說來說去，你究竟懷疑他什麼？」

「我也說不上來。但是，我們剛才看到他那副反常的樣子，必然會懷疑發生了什麼不愉快的事情。不過，你極力主張替他尋求辯解，這也很有道理，而我審人度事就喜歡誠實公正。毫無疑問，威洛比那樣做是會有充分的理由的，我也希望他如此。但是，他假如當即承認這些理由，倒更符合他的性格。保守秘密也許是必要的，然而他會保守秘密，卻不能不使我感到驚奇。」

「不要責備他違背自己的性格，該違背的還是要違背。不過，你果眞承認我爲他做的辯解是公平合理的？我很高興——他被宣判無罪啦！」

「並非完全如此。對史密斯太太隱瞞他們訂婚的事（如果他們確實訂婚了的話），也許是恰當的。假如事實果眞如此，威洛比當前盡量少在德文郡盤桓，倒不失爲上策。可是他們沒有理由瞞著我們。」

「瞞著我們！我的寶貝，你指責威洛比和瑪麗安瞞著我們？這就實在怪了，你的目光不是每天都在責備他倆輕率嗎？」

「我不需要他們情意纏綿的證據，」艾麗諾說，「但是我需要他們訂婚的證據。」

「我對這兩方面都堅信不疑。」

「然而，他們兩人在這件事上隻字都沒向你透露過呀！」

「行動上明擺著的事情，還要什麼隻字不隻字。至少最近兩個星期以來，他對瑪麗安和我們大夥的態度難道還沒表明他愛瑪麗安，並且把她視爲未來的妻子？他對我們那樣戀戀不捨，難道不像是一家人？難道我們之間還不心心相印？難道他的神色、他的儀態、他的殷勤多情、必恭必敬，不是每天都在尋求我的同意嗎？我的艾麗諾，你怎麼能去懷疑他們已否訂婚呢？你怎麼會有這種想法呢？威洛比明知你妹妹喜愛他，怎麼能沒想到他不對她表表衷情就走了，而且或許一走就是幾個月呢？他們怎麼可能連一句貼心話都不說就分手了呢？」

「說眞的，」艾麗諾答道，「別的情況都好說，可是就有一個情況不能說明他們已經訂婚，那就是兩人一直閉口不談這個問題。在我看來，這個情況比哪個情況都重要。」

「這就怪啦！人家這樣開誠布公，你倒能對他們的關係提出懷疑，你眞把威洛比看扁啦。這麼長時間，難道他對你妹妹的舉動都是裝出來的？你認爲他眞的對她冷漠無情？」

「不，我不這樣認爲。我相信，他肯定喜愛瑪麗安。」

「但是照你的說法，他卻冷漠無情、不顧後果地離開了她。如果眞有此事，這豈不是一種不可思議的愛情？」

「你應該記住，我的好媽媽，我從來沒有把事情看得一定如此，我承認我有疑惑，但是不像以前那麼重了，也許很快就會徹底打消。假如我們發現他倆有書信往來，那麼我的全部憂慮就會煙消雲散。」

「你還眞會假設呀！假如你見到他們站在聖壇跟前❶，你就會認爲他們要結婚了！你這姑娘眞不厚道！我可不需要這樣的證據。依我看，這事兒沒有什麼好懷疑的。他們沒有什麼不可告人的，自始至終都是光明正大的。你不會懷疑你妹妹的心願，你懷疑的一定是威洛比。但這是爲什麼？難道他不是個又體面、又有感情的人？難道他有什麼反覆無常的地方值得大驚小怪？難道他會騙人？」

「我希望他不會，也相信他不會，」艾麗諾嚷道。「我喜歡威洛比，眞心實意地喜歡他。懷疑他是不是誠實，這使你感到痛苦，我心裏也決不比你好受。這種懷疑是無意中形成的，我不會去有意加碼。說實在的，他早上態度的變化把我嚇了一跳。他言談反常，你待他那麼好，他卻絲毫沒有摯誠相報。不過，這一切倒可以用你設想的他的處境來解釋。他剛和我妹妹分手，眼看著她悲痛欲絕地跑開了。他害怕得罪史密斯太太，想早點回來又不敢！

「但他知道，他拒絕你的邀請，說他要離開些時間，他將在我們一家人的心目中扮演一

❶ 意即在教堂裏舉行婚禮。

個吝嗇、可疑的角色，那樣他準會感到窘迫不安的。在這種情況下，我覺得他滿可以直截了當地說明他的難處，這樣做會更體面些，也更符合他的性格——但我不想憑著這麼狹小的氣量，認爲一個人和自己見解不同，或者不像我們想像的那樣專一和得體，便對他的行爲提出異議。」「你說得很對。威洛比當然無可懷疑。雖然我們認識他的時間不長，他在這裏卻並非陌生人。有誰說過他的壞話？假若他可以自己作主，馬上結婚的話，他走之前不立即把什麼事情都向我交代清楚才怪呢。可是情況並非如此。從某些方面看來，這是件開頭並不順當的婚約，因爲結婚還是遙遙無期的事情。現在，只要行得通，就連保密也是十分明智的。」

瑪格麗特走進來，打斷了她們的談話。這時，艾麗諾才從容仔細地考慮一下母親的這些話，承認有些說法是合乎情理的，但願她說得全都入情入理。

她們一直沒看見瑪麗安，直到吃晚飯時，她才走進房來，一聲不響地坐到桌前。她的眼圈又紅又腫，看樣子，即使在當時，她也是好不容易才忍住了淚水。她盡力避開衆人的目光，既不吃飯也不說話。過了一會兒，母親懷著親切憐惜之情，不聲不響地抓住了她的手。頓時，她那點微不足道的堅毅精神被徹底摧垮了——她哇地一聲哭了起來，走出房去。

整個晚上，瑪麗安都處在極度的悲痛之中。她無法克制自己，也不想克制自己。別人稍微提到一點與威洛比有關的事情，她馬上就受不了。雖然一家人都在急切地盡力勸慰她，但是只要一說話，就不可能一點不觸及她認爲與威洛比有關的話題。

第十六章

瑪麗安與威洛比分別後的當天夜裏，倘若還能睡得著覺的話，她會覺得自己是絕對不可寬恕的。假如起床時不覺得比上床時更需要睡眠，她第二天早晨就沒有臉面去見家裏的人。正因為她把鎮定自若視為一大恥辱，她也就壓根兒鎮定不下來。她整整一夜未曾合眼，絕大部分時間都在哭泣。起床的時候覺得頭痛，不能說話，也不想吃飯，使母親和姊姊妹妹每時每刻都痛苦不堪，怎麼勸解都無濟於事。她的情感可眞夠強烈的！

早飯過後，她獨自走出家門，到艾倫漢村盤桓了大半個上午，一面沉湎於往日的歡景，一面為目前的不幸而悲泣。

晚上，她是懷著同樣的心情度過的。她演奏了過去常給威洛比演奏的每一首心愛的歌曲，演奏了他們過去經常同聲歌唱的每一支小調，然後坐在鋼琴面前，凝視著威洛比給她繕寫的每一行琴譜，直至心情悲痛到無以復加的地步。而且，這種傷感的激發天天不斷。她可以在鋼琴前一坐幾個小時，唱唱哭哭，哭哭唱唱，往往泣不成聲。她讀書和唱歌一樣，也總是設法勾起今昔對比給她帶來的痛苦。她別的書不讀，專讀他們過去一起讀過的那些書。

確實，這種肝腸寸斷的狀況很難長久持續下去。過不了幾天，她漸漸平靜下來，變得只是愁眉苦臉的。不過，每天少不了要獨自散步，沉思無言，這些事情也偶爾引起她的悲痛，發泄起來像以前一樣不可收拾。

威洛比沒有來信，瑪麗安似乎也不指望收到他的信。母親感到驚奇，艾麗諾又變得焦灼不安起來。不過，達什伍德太太隨時都能找到解釋，這些解釋至少使她自己感到滿意。

「艾麗諾，你要記住，」她說，「我們的信件通常是由約翰爵士幫助傳遞來、傳遞去的，我們已經商定，認爲有必要保守秘密。我們應該承認，假如他們的信件傳過約翰爵士手裏，那就沒法保密啦！」

艾麗諾無法否認這一事實，她試圖從中找到他們爲什麼要保持緘默的動機。對此，她倒有個直截了當的辦法，覺得十分適宜，可以弄清楚事情眞相，馬上揭開全部謎底，於是便情不自禁地向母親提了出來。

「你爲什麼不馬上問問瑪麗安，」她說，「看她是不是眞的和威洛比訂婚了？你是做母親的，對她那麼仁慈，那麼寬容，提出這個問題是不會惹她冒火的。這是很自然的，你這樣鍾愛她。她過去一向十分坦率，對你尤其如此。」

「我無論如何也不能問這樣的問題。假使他們眞的沒有訂婚，我這麼一問會引起多大的痛苦啊！不管怎樣，這樣做太不體貼人了。她現在不想告訴任何人的事兒，我卻去硬逼著她坦白，那就休想再得到她的信任。我懂得瑪麗安的心：我知道她十分愛我，一旦條件成熟，她決不會最後一個向我透露眞情。我不想逼迫任何人向我交心，更不想逼迫自己的孩子向我交心，因爲出於一種義務感，本來不想說的事情也要說。」

艾麗諾覺得，鑒於妹妹還很年輕，母親待她也過於寬厚了，她再催母親去問，還是徒勞無益。對於達什伍德太太來說，什麼起碼的常識、起碼的關心、起碼的謹愼，統統湮沒在她那富有浪漫色彩的微妙性格之中。

幾天之後，達什伍德家才有人在瑪麗安面前提起威洛比的名字。確實，約翰爵士和詹寧斯太太並不那麼友好，他們那些俏皮話曾多次讓瑪麗安心裏痛上加痛。不過，有天晚上，達什伍德太太無意中拿起一本莎士比亞的書，大聲嚷道：

「瑪麗安，我們一直沒有讀完《哈姆雷特》。我們親愛的威洛比沒等我們讀完就走了。我們先把書擱起來，等他回來的時候……不過，那也許得等好幾個月。」

「好幾個月！」瑪麗安大為驚訝地叫道。「不——好幾個星期也不用。」

達什伍德太太後悔不該說了那番話，但艾麗諾卻挺高興，因為這些話引得瑪麗安作出了答覆，表明她對威洛比還充滿信心，了解他的意向。

一天早晨，大約在威洛比離開鄉下一個星期之後，瑪麗安終於被說服了，沒有獨自溜走，而同意與姊姊妹妹一道去散步。迄今為止，每當外出閒逛時，她總是小心翼翼地避開別人。如果姊姊妹妹想到高地上散步，她就徑直朝小路上溜掉；如果她們說去山谷，她就一溜煙往山上跑去，姊妹倆還沒抬步，她已經跑得無影無蹤。艾麗諾極不贊成她總是這樣避開他人，最後終於把她說服了。她們順著山谷一路走去，大部分時間都沉默不語，這一方面因為瑪麗麗安心緒難平，一方面因為艾麗諾已經滿足於剛剛取得的一點進展，不想多所希求。山谷入口處，雖然土質依然很肥，卻並非野草叢生，因而顯得更加開闊。入口處外邊，長長的一段路呈現在眼前，她們初來巴頓時走的就是這條路。一來到入口處，便停下腳步四處眺望。以前在鄉舍裏，這兒是她們舉目遠眺的盡頭，現在站在一個過去散步時從未到達的地點，仔細觀看這裏的景色。

在諸般景物中，很快地發現了一個活的目標，那是一個人騎在馬上，正朝她們走來。過了幾分鐘，她們看得分明，他是一位紳士。又過了一會，瑪麗安欣喜若狂地叫道：「是他，眞是他，我知道是他！」說罷急忙迎上前去，不料艾麗諾大聲嚷道：「眞是的，瑪麗安，我看你是看花了眼。那不是威洛比。那人沒有威洛比高，也沒有他的風度。」

「他有，他有，」瑪麗安嚷道，「他肯定有！他的風度，他的外套，他的馬。我早就知道他很快就會回來。」

她一邊說，一邊迫不及待地往前走去。艾麗諾幾乎可以肯定，來人不是威洛比，爲了不讓瑪麗安過於親暱，她加快腳步，追了上去。轉眼間，她們離那位紳士不過三十碼遠了。瑪麗安再定睛一看，不覺涼了半截，只見她忽地轉過身，匆匆往回奔去。正當姊妹兩人提高嗓門喊她站住的時候，又聽到一個聲音，幾乎和威洛比的嗓音一樣熟悉，也跟著懇求她止步。瑪麗安驚奇地轉過身，一見是愛德華．費拉斯，連忙上前歡迎。

在那個時候，愛德華是普天之下因不是威洛比而能被寬恕的唯一來者，也是能夠贏得瑪麗安嫣然一笑的唯一來者，只見她擦乾眼淚，朝他微笑著。一時間，由於爲姊姊感到高興，竟把自己的失望拋到了腦後。

愛德華跳下馬，把馬交給僕人，同三位小姐一起向巴頓走去。他是專誠來拜訪她們的。

他受到她們大家極其熱烈的歡迎，特別是瑪麗安，接待起來甚至比艾麗諾還熱情周到。的確，在瑪麗安看來，愛德華和姊姊的這次相會，不過是一種不可思議的冷漠關係的繼續。她在諾蘭莊園從他們的相互態度中，經常注意到這種冷漠關係。尤其是愛德華一方，他在這種場合完全缺乏一個戀人應有的言談舉止。他慌裏慌張的，見到她們似乎並不覺得高興，看上去既不狂喜也不快活。他少言寡語，只是問到了，才不得不敷衍兩句，對艾麗諾毫無特別親熱的表示。瑪麗安耳聞目睹，越來越感到驚訝。

她幾乎有點厭惡愛德華了，而這種反感與她的其他感情一樣，最終都要使她回想到威洛比，他的儀態與他中選的連襟形成了鮮明的對比。

驚異、寒暄之餘，大家先是沉默了一陣，然後瑪麗安問愛德華，是不是直接從倫敦來的。不，他到德文郡已有兩個星期了。

「兩個星期！」她重覆了一聲，對他與艾麗諾在同一郡裏待了這麼長時間而一直沒有見面，感到詫異。

愛德華帶著惴惴不安的神情補充說：他在普利茅斯附近，一直與幾位朋友待在一起。

「你近來去過蘇塞克斯沒有？」艾麗諾問。

「我大約一個月前去過諾蘭莊園。」

「最最可愛的諾蘭莊園，現在是什麼樣啦？」瑪麗安高聲問道。

「最最可愛的諾蘭莊園，」艾麗諾說，「大概還是每年這個時節慣有的老樣子——樹林裏、走道上都鋪滿了枯葉。」

「哦！」瑪麗安嚷道，「我以前見到樹葉飄零時心情有多激動啊！一邊走一邊觀賞秋風掃落葉，紛紛揚揚的，多麼愜意啊！那季節，秋高氣爽，激起人們多麼深切的情思啊！如今，再也沒有人去觀賞落葉了。它們只被人們望而生厭，唰唰地一掃而光，然後刮得無影無蹤了。」

「不是每個人，」艾麗諾說，「都像你那樣酷愛落葉。」

「是的，我的感情是人們不常有的，也不常爲人們所理解。不過，有時候確有知音。」說話間，不覺陷入沉思遐想，過了一陣，又覺醒過來。

「愛德華，」她說，想把他的注意力引到眼前的景色上，「這兒是巴頓山谷。抬頭瞧瞧吧，看看那些山！你見過這樣美的山嗎？左面是巴頓莊園，座落在樹林和種植園當中。你可以望見房子的一端。再瞧那兒，那座巍然屹立的最遠的山，我們的鄉舍就在那山腳下。」

「這地方眞美，」愛德華應道，「不過，這些低窪地到了冬天一定很泥濘。」

「面對著這樣的景物，你怎麼能想到泥濘？」

「因爲，」他微笑著答道，「在我面前的景物中，就見到一條非常泥濘的小道。」

「好奇怪呀！」瑪麗安邊走邊自言自語。

「你們在這裏和鄰居相處得好吧？米德爾頓夫婦惹人喜歡嗎？」

「不，一點也不，」瑪麗安答道。「我們的處境糟糕極了。」

「瑪麗安，」她姊姊喊道，「你怎麼能這樣說？你怎麼能這樣不公平？費拉斯先生，他們是非常體面的一家人，待我們友好極了。瑪麗安，難道你忘了，他們給咱們帶來了多少令人愉快的時日？」

「也沒有忘記，」瑪麗安低聲說道，「他們給咱們帶來了多少令人痛苦的時刻。」

艾麗諾並不理會這話，只管把精力集中在客人身上，盡力和他保持著談話的樣子。話題不外乎她們現在的住宅條件，它的方便之處等等，偶爾使他提個問題，發表點議論。他的冷淡和沉默寡言使她深感屈辱，不由得既煩惱又有點氣憤。但她決定按過去而不是現在的情況來節制自己的行動，於是她盡量避免露出忿恨不滿的樣子，用她認爲理應對待親戚的態度那樣對待他。

第十七章

達什伍德太太見到愛德華，只驚訝了一剎那工夫，因為據她看來，他來巴頓原是再自然不過的事情。她的欣喜之情和噓寒問暖，遠比驚訝的時間要長的多。愛德華受到她極為親切的歡迎。他的羞怯和冷漠經不起這樣的接待，還沒進屋就開始逐漸消失，後來乾脆被達什伍德太太那富有魅力的儀態一掃而光。的確，哪個人若是愛上了她的哪位女兒，不可能不進而對她也顯出一片深情。艾麗諾滿意地發現，愛德華很快便恢復了常態。他似乎對她們大家重新親熱起來。看得出來，他對她們的生活又發生了興趣。可是，他並不快活。他稱讚她們的房子，欣賞房子四周的景色，和藹親切，殷勤備至。但他依然鬱鬱不樂。這，達什伍德母女都看得出來。達什伍德太太把它歸咎於他母親心胸狹隘，因而她坐下吃飯時，對所有自私自利的父母深表憤慨。

吃完飯，大家都圍到火爐前，只聽達什伍德太太說道：「愛德華，費拉斯太太現在對你的前途有什麼打算？你還不由自主地想做個大演說家？」

「不。我希望我母親現在認識到，我既沒有願望，也沒有才能去從事社會活動。」

「那你準備怎樣樹立你的名聲呢？因為你只有出了名，才能叫你的家人感到滿意。你一不愛花錢，二不好交際，三沒職業，四無自信，你會發現事情很難辦的。」

「我不想嘗試。我也不願意出名。我有充分的理由希望，我永遠不要出名。謝天謝地！誰也不能逼著我成為天才，成為演說家。」

「你沒有野心，這我很清楚。你的願望很有限度。」
「我想和天下其他人一樣有限度。和其他人一樣，我希望絕對快樂。不過，和其他人一樣，必須按照我自己的方式。做大人物不能使我自得其樂。」
「如果能，那才怪呢！」瑪麗安嚷道，「財富和高貴與幸福有什麼關係？」
「高貴與幸福是沒有多大關係，」艾麗諾說，「但是財富與幸福的關係卻很大。」
「艾麗諾，虧你說得出口！」瑪麗安說，「財富只有在別無其他幸福來源時，才能給人以幸福。就個人而言，財富除了能提供充裕的生活外，並不能給人帶來眞正的幸福啊！」
「也許，」艾麗諾笑笑說，「我們得出的結論是一致的。我敢說，你所謂充裕的生活條件和我所說的財富非常類似。如今的世界如缺了它們，你我都會認爲，也就不會有任何物質享受。你的觀點只不過比我的冠冕堂皇一些罷了。你說，你的充裕標準是什麼？」
「一年一千八百到兩千鎊，不能超過這個數。」
艾麗諾聽了，哈哈一笑，「一年兩千鎊！可是我的財富標準只有一千鎊！」
「然而，一年兩千鎊是十分有限的收入，」瑪麗安說。「再少就沒法子養家啦。我想，我的要求並不過分。一幫像樣的僕人，一或兩輛馬車，還有獵犬，錢少了不夠用的。」
艾麗諾聽見妹妹如此精確地算計著她將來在庫姆大廈的開銷，不由得又笑了。
「獵犬！」愛德華重覆了一聲。「你爲什麼要養獵犬？並不是所有的人都打獵呀！」
瑪麗安臉色一紅，回答說：「可是大多數的人都會打獵呀！」
「我希望，」瑪格麗特異想天開地說，「有人能給我們每人一大筆財產！」
「哦，會給的！」瑪麗安嚷道。她沉浸在幸福的幻想之中，激動得兩眼發光兩頰紅潤。
「我想，」艾麗諾說，「儘管我們的財產不足，我們大家也都懷有這樣的希望。」

「哦！親愛的，」瑪格麗特叫道，「那樣我該有多快活呀！我簡直不知道拿這些錢，該幹什麼用！」

看樣子，瑪麗安在這方面是毫無疑慮的。

「要是我的孩子不靠我的幫助都能成爲有錢人，」達什伍德太太說，「我自己也不知道怎麼花費這麼一大筆錢。」

「你應該先改建這座房子，」艾麗諾說，「這樣你的困難馬上就會化爲烏有。」

「在這種情況下，」愛德華說，「尊府要到倫敦大購特購啦！書商、樂譜商、圖片商店簡直要走鴻運了！你呀，達什伍德小姐，你會委託他們，凡是有價值的新出版物都給你郵寄一份。至於瑪麗安，我知道她心比天高——倫敦的樂譜還滿足不了她的需要。還有書嘛！湯姆生❶、考柏、司各特——這些人的作品她可以一而再再而三地買下去。我想可以把每一冊都買下來，免得讓它們落入庸人之手。她還要把那些介紹如何欣賞老歪樹的書統統買下來。不是嗎，瑪麗安？我若是言語冒犯的話，請多多包涵。不過我想提醒你，我還沒有忘記我們過去的爭論。」

「愛德華，我喜歡有人提醒我想到過去——不管它是令人傷心，還是令人愉快，我都喜歡回想過去！你無論怎樣談論過去，我都不會生氣。你設想我會怎樣花錢，設想得一點也不錯——有一部分，至少是那些零散錢，肯定要用來擴充我的樂譜和藏書。」

「你財產的大部分將作爲年金花費在作家及其繼承人身上。」

「不，愛德華，我還有別的事要辦呢！」

---

❶ 湯姆生（James Tomson，一七〇〇～一七四八）：蘇格蘭詩人。

「那麼，也許你要用來獎賞你那最得意的格言的最得力的辯護人啦。什麼一個人一生只能戀愛一次呀——我想你在這個問題上的看法還沒改變吧？」

「當然沒改變。到了我這個年紀，看法也算定型啦，如今，耳聞目睹的事情不可能改變這些看法的。」

「你瞧，瑪麗安還像以往那樣堅定不移，」艾麗諾說，「她一點也沒變。」

「她只是比以前變得嚴肅了一點。」

「不，愛德華，」瑪麗安說，「用不著你來譏笑我。你自己也不是那麼開心。」

愛德華歎息了一聲，「你怎麼這樣想呢？不過，開心歷來不是我性格的一部分。」

「我也不認爲它是瑪麗安性格的一部分，」艾麗諾說。「她連活潑都稱不上。她不論做什麼事，都認眞，都性急——有時候話很多，而且總是很興奮——但通常並不十分關心。」

「我相信你說得對，」愛德華答道，「然而我一直把她看成是一位活潑的姑娘。」

「我曾經屢次發現自己犯有這種錯誤，」艾麗諾說，「在這樣那樣的問題上完全誤解別人的性格，總是把人家想像得與實際情況大相徑庭：不是過於快樂，就是過於嚴肅；不是太機靈，就是太愚蠢。我也說不清什麼原因，怎會引起這種誤解的。有時候爲他們本人的談論所左右，更多的是爲其他人對他們的議論所左右，而自己卻沒時間進行考慮和判斷。」

「不過，艾麗諾，」瑪麗安說，「我認爲完全爲別人的意見所左右並沒有什麼錯。我覺得，我們之所以被賦予判斷力，只是爲了好屈從別人的判斷。這想必一向是你的信條。」

「不，瑪麗安，決非如此。我的信條從來不主張屈從別人的判斷。我歷來試圖開導你的只是在舉止上。你不要歪曲我的意思。我承認，我有錯，也不過經常勸你對待朋友一律要殷勤。但我什麼時候勸你在重大問題上採納他們的觀點，遵從他們的判斷？」

愛德華對艾麗諾說：「這麼說，你還沒有說服你妹妹接受你的一律要殷勤的信條啦。你還沒有占上風吧？」

「恰恰相反！」艾麗諾答道，一面意味深長地望著瑪麗安。

「就這問題而論，」愛德華說，「我的見解上完全站在你這一邊，但在實踐上，恐怕更傾向於你妹妹。我從來不願唐突無禮，不過我也實在膽怯得出奇，經常顯得畏畏縮縮的，其實只是吃了生性欠機靈的虧。我時常在想，我準是天性注定喜歡結交下等人，一來到陌生的上等人之間就感到侷促不安。」

「瑪麗安沒有羞怯可言，不好給自己漫不經心作辯解。」艾麗諾說。

「她對自己的價值了解得一清二楚，不需要故作羞愧之態，」愛德華答道。「羞怯只是自卑感引起的某種反應。倘若我能自信自己的儀態十分從容文雅，我就不會感到羞怯。」

「可是你還會拘謹的，」瑪麗安說，「這就更糟糕。」

愛德華不由一驚。「拘謹？我拘謹嗎，瑪麗安？」

「是的，非常拘謹。」

「我不明白你的意思，」他紅著臉答道。「拘謹！我怎麼個拘謹法？你叫我對你說什麼？你是怎麼想像的？」

艾麗諾見他如此激動，顯得很驚訝，不過想盡量一笑置之，便對他說：「難道你不了解我妹妹，還去問她什麼意思？難道你不知道她把所有說話沒有她快、不能像她那樣欣喜若狂地讚賞她所讚賞的東西的人，一律稱之為拘謹？」

愛德華沒有回答。他又完全回到嚴肅和沉思的情態，呆滯地坐在那裡，半天不作聲。

第十八章

艾麗諾看到她的朋友悶悶不樂，心裏大爲不安。愛德華的來訪給她帶來了非常有限的一點歡快，而他自己似乎也不十分快樂。顯而易見，他並不高興。她希望，他能同樣顯而易見地依然對她一往情深。她一度相信自己是能夠激起他的這種深情的。可事到如今，他是不是仍然喜愛她，似乎非常捉摸不定。他剛才的眼神還是脈脈含情的，轉瞬間卻又採取了截然相反的態度，對她冷淡起來。

第二天一早，還沒等其他人下樓，他就同艾麗諾和瑪麗安一起走進了餐廳。瑪麗安總想極力促進他們的幸福，馬上離去，留下他們兩個。但是，她上樓還沒走到一半，便聽到客廳門打開了，回頭一看，驚訝地發現愛德華走了出來。

「既然早飯還沒準備好，」他說，「我先到莊上看看馬，一會兒就回來。」

愛德華回來後，又對四周的景致重新讚賞了一番。他往莊上走時，山谷很多地方給他留下了美好的印象。村莊本身所處的地段比鄉舍高得多，周圍的景色可以一覽無遺，使他爲之心醉神迷。這是個瑪麗安肯定感興趣的話題，她開始敘說她自己對這些景色如何讚賞，同時詳細詢問哪些景物給他的印象最深。

不料，愛德華打斷了她的話，說：「你不要細問，瑪麗安——別忘記，我對風景一竅不通，要是談得太具體了，我的無知和缺乏審美力一定會引起你們的反感。本來是險峻的山嶺，我卻稱之爲陡峭的山嶺；本來是崎嶇不平的地面，我卻稱之爲奇形怪狀的地面；在柔和的霧靄中，有些遠景本來只是有些隱約不清，我卻一概視而不見。不過，對於我的誠摯讚賞，你一定會感到滿意的。我說這地方非常優美——山高坡陡，佳木成林，峽谷幽邃，景色宜人——豐美的草地，零零散散地點綴著幾幢整潔的農舍。這正是我心目中的美景，因爲它將幽美和實用融爲一體——這裏大概還稱得上是風景如畫吧，因爲連你也稱讚它。不難相信，這裏一定是怪石嶙峋，岬角密布，灰苔遍地，灌木叢生，不過這一切我概不欣賞。我對風景一竅不通。」

「這恐怕是千眞萬確的，」瑪麗安說：「但你爲什麼要爲之吹噓呢？」

「我懷疑，」艾麗諾說，「愛德華爲了避免一種形式的裝模作樣，結果陷入了另一種形式的裝模作樣。他認爲，許多人喜歡虛情假意地讚賞大自然的美麗，不禁對這種裝模作樣產生了惡感，於是便假裝對自然景色毫無興趣，毫無鑒賞力。他是個愛挑剔的人，要有自己的裝模作樣。」

「一點不錯，」瑪麗安說，「讚賞風景成了僅僅是講些行話。人人都裝作和第一個給風景優美下定義的人一樣，無論是感受起來還是描繪起來，都情趣盎然，雅致不凡。我討厭任何一種行話，有時候我把自己的感受悶在心裏，因爲除了那些毫無意義的陳詞濫調之外，我找不到別的語言來形容。」

「你自稱喜歡美麗的景色，」愛德華說，「我相信這是你的眞實感受。然而，反過來說，你姊姊必須允許我只具有我所聲稱的那種感受。我喜愛美麗的景色，但不是基於風景如畫的原則。我不喜歡彎彎扭扭、枯萎乾癟的老樹。它們要是高大挺拔、枝繁葉茂，我就更讚賞它們了。我不喜歡坍圮破敗的鄉舍，不喜歡蕁麻、薊花、石南花。我寧願住在一座舒舒適適的農舍裏，也不願住在一間崗樓上〈編按．可以居高臨下向外射擊的碉堡〉——而即使天底下最出色的歹徒，也沒有一夥整潔、快活的村民使我更喜愛。」

瑪麗安驚異地望望愛德華，同情地瞧瞧姊姊。艾麗諾只是哈哈一笑。

這個話題沒有繼續討論下去。瑪麗安默默沉思著，直至一個新玩意兒突然攫住了她的注意力。她就坐在愛德華旁邊，當愛德華伸手去接達什伍德太太遞來的茶時，他的手恰好從她眼前伸過，只見他一根指頭上戴著一枚惹人注目的戒指，中間還夾著一綹頭髮。

「愛德華，我以前從沒見你戴過戒指呀，」她驚叫道。「那是不是范妮的頭髮？我記得她答應送你一綹頭髮。不過，我想她的頭髮更黑一些。」

瑪麗安無所顧忌地說出了心裏話——可是，當她發現她的話給愛德華帶來痛苦時，她又對自己缺少心眼感到惱火，簡直比愛德華還惱火。愛德華滿臉脹得通紅，不由得瞥了艾麗諾一眼，然後答道：「是的，是我姊姊的頭髮。你知道，由於戒指框子的投光，頭髮顏色的濃淡程度看起來總有變化。」

艾麗諾剛才觸到了他的目光，同樣顯得很尷尬。

霎時之間，她和瑪麗安都感到十分得意，因爲這頭髮就是她艾麗諾的。她們的結論唯一區別在於：瑪麗安認爲這是姊姊慷慨贈送的，而艾麗諾卻意識到，這一定是愛德華暗中耍弄什麼詭計，偷偷摸摸搞到手的。不過，她無心把這看成一種冒犯，只管裝作毫不介意的樣子，立即轉換了話題。但她暗中卻下定決心，要抓住一切機會仔細瞧瞧，以便確信那綹頭髮和她的頭髮完全是一個顏色。

愛德華尷尬了好一陣工夫，最後變得越發心不在焉。整個上午，他都一本正經的。瑪麗安嚴厲地責怪自己說了那番話。然而，假如她知道姊姊一點也沒生氣的話，她會馬上原諒自己的。

還沒到中午，約翰爵士在岳母的幫助下，不久便發現：費拉斯這個姓的頭一個字是「費」，這就爲他們將來戲謔痴情的艾麗諾提供了大量笑料。只因剛剛認識愛德華，才沒敢立即造次行事。然而，事實上，艾麗諾認爲從他們意味深長的神情中看得出來，他們根據瑪格麗特所提供的線索，已經洞察內情了。

約翰爵士每次來訪，不是請達什伍德母女次日到府第吃飯，就是請她們當晚去喝茶。這一次，爲了盛情款待她們的客人，他覺得自己理應爲客人的娛樂做出貢獻，於是便想兩道邀請一起下達。

「你們今晚一定要同我們一起喝茶，」他說，「不然我們將會寂寥寡歡——明天你們務必要和我們一道吃晚飯，因爲我們要有一大幫客人。」

詹寧斯太太進一步強調了這種必要性。「說不定你還會舉辦一次舞會呢！」她說。「這對你就有誘惑力啦，瑪麗安小姐。」

「舞會！」瑪麗安嚷道。「不可能！誰來跳舞？」

「誰？噢，當然是你們啦，還有凱里府上的小姐們，惠特克斯府上的小姐們。怎麼！你認爲某一個人（現在且不說出他的姓名）不在了，就沒有人能跳舞啦！」

「我衷心希望，」約翰爵士嚷道，「威洛比能再回到我們中間。」

一聽這話，再見到瑪麗安羞紅了臉，愛德華產生了新的懷疑。

「威洛比是誰？」他低聲向坐在旁邊的艾麗諾問道。

艾麗諾簡短地回答了一句。瑪麗安的面部表情更能說明問題。愛德華看得眞切，不僅可以領會別人的意思，而且還可以領會先前使他迷惑不解的瑪麗安的面部表情。等客人散去後，他立即走到她跟前，悄聲說道：「我一直在猜測。要不要告訴你我在猜什麼？」

「你這是什麼意思？」

「要我告訴你嗎？」

「當然。」

「那好，我猜威洛比先生愛打獵。」

瑪麗安吃了一驚，顯得十分狼狽，然而一見到他那副不露聲色的調皮相，她又忍不住笑了。沉默了一陣之後，她說：「哦！愛德華！你怎麼能這麼說？不過，我希望那個時候會來到……我想你一定會喜歡他的。」

「對此我並不懷疑。」愛德華回答說，對瑪麗安的誠摯和熱情大爲驚訝。他本來只是想根據威洛比先生和瑪麗安之間可能存在、也可能不存在的關係，來開個玩笑，以便讓大夥開開心，否則他是不會冒昧提起這件事的。

第十九章

愛德華在巴頓鄉舍逗留了一個星期。達什伍德太太情眞意切地要求他多住幾天。怎奈他好像一心想做苦行僧似的，偏在與朋友們相處得最愉快的時候，執意要走。最後兩、三天，他的情緒雖說依然時高時低，卻有很大改觀——他越來越喜愛這幢房子及其環境——每當提起要離開總要嘆息一聲——聲稱他的時間完全是空閒著的——甚至懷疑走後不知到何處去——但他還是要走。從來沒有哪個星期過得這麼快——他簡直不敢相信已經過去了。他反反覆覆地這麼說著，也還說了其他一些話，表明他感情上起了變化，先前的行動都是虛假的。他在諾蘭莊園並不感到愉快，他討厭住在城裏，但是他這一走，不是去諾蘭莊園，就要去倫敦。他無比珍惜她們的一片好心，他的最大幸福就是和她們待在一起。然而，一週過去他還是要走，儘管她們和他本人都不希望他走，儘管他沒有任何時間限制。

艾麗諾把他這些令人驚訝的行動完全歸咎於他的母親。使她感到慶幸的是，他能有這樣一位母親，她的脾性她不甚了解，愛德華一有什麼莫名其妙的事情，就可以到她那裡找藉口。不過，雖然她失望、苦惱，有時還為他待自己反覆無常而生氣，但是一般說來，她對他的行為總是坦率地加以開脫，寬宏大量地為之辯解。想當初，她母親勸說她對威洛比採取同樣的態度時，可就費勁多了。

愛德華的情緒低落、不夠坦率和反覆無常，通常被歸因於他的不能獨立自主，歸因於他深知費拉斯太太的脾氣和心機。他才住了這麼幾天就一味地堅持要走，其原因同樣在於他不能隨心所欲，在於他不得不順從他母親的意志。意願服從義務、子女服從父母的冤情古已有之，根深柢固，實屬萬惡之源。她很想知道，這些苦難什麼時候能結束，這種對抗什麼時候能休止——費拉斯太太什麼時候能改邪歸正，她兒子什麼時候能得到自由和幸福。不過，這都是些痴心妄想，爲了安慰自己，她不得不轉而重新相信愛德華對她一片鍾情，回想起他在巴頓逗留期間，在神色和言談上對她流露出來的任何一點愛慕之情，特別是他時時刻刻戴在手指上的那件信物，更加使她洋洋得意。

最後一個早晨，大家在一起吃早飯的時候。

達什伍德太太說：「愛德華，我覺得，你若是有個職業幹幹，給你計劃和行動增添點興味，那樣你就會成爲一個更加快樂的人兒。的確，這會給你的朋友們帶來某些不便——你將不可能把很多時間花在他們身上。不過，」（她微笑地說）「這一點起碼對你會大有裨益——就是你離開他們時，能知道接下來要往哪裏去。」

「說實在的，」他回答說，「我在這個問題上考慮了好久。我沒有什麼事情可做，沒有什麼能藉以稍稍自立的職業可做，這無論在過去、現在或將來，永遠是我的一大不幸。遺憾的是，我自己的挑剔和朋友們的挑剔，使我落到現在這個樣子，變成一個遊手好閒、不能自立的人。我們在選擇職業上從來達不成一致意見。我總是喜愛牧師這個職務，現在仍然如此。可是我家裏的人覺得那不合時尚。他們建議我參加陸軍，可那又太衣冠楚楚了，非我所能。做律師被認爲是很體面的職業。不少年輕人在法學協會裏沒有辦公室，經常在上流社會拋頭露面，乘著十分時髦的雙輪輕便馬車在城裏兜來兜去。但是我不想做律師，即使像我家裏的人主張的那樣不求深入地研究一下法律，我也不願意。至於海軍，倒挺時髦，可是當這件事第一次提到議事日程上時，我已經年齡太大。最後，因爲沒有必要讓我非找個職業不可，因爲我身上穿不穿紅制服❶都會同樣神氣，同樣奢華，於是，整個來說，無所事事便被斷定爲最有利的了。一般說來，一個十八歲的年輕人並不眞想忙忙碌碌的，朋友們都勸我什麼事情也別幹，我豈能拒不接受？於是我被送進牛津大學，從此便眞正無所事事了。」

「我想，這就會帶來一個後果，」達什伍德太太說，「既然遊手好閒並沒有促進你的幸福，你要培養你的兒子和科盧米拉❷的兒子一樣，能從事許多工作和許多行業。」

「我將培養他們，」他帶著一本正經的口氣說道，「盡量不像我——感情上、行動上、身分上，一切都不像我。」

「得啦，得啦，愛德華，這只不過是你目前意氣消沉的流露。你心情抑鬱，以爲凡是和你不一樣的人一定都很幸福。可是你別忘記，有時候與朋友離別的痛苦誰都感覺得到，不管他們的教養和地位如何。你要看到自己的幸福，你只需要有耐心——或者說得動聽一些，把它稱之爲希望。你渴望獨立，你母親總有一天會成全你的。這是她的義務，現在是，將來還是。過不了多久，她就會把不讓你憂鬱不樂地虛度青春視爲她的幸福。幾個月的工夫會帶來多大的變化啊！」

「依我看，」愛德華回答，「再過多少個月也不會給我帶來任何好處。」

他的這種沮喪心情雖然難以向達什伍德太太言傳，卻在接踵而來的離別之際，給她們大家帶來了更多的痛苦。特別是給艾麗諾留下的痛苦，需要付出很大努力，花費很長時間，才

---

❶ 穿紅制服：指參加英國軍隊。

❷ 科盧米拉（Columella）：係英國小說家理查德．格雷夫斯所著小說《煩惱的隱士科盧米拉》中的主人公。

能加以克服。不過，她決心克制住這種感情，在愛德華走後不要顯得比其他人更難過，因此她沒有採取瑪麗安在同樣情況下採取的審慎辦法：一味地悶聲不響，避開他人，懶懶散散，結果搞得越來越傷心。她們的目標不同，方法各異，但都同樣達到了各自的目的。

愛德華一走，艾麗諾便坐到畫桌前，整天忙個不停，既不主動提起他的名字，也不有意避而不提，對於家裏的日常事務幾乎像以前一樣關心。如果說她這樣做並未減少她的痛苦，至少沒有使痛苦無謂地增長起來，這就給母親和妹妹免除了不少憂慮。

瑪麗安覺得，就如同她自己的行爲不見得錯到哪裏一樣，她姊姊的行爲縱使與她的行爲截然相反，也不見得值得稱讚。如何看待自我克制，她覺得是再容易不過的：若是感情強烈的話，這是不可能的；要是心情鎮定的話，也沒有什麼好稱道的。她不敢否認她姊姊的心情確實是鎮定的，雖然她羞於承認這一點。她自己感情之強烈，已表現得十分明顯，但她仍然喜愛和尊重她那位姊姊，儘管這樣是令人屈辱的。

艾麗諾雖然沒有把自己和家裏的人隔離開來，沒有執意避開她們獨自走出家門，也沒有徹夜不眠地冥想苦想，但她每天都有些閒暇思念一番愛德華，回顧一下他的一舉一動，並且在不同的時間，由於心境不同，採取的方式也不盡相同：有溫柔，有憐惜，有贊同，有疑慮，眞是應有盡有。也有不少時候，如果不是因爲母親和妹妹們不在跟前，至少是因爲她們在忙碌什麼要緊事，大夥不能交談，那麼孤獨的效果就要充分顯現出來。她的思想必然要自由馳騁，不過她也不會往別處想。這是如此富有情趣的一個問題，其過去和未來的情景總要浮現在她的眼前，引起她的注意，激起她的回想、遐想和幻想。

愛德華離去不久的一天早晨，她正坐在畫桌前出神，不料來了客人，打斷了她的沉思。

碰巧只她一個人在家，一聽到屋前綠茵庭院入口處的小門給關上了，便抬眼向窗口望去，看見一大夥人朝房門口走來。來客中有約翰爵士、米德爾頓夫人和詹寧斯太太；此外還有兩個人，一男一女，她從未見過。她坐在窗口附近，約翰爵士一發現她，便讓別人去敲門，他逕自穿過草坪，艾麗諾只好打開窗子和他說話。其實，門口與窗口之間距離很近，站在一處說話另一處不可能聽不到。

「喂，」爵士說，「我給你們帶來了兩位稀客。你喜歡他們嗎？」

「噓！他們會聽見的。」

「聽見也沒關係。只是帕爾默夫婦。我可以告訴你，夏洛特很漂亮。你從這裏看去，能看見她。」

艾麗諾知道過一會兒就能見到她，便沒有貿然行事，請他原諒。

「瑪麗安哪兒去了？是不是見我們來了溜走啦？我看見她的鋼琴還打開著。」

「想必是在散步。」

這時，詹寧斯太太湊了過來。她實在忍不住了，等不及開門後再敘說她的一肚子話，便走過來衝著窗口吆喝起來：「你好啊，親愛的！達什伍德太太好嗎？你兩個妹妹哪兒去啦？什麼！只你一個人！你一定歡迎有人陪你坐坐。我把我另一對女婿女兒領來看望你啦。你只想想他們來得多麼突然啊！昨晚喝茶的時候，我覺得聽見了馬車的聲音，但我萬萬沒有想到會是他倆。我只想到說不定是布蘭登上校又回來了。於是我對約翰爵士說：『我肯定聽見了馬車的聲音，也許是布蘭登上校又回來了——』」

聽她講到一半的時候，艾麗諾只好轉身去歡迎其他人。米德爾頓夫人介紹了兩位稀客。這時，達什伍德太太和瑪格麗特走下樓來，大家坐定，你看看我，我瞧瞧你。詹寧斯太太由約翰爵士陪伴，從穿堂走進客廳，一邊走一邊絮叨她的故事。

帕爾默夫人比米德爾頓夫人小好幾歲，各方面都和她截然不同。她又矮又胖，長著一副十分漂亮的面孔，喜氣盈盈的，要多好看有多好看。她的儀態遠遠沒有她姊姊來得優雅，不過卻更有魅力。她笑吟吟地走了進來——整個拜訪期間都是笑吟吟的（只有哈哈大笑的時候例外），離開的時候也是笑吟吟的。她丈夫是個不苟言笑的年輕人，二十五、六歲，看那氣派，比他妻子更入時、更有見識，但不像她那樣愛討好人，愛叫人奉承。他帶著妄自尊大的神氣走進房來，一聲不響地向女士們微微點了個頭，然後迅速地把衆人和房間打量了一番，便拿起桌上的一張報紙，一直閱讀到離開爲止。

帕爾默夫人恰恰相反，天生的熱烈性子，始終客客氣氣、快快活活的，屁股還沒坐定就對客廳和裏面的每件陳設嘖嘖稱讚起來。

「哦！多愜意的房子啊！我從沒見過這麼可愛的房子！媽媽，你想想看，自我最後一次到這兒以來，變化有多大啊！我總認爲這是一個可愛的地方，太太，」（轉向達什伍德太太），「你把它裝點得這麼漂亮！你看看，姊姊，一切布置得多麼適合人的心意啊！我多麼希望自己能有這樣一座房子。你難道不希望嗎，帕爾默先生？」

帕爾默先生沒有理睬她，甚至連視線都沒離開報紙。

「帕爾默先生沒聽見我的話，」她邊說邊笑，「他有時候一點也聽不見我的話，眞夠滑稽的！」

這事在達什伍德太太看來還眞夠新鮮的。她以前從沒發現什麼人漫不經心時也能這麼富有情趣，因此禁不住驚訝地看著他們倆。

與此同時，詹寧斯太太放開嗓門談個不停，繼續介紹他們前一天晚上意外地見到她們的朋友的情景，直至點滴不漏地講完了方才罷休。帕爾默夫人一想起當時大家驚愕的樣子，忍不住開心地哈哈大笑起來。大家一致表示了兩、三次：這的確令人喜出望外。

「你們可以相信，我們見到他倆有多高興啊，」詹寧斯太太補充說。她向前朝艾麗諾探著身子，說話時聲音放得很低，好像不想讓別人聽見似的，其實她倆分坐在房間的兩邊。「不過，我還是希望他們路上不要趕得這麼急，不要跑這麼遠的路，因爲他們有點事兒，經由倫敦繞道而來。你們知道，」（她意味深長地點點頭，拿手指著她女兒）「她身子不方便。我要她上午待在家裏歇著，可她偏要跟我們一道來。她多麼渴望見見你們一家人！」

帕爾默夫人哈哈一笑，說這並不礙事。

「她二月份就要分娩。」詹寧斯太太接著說。

米德爾頓夫人再也忍受不了這種談話了。因此，便硬著頭皮問帕爾默先生：

「報上有沒有什麼消息？」

「沒有，一點也沒有。」他答道，然後又繼續往下看。

「噢，瑪麗安來了，」約翰爵士嚷道，「帕爾默，你要見到一位絕世佳人啦！」

他當即走進穿堂，打開正門，親自把瑪麗安迎進房來。瑪麗安一露面，詹寧斯太太就問她是不是去艾倫漢了。帕爾默夫人聽到這句問話，禁不住縱情大笑起來，以表示她明白其中的奧妙。帕爾默先生見瑪麗安走進屋裏，便抬起頭來凝視了幾分鐘，然後又回頭看他的報紙。這時，四周牆上掛著的圖畫引起了帕爾默夫人的注意。她起身仔細觀賞起來。

「哦！天哪，多美的畫兒！嘿，多賞心悅目啊！快看啊，媽媽，多惹人喜歡啊！你們聽我說吧，這些畫兒可愛極啦，眞叫我百看不厭。」說罷又坐了下來，轉眼間就把室內有畫兒的事情忘得一乾二淨。

米德爾頓夫人起身告辭的時候，帕爾默先生也跟著站起來，擱下報紙，伸伸懶腰，然後環視了一下眾人。

「我的寶貝，你睡著了吧？」他妻子邊說邊哈哈大笑。

他沒有理睬她，只是又審視這房間，說天花板很低，而且有點歪。然後點了個頭，跟其他客人一起告辭而去。

約翰爵士一定要達什伍德母女次日到他家作客。達什伍德太太不願意使自己到他們那兒吃飯的次數，超過他們來鄉舍吃飯的次數，於是她自己斷然謝絕了，女兒們去不去隨她們的便。但是，女兒們並無興致觀看帕爾默夫婦如何吃晚飯，也不指望他們能帶來任何別的樂趣，因此同樣婉言謝絕了，說什麼天氣反覆無常，不見得會晴朗。可是約翰爵士說什麼也不依——他會派車來接的，一定要她們去。米德爾頓夫人雖然沒有敦促達什伍德太太，卻硬叫她的女兒們非去不可。詹寧斯太太和帕爾默夫人也跟著一起懇求，好似一個個都急切希望不要搞成一次家庭聚會，達什伍德家小姐們無可奈何，只好讓步。

「他們爲什麼要邀請我們？」客人們一走，瑪麗安便問道。「我們的房租據說比較低。不過，要是不管什麼時候我們兩家來了客人，我們都要到他家去吃飯的話，那麼住在這裏的條件也夠苛刻的了。」

「和幾週前我們接受他們的頻繁邀請相比，」艾麗諾說，「現在，他們不見得有什麼不客氣、不友好的意圖。要是他們的宴會變得越來越索然乏味，那變化倒不在他們身上。我們必須到別處尋找變化。」

第二十章

第一天，當達什伍德家三位小姐從一道門走進巴頓莊園客廳時，帕爾默夫人從另一道門跑了進來，和之前一樣興高采烈。她十分親昵地抓住她們的手，對再次見到她們深表高興。

「見到你們眞高興！」她說，一面在艾麗諾和瑪麗安中間坐下，「天氣不好，我還眞怕你們不來了呢，那樣該有多糟糕啊，因爲我們明天就要離開。我們一定要走，因爲韋斯頓夫婦下禮拜要來看我們，知道嗎？我們來得太突然，馬車停到門口我還不知道呢，只聽帕爾默先生問我：願不願意和他一道去巴頓。他眞滑稽！幹什麼事都不告訴我！很抱歉，我們不能多待些日子。不過，我希望我們能很快在城裡再見面。」

她們只得讓她打消這個指望。

「不進城！」帕爾默夫人笑著嚷道。「你們若是不去，我可要大失所望啦。我可以在我們隔壁給你們找個全天下最舒適的房子，就在漢諾佛廣場。你們無論如何也要來。如果達什伍德太太不願拋頭露面的話，我一定樂於隨時陪著你們，直到我分娩的時候爲止。」

她們向她道謝，但是又不得不拒絕她的一再懇求。

「哦，我的寶貝，」帕爾默夫人對恰在這時走進房來的丈夫喊叫道。「你要幫我勸說幾位達什伍德小姐今年冬天進城去。」

她的寶貝沒有回答。他向小姐們微微點了點頭，隨即抱怨起天氣來。

「眞討厭透頂！」他說。「這天氣搞得每件事、每個人都那麼令人厭惡。天一下雨，室內室外都一樣單調乏味，使人對自己的相識全都厭惡起來。約翰爵士到底是什麼意思，家裡也不鬭個彈子房？會享受的人怎麼這麼少！約翰爵士就像這天氣一樣無聊。」

轉眼間，其他人也走進客廳。

「瑪麗安，」約翰爵士說，「你今天恐怕沒能照例去艾倫漢散步啊！」

瑪麗安板著臉孔，一言不發。

「嗨！別在我們面前躲躲閃閃的，」帕爾默夫人說。「說實在的，我們什麼都知道了。我很欽佩你的眼光，我覺得他漂亮極了。你知道，我們鄉下的住處離他家不很遠，大概不超過十英里。」

「都快三十英里啦！」她丈夫說。

「哎！這沒有多大差別。我從未去過他家，不過大家都說，那是個十分優美的地方。」

「是我生平見到的最糟糕的地方。」帕爾默先生說。

瑪麗安仍然一聲不響，雖然從她的面部表情可以看出，她對他們的談話內容很感興趣。

「非常糟糕嗎？」帕爾默夫人接著說：「那麼，那個十分優美的地方，準是別的住宅啦！」

當大家在餐廳坐定以後，約翰爵士遺憾地說，他們總共只有八個人。

「我親愛的，」他對他夫人說，「就這麼幾個人，太令人掃興了。你怎麼今天不請吉爾伯特夫婦來？」

「約翰爵士，你先前對我說起這件事的時候，難道我沒告訴你不能再請他們了？他們上次剛和我們吃過飯。」

「約翰爵士，」詹寧斯太太說，「你我不要太拘泥禮節了。」

「那樣你就太缺乏教養啦！」帕爾默先生嚷道。

「我的寶貝，你跟誰都過不去，」他妻子一邊說，一邊像平常那樣哈哈一笑。「你知道你很魯莽無禮嗎？」

「我不知道說一聲你母親缺乏教養，就是跟誰過不去。」

「啊，你愛怎麼罵我就怎麼罵我好啦，」那位溫厚的老太太說道。「你從我手裡奪走了夏洛特，現在想退也退不了。所以，你已經被捏在我的掌心裡啦！」

夏洛特一想到她丈夫擺脫不了她，不由得縱情地笑了起來，然後自鳴得意地說：她並不在乎他對她有多粗暴，因爲他們總得生活在一起。誰也不可能像帕爾默夫人那樣絕對和和氣氣，始終歡歡樂樂。她丈夫故意冷落她，傲視她，嫌棄她，都不會給她帶來任何痛苦；他申斥她、辱罵她的時候，她反而感到其樂無窮。

「帕爾默先生眞滑稽！」她對艾麗諾小聲說。「他總是悶悶不樂。」

艾麗諾經過一段短暫的觀察，並不相信帕爾默先生眞像他想表露的那樣脾氣不好，缺乏教養。也許他像許多男人一樣，由於對美貌抱有莫名其妙的偏愛，結果娶了一個愚不可及的女人，這就使他的脾氣變得有點乖戾了——不過她知道，這種錯誤太司空見慣了，凡是有點理智的人不會沒完沒了地痛苦下去。她以爲，他大概是一心想出人頭地，才那樣鄙視一切人，非難眼前的一切事物。這是因爲一心想表現得高人一等。這種動機十分普通，不足爲怪。可是方法則不然，儘管可以使他在缺乏教養上高人一等，卻不可能讓任何人喜愛他，只有他的妻子例外。

「哦！親愛的達什伍德小姐，」帕爾默夫人隨後說道，「我要請你和你妹妹賞光，今年聖誕節來克利夫蘭住些日子。眞的，請賞光——趁韋斯頓夫婦在作客的時候來。你想像不到我會多高興！那一定快樂極了！——我的寶貝，」這是求情於她丈夫，「難道你不希望達什伍德小姐們去克利夫蘭？」

「當然希望，」他訕笑著說，「我來德文郡別無其他目的。」

「你瞧，」她的夫人說道，「帕爾默先生期待你們光臨，你們可不能拒絕呀。」

她們急切而堅決地拒絕了她的邀請。

「說眞的，你們無論如何也要來。你們肯定會喜歡得不得了。韋斯頓夫婦要來作客，快樂極了。你想像不到克利夫蘭是個多麼可愛的地方。我們現在可開心啦，因爲帕爾默先生總是四處奔走，作競選演說，好多人我見都沒見過，也來我們家吃飯，好開心啊！不過，可憐的傢伙！他也眞夠疲勞的！因爲他要取悅每一個人。」

艾麗諾對這項職責的艱鉅性表示同意時，簡直有點忍不住笑。

「他若是進了議會，」夏洛特說，「那該有多開心啊！——是吧？我要笑開懷啦！看到寄給他的信上都蓋著『下院議員』的郵戳，那該有多滑稽啊！不過你知道，他說他決不會給我簽發免費信件的。他宣布決不這麼幹！是吧，帕爾默先生？」

帕爾默先生並不理睬她。

「你知道，動筆桿子，他忍受不了，」夏洛特接著說，「他說那太令人厭煩。」

「不，」帕爾默先生說，「我從沒說過這麼荒謬的話。不要把你那些凌辱性的語言都強加到我頭上。」

「你瞧，他有多滑稽。他總是這個樣子！有時候，他能一連半天不和我說話，然後突然蹦出幾句滑稽話語來——天南地北的什麼都有。」

一回到客廳，夏洛特便問艾麗諾是不是極其喜歡帕爾默先生，使艾麗諾大吃一驚。

「當然喜歡，」艾麗諾說，「他看上去非常謙和。」

「哦——你喜歡他，我眞高興，我知道你會喜歡他的，他是那樣和氣。我可以告訴你，帕爾默先生極其喜歡你和你兩個妹妹。你想像不到，你們若是不去克利夫蘭，他會多麼失望。我無法想像你們怎麼會拒絕。」

艾麗諾只好再次謝絕她的邀請，並且乘機轉了話題，結束了她的懇求。她覺得，帕爾默夫人與威洛比既然是同鄉，或許能具體地介紹一下他的整個性格，而不只是米德爾頓夫婦那點一鱗半爪的資料。她熱切地希望有人來證實一番他的優點，以解除她對瑪麗安的憂慮。她開頭先問他們是不是在克利夫蘭常常見到威洛比，是不是與他交情很深。

「哦！親愛的，是的，我極其了解他，」帕爾默夫人回答。「說眞的，我倒沒有和他說過話。不過我在城裡總是見到他。不知道爲什麼，他去艾倫漢的時候，我一次也沒趕上待在巴頓。我母親過去在這裡見過他一次，但我跟舅舅住在韋默思。不過我敢說，若不是因爲我們不巧一次也沒一起回鄉的話，我們在薩默塞特郡一定會常見到他的。我想他很少去庫姆。不過，即使他常去那裡，我想帕爾默先生也不會去拜訪他的，因爲你知道他是反對黨的，況且又離得那麼遠。我很清楚你爲什麼打聽他，你妹妹要嫁給他。我高興死了，因爲她要做我的鄰居啦，懂嗎？」

「說老實話，」艾麗諾回答說，「你若是有把握期待這門婚事的話，那麼你就比我更知情了。」

「不要故作不知啦，因爲你知道這是大家都在議論紛紛的事情。說實在的，我是路過城裡時聽到的。」

「我親愛的帕爾默夫人！」

「我以名譽擔保，我的確聽說了。星期一早晨，在邦德街，就在我們離城之前，我遇到了布蘭登上校，他直截了當告訴我的。」

「你讓我大吃一驚。布蘭登上校會告訴你這種事兒！你準是搞錯了。我不相信布蘭登上校會把這種消息告訴一個與之無關的人，即使這消息是眞實的。」

「儘管如此，我向你保證確有其事，我可以把事情的來龍去脈講給你聽聽。我們遇見他的時候，他轉回身和我們一道走著。我們談起了我姊姊和我姊夫，一件件地談論著。這時我對他說：『對了，上校，我聽說有一新戶人家住進巴頓鄉舍，我母親來信說她們長得很漂亮，還說有一位就要嫁給庫姆大廈的威洛比先生。請問，是不是眞有其事？你當然應該知道啦，因爲你不久前還待在德文郡。』」

「上校怎麼說的？」

「噢！他沒說多少話。不過看他那神情，他好像知道確有其事，於是從那時起，我就確信無疑了。我敢斷言，這是件大喜事、什麼時候辦呀？」

「我希望，布蘭登先生還好吧？」

「哦！是的，相當好。他對你推崇備至，一個勁兒稱讚你。」

「受到他的讚揚，我感到榮幸。他似乎是個極好的人，我覺得他異常可愛。」

「我也這麼覺得。他是個可愛的人，可惜太嚴肅、太刻板了。我母親說，他也愛上了你妹妹。說實話，他若是眞愛上你妹妹，那可是極大的面子，因爲他難得愛上什麼人。」

「在薩默塞特郡你們那一帶，人們很熟悉威洛比先生吧？」艾麗諾問。

「哦！是的，極其熟悉。這並非說，我認爲有許多人認識他，因爲庫姆大廈相距太遠。不過我敢說，大家都認爲他極其和悅。威洛比先生無論走到哪裡，誰也沒有他那樣討人喜歡，你可以這樣告訴你妹妹。我以名譽擔保，你妹妹找到他眞是天大的福氣。這倒不是說他找到你妹妹就不算極其幸運，因爲你妹妹太漂亮、太溫柔了，誰都難以匹配。不過我向你保證，我並不覺得你妹妹比你漂亮。我認爲你們兩人都很漂亮。帕爾默先生肯定也是這樣認爲的，只是昨晚我們無法讓他承認罷了。」

帕爾默夫人關於威洛比的情報並無什麼實質性的內容，不過任何有利於他的證據，不管多麼微不足道，都會使艾麗諾感到高興。

「我很高興，我們終於相識了，」夏洛特繼續說。「希望我們永遠是好朋友。你想不到我多麼渴望見到你呀！你能住在鄉舍裡，實在太好了！毫無疑問，沒有比這更好的了！我很高興你妹妹就要嫁個如意郎君！我希望你常去庫姆大廈。大家都說，這是個可愛的地方。」

「你和布蘭登上校認識好久了，是嗎？」

「好久了，從我姊姊出嫁的時候起。他是約翰爵士的摯友。我認爲，」她放低聲音補充說，「假若可能的話，他本來很想娶我做妻子。約翰爵士和米德爾頓夫人很希望如此。可是我母親覺得這門親事不夠如意，不然約翰爵士就會向上校提親，我們當即就能結婚。」

「約翰爵士向你母親提議之前，布蘭登上校知不知道？他有沒有向你表過鍾情？」

「哦！沒有，不過，假如我母親不反對的話，我敢說他是求之不得的。當時，他只不過見過我兩次，因爲我還在上學。不過，帕爾默先生正是我喜愛的那種型。」

第二十一章

第二天，帕爾默夫婦回到克利夫蘭，巴頓的兩家人又可以禮尚往來地請來請去了。但是，艾麗諾始終沒有忘掉她們上次的客人——她還在納悶：夏洛特怎麼能無緣無故地這麼快樂，帕爾默先生憑著他的才智，怎麼能這樣簡單從事，夫妻之間怎麼會這樣奇怪地不相匹配。沒過多久，一貫熱心於交際的約翰爵士和詹寧斯太太向她引見了幾位新交。

一天早晨，大夥去埃克塞特遊覽，恰巧遇見兩位小姐。詹寧斯太太高興地發現，這兩人還是她的親戚，這就足以使約翰爵士邀請她們在埃克塞特的約期一滿，便馬上去巴頓莊園。他這麼一邀請，她們在埃克塞特的約期也就即將結束了。約翰爵士回家後，米德爾頓夫人聞知不久要接待兩位小姐來訪，不禁大爲驚愕。她生平從未見過這兩位小姐，無從證明她們是不是文雅——甚至無從證明她們算不算得上有相當教養，因爲她丈夫和母親在這方面的保證根本不能作數。她們還是她的親戚，這就把事情搞得更糟糕了。

因此，詹寧斯太太試圖安慰她，勸說她別去計較她們過於時髦，因爲她們都是表姊妹，總得互相包涵著點。其實，這是無的放矢。

事到如今，要制止她們來是辦不到了。米德爾頓夫人採取一個教養有素的女人的達觀態度，對這事只好聽之任之，每天和風細雨地責怪丈夫五、六次也就足夠了。

兩位小姐到達了。從外觀看，她們絕非有失文雅，絕非不入時。她們的穿著非常時髦，舉止彬彬有禮，對房子十分中意，對房裡的陳設喜愛若狂。沒想到她們會那樣嬌愛幾個孩子，在巴頓莊園還沒待上一個小時，就博得了米德爾頓夫人的好感。她當衆宣布，她們的確是兩位十分謙和的小姐。對於這位爵士夫人來說，這是很熱烈的讚賞。約翰爵士聽到這番熱情的讚揚，對自己的眼力更加充滿了自信，當即跑到鄉舍，告訴達什伍德家小姐，兩位斯蒂爾小姐來了，並且向她們保證，斯蒂爾姊妹是天底下最可愛的小姐。不過，只聽這樣的誇獎，你也了解不到多少東西。

艾麗諾心裡明白：天底下最可愛的小姐在英格蘭到處都能碰見，她們的體態、臉蛋、脾氣、智力千差萬別。約翰爵士要求達什伍德家全家出動，馬上去巴頓莊園見見他的客人。眞是個仁慈善良的人兒！即令是兩個遠房的表妹，不介紹給別人也會使他感到難受的。

「快去吧，」他說——「請走吧——你們一定要去——我說你們非去不可。你們想像不到，你們會多麼喜歡她們。露西漂亮極了，既和藹又可親！孩子們已經在圍著她轉了，好像她是個老相識似的。她們兩人都渴望見到你們，因爲她們在埃克塞特就聽說，你們是絕世佳人。我告訴她們一點不假，而且還遠遠不止於此。你們一定會喜歡她倆的。她們給孩子們帶來滿滿一車玩具。你們怎麼能一不高興連個臉都不肯賞！你們知道，說起來，她倆還是你們的遠房表親呢。你們是我的表侄女，她們是我太太的表姊妹，因此你們也就有親戚關係。」

但是，約翰爵士說服不了她們。他只能讓她們答應一、兩天內去拜訪，然後告辭回去，對她們如此無動於衷深感驚奇。他回到家，又把她們的嫵媚多姿向兩位斯蒂爾小姐吹噓了一番，就像他剛才向她們吹噓兩位斯蒂爾小姐一樣。

她們按照事先的許諾來到巴頓莊園，並被介紹給兩位小姐。她們發現，那姊姊年近三十，臉蛋長得很普通，看上去就不明睿，一點也不值得稱羨。可是那位妹妹，她們都覺得相當俏麗。她不過二十二、三歲，面貌清秀，目光敏銳，神態機靈，縱使不覺得眞正高雅俊美，也夠得上人品出衆。姊妹倆的態度特別謙恭，艾麗諾見她們總是那麼審愼周到地取悅米德爾頓夫人，不禁馬上認識到她們還眞懂點情理。她們一直都在和她的孩子嬉戲，稱讚他們長得漂亮，逗引他們，滿足他們種種奇怪的念頭。在禮貌周到地與孩子們糾纏之餘，不是讚許爵士夫人碰巧在忙碌什麼事情，就是量取她前一天穿的、曾使她們讚羡不已的新式衣服的圖樣。

值得慶幸的是，對於阿諛成癖的人來說，溺愛子女的母親雖然一味追求別人對自己子女的讚揚，貪婪之情無以復加，但又同樣最容易輕信。這種人貪得無厭，輕信一切：因此，斯蒂爾姊妹對小傢伙的過分溺愛和忍讓，米德爾頓夫人絲毫不感到驚奇和猜疑。看到兩位表姊妹受到種種無禮冒犯和惡意捉弄，她這做母親的反倒自鳴得意起來。她眼看著她們的腰帶被解開，頭髮被抓亂，針線袋被搜遍，刀、剪被偷走，艾麗諾和瑪麗安居然能安之若素地坐在一旁，對眼前的事情毫不介意。

「小約翰今天這麼高興，」當小約翰奪下斯蒂爾小姐的手帕，並且扔出窗外時，米德爾頓夫人說道。「他眞是詭計多端。」

過了一會兒，老二又狠命地去擰斯蒂爾小姐的手指，她又帶著愛撫的口吻說道：「威廉眞頑皮！」

「瞧這可愛的小安娜瑪麗亞，」她一邊說，一邊愛憐地撫摩著三歲的小女孩，這小傢伙已有兩分鐘沒吵鬧了。「她總是這麼文靜——從沒見過這麼文靜的小傢伙！」

然而不幸的是，正當米德爾頓夫人親熱摟抱的時候，不料她頭飾上的別針輕輕劃了一下孩子的脖頸，惹得這位文靜的小傢伙尖叫不止，氣勢洶洶，簡直連自稱最能吵鬧的小傢伙也望塵莫及。孩子的母親頓時張皇失措，但是還比不上斯蒂爾姊妹的驚恐之狀。在這緊急關頭，似乎只有千疼萬愛才能減輕這位小受難者的痛苦，於是三人一個個忙得不可開交。做母親的把小姑娘抱在膝上，親個不停；一位斯蒂爾小姐雙膝跪在地上，往傷口上塗灑熏衣草香水；另一位斯蒂爾小姐直往小傢伙嘴裡塞糖果。既然眼淚可以贏來這麼多好處，這小機靈鬼索性沒完沒了地哭下去。她繼續拚命地大哭大叫，兩個哥哥要來摸摸她，她抬起腳就踢。眼看大家同心合力都哄不好她，米德爾頓夫人僥倖地記起，上週發生一起同樣不幸的事件。那次，小傢伙的太陽穴擦傷了，後來吃點杏子醬就好了。於是她趕忙提議採取同樣辦法治療這不幸的擦傷。小姑娘聽到後，尖叫聲稍微中斷了一會兒，這就給大家帶來了希望，心想她是不會拒絕杏子醬的。因此，她母親把她抱出房去，尋找這靈丹妙藥。雖然母親懇求兩個男孩待在房裡，他們卻偏要跟著一起出來，於是留下四位小姐。幾個小時以來，室內頭一次安靜下來。

「可憐的小傢伙！」這母親小孩幾個一走出房去，斯蒂爾小姐便說。「也許傷得還挺重的呢！」

「我簡直不知道這傷怎麼會是重的，」瑪麗安嚷道，「除非處在截然不同的情況下。不過，這實際上沒有什麼值得大驚小怪的地方，這倒是人們製造驚慌的一貫手法。」

「米德爾頓夫人眞是個可愛的女人。」露西．斯蒂爾說。

瑪麗安默不作聲。不管處在多麼無關緊要的場合，要她言不由衷地去捧場，那是辦不到的；因此，出於禮貌上的需要而說說謊話的整個任務總是落在艾麗諾身上。既然有此需要，她便竭盡全力，談論起米德爾頓夫人來，雖然遠遠不及露西小姐來得熱烈，卻比自己的眞實感情熱烈得多。

「還有約翰爵士，」斯蒂爾小姐嚷道，「他是多麼可愛的一個人啊！」

說到他，達什伍德小姐的讚揚也很簡單而有分寸，並無隨口吹捧之意。她只是說：他十分和悅友好。

「他們的小家庭多麼美滿啊！我生平從未見過這麼漂亮的孩子。對你們說吧，我眞喜歡他們。說實話，我對孩子總是喜歡得要命。」

「從我今天早晨見到的情況看，」艾麗諾含笑說，「我認爲確實是這樣。」

「我認爲，」露西說，「你覺得幾個小米德爾頓嬌慣得太厲害了，也許他們是有點過分。不過這在米德爾頓夫人卻是很自然的。就我來說，我喜歡看到孩子們生龍活虎，興高采烈。我不能容忍他們規規矩矩、死氣沉沉的樣子。」

「說眞心話，」艾麗諾答道，「一來到巴頓莊園，我從未想到厭惡規規矩矩、死氣沉沉的孩子。」

這句話過後，室內沉默了一陣，但很快這沉默又被斯蒂爾小姐打破。她似乎很健談，現在突然說道：「你很喜歡德文郡吧，達什伍德小姐？我想你離開蘇塞克斯一定很難過。」

這話問得太唐突了，起碼問的方式過於唐突，艾麗諾驚奇之餘，回答說她是很難過。

「諾蘭莊園是個極其美麗的地方，是吧？」斯蒂爾小姐補充說。

「我們聽說約翰爵士極其讚賞那個地方。」露西說。她似乎覺得，她姊姊過於直率，需要打打圓場。

「我想誰見了那個地方，」艾麗諾答道，「都會讚賞的，只是不能說有誰能像我們那樣評價它的美。」

「你們那裡有不少風流的小伙子吧？我看這一帶倒不多。就我來說，我覺得有了他們，總是增光不少。」

「但你為什麼認為，」露西說，似乎為她姊姊感到害躁，「德文郡的風流小伙子不及蘇塞克斯的多？」

「不，親愛的，我當然不是說這裏的不多。埃克塞特的漂亮小伙子肯定很多。但你知道，我怎麼說得上諾蘭一帶有什麼樣漂亮的小伙子？我只是擔心，倘若達什伍德小姐們見不到像以前那麼多的小伙子，會覺得索然寡味的。不過，也許你們年輕姑娘並不稀罕多情的小伙子，有他們沒他們都一樣。就我來說，只要他們穿戴美觀，舉止文雅，我總覺得他們十分可愛。但是，見到他們邋裡邋遢、不三不四的，我卻不能容忍。喂，埃克塞特有個羅斯先生，好一個漂亮的小伙子，眞是女孩的意中人。你知道，他是辛普森先生的書記員，然而你若是哪天早晨碰見他，他還眞不耐看呢。達什伍德小姐，我想你哥哥結婚前也一定是女孩們的意中人，因為他很有錢呀！」

「說實在話，」艾麗諾回答，「我無法奉告，因為我並不完全明白這個字眼的意思。不過，有一點我可以回答你：假若他結婚前果眞是女孩家的意中人，那他現在還是如此，因為他身上沒有一絲一毫的變化。」

「哦！親愛的！人們從來不把結過婚的男人看作意中人。人家還有別的事情要做呢！」

「天呀！安妮，」她妹妹嚷道，「你張口閉口離不了意中人，眞要叫達什伍德小姐以為你腦子裡沒有別的念頭啦。」接著，她話鋒一轉，讚賞起房子和家具。

斯蒂爾姊妹眞夠得上是典型人物。大小姐庸俗放肆，愚昧無知，對她無可推舉。二小姐雖然樣子很俊俏，看上去很機靈，艾麗諾卻沒有一葉障目，看出了她缺少眞正的高雅並有失純樸。因此，她離別的時候，壓根兒不希望進一步結識她們。

斯蒂爾姊妹並不這樣想。她們從埃克塞特來的時候，早就對約翰爵士夫婦及其親屬的為人處世充滿了傾慕之情，而這傾慕之情有很大成分是針對他漂亮的表侄女的。她們公開聲稱：達什伍德姊妹是她們見過最美麗、最優雅、最多才多藝、最和藹可親的小姐，迫切希望與她很建立深交。艾麗諾很快發現，建立深交乃是她們不可避免的命運，因爲約翰爵士完全站在斯蒂爾姊妹一邊，他們的宴請盛情難卻，只好屈就。這就意味著幾乎每天都要在同一間房裏連續坐上一、兩個鐘頭。約翰爵士使不出更多的招數，也不知道需要有更多的招數。據他看來，待在一起就算關係密切，只要他能切實有效地安排她們經常聚會，他就不懷疑她們已成爲牢靠的朋友。

說句公道話，他在竭盡全力促進她們之間無拘無束。他就他所知，將他表侄女們的情況向斯蒂爾姊妹做了極其精細具體的介紹。她們與艾麗諾不過見了兩次面，斯蒂爾大小姐便向她恭喜，說她妹妹眞夠幸運，來到巴頓後竟征服了一位十分漂亮的如意郎君。

「她這麼年輕就出嫁，這當然是件大好事，」她說，「聽說他眞是個如意郎君，長得漂亮極啦。我希望你很快也會交上這樣的好運。不過，也許你早就偷偷摸摸地交上朋友啦。」

艾麗諾覺得約翰爵士當衆宣布他懷疑她與愛德華相好，這並不會比他懷疑瑪麗安時更注意分寸。事實上，兩者比較起來，爵士更喜歡開艾麗諾的玩笑，因爲這個玩笑更新鮮，更費揣測。自從愛德華來訪後，每次在一起吃飯時，他總要意味深長地舉杯祝她情場如意，一面頻頻點頭眨眼，引起了衆人的注目。那個「費」字也總是被一再端出來，逗引出不計其數的玩笑，以至於在艾麗諾心目中，早就被確立爲天底下最奇妙的一個字兒。

不出所料，斯蒂爾姊妹這下子可從這些玩笑裏撈到了把柄。那位大小姐一時來了好奇心，一定要知道那位先生的尊姓大名。她的話雖然往往說得沒輕沒重，但是卻跟她專愛打聽她們家的閒事的舉動完全一致。約翰爵士儘管十分樂於逗引別人的好奇心，但他沒有長時間地逗引下去，因爲正像斯蒂爾小姐很想聽到那個名字一樣，他也很想當衆說出來。

「他姓費拉斯，」他說，聲音不大，但卻聽得很清楚。「不過請別聲張出去，這是個絕大的秘密啊！」

「費拉斯！」斯蒂爾小姐重覆了一聲。「費拉斯先生是那幸福的人兒，是嗎？什麼！你嫂子的弟弟呀，達什伍德小姐？那自然是個非常可愛的小伙子，我可了解他啦。」

「你怎麼能這麼說，安妮？」露西嚷道，她總愛修正她姊姊的話。「我們雖然在舅舅家見過他一、兩次，要說十分了解他可就有點過分了。」

這一席話，艾麗諾聽得仔細，也很詫異。「這位舅父是誰？他住在何處？他們是怎麼認識的？」她很希望這話題能繼續下去，雖然她自己不想介入。不料兩人沒有說下去，而艾麗諾生平第一次感到，詹寧斯太太既缺乏打聽的好奇心，又缺乏通報消息的自覺性。斯蒂爾小姐說起愛德華時的那副神氣，進一步激起了她的好奇心，因爲她覺得那位小姐情緒不對頭，懷疑她了解（或者自以爲了解）愛德華有什麼不光彩的事情，但是她的好奇純屬無益，因爲約翰爵士暗示也好，明擺也罷，斯蒂爾小姐都沒再去理會費拉斯先生的名字。

第二十二章

瑪麗安本來就不大能容忍粗俗無禮、才疏學淺，甚至同她志趣不合的人，目前再處於這種心情，自然越發不喜歡斯蒂爾姊妹。她們主動接近她，她都愛理不理的。她總是那麼冷漠無情，不讓她們和她親近。艾麗諾認爲，主要因爲這個緣故，她們才對她自己產生了偏愛，而從她們兩人的言談舉止來看，這種偏愛很快就變得明顯起來。特別是露西，她從不放過任何機會找她攀談，想透過自然而坦率的思想交流，改善相互之間的關係。

露西生性機敏，談吐往往恰如其分，饒有風趣。艾麗諾才與她交往了半個小時，便一再發覺她爲人謙和。但是，她的這些本領並未得助於教育，她愚昧無知，是個文盲。儘管她總想顯得非常優越，但她智力不夠發達，缺乏最普通的常識。這些都瞞不過達什伍德小姐。艾麗諾看到本來經過受教育可以得到充分發揮的才幹統統荒廢了，不禁爲她感到惋惜。但是，使她無法同情的是，從她在巴頓莊園大獻殷勤和百般奉承可以看出，她實在太不體面，太不正直，太不誠實。和這樣一個人交往，艾麗諾是不會長久感到滿意的，因爲她綜合了虛假和無知，她的孤陋寡聞使她們無法平起平坐地進行交談，而她對別人的所作所爲使得別人對她的關心和尊重變得毫無價值。

「你一定會覺得我的問題有點蹊蹺，」一天，她們一起由巴頓莊園向鄉舍走去時，露西對她說，「不過還是請問一下：你眞的認識你嫂嫂的母親費拉斯太太嗎？」

艾麗諾的確覺得這個問題問得非常蹊蹺，當她回答說從未見過費拉斯太太時，她的臉上露出了這種神情。

「是啊！」露西應道。「我就感到奇怪嘛，因爲我原來認爲你一定在諾蘭莊園見過她。這麼說來，你也許不能告訴我她是個什麼樣的人啦？」

「是的，」艾麗諾回答道，她在談論她對愛德華母親的眞實看法時十分謹慎，同時也不想滿足露西那唐突無禮的好奇心——「我對她一無所知。」

「我這樣打聽她的情況，你一定覺得我很奇怪，」露西說，一面仔細地打量著艾麗諾。「不過也許我有理由呢——但願我可以冒昧地說出來。但我希望你能公道一些，相信我並非有意冒犯。」

艾麗諾客客氣氣地回答了一句，然後兩人默不作聲地又走了幾分鐘。

露西打破了沉默，又回到剛才的話題，猶猶豫豫地說道：「我不能讓你認爲我唐突無禮、愛打聽，我無論如何也不願意讓你這樣看我。我相信，博得你的好評是非常値得的。我敢說，我可以放心大膽地信任你。的確，處在我這樣尷尬的境地，我很想聽聽你的意見，告訴我該怎麼辦。不過，現在用不著打擾你了。眞遺憾，你居然不認識費拉斯太太。」

「假如你眞需要了解我對她的看法的話，」艾麗諾大爲驚訝地說，「那就很抱歉啦，我的確不認識她。不過說眞的，我一直不知道你與那一家人還有什麼牽連，因此，說眞心話，看到你這麼一本正經地打聽她的爲人，我眞有點感到意外。」

「你肯定會感到意外，對此我當然也不覺得奇怪。不過我若是大膽地把事情說明白，你就不會這麼吃驚。費拉斯太太目前當然與我毫無關係！不過以後我們的關係會很密切的！至於什麼時候開始，那得取決於她自己。」

說罷，她低下頭，神情和悅而羞澀。她只是斜視了艾麗諾一眼，看她有何反應。

「天啊！」艾麗諾嚷道，「你這是什麼意思？難道你認識羅伯特．費拉斯先生？這可能嗎？」一想到將來有這麼個妯娌，她不很中意。

「不，」露西答道，「不是認識羅伯特．費拉斯先生——我和他素昧平生。不過，」她兩眼凝視著艾麗諾，「我認識他哥哥。」

此刻，艾麗諾會作何感想？她大吃一驚！她若不是當即對這話有所懷疑的話，心裡說不定會有多痛苦呢。驚愕之餘，她默默轉向露西，猜不透她憑什麼說這話，目的何在。她雖說臉色都起了變化，但是心裡卻堅決不肯相信，因而並不存在歇斯底里大發作或暈厥的危險。

「你是該吃驚，」露西繼續說道。「因爲你先前肯定一無所知。我敢說，他從未向你或你家裡的人透露過一丁點口風，因爲我們存心要絕對保守秘密。我敢說，直到目前爲止，我一直是守口如瓶。除了安妮以外，我的親屬中沒有一個知道這件事的。我若不是深信你會保守秘密的話，絕對不會告訴你的。我確實覺得，我提了這麼多關於費拉斯太太的問題，似乎很是莫名其妙，應該解釋一下。我想，費拉斯先生要是知道我向你透露了，也不會見怪的，因爲我知道他很看得起你們一家人，總是把你和另外兩位達什伍德小姐當親妹妹看待。」說罷就停住了。

艾麗諾沉默了片刻。她初聽到這些話，一時愕然無語；但最後還是硬逼著自己開了口。爲了謹慎起見，她做出沉著鎮定的樣子，足以掩飾她的驚訝和焦慮，然後說：「請問：你們是不是訂婚很久了？」

「我們已經訂婚四年啦！」

「四年？」

「是的。」

艾麗諾雖然極爲震驚，但還是感到不可置信。

「直到那一天，」她說，「我才知道你們兩個也認識。」

「可是我們已經認識多年了。你知道，他由我舅舅照料了好長時間。」

「你舅舅！」

「是的，普萊特先生。你從沒聽他說起普萊特先生？」

「我想我聽說過。」艾麗諾答道，感情一激動，又增添了幾分精神。

「他四年前寄住在我舅舅家。我舅舅住在普利茅斯附近的朗斯特普爾。我們就在那兒開始認識的，因爲我姊姊和我常待在舅舅家。我們也是在那裡訂的婚，雖然是在他離開學校一年後才訂的。隨後他幾乎總是和我們待在一起。你可以想像，瞞著他母親，得不到她的認可，我是不願意和他訂婚的。但是我太年輕、太喜愛他了，不可能採取應有的愼重態度。達什伍德小姐，雖說你不如我了解他，但是你常見到他，知道他很有魅力，能使一個女人眞心地愛上他。」

「當然，」艾麗諾不知所云地答道。可是，沉吟片刻之後，她又對愛德華的信譽和鍾情復活了自信，認爲她的伙伴一定是在撒謊。於是，便接著說：「和愛德華．費拉斯先生訂婚！不瞞你說，你的話完全出乎我的意料之外，的確如此——請你原諒；不過，你一定弄錯了人，搞錯了名字，我們不可能指的是同一個費拉斯先生。」

「我們不可能指別人，」露西含笑叫道。「花園街費拉斯太太的長子、你嫂嫂約翰．達什伍德夫人的弟弟愛德華．費拉斯先生，這就是我所指的那個人。你必須承認，我把全部幸福都寄託在他身上了，我不會把他的名字搞錯。」

「很奇怪，」艾麗諾帶著揪心的悲愴和無比的困窘說道，「我竟然從未聽他提起過你的名字。」

「是沒有。考慮到我們的處境，這並不奇怪。我們首先關心的，是要保守秘密。你本來並不知道我和我家裡的人，因而他沒有必要向你提起我的名字。再說，他一向生怕她姊姊疑神疑鬼的，這就構成足夠的理由，使他不敢提及我的名字。」

她不作聲了。艾麗諾的自信消失了，但她沒有失去自制。

「你們訂婚都四年啦！」她帶著堅定的口氣說。

「是的。天知道我們還要等多久。可憐的愛德華！他給搞得垂頭喪氣的。」露西從衣袋裡取出一幅小畫像，然後接著說：「為了避免搞錯，還是請你瞧瞧他的面孔。當然，畫得不很像，不過，我想你總不會搞錯畫的是誰。這幅畫像我都保存了三年多啦！」

她說著把畫像遞進艾麗諾的手裡。艾麗諾一看，如果說她唯恐草草作出結論和希望發現對方在撒謊，因而還殘存著這樣或那樣的懷疑的話，那麼她卻無法懷疑這的確是愛德華的面貌。她當即歸還了畫像，承認是像愛德華。

「我一直未能回贈他一張我的畫像，」露西繼續說，「為此我感到非常煩惱，因為他一直渴望得到一張！我決定一有機會就找人畫一張。」

「你說得很對，」艾麗諾平靜地回答道。

隨後她們默默地走了幾步，還是露西先開了口。「說真的，」她說，「我毫不懷疑你會切實保守秘密的，因為你肯定知道，不讓事情到他母親耳朵裡，這對我們來說有多重要。我敢說，她絕對不會同意這門婚事。我將來沒有財產，我想她是個極其傲慢的女人。」

「我當然沒有主動要求你向我交心，」艾麗諾說，「然而，你認為我可以信得過，卻是再公道不過了。我會給你嚴守秘密的。不過恕我直言，我對你多此一舉地向我吐露真情，委實有些詫異。你至少會覺得，我了解了這件事並不會使它變得更保險。」

她一邊說，一邊仔細地瞅著露西，希望從她的神色裡發現點破綻——也許發現她所說的絕大部分都是假話。不料露西卻面不改色。

「你恐怕會認為，」露西說，「我對你太隨便了，告訴你這些事情。誠然，我認識你的時間不長，至少直接交往的時間不長，但是憑藉別人的描述，我對你們和你們一家人了解了很長時間。我一見到你，就覺得幾乎像舊友重逢一樣。況且，碰到目前這件事，我向你這麼詳細地詢問了愛德華母親的情況，確實覺得該向你作些解釋。我真夠不幸的，連個徵求意見的人都沒有。安妮是唯一的知情人，但她壓根兒沒長心眼。她確確實實是成事不足，敗事有餘，總是害得我提心吊膽的，生怕她洩露出去。你一定看得出來，她的嘴巴不牢。我那天一聽見約翰爵士提起愛德華的名字，的的確確嚇得要命，唯恐她一古腦兒捅了出來。你無法想像，這件事讓我擔驚受怕，吃了多少苦頭。使我感到驚奇的是，這四年來我為愛德華受了這麼多苦，如今我居然還活著。一切都懸而未決，捉摸不定，同他難得見見面——一年頂多見上兩次。我真不知道怎麼搞的，我的心居然沒有碎。」

說到這裡，她掏出手帕，可是艾麗諾卻不那麼憐憫她。

「有些時候，」露西擦了擦眼睛，繼續說，「我在想，我們是不是乾脆吹了，對雙方還好些。」說著，兩眼直勾勾地盯著她的同伴。「然而，還有些時候，我又下不了這個狠心。我不忍心搞得他可憐巴巴的，因為我知道，一旦提出這個問題，非給他帶來痛苦不可。這也是替我自己著想——他是那樣的可愛，我想自己又和他斷不了。在這種情況下，達什伍德小姐，你說我該怎麼辦？要是換成你會怎麼辦？」

「請原諒，」艾麗諾聽到這個問題吃了一驚，只好答道，「在這種情況下，我也無可奉告，還得由你自己做主。」

「毫無疑問，」雙方沉默了幾分鐘之後，露西繼續說道，「他母親遲早要供養他的。可憐的愛德華爲此感到十分沮喪！他在巴頓時，你不覺得他垂頭喪氣嗎？他離開朗斯特普爾到你們這裡來的時候哀傷極了，我眞擔心你們會以爲他害了重病。」

「這麼說，他是從你舅舅那兒來探望我們的？」

「哦，是的，他和我們一起待了兩個星期。你還以爲他直接從城裡來的？」

「不，」艾麗諾答道，深有感觸地認識到，一樁樁新的情況表明，露西沒有說假話。「我記得他對我說過，他和普利茅斯附近的一些朋友在一起待了兩個星期。」她還記得她當時很驚奇，因爲他沒有再提到那些朋友，連他們的名字都絕口不提。

「難道你不覺得他抑鬱不樂嗎？」露西重覆問道。

「確實是這樣，特別是當他剛到的時候。」

「我懇求他盡量克制自己，免得你們疑心出了什麼事。可是他因爲不能和我們在一起多待些日子，再加上看到我那麼傷感，他也十分憂傷。可憐的傢伙！我擔心他現在還是那副樣子，因爲他寫起信來語氣還是那麼沮喪。我就在離開埃克塞特前夕收到他的一封信。」說著從口袋裡掏出信，漫不經心地讓艾麗諾看了看姓名地址。「你想必是認得他的筆跡的，寫得可漂亮啦。可是這封信寫得不如平常工整。他大概是累了，只是湊合著寫滿了一頁。」

艾麗諾一看，果然是愛德華的筆跡，也就無法再懷疑了。她原來認爲，那個畫像可能是她意外搞到的，而不見得是愛德華的禮物。可是他們之間的通信關係只有在明確訂婚的情況下才可能建立起來，別無其他理由。轉瞬間，她幾乎爲感情所壓倒——情緒一落千丈，兩條腿幾乎站不住了。但是她千萬要頂住，她竭力克制住自己的抑鬱之感，結果立即見效，而且

第二十三章

儘管艾麗諾一般說來並不相信露西的話，但她經過認眞考慮，卻再也不能懷疑這件事情的眞實性，因爲沒有什麼東西可以誘使她編造出這種謊言。因此，露西稱爲事實的這些情況，艾麗諾無法再懷疑，而且也不敢再懷疑。這些情況都有充分的證據，這些證據則大致屬實，或者確鑿無疑，除了她自己的主觀願望之外，無論如何也得不出相反的結論。他們在普萊特先生家的際遇是其他情況的依據，既無可置疑，又令人驚愕。愛德華在普利茅斯附近的訪問，他的憂鬱心情，他對自己前途的忿忿不滿，他對自己的反覆無常，斯蒂爾姊妹對諾蘭莊園和她們的親屬瞭若指掌（這常使她感到驚奇），那幅畫像，那封信，那只戒指，這一切構成了一連串證據，打消了她怕冤枉他的一切顧慮，證明了他虧待了她，這是任何偏愛也改變不了的事實。她憎惡他的這種行徑，悔恨自己受了欺騙，一時之間只知自我憐憫。

但她心裡轉瞬間又湧起別的念頭，別的考慮。難道愛德華一直在存心欺騙她？難道他是一片虛情假義？難道他與露西的訂婚是眞心實意的訂婚？不，不管從前情況如何，她現在並不這麼認爲。他只喜歡她一個人，這一點她決不會搞錯。在諾蘭莊園，她的母親、妹妹、范妮都知道他喜歡她。這不是她虛榮的錯覺，他當然是愛她的。這一信念猶如心靈上的一副軟化劑！在這一信念的誘惑下，她有什麼不可諒解的！想當初，他已經開始感到她對他有著一股異乎尋常的誘惑力，卻偏要繼續待在諾蘭莊園，眞該受到責備。在這一點上，他是無可辯白的，不過，如果說他傷害了她，那他更傷害了他自己！如果說她的情況是令人憐憫的，那他的情況則是無可挽回的。他的魯莽行動給她帶來一時的痛苦；不過他自己似乎永遠失去了幸福的機會。她遲早是會恢復平靜的。可是他，如今還有什麼指望呢？他和露西．斯蒂爾在一起會感到幸福嗎？像他那樣誠實、靈敏、見識廣博的人，假使連她艾麗諾都不中意，能對露西這樣一個無知、狡詐、自私自利的妻子感到滿意嗎？

愛德華當時只有十九歲，青年人的狂愛熱戀自然使他陷入了盲目，除了露西的美貌和溫順之外，別的一概視而不見。但是以後的四年——如果合理地度過這四年，可以使人長智不少——他也該發現她教育上的欠缺。而在同時，露西由於常和下等人交往，追求低級趣味，也許早就失去了昔日的天真，這種天真一度為她的美貌增添了幾分情趣。愛德華與艾麗諾成婚尚且要遇到她母親設置的種種障礙，那麼他選擇一個門第比她低下、財產很可能不及她多的女人作配偶，豈不是更加困難重重！

當然，他在感情上與露西還很疏遠，這些困難還不至於使他忍耐不住。但是，這位本來對家庭反對和刁難可以感到欣慰的人，他的心情卻是抑鬱的！

艾麗諾連續痛苦地思忖著，不禁為他（不是為她自己）黯然落淚。使她堅信不疑的是，她沒有做出什麼事情而該遭受目前的不幸；同時使她感到欣慰的是，愛德華也沒有做出什麼事情而不配受到她的器重。她覺得，即使現在，就在她忍受這沉重打擊的頭一陣劇痛之際，她也能盡量克制自己，以防母親和妹妹們對事實真相產生懷疑，她是這麼期望的，也是不折不扣地這麼做的。就在她的美好希望破滅後僅僅兩個小時，她就加入她們一道吃晚飯，結果從妹妹的表情上看得出來，誰也沒想到艾麗諾正在為即將把她和她心愛的人永遠隔離開的種種障礙而暗自悲傷；而瑪麗安卻在暗中眷念著一位十全十美的情人，認為他的心完全被她迷住了，每一輛馬車駛近她們房舍時，她都期望著能見到他。

艾麗諾雖然不得不一忍再忍，把露西給她講的私房話始終瞞著母親和瑪麗安，但這並未加深她的痛苦。相反，使她感到寬慰的是，她用不著告訴她們一些只會給她們帶來痛苦的傷心事，因而省得聽見她們指責愛德華。由於大家過於偏愛她，這種指責是很有可能的，那將是她不堪忍受的。她知道，她從她們的忠告或是談話裡得不到幫助。她們的溫情和悲傷只能增加她的痛苦，而對於她的自我克制，她們既不會透過以身作則，又不會透過正面讚揚來加以鼓勵。她獨自一個人的時候反倒更剛強些，她能非常理智地控制自己，儘管剛剛遇到如此深沉的懊悔，她還是盡量表現得堅定不移，始終顯得高高興興的。

雖然她與露西在這個問題上的頭一次談話讓她吃盡了苦頭，但是她轉眼間又渴望和她重談一次，而且理由不止一個。她想聽她重新介紹一下有關他們訂婚的許多詳細情況，想更清楚地了解一下露西對愛德華的眞實感情，看看她是不是眞像她宣稱的那樣對他一往情深。她還特別想透過主動地、心平氣和地再談談這件事，讓露西相信，她只不過是以朋友的身分來關心此事的，而這一點從早晨的談話來看，由於她不知不覺地變得十分焦灼不安，因而至少是令人懷疑的。看樣子，露西很可能妒忌她，顯而易見，愛德華總是在稱讚她，這不僅從露西的話裏聽得出來，而且還表現在她才認識她這麼短時間，就大膽地向她吐露了如此重大的一樁秘密。甚至連約翰爵士開玩笑的話，大概也起到一定作用。的確，艾麗諾既然深信愛德華眞心喜愛自己，她也就不必去考慮別的可能性，便自然而然地認爲露西在妒忌她。露西也確實在妒忌她，她的私房話就是個證明。

露西透露這樁事，除了想告訴艾麗諾說愛德華是屬於她的，讓她以後少和他接觸外，還會有什麼別的緣故呢？她不難理解她情敵的這番用意，她也決心按照眞誠體面的原則來對待她，克制住她對愛德華的感情，盡量少和他見面。同時，她還要聊以自慰地向露西表明：她並不爲此感到傷心。如今在這個問題上，她不會聽到比已經聽過的更痛苦的內容了，因此她相信自己能夠平心靜氣地聽露西把詳情重新敘說一遍。

雖然露西像她一樣，也很想找個機會再談談，但是這樣的機會並不是要來馬上就會來。本來一起出去散散步最容易甩開衆人，誰料天公不作美，容不得她們出去散步。雖說她們至少每隔一天晚上就有一次聚會，不是在莊園就是在鄉舍（大都是在莊園），但是都不是爲了聚談，約翰爵士和米德爾頓夫人從未這樣想過，因爲大家很少有一起閒談的時間，更沒有個別交談的機會。大家聚在一起就是爲了吃喝嬉笑，打打牌，玩玩康西昆司❶或者搞些其他吵吵嚷嚷的遊戲。

她們如此這般地聚會了一、兩次，但艾麗諾就是得不到機會和露西私下交談，一天早晨，約翰爵士來到鄉舍，以仁愛的名義，懇求達什伍德母女當晚能和米德爾頓夫人共進晚餐，因爲他要前往埃克塞特俱樂部，家裡只有她母親和兩位斯蒂爾小姐，她們母女若是不去，米德爾頓夫人將孤寂之至。艾麗諾覺得，參加這樣一次晚宴倒可能是她了卻心願的大好時機，因爲在米德爾頓夫人安靜而有素養的主持下，比她丈夫把大夥湊到一塊大吵大鬧來得自由自在，於是她當即接受了邀請。瑪格麗特得到母親的許可，同樣滿口應承。瑪麗安一向不願參加他們的聚會，怎奈母親不忍心讓她錯過任何娛樂機會，硬是說服她跟著去。

三位小姐前來赴約，差一點陷入可怕的孤寂之中的米德爾頓夫人終於幸運地得救了。恰如艾麗諾所料，這次聚會十分枯燥乏味。整個晚上沒有出現一個新奇想法、一句新鮮辭令，

❶ 康西昆司（consequence）：一種講故事的遊戲，參加遊戲的人圍成一圈，以一對男女的相會為題，一人虛構一個名字，或者一件事情，串成故事。

整個談話從餐廳到客廳，索然寡味到無以復加的地步。幾個孩子陪著她們來到客廳，艾麗諾心裡明白，只要他們待在那裡，她就休想與露西交談。茶具端走之後，孩子們才離開客廳。轉而擺好了牌桌，艾麗諾開始納悶，她怎麼指望在這裡找到談話的時機呢？這時，大家都紛紛起身，準備打上一圈。

「我很高興，」米德爾頓夫人對露西說，「你今晚不打算給可憐的小安娜瑪麗亞織好小籃子，因爲在燭光下做編織活一定很傷眼睛。讓這可愛的小寶貝掃興啦，我們明天再給她補償吧。但願她不要太不高興。」

有這點暗示就足夠了。露西立即收住了心，回答說：「其實，你完全搞錯了，米德爾頓夫人，我只是在等著看看你們玩牌沒我行不行，不然我早就動手織起來了。我無論如何也不能叫這小天使掃興。你要是現在叫我打牌，我決計在晚飯後織好籃子。」

「你眞好。我希望可別傷了你的眼睛——你是不是拉拉鈴，再要些蠟燭來？我知道，假使那小籃子明天還織不好，我那可憐的小姑娘可要大失所望了，因爲儘管我告訴她明天肯定織不好，她卻準以爲織得好。」

露西馬上將針線台往跟前一拉，欣然坐了下來，看她那興致勃勃的樣子，似乎什麼事情也比不上給一個寵壞了的孩子編織籃子更使她感到高興。

米德爾頓夫人提議，來一局卡西諾❷。大家都不反對，唯獨瑪麗安因爲平素就不拘禮節，這時大聲嚷道：「夫人行行好，就免了我吧——你知道我討厭打牌。我想去彈彈鋼琴。自從調過音以後，我還沒碰過呢！」她也沒再客氣兩句，便轉身朝鋼琴走去。

---

❷ 卡西諾（casino）：一種紙牌遊戲，類似二十一點。

米德爾頓夫人那副神情，彷彿在謝天謝地：她可從來沒說過這麼冒昧無禮的話。

「你知道，夫人，瑪麗安與那台鋼琴結下了不解之緣，」艾麗諾說，極力想替妹妹的冒昧打打圓場。「我並不感到奇怪，因爲那是我所聽到的音質最佳的鋼琴。」

剩下的五人就要抽牌。

「也許，」艾麗諾接著說，「我如果能不打牌，倒能給露西．斯蒂爾小姐幫幫忙，替她捲捲紙。我看那籃子還差得遠呢，如果讓她一個人來做，今晚肯定完不成。她若是肯讓我插手的話，我非常喜歡幹這個活兒。」

「你如果能幫忙，我倒眞要感激不盡哩，」露西嚷道，「因爲我發現，我原來算計錯了，這要費不少功夫呢。萬一讓可愛的安娜瑪麗亞失望了，那該多麼糟糕啊！」

「哦！那實在是太糟糕啦，」斯蒂爾小姐說。「可愛的小傢伙，我多麼喜愛她！」

「你眞客氣，」米德爾頓夫人對艾麗諾說。「你既然眞喜歡這活兒，是不是請你到下一局再入桌？還是現在先試試手氣？」

艾麗諾愉快地採納了前一條建議，於是，她就憑著瑪麗安一向不屑一試的委婉巧妙的幾句話，既達到了自己的目的，又討好了米德爾頓夫人。露西爽快地給她讓了個地方，就這樣兩位姿容美麗的情敵肩並肩地坐在同一張桌前，極其融洽地做著同一件活計。這時，瑪麗安沉醉在樂曲和遐想之中，全然忘記室內還有別人，只顧埋頭彈琴。僥倖的是，鋼琴離他們很近，達什伍德小姐斷定，有這嘈雜的琴聲做掩護，她盡可放心大膽地提出那有趣的話題，牌桌上的人保險聽不見。

第二十四章

艾麗諾以堅定而審慎的語氣，說道：「我有幸得到你的信任，若不要求你繼續說下去，不好奇地追根究柢，豈不辜負了你對我的信任。因此，我不揣冒昧，想再提出這個話題。」

「謝謝你打破了僵局，」露西激動地嚷道，「你這樣講我就放心啦。不知怎麼搞的，我總是在擔心星期一那天說話得罪了你。」

「得罪了我！你想到哪裡去了？請相信我，」艾麗諾極其誠懇地說道，「我不願意讓你產生這樣的看法。你對我這樣推心置腹，難道還會抱有讓我感到不體面、不愉快的動機？」

「不過，說實在的，」露西回答說，一雙敏銳的小眼睛意味深長地望著她，「你當時的態度似乎很冷淡，很不高興，搞得我十分尷尬。我想你準是生我的氣了。此後我一直在怪罪自己，不該冒昧地拿我自己的事情打擾你。不過我很高興地發現，這只不過是我的錯覺，你並沒有眞的責怪我。說實在話，你若是知道我向你傾吐一下我無時無刻不在思量的眞心話，心裡覺得有多麼寬慰，你就會同情我，而不計較別的東西。」

「的確，我不難想像，你把你的處境告訴我，而且確信一輩子不用後悔，這對你眞是個莫大的寬慰。你們的情況十分不幸，看來好像困難重重，你們需要依靠相互的鍾情堅持下去。我想，費拉斯先生完全依賴於他母親。」

「他自己只有兩千鎊的收入，單靠這點錢結婚，那簡直是發瘋。不過就我自己來說，我可以毫不歎息地放棄更高的追求。我一直習慣於微薄的收入，為了他我可以與貧窮作鬥爭。

但是我太愛他了，他若是娶個使他母親中意的太太，也許會得到她不少財產，我不想自私自利地讓愛德華喪失掉這些財產。我們必須等待，也許要等許多年。對天底下幾乎所有的男人來說，這是個令人不寒而慄的前景。可是我知道，愛德華對我的一片深情和忠貞不渝，是什麼力量也剝奪不了的。」

「你有這個信念，這對你是至關重要的。毫無疑問，他對你也抱有同樣的信念。萬一你們相互情淡愛弛（這是在許多人之間、許多情況下，在四年訂婚期間經常發生的現象），你的境況確實是很可憐的。」

露西聽到這兒抬眼望她，哪知艾麗諾十分謹慎，不露聲色，讓人覺察不出她的話裡有什麼可疑的意向。

「愛德華對我的愛情，」露西說，「自從我們訂婚以來，經受了長期分離的嚴峻考驗，我再去妄加懷疑，那是無法寬恕的。我可以萬無一失地說：他從一開始，便從未由於這個原因而給我帶來一時一刻的驚憂。」

艾麗諾聽到她所說的，簡直不知道是應該付之一笑，還是應該爲之歎息。

露西繼續往下說：「我生性好妒忌，因爲我們的生活處境不同，他比我見的世面多得多，再加上我們又長期分離，我老愛疑神疑鬼。我們見面時，哪怕他對我的態度發生一點細微的變化，他的情緒出現莫名其妙的低落現象，他對某一個女人比對別的女人談論得多了些，他在朗斯特普爾顯得不像過去那麼快樂，我馬上就能察覺出來。我並不是說，我的觀察力通常都很敏銳，眼睛都很尖，但是在這種情況下，我肯定不會受矇騙的。」

「說得很動聽，」艾麗諾心裡在想。「可是我們兩人誰也不會上當受騙。」

「不過，」她稍微沉默了一刻，然後說，「你的觀點如何？還是你什麼觀點也沒有，而只是採取一個令人憂傷而震驚的極端措施，就等著費拉斯太太一死了事？難道她兒子就甘心屈服，打定主意拖累著你，這麼長年懸吊著，索然無味地生活下去，而不肯冒著惹她生一會兒氣的風險，乾脆向她說明事實眞相？」

「我們若是能肯定她只生一會兒氣那就好啦！可惜費拉斯太太是個剛愎自用、妄自尊大的女人，一聽到這個消息，發起怒來，很可能把所有財產都交給羅伯特。一想到這裡，看在愛德華的份上，可嚇得我不敢草率行事。」

「也看在你自己的份上，不然你的自我犧牲就不可理解了。」

露西又瞅瞅艾麗諾，可是沒有作聲。

「你認識羅伯特．費拉斯先生嗎？」艾麗諾問道。

「一點也不認識——我從沒見過他。不過，我想他與他哥哥大不一樣——傻呼呼的，是個十足的花花公子。」

「十足的花花公子！」斯蒂爾小姐重覆了一聲，她是在瑪麗安的琴聲突然中斷時，聽到這幾個詞的。「噢！她們準是在議論她們的心上人。」

「不，姊姊，」露西嚷道，「你搞錯啦，我們的心上人可不是十足的花花公子。」

「我敢擔保，達什伍德小姐的心上人不是花花公子，」詹寧斯太太說著，縱情笑了。「我從沒見過像他那樣不驕矜，不自誇，規規矩矩的年輕人。不過，說到露西，她是個狡猾的小精怪，誰也不知道她喜歡誰。」

「噢！」斯蒂爾小姐嚷道，一面意味深長地望著她倆，「也許，露西的心上人和達什伍德小姐的心上人一樣不驕矜，不自誇，規規矩矩的。」

艾麗諾不由得羞得滿臉通紅。露西咬咬嘴唇，憤怒地瞪著她姊姊。兩人沉默了一陣。

露西首先打破了沉默，雖然瑪麗安彈起了一支極其優美的協奏曲，給她們提供了有效的掩護，但她說話的聲音還是壓得很低：

「我想坦率地告訴你，我最近想到了一個切實可行的好辦法。的確，我有責任讓你知道這個秘密，因爲事情與你有關。你常見到愛德華，一定知道他最喜歡當牧師。我的想法是這樣的：讓他盡快接受聖職，然後希望你能出自對他的友情和對我的關心，利用你的影響，勸說你哥哥把諾蘭的牧師職位賜給他。我聽說這是個很不錯的職務，而且現在的牧師也活不了多久了。這就可以保證我們先結婚，餘下的事情再聽天由命吧。」

「我一向樂於表示我對費拉斯先生的敬意和友情，」艾麗諾答道。「不過，難道你不覺得我在這種場合插一手完全大可不必嗎？他是約翰．達什伍德夫人的弟弟——就憑這一點，她丈夫也會提拔他的。」

「可是約翰，達什伍德夫人並不同意愛德華去當牧師。」

「這樣的話，我覺得我去說也是無濟於事。」

她們又沉默了好半天。最後，露西深深吸了口氣，大聲說道：

「我認爲，最明智的辦法還是解除婚約，立即終止這門親事。我們好像困難重重，四面受阻，雖然要痛苦一陣子，但是最終也許會更幸一福些。不過，達什伍德小姐，是不是請你給我出出主意？」

「不，」艾麗諾答道，她臉上的微笑掩飾著內心的忐忑不安。「在這個問題上，我當然無可奉勸。你心裡有數，我的意見除非順從你的意願，不然對你也是起不了作用的。」

「說眞的，你冤枉了我，」露西一本正經地答道。「在我認識的人中，我最尊重你的意見。我的確相信，假使你對我說：『我勸你無論如何要取消與愛德華．費拉斯的婚約，這會使你們兩個更幸福。』那我馬上就堅決採取行動。」

艾麗諾爲愛德華未婚妻的虛情假義感到臉紅，她回答說：「假如我在這個問題上眞有什麼意見可言的話，一聽到你這番恭維，準給嚇得不敢開口了。你把我的聲威抬舉得過高了。要把一對情深意切的戀人分開，對一個局外人來說，實在是無能爲力的。」

「正因爲你是個局外人，」露西有點生氣地說道，特別加重了那後幾個字，「你的意見才理所當然地受到我的重視。如果我覺得你帶有任何偏見，就犯不著去徵求你的意見。」

艾麗諾認爲，最好對此不加辯解，以免相互間變得過於隨隨便便、無拘無束。她甚至在一定程度上下了決心，再也不提這個話題。因此，露西說完話後，又沉寂了好幾分鐘，而且還是露西首先打破了沉默。

「你今年冬天去城裡嗎，達什伍德小姐？」她帶著慣常的自鳴得意的神情問道。

「當然不去。」

「眞可惜，」露西回答說，其實她一聽那話，眼裡不禁露出了喜色。「我若是能在城裡見到你，那該有多高興啊！不過，儘管如此，你還是肯定會去的。毫無疑問，你哥哥嫂嫂會請你去作客的。」

「他們即使邀請，我也不能接受。」

「這太不幸啦！我本來一直指望在城裡見到你。一月底，安妮和我要去探訪幾個親友，他們這幾年總是叫我們去！不過，我只是爲了去見見愛德華，他二月份要到那裡去。不然的話，倫敦對我一點誘惑力也沒有，我才沒有興致去那裡呢。」

過不了一會兒，牌桌上打完了第一局，艾麗諾也就被叫了過去，於是兩位小姐的秘密交談便告結束。不過結束得並不勉強，因爲雙方沒有說上什麼投機的話，可以使她們相互間比過去減少點厭惡感。艾麗諾在牌桌前坐定，憂傷地判定，愛德華不僅不喜歡他這位未婚妻，而且他即使和她結了婚，也不會感到有多幸福，只有她艾麗諾的眞摯愛情，才能給他婚後帶來幸福；因爲僅僅憑著自私自利這一點，就能使一個女人堅持與男方的婚約，儘管她心裡十分明白，這是一個令男方厭煩的婚約。

從此之後，艾麗諾再也沒有重新提起這個話題。露西卻很少錯過舊話重提的機會，特別是當她收到愛德華的來信時，總要小心翼翼地向她的知己女友報報喜。每逢這種情況，艾麗諾都能泰然處之，謹愼對待，在禮貌允許的範圍內盡快結束這些談論。因爲她覺得這種談話對露西是一種不配享受的樂趣，對她自己卻是危險的。

兩位斯蒂爾小姐對巴頓莊園的訪問一再延長，大大超過了最初邀請時雙方認可的日期。她們越來越受人喜愛、想走也走不了。約翰爵士堅決不讓她們走。雖然她們在埃克塞特有一大堆早就安排好的事情，急需她們馬上回去處理，尤其是越到週末事情越繁忙，但她們還是被說服在巴頓莊園待了近兩個月，並且協助他們好好慶祝一下聖誕節，因爲它需要比一般節日舉行更多的家庭舞會和大型晚宴，藉以顯示它的重要性。

第二十五章

雖然詹寧斯太太有個習慣，一年中有大量時間住在女兒、朋友家裡，但她並非沒有自己的固定寓所。她丈夫原本在城裏一個不大雅潔的街區做買賣，生意倒也不錯。自他去世以後，她每逢冬天一直住在波特曼廣場附近一條街上的一幢房子裡。眼看一月行將來臨，她不禁又想起了這個家。一天，出乎達什伍德家兩位小姐意料之外，她突然邀請她們陪她一起回家去。艾麗諾沒有注意到妹妹的臉色起了變化，那副活靈活現的神情表明她對這個主意並非無動於衷，便即刻代表兩人斷然謝絕了。她滿以爲，她說出了她們兩人的共同心願。她提出的理由是，她們決不能在那個時候離開自己的母親。詹寧斯太太受到拒絕後不禁吃了一驚，當即把剛才的邀請重覆說了一遍。

「哦，上帝！你們的母親肯定會放你們去的，我懇請你們陪我一趟，我可是打定了主意。別以爲你們會給我帶來什麼不便，因爲我不會爲你們而給自己增添任何麻煩。我只需打發貝蒂乘公共馬車先回去，我想，這點錢我還是出得起的。這樣我們三個人就可以舒舒服服地乘著我的馬車走。到了城裡以後，你們如果不願跟著我走，那也好，你們可以隨時跟著我哪個女兒一起出去。你們的母親肯定不會反對。我非常幸運地把我的孩子都打發出去了，她知道由我來關照你們是再合適不過了。我若是到頭來沒有至少讓你們其中一位嫁得個如意郎君，那可不是我的過錯。我要向所有的年輕小伙子美言你們幾句，你們儘管放心好啦。」

「我認爲，」約翰爵士說，「瑪麗安小姐不會反對這樣一個計劃，假使她姊姊願意參加的話。她若是因爲達什伍德小姐不願意而享受不到一點樂趣，那可眞夠叫人難受的。所以，你們如果在巴頓待厭了，我勸你倆動身到城裡去，一句話也別對達什伍德小姐說。」

「唔，當然，」詹寧斯太太嚷道，「不管達什伍德小姐願不願意去，我都將非常高興能有瑪麗安小姐作伴。我只是說，人越多越熱鬧，而且我覺得，她倆在一起會更愉快些，因爲她們一旦討厭我了，可以一起說說話，在我背後嘲笑一個作伴的。我的天哪！你們想想看，直到今年冬天，我一直都是讓夏洛特陪伴著，現在怎麼能一個人悶在家裡。得啦，瑪麗安小姐，咱們拍板成交吧。若是達什伍德小姐能馬上改變主意，那就更好啦。」

「我感謝你，太太，眞心誠意地感謝你，」瑪麗安激動地說道。「我永遠感謝你的邀請，若是能接受的話，它會給我帶來莫大的幸福——幾乎是我能夠享受到的最大幸福。可是我母親，我那最親切、最慈祥的母親——我覺得艾麗諾說得有理，萬一我們不在，她給搞得不高興、不愉快——噢！我說什麼也不能離開她。這件事不應該勉強，也千萬不能勉強。」

詹寧斯太太再次擔保說：達什伍德太太完全放得開她倆。艾麗諾現在明白了妹妹的心思，她一心急於同威洛比重新團聚，別的一切幾乎都不顧了，於是她不再直接反對這項計劃，只說她母親不會同意。可是她也知道，儘管她不同意瑪麗安去城裡作客，儘管她自己有特殊理由避而不去，但是她若出面阻攔，卻很難得到母親的支持。瑪麗安無論想幹什麼事，她母親都會熱切地加以成全——她並不指望能說服母親謹慎從事，因爲她在那件事情上，一直未能喚起她的疑慮。何況，她不敢爲她自己不願去倫敦的動機作辯解。瑪麗安雖然十分挑剔，而且她也完全了解詹寧斯太太的那副德行，總是覺得十分討厭，卻要不顧這一切不便，不顧這會給她那脆弱的情感帶來多麼巨大的痛苦，而硬要去追求一個目標。這就充分地證明：這目標對她何等重要。艾麗諾雖然目睹了這一切，但對她妹妹把這件事看得如此重要，卻絲毫沒有心理準備。

達什伍德太太一聽說這次邀請，便認爲兩個女兒出去走走也好，可以給她們帶來很大樂趣。她看到瑪麗安對自己如此溫存體貼，又覺得她還是一心想去的，於是她絕不同意她們因爲她而拒絕這次邀請，非要她倆立即接受邀請不可。接著，她又顯出往常的快活神情，開始預測她們大家可以從這次離別中獲得的種種好處。

「我很喜歡這個計劃，」她大聲嚷道，「正合我的心意。瑪格麗特和我將與你們一樣，從中得到好處。你們和米德爾頓夫婦走後，我們可以安安靜靜、快快樂樂地讀讀書、唱唱歌！你們回來的時候，會發現瑪格麗特大有長進！我還有小小的計劃，想把你們的臥室改修一下，現在可以動工了，不會給任何人帶來不便。你們確實應該到城裡走走。像你們這種家境的年輕女子，都應該了解一下倫敦的世態風貌、娛樂情況。你們將受到一個慈母般的好心太太的關照，我毫不懷疑她對你們是一片好意。而且，你們十有八九會看見你們的哥哥，不管他有些什麼過錯，不管他妻子有些什麼過錯，我一想到他畢竟是你們父親的兒子，也就不忍心看著你們完全疏遠下去。」

「雖然你出自對我們幸福的一貫擔憂，」艾麗諾說：「想到目前這個計劃還有些弊病，便一直在想方設法加以克服，但是還有一個弊病，我以爲是無法輕易克服的。」

瑪麗安臉色一沉。

「我那親愛的深謀遠慮的艾麗諾，」達什伍德太太說，「又要發表什麼高見呀？她要提出什麼令人可怕的弊病啊？可別告訴我這要破費多少錢。」

「我說的弊病是這樣的：雖然我很佩服詹寧斯太太的好心腸，可是她這個人嘛，我們和她交往不會覺得很愉快，她的保護不會抬高我們的身價。」

「那倒確實如此，」她母親回答說。「不過，你們不大會脫離衆人而單獨和她在一起，你們總是可以和米德爾頓夫人一起拋頭露面嘛。」

「如果艾麗諾因爲討厭詹寧斯太太而不敢去，」瑪麗安說，「那起碼不必妨礙我接受她的邀請。我沒有這麼多顧慮，我相信，我可以毫不困難地忍受這種種不愉快。」

艾麗諾見瑪麗安對詹寧斯太太的習慣舉止表示滿不在乎，情不自禁地笑了，因爲她以前往往很難說服她對老太太講點禮貌。她心裡打定主意，若是妹妹堅持要去，她也要一同前往，因爲她覺得不應該由著瑪麗安去自行其是，不應該使想在家裡舒適度日的詹寧斯太太還要聽任瑪麗安恣意擺布。這個決心倒是比較好下，因爲她記起了露西講的話：愛德華·費拉斯在二月份以前不會進城，而她們的訪問即使不無故縮短，也可以在這之前進行完畢。

「我要你們兩個都去，」達什伍德太太說，「這些所謂弊病完全是無稽之談。你們到了倫敦，特別又是一起去，會感到非常愉快的。如果艾麗諾願意遷就，期待得到快樂的話，她在那裡可以從多方面享受到。也許她可以透過增進同嫂嫂家的相互了解，而得到快樂。」

艾麗諾經常想找個機會，給她母親潑潑冷水，不要叫她以爲女兒和愛德華還一往情深，以便將來眞相大白時，她可以少震驚一些。艾麗諾潑冷水雖說很難收到成效，但她還是硬著頭皮開始了，只聽她泰然自若地說道：「我很喜歡愛德華·費拉斯，總是很樂意見到他。但是，至於他家裡的其他人是否了解我，我卻毫不在乎。」

達什伍德太太笑了笑，沒有作聲。瑪麗安驚愕地抬起眼來，艾麗諾在想，她還是不開口爲好。母女們也沒怎麼再議論，便最後決定，完全接受詹寧斯太太的邀請。

詹寧斯太太獲悉後大爲高興，一再保證要好好關照。其實，感到高興的何止她一個人。約翰爵士也喜形於色，因爲對於一個最怕孤單的人來說，能給倫敦的居民增添兩個名額也頗爲了不起。就連米德爾頓夫人也一反常態，盡力裝出高高興興的樣子。至於兩位斯蒂爾小姐，特別是露西，一聽說這個消息，生平從來沒有這麼高興過。

艾麗諾違心地接受了這項安排，心裡倒也不像原來想像的那樣勉強。對於她自己來說，她去不去城裡是無所謂的。當她看見母親對這個計劃極其滿意，妹妹從神情到語氣、到儀態都顯得十分興奮時，她也恢復了平常的快活勁頭，而且變得比平常更加快活。她無法對事情的緣由表示不滿，也幾乎很難對事情的結果加以懷疑。

瑪麗安欣喜若狂，只覺得心蕩神迷，急不可待。她不願離開母親，這是她唯一的鎮靜劑。由於這個原因，她在分別之際感到極爲悲傷。她母親同樣感到十分哀傷。母女三人中，似乎只有艾麗諾不認爲這是永遠的訣別。

她們是在一月份的第一週起程的。米德爾頓夫婦大約在一週後出發。兩位斯蒂爾小姐暫且留在巴頓莊園，以後和府第裡的其他人一起離開。

第二十六章

艾麗諾姊妹與詹寧斯太太才認識這麼幾天，和她在年齡及性情上如此不相稱，而且就在幾天以前艾麗諾還對這一安排提出了種種異議，但現在她卻和她同坐在一輛馬車裡，在她的保護下，作爲她的客人，開始了去倫敦的旅程，這叫她怎麼能對自己的處境不感到疑惑不解呢！由於瑪麗安和母親都同樣富有青年人的興致和熱情，艾麗諾的異議不是被駁倒，就是被置若罔聞。儘管艾麗諾對威洛比的忠貞不渝有時發生懷疑，但當她看到瑪麗安的整個心靈都充滿著一股欣喜若狂的期待感，兩眼閃爍著期待的光芒，不禁覺得自己的前景多麼渺茫，自己的心情多麼憂鬱。她多麼願意沉浸於瑪麗安那樣的渴望之中，胸懷著同樣激動人心的目標，懷抱著同樣可能實現的希望。不過，威洛比究竟有什麼意圖，馬上就會見分曉：他十有八九已經待在城裡。瑪麗安如此急著出發就表明，她相信威洛比就在城裡。

艾麗諾打定主意，不僅要根據自己的觀察和別人的介紹，用新眼光來看待威洛比的人格，而且還要留神注視他對她妹妹的態度，以便不用多次見面，就能弄清他是何許人，用心何在。如果她觀察的結果不妙，她無論如何也要幫助妹妹擦亮眼睛；假使結果並非如此，她將作出另外一種性質的努力——她要學會避免進行任何自私自利的對比，消除一切懊惱，以免對瑪麗安的幸福不能盡情感到滿意。

她們在路上走了三天。瑪麗安在旅途上的表現，可能是她將來討好、接近詹寧斯太太的一個絕妙前奏。她幾乎一路上都沉默不語，總是沉浸在冥思遐想之中。她很少主動啓齒，即使看見綺麗的景色，也只是向她姊姊驚喜地讚嘆兩聲。因此，爲了彌補妹妹行動上的不足，艾麗諾按照原先的設想，立即承擔起講究禮貌的任務。她對詹寧斯太太一心一意，和她有說有笑，盡量聽她說話。而詹寧斯太太待她們也極爲友好，時時刻刻把她倆的舒適快樂掛在心上。唯一使她感到惴惴不安的是，她在旅店無法讓她們自己選擇飯菜。儘管她一再追問，她們就是不肯表明是不是喜歡鮭魚，不喜歡鱈魚，是不是喜歡燒鷄，不喜歡小牛肉片。第三天三點鐘，她們來到城裡，奔波了一路，終於高高興興地從馬車的禁錮中解放出來，大家都準備在熊熊的爐火旁好好地享受一番。

詹寧斯太太的住宅非常美觀，屋裡陳設得富麗堂皇，兩位小姐立即住進了一套十分舒適的房間。這套房間原來是夏洛特的，壁爐架上方還掛著她親手製作的一幅彩綢風景畫，以資證明她在城裡一所了不起的學校裡上過七年學，而且還頗有幾分成績。

因爲晚飯在兩個小時之內還做不好，艾麗諾決定利用這個空隙給母親寫封信，於是便坐下動起筆來。過了一陣，瑪麗安也跟著寫了起來。「我在給家裡寫信，瑪麗安，」艾麗諾說，「你是不是晚一、兩天再寫？」

「我不是給母親寫信，」瑪麗安急忙答道，好像要避開她的進一步追問似的。

艾麗諾沒有作聲。她頓時意識到，妹妹準是在給威洛比寫信。她隨即得出這樣的結論：不管他倆想把事情搞得多麼神秘，他們肯定是訂了婚。這個結論雖然並非令人完全滿意，但是使她感到高興，於是她更加歡快迅捷地繼續寫信。瑪麗安的信沒幾分鐘就寫好了。從長度上看，那只不過是封短柬。接著，她急急忙忙地疊起來，封好，寫上收信人的姓名地址。艾麗諾想，從那姓名地址上，她準能辨出一個偌大的「威」字。信剛完成，瑪麗安就連忙拉鈴，等男僕聞聲趕來，就請他替她把信送到郵局。頓時，這事便確定無疑了。

瑪麗安的情緒依然十分高漲，但是她還有點心神不定，這就無法使她姊姊感到十分高興。隨著夜幕的降臨，瑪麗安越來越心神不定。她晚飯幾乎什麼東西也吃不下。飯後回到客廳，她似乎在焦灼不安地傾聽著每一輛馬車的聲音。

使艾麗諾感到大為欣慰的是，詹寧斯太太正在自己房裡，忙得不可開交，看不到這些情景。茶具端進來了，隔壁人家的敲門聲已經使瑪麗安失望了不止一次。驀地，又聽到一陣響亮的叩門聲，這次可不會被錯當成是敲別人家的門了。艾麗諾想，準是傳報威洛比到了。瑪麗安倏地立起身，朝門口走去。房裡靜悄悄的，她實在忍不住了，趕緊打開門，朝樓梯口走了幾步，聽了半分鐘，又回到房裡，那個激動不安的樣子，定是確信聽見威洛比腳步聲的自然反應。當時，她在欣喜若狂之中，情不自禁地大聲嚷道：「哦，艾麗諾，是威洛比，真的是他！」她似乎剛要向他懷裡撲去，不料進來的卻是布蘭登上校。

這場震驚非同小可，搞得瑪麗安失魂落魄，當即走出了房間。艾麗諾也很失望，但因一向敬重布蘭登上校，還是歡迎他的到來。使她感到特別痛苦的是，如此厚愛她妹妹的一個人，竟然發覺她妹妹一見到他，感到的只是悲傷和失望。她當即發現，上校並非沒有察覺，他甚至眼睜睜地瞅著瑪麗安走出了房間，驚訝焦慮之餘，連對艾麗諾的必要客套都顧不得了。「你妹妹是不是不舒服？」他說。

艾麗諾有些為難地回答說，她是不舒服。接著，她提到了她的頭痛、情緒低落、過度疲勞，以及可以合乎情理地導致她妹妹這番舉動的種種情由。

上校全神貫注地聽她說著，似乎恢復了鎮靜，在這個話題上沒再說什麼，便馬上說起他能在倫敦見到她們感到非常高興，客套地問起了她們一路上的情況，問起了留在家裡的朋友們的情況。

他們就這樣平靜地、乏味地交談著，兩人都鬱鬱不樂，都在想著別的心事。艾麗諾眞想問問威洛比在不在城裡，但她又怕打聽他的情敵會引起他的痛苦。最後，爲了沒話找話說，她問他自從上次見面以來，是不是一直待在倫敦。

「是的，」上校有些尷尬地回答說，「差不多一直待在倫敦。有那麼幾天，到德拉福去過一、兩次，但是一直回不了巴頓。」

他這句話，以及他說這句話的那副神態，頓時使艾麗諾想起了他當初離開巴頓時的情景，想起了它給詹寧斯太太帶來的不安和懷疑。艾麗諾有點擔心：她的提問會意味著她對這個問題的好奇心，比她的眞實感覺要強烈得多。

不久，詹寧斯太太進來了。「哦，上校！」她像往常一樣，興高采烈地大聲嚷道。「我見到你高興極啦——對不起，我不能早來一步——請你原諒，我不得不到各處看看，料理料理一些事情。我離家好些日子啦，你知道，人一離開家，不管離開多長時間，回來後總有一大堆雜七雜八的事情要辦。隨後還要同卡特萊特清帳。天哪，我晚飯後一直忙碌得像隻蜜蜂！不過，請問上校，你怎麼猜到我今天回城了？」

「我是有幸在帕爾默先生家聽說的，我在他家吃晚飯。」

「哦！是這麼回事。那麼，他們一家人都好嗎？夏洛特好嗎？我敢擔保，她現在一定更腰寬體胖了。」

「帕爾默夫人看上去挺好的，她託我告訴你，她明天一定來看望你。」

「啊，沒有問題，我早就料到了。你瞧，上校，我帶來了兩位年輕小姐——這就是說，你現在見到的只是其中的一位，還有一位不在這裡。那就是你的朋友瑪麗安小姐——你聽到這話不會感到遺憾吧。我不知道你和威洛比先生準備怎麼處理她。啊，人長得年輕漂亮是椿好事兒。唉，我曾經年輕過，但是從來沒有很漂亮過——我的運氣眞糟。不過，我有個非常好的丈夫，我眞不知道天字第一號的美人能比我好到哪兒去。啊，可憐的人兒！他已經去世八年多啦。不過，上校，你和我們分手後到哪裡去啦？你的事情辦得怎麼樣啦？得了，得了，咱們朋友之間不需要保什麼密啦！」

上校以他慣有的委婉口氣，一一回答了她的詢問，可是沒有一個回答能叫她感到滿意。

見她一進屋，布蘭登上校變得比先前更加沉思不語，詹寧斯太太想勸他多待一會兒，但艾麗諾開始動手泡茶，瑪麗安迫不得已又回來了。

瑪麗安翌日早晨起床後，恢復了往常的精神狀態，神色歡快。看樣子，她對當天滿懷希望，因而忘記了前一天晚上令人掃興的事情。大家吃完早飯不久，就聽到帕爾默夫人的四輪馬車停在門前。過不了幾分鐘，只見她笑呵呵地走進房來。她見到大夥高興極了，而且你很難說她見到誰最高興，是她母親，還是兩位達什伍德小姐。達什伍德家的小姐來到城裡，這雖說是她的一貫期望，卻實在使她感到大爲驚訝。而她們居然在拒絕她的邀請之後，接受了她母親的邀請，這又眞叫她感到沒面子而氣憤，雖然她們倘若索性不來的話，她更是永遠不會寬恕她們！

「帕爾默先生將非常高興見到你們，」她說。「他聽說你們二位和我母親一起來到時，你們知道他說了什麼話嗎？我現在記不清了，不過那話說得眞幽默呀！」

大夥在一起談論了一、兩個鐘頭，用她母親的話說，這叫做快樂的閒談，換句話說，一方面是詹寧斯太太對各位的相識提出種種詢問，一方面是帕爾默夫人無緣無故地笑個不停。談笑過後，帕爾默夫人提議，她們大夥當天上午一起陪她去商店辦點事兒。詹寧斯太太和艾麗諾欣然同意，因爲她們自己也要去採購點東西。瑪麗安雖然起初拒不肯去，後來還是被勸說得一起去了。

無論她們走到哪裡，她顯然總是十分留神。特別是到了衆人要進行大量採購的邦德街，她的眼睛無時無刻不在東張西望。大夥不管走到哪個商店，她對眼前的一切東西，對別人關心、忙著的一切事情，一概心不在焉。她走到哪裡都顯得心神不寧，不能滿意，姊姊買東西時徵求她的意見，儘管這可能是她倆都要買的物品，她也不予理睬。她對什麼都不感興趣，就是巴不得馬上回去。她看到帕爾默夫人嘮嘮叨叨，沒完沒了，簡直壓抑不住內心的懊惱。那位夫人的目光總是被那些漂亮、昂貴、時髦的物品吸引住，她恨不得樣樣都買，可是一樣也下不了決心，整個時間就在如痴如醉和猶豫不決中虛度過去。

臨近中午的時候，她們回到家裡。剛一進門，瑪麗安便急切地飛身上樓。艾麗諾跟在後面追上去，發現她滿臉沮喪地從桌前往回走，說明威洛比沒有來。

「我們出去以後，沒有人給我來信嗎？」她對恰在這時進來送郵包的男僕說道。

她得到的回答是沒有。

「你十分肯定嗎？」她問道。「你敢肯定傭人、腳夫都沒進來送過信或是便條？」

男僕回答說，誰也沒來送信。

「好怪呀，」瑪麗安帶著低沉、失望的語氣說道，一面扭身向窗口走去。

「眞怪呀！」艾麗諾自言自語地重覆道，侷促不安地打量著她妹妹。「假使她不知道他在城裡，她決不會給他寫信，而只會往庫姆大廈寫信。他要是在城裡，卻既不來人又不寫信，豈非咄咄怪事！哦，親愛的母親，你眞不該允許這麼年輕的一個女兒跟這麼毫不了解的一個男人訂下婚約，而且搞得這麼捉摸不定，神秘莫測！我倒眞想追問追問，可是人家怎麼能容忍我多管閒事呢？」

她經過考慮後決定，如果情況再這麼令人不愉快地持續許多日，她就要以最強烈的措辭寫信稟告母親，要她認眞追問這件事。

帕爾默夫人，還有詹寧斯太太上午遇見時邀請的兩位關係密切的上了年紀的太太，和她們共進晚餐。帕爾默夫人茶後不久便起身告辭，去履行晚上的約會。艾麗諾好心好意地幫大夥擺惠斯特牌桌❶。在這種情況下，瑪麗安幫不上忙，因爲她說什麼也不肯學打牌。不過，雖說她因此可以自由支配自己的時間，但是她整個晚上決不比艾麗諾過得更快活，因爲她一直在忍受著期待的焦慮和失望的痛苦。她有時硬著頭皮讀了幾分鐘的書，但是很快地又把書拋開；比較有趣的，還是重新在室內踱來踱去，每當走到窗口總要停一陣，希望能聽到期待已久的敲門聲。

❶ 惠斯特（whist）：類似橋牌的一種牌戲。

第二十七章

第二天早晨，大家正在一起吃早飯時，詹寧斯太太說道：「如果天氣這麼暖和下去，約翰爵士到下週也不願離開巴頓。那些遊獵家哪怕失去一天的娛樂機會，也要難受得不得了。可憐的傢伙們！他們一難受我就可憐他們——他們似乎也太認真了。」

「確實是這樣，」瑪麗安帶著快活的語氣嚷道，一邊朝窗口走去，察看一下天氣。「我還沒想到這一點呢。遇到這樣的天氣，好多遊獵家都要待在鄉下不走的。」

幸虧這一番回憶，她重新變得興高采烈起來。「這天氣對他們確實富有魅力，」她接著說道，一面帶著快活的神情，在飯桌前坐好。「他們有多開心啊！不過，」（她的憂慮又有些返回了）「這是不可能持久的。碰上這個時節，又一連下了好幾場雨，當然不會再接著下了。霜凍馬上就要開始，十有八九還很厲害，也許就在這一、兩天。這種極端溫和的天氣怕是持續不下去了——唔，說不定今天夜裏就要凍了！」

瑪麗安在想什麼，艾麗諾了解得一清二楚，她不想讓詹寧斯太太看透妹妹的心事，於是說道：「無論如何，到下週末，我們肯定能把約翰爵士和米德爾頓夫人迎到城裏。」

「啊，親愛的，我敢擔保沒問題。瑪麗安總要別人聽她的。」

「瞧吧，」艾麗諾心裏猜想，「她要往庫姆寫信啦，趕在今天發走。」

但是，即使瑪麗安眞的這樣做了，那也是秘密寫好，秘密發走的，艾麗諾無論怎麼留神觀察，還是沒有發現眞情。無論事實眞相如何，儘管艾麗諾對此遠非十分滿意，然而一見到瑪麗安興高采烈，她自己也不能太彆彆扭扭的。瑪麗安確實興高采烈，她爲溫和的天氣感到高興，更爲霜凍即將來臨感到高興。

這天上午，主要用來給詹寧斯太太的熟人家裏送送名片，告訴他們太太已經回城。瑪麗安始終在觀察風向，注視著天空的種種變異，設想著就要變天。

「艾麗諾，你難道不覺得天氣比早晨冷嗎？我似乎覺得大不一樣。我甚至戴著皮手套，都不能把手暖和過來。我想昨天並不是這樣。雲彩也在散開，太陽一會兒就要出來，下午準是個晴天。」

艾麗諾心裏時喜時悲，倒是瑪麗安能夠始終如一，她每天晚上見到通明的爐火，每天早晨看到天象，都認定是霜凍即將來臨的確鑿徵兆。

詹寧斯太太對兩位達什伍德小姐總是非常和善，使她倆沒有理由感到不滿意。同樣，她們也沒有理由對太太的生活派頭和那幫朋友感到不滿意。她安排家中大小事務總是極其慷慨大方，除了城裏的幾位老朋友，她從不去拜訪別的人，唯恐引起她的年輕伙伴心緒不安。而使米德爾頓夫人感到遺憾的是，她母親就是不肯捨棄那幾位老朋友。艾麗諾高興地發現，她這方面的處境要比原先想像的好，於是她寧願不再去計較那些實在沒有意思的晚會。這些晚會不管在自己家裏開，還是在別人家裏開，充其量只是打打牌，對此她沒有多大興趣。

布蘭登上校是詹寧斯家的常客，幾乎每天都和她們待在一起。他來這裏，一是看看瑪麗安，二是與艾麗諾說說話。艾麗諾和他交談，往往比從其他日常事件中得到更大的滿足。但她同時也十分關切地注意到，上校對她妹妹依然一片深情。她擔心這種感情正在與日俱增。她傷心地發現，上校經常以情眞意切的目光望著瑪麗安，他的情緒顯然比在巴頓時更加低沉。她們進城後大約過了一週左右，方才確知威洛比也已經來到城裡。那天上午她們乘車出遊回來，見到桌上有他的名片。

「天啊！」瑪麗安驚叫道，「我們出去的時候他來過這裡。」艾麗諾得知威洛比就在倫敦，不禁喜上心頭，便放心大膽地說道：「你放心好啦，他明日還會來的。」瑪麗安彷彿沒聽見她的話，等詹寧斯太太一進屋，便拿著那張珍貴的名片溜走了。

這件事一方面提高了艾麗諾的情緒，一方面恢復了她妹妹先前的激動不安，而且還有過之而無不及。自此刻起，她的心情壓根兒沒有平靜過。她無時無刻不在期待見到他，以至於什麼事情都不能幹。第二天早晨，大家出去的時候，她執意要留在家裡。

艾麗諾出門後，一心一意想著伯克利街可能出現的情況。但她們回到家後，她只朝妹妹瞥了一眼，便知道威洛比沒來第二趟。恰在這時，僕人送來一封短柬，擱在桌子上？

「給我的！」瑪麗安嚷道，急忙搶上前去。

「不，小姐，是給太太的。」

但瑪麗安硬是不信，馬上拿起信來。

「確實是給詹寧斯太太的，眞叫人惱火！」

「那你是在等信啦？」艾麗諾問道，她再也沈不住氣了。

「是的！有一點——但不完全是。」

略停了片刻。「瑪麗安，你不信任我。」

「得了吧，艾麗諾，你還有臉責怪我！你對誰都不信任！」

「我！」艾麗諾有些窘迫地應道。「瑪麗安，我的確沒有什麼好說的。」

「我也沒有，」瑪麗安語氣強硬地回答道。「那麼，我們的情況是一樣啦。我們都沒有什麼好說的：你是因爲啥也不肯說，我是因爲啥也沒隱瞞。」

艾麗諾自己被指責爲不坦率，而她又無法消除這種指責，心裡很煩惱。在這種情況下，她不知如何能促使瑪麗安坦率一些。

詹寧斯太太很快回來了，一接到信便大聲讀了起來。信是米德爾頓夫人寫來的，報告說他們已在前一天晚上來到康迪特街，請她母親和兩位表姊妹明天晚上去作客。約翰爵士因爲有事在身，她自己又患了重感冒，不能來伯克利街拜訪。邀請被接受了，當踐約時刻臨近的時候，雖然出自對詹寧斯太太的通常禮貌，她們姊妹倆按說有必要陪她一同前往，不料艾麗諾費了半天唇舌，才說服妹妹跟著一起去，因爲她連威洛比的影子都沒見到，當然不願冒著讓他再撲個空的危險，而去自尋開心。

到了夜裡，艾麗諾發現：人的性情不因環境改變而發生很大變化，因爲約翰爵士剛來到城裡，就設法聚集了將近二十個年輕人，歡歡樂樂地開了個舞會。然而，米德爾頓夫人並不同意他這麼做。在鄉下，未經過預先安排而舉行舞會是完全可以的，但在倫敦更重要、更難得的是要賺個優雅體面的好名聲。如今，爲了讓幾位小姐遂心如意，便貿然行事，讓人知道米德爾頓夫人開了個小舞會，八、九對舞伴，兩把小提琴，只能從餐具櫃裡拿出點小吃。

帕爾默夫婦也來參加舞會。幾位女士自進城以來，一直沒有見到帕爾默先生，因爲他總是盡量避免引起他岳母的注意，從不接近她。她們進來時，他連點基本的招呼都沒有。他略微望了她們一眼，從房間另一端朝詹寧斯太太點了下頭。瑪麗安進門後向室內環視了一下；看這一眼就足夠了，他不在場！她坐下來，既不想自尋歡樂，又不想取悅他人。相聚了大約一個鐘頭之後，帕爾默先生款步向兩位達什伍德小姐走去，說是眞想不到會在城裡見到她們。其實，布蘭登上校最早是在他家聽說她們來到城裡的，而他自己一聽說她們要來，還說了幾句莫名莫妙的話。

「我還以為你們都在德文郡呢！」他說。

「眞的嗎？」艾麗諾應道。

「你們什麼時候回去？」

「我也不曉得。」這就樣，他們的談話結束了。

瑪麗安有生以來從沒像當晚那樣不願跳舞，也從沒跳得那樣精疲力竭。一回到伯克利街，她就抱怨起來。

「唷喲，」詹寧斯太太說，「這原因嘛，我們瞭若指掌。假使來了那個咱們不指名道姓的人，你就一點也不累。說實在話，我們邀請他，他都不來見你一面，這未免不大像話。」

「邀請！」瑪麗安嚷道。

「我女兒米德爾頓夫人這樣告訴我的。今天早晨，約翰爵士似乎在街上碰見過他。」

瑪麗安沒再說什麼，但看上去極為生氣。艾麗諾見此情景非常焦急，便想設法解除妹妹的痛苦。她決定次日上午給母親寫封信，希望透過喚起她對瑪麗安的健康的憂慮，對她進行拖延已久的詢問。次日早晨吃過早飯，她發覺瑪麗安又在給威洛比寫信（她認為她不會給別人寫信），便更加急切地要給母親寫信。

大約正午時分，詹寧斯太太有事獨自出去了，艾麗諾馬上動手寫信。此刻，瑪麗安煩得無心做事，急得無意談話，時而從一個窗口走到另一個窗口，時而坐在爐前垂頭沈思。艾麗諾向母親苦苦求告，講述了這裡發生的全部情況，說明她懷疑威洛比用情不專，懇請她務必盡到做母親的本分和情意，要求瑪麗安說明她和威洛比的眞實關係。

她剛寫好信，傳來了敲門聲，一聽便知道有客人。隨即有人傳報，來客是布蘭登上校。瑪麗安從窗口望見了他，因為什麼客人也不想見，便在他進來之前走出房去。上校看上去比以往更加心事重重，看見只有艾麗諾一個人，雖然嘴裡說很高興，彷彿有什麼要緊事要告訴她似的，但卻一聲不響地坐了好一陣。艾麗諾確信他有話要說，而且分明與她妹妹有關，便急切地等他開口。她有這樣的感覺，已經不是第一次了。在這之前，上校曾不止一次地說過「你妹妹今天似乎不舒服」以及「你妹妹似乎不很高興」之類的話，好像他要透露或是打聽她的什麼特別情況。過了好幾分鐘，他終於打破了沈默，帶著幾分焦灼不安的語氣問她：他什麼時候能恭喜她得到個妹夫？艾麗諾沒防備他會提出這麼個問題，一時又找不到現成的答覆，便只好採取簡單常見的權宜之計，問他這是什麼意思？他強作笑顏地答道：「你妹妹與威洛比訂婚已是人盡皆知了。」

「不可能人盡皆知，」艾麗諾回答說，「因爲她自己家裡人還不知道。」

上校似乎吃了一驚，然後說：「請你原諒，我的問題怕是有點唐突無禮，不過，既然他們公開通信，我沒想到還會有什麼秘密可言。人們都在議論他們要結婚了。」

「那怎麼可能呢？你是聽誰說起的？」

「許多人——有些人你根本不認識，有些人和你極其密切——詹寧斯太太、帕爾默夫人和米德爾頓夫人。不過儘管如此，要不是僕人今天引我進門時，我無意中看見他手裡拿著一封給威洛比的信，是你妹妹的筆跡，我也許還不敢相信呢——因爲心裡不願相信的事情，總會找到一點懷疑的依據。我本來是來問個明白的，但是還沒發問就確信無疑了。難道一切都最後敲定了？難道不可能——？可是，我沒有權利、也沒有可能獲得成功。請原諒我，達什伍德小姐。我知道我不該說這麼多，不過我簡直不知道該怎麼辦。你辦事謹慎，這我完全信得過。告訴我，事情已經百分之百地決定了，再怎麼爭取也……如果可能的話，剩下的問題就是再稍稍隱瞞一段時間。」

在艾麗諾聽來，這一席話公開表白了他對她妹妹的眷戀，因而使她大爲感動。她一下子說不出話，即使心情平靜之後，心裡還嘀咕了一陣，到底如何回答是好。威洛比和她妹妹之間的眞實關係，她自己也是一無所知，勉強解釋吧，可能不是說不到一點上，就是說過頭。然而她又確信，瑪麗安對威洛比的鍾情，無論結局如何，布蘭登上校可能仍然沒有希望成功的。在這同時，她還很想保護妹妹的行動不受指責，她經過再三的考慮，覺得最明智、最寬厚的做法，還是不管她是否眞的了解，眞的信以爲眞，盡量多說點。因爲她承認，雖然她從未聽他們自己說過他們是什麼關係，但是她對他們的相互鍾愛並不懷疑，對他們相互通信並不感到驚訝。

上校一聲不響、聚精會神地聽她說著。等她話音一落，他立即從椅子上起來，帶著激動的口吻說：「我祝願你妹妹萬事如意，祝願威洛比極力爭取配得上她。」說罷，辭別而去。

艾麗諾從這次談話中並沒得到寬慰，藉以減輕她在別的問題上的忐忑不安。相反，布蘭登上校的不幸給她留下了一種憂鬱感，因爲一心等著讓事實來加以印證，她甚至無法希望消除這種憂鬱感。

第二十八章

隨後三、四天裏沒有發生什麼情況，好讓艾麗諾後悔不該向母親求援；因爲威洛比既沒來人，也沒來信。那幾天快結束的時候，她們應邀陪米德爾頓夫人去參加一次晚會，詹寧斯太太因爲小女兒身體不好，不能前去。瑪麗安由於過於沮喪，有些不修邊幅，似乎去與不去都無所謂，不過她還是準備去，儘管並沒有要去的樣子和愉快的表示。茶後，直至米德爾頓夫人到來之前，她就坐在客廳的壁爐前，一動也不動，只顧想她的心事，不知道她姊姊也在房裏。最後聽說米德爾頓夫人在門口等候她們，她倏地站起身，好像忘了她在等人似的。

她們準時到達目的地。前面的一串馬車剛讓開路，她們便走下車，登上樓梯，只聽見僕人從一節節樓梯平台上傳報著她們的姓名。她們走進一間燈火輝煌的客廳，裏面賓客滿堂，悶熱難熬。她們彬彬有禮地向女主人行過屈膝禮，隨後被允許來到衆人之間。她們這一來，室內必然顯得更熱，更擁擠不堪，而她們也只好跟著一起活受罪。大家少言寡語、無所事事地待了一陣之後，米德爾頓夫人便坐下玩卡西諾。瑪麗安因無心走來走去，幸好又有空椅子，就和艾麗諾在離牌桌不遠的地方坐了下來。

兩人沒坐多久，艾麗諾一下子發現了威洛比，只見他站在離她們幾碼處，正和一個非常時髦的年輕女子熱切交談。很快地，威洛比也看見了她，當即向她點點頭，但是並不想和她搭話，也不想去接近瑪麗安，雖說他不可能沒看見她。隨後，他又繼續和那位女士交談。

艾麗諾不由自主地轉向瑪麗安，看她會不會沒有注意到這一切。恰在此刻，瑪麗安先望見了他，心裏突然一高興，整個臉孔都紅了。她迫不及待地就想朝他那裏走去，不料被她姊姊一把拽住了。

「天啊！」瑪麗安驚叫道，「他在那兒——他在那兒。哦！他怎麼不看我？我爲什麼不能和他說話？」

「我求你安靜一些，」艾麗諾叫道，「別把你的心思暴露給在場的每一個人。也許他還沒有發現你。」

可是，這話連她自己也不相信。在這種時刻安靜下來，瑪麗安不僅做不到，而且也不想這麼做。她焦灼不安地坐在那裏，整個臉色都變了。

最後，威洛比終於又回過頭來，瞧著她們兩人。瑪麗安忽地立起身，親暱地喊了一聲他的名字，就勢向他伸出了手。威洛比走過來，偏偏要找艾麗諾搭話，而不和瑪麗安攀談，好像一心想避開她的目光，決計不注意她的態度似的。他匆匆忙忙地問起達什伍德太太的情況，問起她們來城多久了。艾麗諾看見他這樣說話，一時搞得心慌意亂，結果一句話也說不出來。但是她妹妹卻一古腦地把心裏話都倒出來了。她滿臉排紅，帶著萬分激動的語氣嚷道：「天哪！威洛比，你這是什麼意思？你難道沒收到我的信？你難道不想和我握握手？」

不握手是不行啦，但是碰到她似乎又使他感到痛苦。他抓住她的手只握了一刹那。這段時間，他顯然在設法讓自己鎮定下來。艾麗諾瞧瞧他的臉色，發覺他的表情變得穩靜些了。停了一刻，只聽他心平氣和地說道：

「上星期二我有幸到伯克利街登門拜訪，十分遺憾的是，很不湊巧，你們和詹寧斯太太都不在家。我想你們應已見到我的名片了。」

「難道你沒收到我的信？」瑪麗安焦急萬分地嚷道。「這裡面肯定出差錯了——十分可怕的差錯。這到底是怎麼回事？告訴我，威洛比——看在上帝的份上，告訴我，這到底是怎麼回事？」

他沒有回答，他的臉色變了，又現出一副窘態。但是，他一瞧見剛才與他談話的那個年輕女士的目光，便感到需要馬上克制住自己。他重新恢復了鎮靜，隨後說：「是的，你一番好意寄給我的、通知我你們已經進城的信件，我榮幸地收到了。」說罷微微點了下頭，急忙返身回到他的朋友跟前。

瑪麗安的臉色看上去白得嚇人，兩腿站也站不住，跌坐到椅子上。艾麗諾隨時都怕她昏厥過去，一面擋著她不讓別人看見，一面用熏衣草鎮定劑給她定定神。

「你去找他，艾麗諾，」瑪麗安一能講話，便說道，「逼著他到我這兒來。告訴他我還要見他——馬上有話對他說。我安不下心來——他不解釋清楚，我一時一刻也安不下心來。一定發生了什麼可怕的誤會。哦，你馬上去找他。」

「那怎麼行？不，親愛的瑪麗安，你要等待，這不是作解釋的地方，等明天再說吧。」

她好不容易才攔住妹妹，沒讓她親自去找威洛比。但要勸她不要激動，至少表面上要鎮靜些，勸她等到可以與他私下交談的時候再談，效果會更好些，這在瑪麗安是做不到的。瑪麗安一直在長吁短嘆，低聲傾吐著內心的悲傷。

不一會兒，艾麗諾看見威洛比離開客廳朝樓梯口走去，便告訴瑪麗安他已經走了，今晚說什麼也和他談不成了，進一步開導她要鎮靜。瑪麗安當即請她姊姊去求米德爾頓夫人帶她們回家，因爲她太難過了，一分鐘也待不下去啦。

米德爾頓夫人一局牌正好打到一半，聽說瑪麗安不舒服，想回去，客客氣氣地沒顯出一絲半點的不高興，把牌交給了一位朋友，馬車一準備好便連忙告辭回家。在返回伯克利街的途中，大家幾乎一言未發。瑪麗安過於傷心，連眼淚都流不出來，只好默默地忍受著。幸虧詹寧斯太太還沒回家，她們徑直走回自己房裡，瑪麗安聞了聞氨水，稍許鎮定了些。她很快脫下衣服，上了床，似乎想一個人待著，姊姊就走了出去。艾麗諾在等候詹寧斯太太回來的時候，有空仔細考慮了往事。

無可懷疑，威洛比和瑪麗安曾私下有過某種約定；而同樣毋庸置疑的是，威洛比對此厭倦了，因為不管瑪麗安還在如何痴心妄想，她艾麗諾總不能把這種行徑歸咎於什麼誤解和誤會吧。唯一的解釋是他完全變了心。艾麗諾若不是親眼見到他那副窘態，她還要更加義憤填膺。那副窘態彷彿表明他知道自己做了錯事，使她不願相信他會那麼品行不端，竟然從一開始就心懷叵測，一直在玩弄她妹妹的感情。不在一起可能削弱了他的感情，而貪圖物質享受使他徹底拋棄了這種感情，但是他以前確實愛過瑪麗安，這無論如何無可置疑。

至於說到瑪麗安，這次不幸的會面已經給她帶來了極大的痛苦，以後的結局可能還會使她更加痛苦不堪。艾麗諾前思後想，不能不感到憂慮重重。相比之下，她自己的處境還算好的；因為她能一如既往地敬重愛德華，不管他們將來如何人分兩地，她心裡總有個精神依託。但是，可能招致不幸的種種現象似乎湊合到一起來了，瑪麗安和威洛比肯定是要分道揚鑣了。而這即將來臨的、不可避免的決裂，肯定會使瑪麗安感到萬分的痛苦。

第二十九章

第二天一早，一月的清晨還是寒氣襲人、一片昏黯的時候，瑪麗安既不等女僕進來生火，也不等太陽送來光和熱，衣服還未穿好，便跪伏在窗口，藉助外面透進來的一絲亮光，一面淚如泉湧，一面奮筆疾書。艾麗諾被她急劇的啜泣聲驚醒，才發現她處於這般狀態。她惶惶不安地靜靜觀察了她好一陣，然後帶著體貼入微、溫柔之至的口氣說：

「瑪麗安，我可不可以問——」

「不，艾麗諾，」瑪麗安回答說，「什麼也別問，你很快就會明白的。」

縱使是絕望，這話也說得頗爲鎮定。然而好景不長，她話音剛落，便又馬上感到悲痛欲絕。過了好幾分鐘，才繼續動筆寫信，由於一陣陣地失聲痛哭，她又只好不時地停下筆來，這就充分證明了艾麗諾的一種預感：瑪麗安一定在給威洛比寫最後一封信。

艾麗諾默默注視著瑪麗安，不敢造次行事。她本想好好安慰安慰她，不料她神經質地苦苦哀求她千萬別和她說話。在這種情況下，兩人最好還是不要在一起久待。瑪麗安因爲心神不定，穿好衣服後在房裡一刻也待不下去，就想一人獨處並不停地改換地方，於是她避開眾人，繞著房屋徘徊，直走到吃早飯爲止。

早飯時，她什麼也不吃，甚至連吃的念頭都沒有。此時可眞夠艾麗諾費心的，不過她不是在勸解她，憐憫她，看樣子也不像在關注她，而是竭力把詹寧斯太太的注意力完全吸引到自己身上。

因爲這是詹寧斯太太很中意的一頓飯，所以前前後後持續了好長時間。飯後，大家剛在針黹桌前坐定，僕人遞給瑪麗安一封信。瑪麗安迫不及待地一把奪過來，只見她臉色變得煞白，轉眼跑出房去。艾麗諾一見這種情勢，彷彿見到了信封上的姓名地址一樣，知道這信準是威洛比寫來的。頓時，她心裡泛起一股厭惡感，難受得幾乎連頭都抬不起來了。她坐在那裡渾身直打顫，生怕難以逃脫詹寧斯太太的注意。誰知，那位好心的太太只看到瑪麗安收到威洛比的一封信，這在她看來又是一份絕妙的笑料，因此她也就打趣起來，只聽她噗嗤一笑，說是希望這封信能讓瑪麗安稱心如意。她因爲正忙著爲織地毯量絨線，艾麗諾的那副傷心樣子，她根本沒有察覺。等瑪麗安一跑出去，她便安然自得地繼續談了起來：

「說實在話，我這輩子還沒見過哪個年輕女人這麼痴心相戀的！我的女兒可比不上她，不過她們過去也夠傻的。說起瑪麗安小姐，她可是大變樣了。我從心底裡希望，威洛比別讓她等得太久了。看見她面帶病容，眞叫人傷心。請問：他們什麼時候辦喜事？」

艾麗諾雖說從沒像現在這麼懶得說話，但面對這種挑弄，她又不得不回敬一下，於是強顏歡笑地答道：「太太，你眞的嘴裡這麼一說，心裡就相信我妹妹和威洛比先生訂婚啦？我原以爲你只是開開玩笑而已，可你問得這麼一本正經，問題似乎就不那麼簡單了，因此，我要奉勸你不要再自欺欺人了。我對你說實話吧，聽說他們兩人要結婚，沒有什麼話比這更叫我吃驚的了。」

「眞丟臉，眞丟臉啊，達什伍德小姐！虧你說得出口！他們從一見面就卿卿我我地打得火熱，難道我們大夥不知道他們要結婚？難道我在德文郡沒見到他們天天從早到晚泡在一起？難道我不知道你妹妹跟我進城來特意置辦婚服？得啦！得啦！別來這一套。你自己詭秘，就以爲別人沒有頭腦；但是，我可以告訴你，根本不是這碼事兒，其實，這件事兒早已鬧得滿城風雨了。我是逢人就說，夏洛特也是這樣。」

「的確，太太，」艾麗諾十分嚴肅地說道，「你搞錯了。你到處傳播這消息，實在太不厚道了。雖然你現在不會相信我的話，你將來總會發現自己實在不厚道。」

詹寧斯太太又哈哈一笑，可是艾麗諾已經無心再費口舌。她急切地想知道威洛比寫了些什麼內容，便匆匆忙忙地趕回自己房裡。打開門一看，只見瑪麗安直挺挺地趴在床上，傷心得泣不成聲，手裡抓著一封信，身旁還放著兩、三封。艾麗諾走到她跟前，但是一聲沒響。她坐到床上，抓住她的手，親熱地吻了幾下，突然哇地一聲哭了起來，那個傷心勁兒，起初簡直不亞於瑪麗安。瑪麗安雖然說不出話，卻似乎覺得姊姊這一舉動情深意切，於是兩人同聲悲泣了一陣之後，她便把幾封信都遞進艾麗諾手裡，隨即用手帕捂住臉，悲痛得差一點尖叫起來。艾麗諾見她如此悲慟，實在令人驚駭，知道這裡面定有緣故，便在一旁守望著，直到這場極度的悲痛略爲平息下去。隨即，她急忙打開威洛比的信，讀了起來——

親愛的小姐——適才有幸續接來函，爲此請允許我向你致以誠摯的謝意。我頗感不安地發現，我昨晚的舉止不盡令你滿意。我雖然不知道在哪一點上不幸有所冒犯，但還是懇請你原諒，我敢擔保那純屬無意。每當我想起之前與尊府在德文郡的交往，心頭不禁浮起感激歡悅之情，因而便不自量力地以爲，即使我行動上出點差錯，或者引起點誤會，也不至終破壞這種友情。我對你們全家充滿了眞誠的敬意。但是，倘若不幸讓你認爲我抱有別的念頭或者別有用意的話，那我只好責備自己在表達這種敬意時有失謹愼。你只要了解以下情況，就會知道我不可能含有別的意思：我早就與別人定了情，而且我認爲不出幾個星期，我們就將完婚。我不勝遺憾地奉命寄還我榮幸地收到的惠書和惠贈給我的那綹頭髮。

您謙卑恭順的僕人
約翰・威洛比
一月寫於邦德街

可以想像，達什伍德小姐讀到這樣一封信，一定會義憤塡膺。雖然她沒讀之前就知道，這準是他用情不專的一份自白，證實他倆將永遠不得結合，但是她不知道如何容忍這樣的言語！她也無法想像威洛比怎麼能這樣寡廉鮮恥，這樣不顧紳士的體面，竟然寄來如此無恥、如此惡毒的一封信！在這封信裡，他既想解除婚約，又不表示任何歉意，不承認自己背信棄義，矢口否認自己有過任何特殊的感情。在這封信裡，字字行行都是讒言惡語，表明寫信人已經深深陷進了邪惡的泥坑而不能自拔。

她又氣又驚地沉思了一陣，接著又讀了幾遍，每讀一遍，就越發痛恨威洛比。因爲對他太深惡痛絕了，她連話都不敢說，唯恐出言不遜讓瑪麗安更加傷心。在她看來，他們解除婚約對妹妹並沒有任何壞處，而是使她逃脫了一場最不幸、最可怕的災難，逃脫了跟一個無恥之徒的終身苟合，這是眞正的得救，實屬萬幸。

艾麗諾一心一意在考慮那封信的內容，考慮寫信人的卑鄙無恥，甚至可能在考慮另一個人的另一種心腸，這個人與這件事本來沒有關係，她只是主觀上把他和方才發生的一切聯繫到一起了。想著想著，她忘記了妹妹目前的痛苦，忘記膝上還放著三封信沒有看，完全忘記了她在房裏待了多長時間。恰在這時，她聽見有一輛馬車駛到門前，便起身走到窗口，看看是誰不近人情地來得這麼早。一聽是詹寧斯太太的馬車，她不禁大吃一驚，因爲她知道主人直到一點鐘才吩咐套車的。她現在雖然無法安慰瑪麗安，但她還是不想拋下她不管，於是她就趕忙跑出去稟告詹寧斯太太：因爲妹妹身體不舒服，自己只好失陪。詹寧斯太太正趕在興頭上，十分關心瑪麗安的情況，便欣然同意了。艾麗諾把她送走後，又回去照看瑪麗安，只見她撐著身子想從床上爬起來，因爲長期缺吃少睡而暈乎乎的，差一點摔到地板上，幸虧艾麗諾及時趕上去將她扶住。多少天來，她白日不思茶飯，夜晚睡不踏實，現在心裏一旦失去了原來的焦灼不安的期待感，頓時感到頭痛胃虛，整個神經脆弱不堪。艾麗諾立刻給她倒了一杯葡萄酒，喝下去覺得好受了些。最後，她總算對艾麗諾的一片好心領了點情，說道：

「可憐的艾麗諾，我把你連累得好苦啊！」

「我只希望，」她姊姊答道，「我能有什麼法子可以安慰安慰你。」

這話和別的話一樣，實在叫瑪麗安受不了。她心裏忍著極大的痛苦，只能發出一聲悲嘆：「噢，艾麗諾，我好苦啊！」說罷又泣不成聲。

艾麗諾見她如此悲戚，再也沉不住氣了。

「瑪麗安，你若是不想把你自己和你的親人都折磨死的話，」她大聲說道，「就請你克制一下。想想母親，你忍受痛苦的時候，也想想她的痛苦。爲了她，你必須克制自己。」

「我不能，我不能，」瑪麗安嚷道。「我要是惹你苦惱了，就請你離開我，離開我；你儘管離開我，痛恨我，忘掉我，但是不要這麼折磨我。哼！自己沒有傷心事，說起克制來當然輕巧！快快樂樂的艾麗諾，你是無法知道我有多麼痛苦的！」

「你居然說我快樂，瑪麗安！唉，你若是知道就好啦！我眼看著你這麼悲痛，你倒認爲我是快樂的！」

「請原諒我，請原諒我，」說著將手臂摟住了姊姊的脖子，「我知道你爲我傷心，我知道你心腸好。不過，你還是——你一定是快樂的。愛德華愛你——不是嗎？有什麼事情能抵消掉這樣的幸福！」

「有很多很多情況。」艾麗諾鄭重其事地說。

「不！不！不！不！」瑪麗安大聲狂叫道。「他愛你，而且只愛你一個人。你不可能有什麼痛苦。」

「看到你弄成這副樣子，我不可能有什麼快樂。」

「你永遠也看不到我變成另外一副樣子。我的痛苦無論如何也無法解除。」

「你不能這麼說，瑪麗安。你難道沒有可以感到安慰的事情？沒有朋友？你的損失就那麼大，連安慰的餘地都沒有啦？儘管你現在感到很痛苦，可是你想想看，假使你到後來才發現他的為人，假使你們訂婚好多個月以後才提出退婚，那你會遭受多大的痛苦？你要是不幸地每與他多接近一天，你就感到這打擊越發可怕。」

「訂婚！」瑪麗安嚷道，「我們沒有訂婚呀！」

「沒有訂婚！」

「沒有，他不像你想像的那樣卑鄙無恥。他沒有對我背信棄義。」

「但他對你說過他愛你？」

「是的——不——從來沒有——絕對沒有。他每天都含有這個意思，但是從來沒有明說過。有時我以為他說了——其實他從沒說過。」

「但他給你寫過信？」

「是的——事情到了那個地步，難道寫信也有錯？不過我也沒法說啦！」

艾麗諾沒再作聲。此時，那三封信比先前引起了她的更大興趣，於是她馬上把信的內容匆匆看一遍。第一封信是她妹妹剛進城時寫給威洛比的，內容如下——

威洛比，你收到這封信會感到十分驚奇！我想，你若是知道我在城裏，可能還不止是驚奇呢！有機會來到這裏（雖說是與詹寧斯太大一起來的），對我們具有難以克制的誘惑力。我希望你能及時收到此信，今晚我就來到這裏，不過我想你未必能來。無論如何，我明天等你。再見。

瑪．達

一月於伯克利街

第二封信是參加了米德爾頓家的舞會後的第二天上午寫的，內容如下——

前天沒有見到你，我說不出有多失望。還有，我一個多星期前寫給你一封信，至今不見回音，也使我感到驚訝。我一天到晚無時無刻不在期待你的來信，更期待見到你。請你盡快再來一趟，解釋一下爲什麼叫我空盼一場。你下次最好來得早一點，因爲我們通常在一點鐘以前出去。昨晚米德爾頓夫人家舉行舞會，我們都去參加了。我聽說你也受到邀請。但這可能嗎？如果情況眞如此，而你又沒去，那自從我們分手以來，你可是判若兩人了。不過我認爲這是不可能的，希望立即得到你的親口保證：情況並非如此。

瑪．達

瑪麗安最後一封信的內容是這樣的——

威洛比，你叫我怎麼想像你昨晚的舉動？我再次要求你作出解釋。我本來準備和你高高興興、親親熱熱地見上一面，因爲我們久別重逢自然會產生一種愉悅感，而我們在巴頓的親密關係似乎理所當然地會帶來一種親切感。不料我卻遭到了冷落！我痛苦了一個晚上，總想爲你那簡直是侮辱性的行爲尋找個理由。雖然我尚未替你找到合乎情理的辯護之詞，但我倒很想聽聽你自己的辯護。也許你在關係到我的什麼事情上聽到了什麼誤傳，或是上了別有用心的人的當，從而降低了我在你心目中的地位。告訴我這是怎麼回事，解釋一下你爲什麼要這樣做，那麼，我將爲能消除你的疑慮而感到滿足。

的確，假如我不得不把你想得很壞的話，我是會非常痛苦的。不過，如果我眞需要這樣做，如果我眞知道你已經不像我們迄今想像的那樣，你對我們大家的關心只是一片虛情假意，你對我的所作所爲只是爲了欺騙我，那你就趁早實說。

現在，我心裏正處於一種十分可怕的猶豫不決的狀態。我希望宣告你是無辜的，然而不管是哪種情況，只要說個確實，都會減輕我目前的痛苦。如果你的感情起了變化，就請你退還我的信件和你保存的我那綹頭髮。

瑪．達

艾麗諾簡直不敢相信，對這些寫得這麼情意綿綿、推心置腹的信，威洛比竟然作出這種答覆。但是，她對威洛比的責怪並未使她無視瑪麗安的有失體統，因爲這些信根本就不該寫。她默默地沉思著，使她感到痛心的是，瑪麗安竟然這樣冒冒失失地向人家訴說衷腸，平白無故地給人家提供把柄，結果受到事實的無情嘲弄。正在這時，瑪麗安發覺艾麗諾讀完了信，便對她說：這些信其實也沒啥，任何人處在同樣情況下都會這麼寫的。

「我自以爲和他是已經訂了婚的，」她補充說，「就像受到極其嚴格的法律條款的約束一樣。」

「我相信這個，」艾麗諾說。「但不幸的是，他卻不這樣以爲。」

「艾麗諾，他以前也是這麼想的！」他有好多個星期都是這麼想的。我知道他是這麼想的。不管他爲什麼會變成現在這個樣子（要使我變化，只有採取最可惡的妖術才能得逞），他一度對我要多親有多親。就說那綹頭髮吧，他現在說不要就不要了，想當初可是向我苦苦哀求討去的。你當時如果見到他那副神態，聽聽他那個腔調，那就好了！你沒有忘記我們一起在巴頓的最後一個晚上？還有分手的那天早上，他對我說，我們還要過好多個星期才能再見面——他那個悲傷勁呀，我怎麼能忘得了！」

她再也說不下去了，只好停了一會兒。等這陣激動一過去，便帶著更堅定的口氣，補充說道：「艾麗諾，我受到了無情的虐待，但不是因爲威洛比。」

「親愛的瑪麗安，不是他又是誰？他能受誰唆使呢？」

「受天底下所有人的唆使，而不是憑他自己的心願。我寧肯相信我所認識的所有人串通起來詆毀了我在他心目中的形象，也不相信他稟性會這麼殘忍。他信裏提到的那個女人——不管她是誰——總而言之，除了親愛的你、母親和愛德華以外，任何人都會冷酷無情地講我的壞話。除你們三人之外，天下人我哪個不能懷疑他心術不正，偏偏去懷疑威洛比？我很了解他的心。」

艾麗諾不想爭辯，只是回答說：「不管什麼人會這麼可惡地與你爲敵，你就篤信自己清白無辜、一片好心，擺出一副高姿態讓他們瞧瞧，叫他們想幸災樂禍也樂不成。這是一種合情合理、值得稱讚的自豪感，可以頂得住邪惡的攻擊。」

「不，不，」瑪麗安嚷道，「像我這樣痛苦是沒有自豪感的。我不在乎誰知道我在痛苦。天下人誰見到我這副樣子都可以幸災樂禍。艾麗諾，艾麗諾，沒有遭受什麼痛苦的人盡可以感到驕傲，感到自豪，還可以不受侮辱，甚至以牙還牙，但是我不行。我是一定要感到痛苦的——人們得知後願意高興就儘管高興去吧。」

「可是，看在母親和我的份上——」

「我願意多爲你們著想的。不過，要我在悲痛的時候，裝出高興的樣子！噢！誰會這樣要求呢？」

兩人又陷入了沉默。艾麗諾若有所思地從爐前踱到窗口，又從窗口踱到爐前，既沒感到火爐的溫暖，也沒察覺窗外的景物。瑪麗安坐在床角，頭靠在床架杆上，伸手又拿起威洛比的信，戰戰兢兢地把每句話又讀了一遍，然後驚叫道：

「太不像話了！威洛比呀，這難道是你寫的信！狠心啊，狠心——你說什麼也逃脫不了這個罪責。艾麗諾，他說什麼也逃脫不了。他不管聽到了有關我的什麼壞話——他難道不該先劃個問號？他難道不該告訴我，給我個洗刷自己的機會？『你惠贈』（讀信裏的話）『給我的那綹頭髮』——這是無法寬恕的。威洛比，你寫這話的時候良心何在？哼！眞是蠻橫無禮！艾麗諾，他有道理嗎？」

「不，瑪麗安，絕對沒有。」

「再說這個女人——誰知道她施展了什麼詭計，預謀了多長時間，精心策劃到何種程度！她是誰？她能是誰呢？在他認識的女人中，我聽他談過誰又年輕又迷人呢？哦！沒人，沒人——他對我只談論我自己。」

又是一陣沉默。瑪麗安激動不已，最後這樣說道：

「艾麗諾，我要回家。我要去安慰母親。難道我們不能明天就走嗎？」

「明天，瑪麗安！」

「是的，我爲什麼要待在這裏？我來這裏只是爲了威洛比！現在誰還會關心我？誰還會喜歡我？」

「明天就走是辦不到的。詹寧斯太太待我們這麼好，我們對她要有禮貌。即使按照常禮，也不能這麼匆匆忙忙地走掉啊！」

「那好，也許可以寬限一、兩天。但是我不能在這兒久留，我不能待在這兒任憑這些人問這問那，說長道短。米德爾頓夫婦、帕爾默夫婦——我豈能忍受他們的憐憫？米德爾頓那種女人的憐憫！哦！她會怎麼說啊！」

艾麗諾勸她再躺下，她果眞躺下一會。但是怎麼個躺法都感到不舒服，只覺得心裏煩躁不安，身上疼痛不止，不由得一個勁地輾轉反側。後來越來越歇斯底里了。她姊姊眼看她在床上待不住了，一度擔心需要喊人來。誰知，最後好說歹說，她服了幾滴熏衣草鎮定劑，倒很有效果。從那時起到詹寧斯太太回來，她一直安安靜靜、一動不動地躺在床上。

第三十章

詹寧斯太太一回家，就來到她倆的房間，敲敲門，還沒等聽到回音，便推開門走了進去，臉上顯出十分關切的神情。

「你好嗎，親愛的？」她帶著極爲同情的口吻對瑪麗安說，不料瑪麗安卻背過臉去，並不理睬她。

「她怎麼樣啦，達什伍德小姐？可憐的人兒！她臉色很不好。這也難怪。唉，這事兒一點也不假。威洛比馬上就要結婚了——沒出息的傢伙！眞叫我不能容忍。泰勒太太半個鐘頭以前告訴我的，而她又是從格雷小姐的一個好朋友那兒聽說的，不然我肯定不會相信。我簡直快要氣昏了，唉，我說，我只能這樣說：如果眞有其事，那就可惡透頂地虧待他與我相識的一位小姐，我眞心希望他老婆攪得他心神不寧。親愛的，你儘管放心，我要永遠這麼說，我不知道男人還有這麼胡作非爲的。我若是再見到他，非狠狠訓他一頓不可，這許多天來倒輕鬆了他。不過，瑪麗安小姐，有一點是令人寬慰的：天底下値得追求的年輕人不止他一個，就憑著你那張漂亮的臉蛋，愛慕你的人永遠少不了。好了，可憐的人兒！我不再打擾她啦，最好叫她馬上痛痛快快地哭上一場，然後這件事兒就算了結啦。你知道，帕里夫婦和桑德森夫婦今晚要來，可以讓瑪麗安高興高興啦！」

她說罷便扭過身，踏著腳尖走出房去，好像她的年輕朋友一聽到響聲會更加痛苦似的。

出乎姊姊的意料之外，瑪麗安決定要和大夥一道吃飯。艾麗諾勸她不要這樣做，但是她不肯，她要下樓去。她完全受得了，大夥也好少圍著她忙來忙去。艾麗諾見她一時之間能有意克制自己，不由得高興起來。雖然她覺得她在飯桌上難以善始善終，她還是沒有作聲。趁瑪麗安還躺在床上的時候，就盡心地給她整理衣服，想等下面一叫，便扶著她走近餐廳。到了餐廳，她雖然看上去萬分沮喪，但是比她姊姊想像的吃得多，也鎮定得多。她假若開口說話，或者對詹寧斯太太那些本意良好但不合時宜的殷勤款待稍許敏感一些的話，她就不可能保持鎮定。誰知她嘴裏沒吐一個字，而且由於她心不在焉，對眼前發生的事情全然不知。

詹寧斯太太的一片好心，雖然往往表現得令人煩惱，有時簡直荒謬可笑，但是艾麗諾還比較公道，屢次向她表示感謝，顯得禮貌十分周全，這是她妹妹絕對做不到的。且說，她們姊妹倆的這位好朋友發現瑪麗安愁眉苦臉的，覺得她責無旁貸地要幫助她減少痛苦。因此，她像長輩對待自己的掌上明珠一樣，在孩子回家度假的最後一天，一個勁地嬌慣溺愛她。她要把瑪麗安安排在爐前的最好位置，要用家裏的種種佳餚誘她吃飽吃好，要拿當天的所有新聞逗她笑逐顏開。艾麗諾若不是見妹妹神色不好，不敢嘻笑的話，她真要被詹寧斯太太逗樂了：她居然想用五花八門的蜜餞、橄欖以及暖烘烘的火爐，來醫治情場失意的創傷。不料，她翻來覆去地這麼搞，終於被瑪麗安察覺了意圖，於是她再也待不下去了。她急忙哀嘆了一聲，向姊姊做了個手勢，示意她不要跟著她走，然後便立起身來，匆匆走出房去。

「可憐的人兒！」瑪麗安一走出去，詹寧斯太太便大聲叫了起來，「看見她眞叫我傷心啊！眞沒想到，她連酒也沒喝完就走了！還有那櫻桃乾也沒吃完！天哪！好像什麼東西也不對她的胃口。我敢說，我假使知道她愛吃什麼東西，我一定打發人跑遍全城去找。唉，有人竟然如此虧待這麼漂亮的一個姑娘，眞是不可思議！不過，在一方有的是錢、另一方錢很少的情況下，（願上帝保佑！）人們也就不在乎這些東西啦！」

「這麼說來，那位小姐——我想你管她叫格雷小姐！非常有錢啦？」

「五萬鎊啊，親愛的。你見過她嗎？聽說是個風流時髦的小姐，但是並不漂亮。我還清清楚楚地記得她的姑媽比迪．亨蕭，嫁給了一個大財主。她一家人都跟著發了財。五萬鎊！據大家說，這筆錢來得很及時，因爲據說威洛比破產了。這也難怪，誰叫他乘著馬車、帶著獵犬東奔西顛的！唉，說這些有什麼用，不過一個年輕小伙子，不管他是什麼人，既然向一位漂亮的姑娘求了愛，而且答應娶她，不能僅僅因爲自己越來越窮，有一位闊小姐願意嫁給他，就突然變了卦。在這種情況下，他爲什麼不賣掉馬，出租房子，辭退傭人，馬上來個徹底的改過自新？我向你擔保，瑪麗安小姐本來會願意等到景況有所好轉的。不過沒有用，如今的年輕人什麼時候也不會放棄追求享樂的。」

「你知道格雷小姐是個什麼樣的姑娘嗎？是不是說她挺溫順的？」

「我從沒聽說她有什麼錯處。的確，我幾乎從沒聽見有人提起她，只是今天早晨聽泰勒夫人說，華克小姐有一天向她暗示，她認爲艾利森夫婦很願意把格雷小姐嫁出去，因爲她和艾利森夫人總是意見不合。」

「艾利森夫婦是什麼人？」

「她的保護人呀，親愛的。不過她現在成年了，可以自己選擇了，她已經做出了一個奇妙的選擇。對啦，」她頓了頓，然後說，「你可憐的妹妹回自己房間了，想必是一個人傷心去了。我們大家就想不出個辦法安慰安慰她嗎？可憐的好孩子，叫她孤苦伶仃地一個人待著，這似乎太冷酷無情了。對了，待會兒要來幾個客人，可能會引她高興一點。我們玩什麼呢？我知道她討厭惠斯特。不過，難道沒有一種打法她喜歡？」

「親愛的太太，你大可不必費這個心。瑪麗安今晚決不會再離開她的房間。如果可能的話，我倒要勸她早點上床睡覺，她實在需要休息。」

「啊，我看那對她最好不過了。晚飯吃什麼讓她自己點，吃好就去睡覺。天哪！難怪她這一、兩個星期總是神色不好，垂頭喪氣的，我想她這些日子一直在懸念著這件事兒。誰想今天接到一封信，事情全吹了！可憐的人兒！我若是早知道的話，決不會拿她開玩笑。可你知道，這樣的事兒我怎麼猜得著呢？我還一心以爲這只不過是一封普普通通的情書呢。而且你也知道，年輕人總喜歡別人開開他們的玩笑。天哪！約翰爵士和我的兩個女兒聽到這個消息，會有多麼擔憂啊！我若是有點頭腦的話，剛才在回家的路上該到康迪特街去一趟，給他們報個信兒。不過我明天會見到他們的。」

「我相信，帕爾默夫人和約翰爵士用不著你提醒，也會留神別在我妹妹面前提起威洛比先生，或者拐彎抹角地提起這件事。他們都是善良人，知道在她面前露出知情的樣子會使她多麼痛苦。還有一點你這位親愛的太太不難置信，別人在這件事上對我談得越少，我的感情受的傷害也就越小。」

「哦，天哪！我當然相信。你聽見別人談論這件事，一定非常難過。至於你妹妹嘛，我敢肯定，我絕對不會向她提起這件事兒。你都看見了，我整個午飯期間隻字未提呀。約翰爵士和我兩個女兒也不會貿然提起，因爲他們心眼都很細，很會體貼人——特別是我向他們一暗示的話，那更不成問題，當然我是一定要暗示的。就我來說，我想這種事情說得越少越好，遺忘得也越快。你知道，說來說去有什麼好處呢？」

「對這件事，談來談去只有害處——害處之大，也許超過許多同類事件，因爲看在每個當事人的份上，有些情況是不適於當衆談論的。我必須替威洛比先生說這麼一句公道話——他與我妹妹沒有明確訂有婚約，因而無所謂解除婚約。」

「哎呀，親愛的！你別裝模作樣地替他辯護啦。好一個沒有明確婚約！誰不知道他帶著她把艾倫漢宅第都逛遍了，還把他們以後要住哪些房間都說定了！」

艾麗諾看在妹妹的面上，不好堅持硬說下去。況且，看在威洛比的面上，她認爲也沒有必要再堅持下去。因爲她若是硬要爭個青紅皀白，瑪麗安固然要大受其害，威洛比也將無利可得。兩人沉默了不一會兒，詹寧斯太太畢竟是個熱性子人，突然又嚷嚷起來：

「好啦，親愛的，這裏倒眞正用得上『惡風不盡惡，此失而彼得』那句俗語，因爲布蘭登上校就要從中撈到好處了。他最終要得到瑪麗安啦。是的，他會得到她的。你聽我說，到了夏至，他們不結婚才怪呢。天哪！他聽到這消息會多麼開心啊！我希望他今晚就來。他與你妹妹匹配多了。一年兩千鎊，既不欠債，又不納稅——只是確實要負擔個小私生女。對啦，我把她給忘了。不過花不了幾個錢，就能打發她去當學徒，這樣一來有什麼要緊？

「我可以告訴你，德拉福是個好地方，完全像我說的那樣，是個風景優美、古色古香的好地方，條件舒適，設施便利，四周圍著園牆，大花園裏種植著鄉下最優良的果樹。有個角落長著一棵好棒的桑樹！天哪！我和夏洛特就去過那兒一次，可把肚子撐壞了！此外還有一座鴿棚，幾個可愛的魚塘，和一條非常美的河渠。

「總之，只要人們想得到的，應有盡有。何況，又挨近教堂，離公路只有四分之一英里，什麼時候也不會覺得單調無聊，因爲屋後有一塊老紫杉樹蔭地，只要往裏面一坐，來往的車輛一覽無遺。哦！眞是個好地方！就在村莊上不遠的地方住著個屠戶，距離牧師公館只有一箭之地。依我看，準比巴頓莊園強上一千倍。在巴頓莊園，買肉要跑三英里路，沒有一家鄰居比你母親再近的了。好啦，我要盡快給上校打打氣。你知道，羊肩肉味道好，吃著這一塊就忘了前一塊。我們只要能讓她忘掉威洛比就好啦！」

「啊，太太，只要能做到這一點，」艾麗諾說，「以後有沒有布蘭登上校都好辦。」說罷站起身，找瑪麗安去了。不出她所料，瑪麗安就在房裏，悶悶不樂地坐在奄奄一息的爐火前。直到艾麗諾進來爲止，室內就這麼一點亮光。

「你最好走開。」她姊姊就聽她說了這麼一句話。

「你要是上床睡覺，」艾麗諾說，「我就走開。」

但是，瑪麗安實在悲痛難忍，憑著一時任性，先是拒不答應。然而，經不住姊姊苦口婆心地好言相勸，她很快又乖乖地順從了。艾麗諾見她把疼痛的腦袋枕到枕頭上，眞像她希望的那樣要安安穩穩地休息一下，便走出房去。

她隨後來到客廳，不一會兒，詹寧斯太太也來了，手裏端著一只酒杯，斟得滿滿的。

「親愛的，」她說著走了進來，「我剛剛想起，我家裏還有點康斯坦雪陳酒❶，你從沒有品嘗過這麼好的上等酒——所以我給你妹妹帶來一杯。我那可憐的丈夫！他多麼喜歡這酒啊！他那腹絞痛的老毛病只要一發作，就說全天下沒有什麼東西比這老酒對他更有效了。快端給你妹妹吧。」

「親愛的太太，」艾麗諾答道，聽說這酒可以醫治如此截然不同的疾病，不由得微微一笑，「你眞是太好啦！但我剛才來的時候，瑪麗安已經上床了，差不多都睡著啦。我想，對她最有益的還是睡眠，你要是允許的話，這酒就讓我喝了吧。」

詹寧斯太太雖然悔恨自己沒早來五分鐘，可是對這折衷辦法倒也滿意。艾麗諾咕嚕咕嚕地喝掉大半杯，一面心裏在想：雖然這酒對腹絞痛的療效如何目前對她無關緊要，不過它既

---

❶ 康斯坦雪（Constantia）：南非開普敦附近的康斯坦雪農場生產的一種葡萄酒。

然能治好失戀的心靈創傷，讓她試用與讓她妹妹試用豈不同樣有意義。

正當大夥用茶的時候，布蘭登上校進來了。根據他在室內東張西望尋覓瑪麗安的神態，艾麗諾當即斷定：他既不期待也不希望見到她。

總而言之，他已經曉得了造成她缺席的緣由。詹寧斯太太不是這麼想的，因爲一見他走進門，她就來到對面艾麗諾主持的茶桌前，悄聲說道：「你瞧，上校看樣子和以往一樣沉重。他還一點也不知道呢，快告訴他吧，親愛的。」

隨後不久，上校拉出一張椅子挨近艾麗諾坐下，然後便問起了瑪麗安的情況，他那神情越發使她確信：他已經掌握了確切的消息。

「瑪麗安情況不佳，」艾麗諾說。「她一整天都不舒服，我們勸她睡覺去了。」

「那麼，也許，」上校呑呑吐吐地說，「我今天早晨聽到的消息是眞實的——我起初不敢相信，看來可能眞有其事。」

「你聽到什麼啦？」

「聽說有個男子，我有理由認爲——簡單地說，有個人，我早就知道他訂了婚——我怎麼跟你說呢？你若是已經知道了，而且你諒必一定是知道的，就用不著我再說啦！」

「你的意思是說，」艾麗諾故作鎭靜地應道，「威洛比先生要與格雷小姐結婚？是的，這我們確實知道。今天似乎是個總解說明白的日子，因爲直到今天上午我們才知道這件事。威洛比先生眞是令人莫測高深！你是在哪兒聽說的？」

「在帕爾美爾街一家文具店裏，我到那兒有事。有兩個女士正在等馬車，其中一個向另一個敘說起這樁計劃中的婚事，聽聲音並不怕別人聽到，因此我可以聽得一字不漏。首先引起我注意的，是她一再提到威洛比的名字：約翰．威洛比。接著她十分肯定地說：他與格雷小姐的婚事已經最後敲定——不需要再保密了——甚至不出幾週就要辦喜事，還具體地談到了許多準備情況和其他事宜。有一件事我記得尤爲清楚，因爲它有助於進一步鑒定那個人。婚禮一完結，他們就計劃去庫姆大廈，也就是威洛比在薩默塞特郡的宅第。眞叫我吃驚啊！不過我當時的心情是莫可名狀的。我在文具店裏待到她們走，當場一打聽，才知道那個藏不住話的是艾利森太太，後來又聽人說，那是格雷小姐的保護人的名字。」

「是這樣。你是不是也聽說格雷小姐有五萬鎊？如果我們在什麼地方可以找到解釋的話，這或許就是一個。」

「這有可能，不過威洛比可能——至少我認爲——」上校略停了片刻，然後用一種似乎缺乏自信的語氣補充說：「且說你妹妹——她怎麼——」

「她非常痛苦。我只能希望痛苦的時間相對短一些。她一直到現在，悲痛極了。我想直到昨天，她還從未懷疑過威洛比的情意。甚至現在，也許——不過，我倒幾乎確信，他從未眞正愛過她。他一向很不老實！有些地方似乎心狠手辣。」

「確實如此！可是你妹妹不——我想你說過——她不像你這樣認爲的吧？」

「你了解她的脾氣，她到現在還盡可能地相信：要是可能的話，她現在還急著替威洛比辯護呢！艾麗諾回答道。」

上校沒有應聲。過不一會兒，茶盞端走了，牌桌安排妥當，人們必然也就不再談論這個話題。詹寧斯太太本來一直在興致勃勃地瞅著他們兩個談話，心想只要達什伍德小姐一露口風，布蘭登上校馬上就會笑逐顏開，就如同一個人進入青年時期，充滿了希望和幸福一樣。不料她驚奇地發現：上校整個晚上比往常還要不苟言笑，心事重重。

第三十一章

瑪麗安夜裏比她料想的睡得要多，然而第二天早晨一覺醒來，卻依然覺得像先前合眼時一樣痛苦。艾麗諾盡量鼓勵她多談談自己的感受，沒等早飯準備好，她們已經反反覆覆地談論了好幾遍。每次談起來，艾麗諾總是抱著堅定不移的信念，滿懷深情地開導她，而瑪麗安卻總像以前那樣容易衝動，沒有定見。她有時認爲威洛比和她自己一樣無辜、不幸，有時又絕望地感到不能寬恕他。她時而哪怕舉世矚目也毫不在乎，時而又想永遠與世隔絕，時而又想與世抗爭下去。不過有一件事她倒是始終如一的：一談到本題，只要可能，她總是避開詹寧斯太太，若是萬一擺脫不了，那就堅決一聲不響。她已經鐵了心，不相信詹寧斯太太會同情她的痛苦。

「不，不，這不可能，」她大聲嚷道，「她不會同情我。她的仁慈不是同情，她的和藹不是體貼。她所需要的只是說說閒話，她現在所以喜歡我，只是因爲我給她提供了話柄。」

艾麗諾即便不聽這話，也早知妹妹由於自己思想敏感纖細，過分強調人要多情善感，舉止嫻雅，因而看待別人往往有失公道。如果說世界上有一半人是聰慧善良的，那麼，具有卓越才能和良好性情的瑪麗安卻如同其他一小半人一樣，既不通情達理，又不坦率耿直。她期望別人和她懷有同樣的情感和見解，她判斷別人的動機如何，就看他們的行爲對她自己產生什麼樣的直接效果。一天早飯後，正當姊妹倆一起待在房裏的時候，就發生了這麼一件事，進一步降低了瑪麗安對詹寧斯太太的評價。原來，都怪她自己不好，這件事意外地給她帶來了新的痛苦，而詹寧斯太太則完全出自一番好意，情不自禁地給捲了進去。

她手裏拿著一封信，認爲一定會給瑪麗安帶來欣慰，便老遠伸出手，笑逐顏開地走進房來，一面說道：「喂，親愛的，我給你帶來一樣東西，保證叫你高興。」

瑪麗安聽得眞切。霎時間，她想像中見到威洛比的一封來信，寫得情意纏綿，悔恨交加，把過往之事一五一十地作了解釋，令人滿意而信服。轉瞬間，威洛比又急匆匆地跑進房來，拜倒在她的腳下，兩眼含情脈脈地望著她，一再保證他信裏說的句句都是實話。

不料，這一切頃刻間便化爲泡影。呈現在她面前的，是她以前從未討厭過的母親的手跡；在那欣喜若狂的幻景破滅之後，接踵而來的是極度的失望，她不由得感到，彷彿到了那個時刻才眞正遭受到痛苦似的。

詹寧斯太太的冷酷無情，即令瑪麗安處在最能說會道的時刻，也無法用言語加以形容。現在她只能用湧流不止的淚水來譴責她——然而這種譴責完全不爲對方所領悟，她又說了許多表示同情的話，然後便走了出去，還勸導她讀讀信，寬慰寬慰自己。但是，等瑪麗安安靜下來讀信的時候，她從中並未得到什麼安慰。威洛比的名字充斥著每一頁信紙。母親仍然確信女兒訂了婚約，一如既往地堅信威洛比忠貞不渝，因爲只是受到艾麗諾的求告，才來信懇請瑪麗安對她們坦率一些。字裏行間充滿了對女兒的溫情，對威洛比的厚愛，對他們未來幸福的深信不疑，瑪麗安邊讀邊痛哭不止。現在瑪麗安又產生了回家的迫切願望。母親對她來說比以往任何時候都倍感親切——由於她過於誤信威洛比，才顯得倍加親切。瑪麗安迫不及待地要走，艾麗諾自己也拿不定主意，不知瑪麗安究竟待在倫敦好，還是回到巴頓好，因此沒有發表自己的意見，只是勸她要有耐心，等著聽聽母親的意見。最後，她終於說服了妹妹，同意聽候母親的意見。

詹寧斯太太比通常早些離開了她們。因爲不讓米德爾頓夫婦和帕爾默夫婦像她一樣感傷一番，她總是於心不安。艾麗諾提出要陪她一起去，被她斷然拒絕了，她一個人出去了，一個上午都在外邊。艾麗諾憂心忡忡，知道她是去傳播這些傷心事的，同時從瑪麗安收到的信中可以看出，她對此事沒能讓母親做好任何心理準備，於是，便坐下來著手給母親寫信，把發生的情況告訴她，請求她對將來怎麼辦作出吩咐。與此同時，瑪麗安等詹寧斯太太一走，也來到客廳，現在正一動不動地坐在艾麗諾伏案寫信的桌前，盯著她唰唰舞動的筆，不僅爲她吃這苦頭感到傷心，而且更爲母親會做出何等反應而感到憂愁不安。

這種局面大約持續了一刻來鐘。這時，瑪麗安的神經已經緊張得無法承受任何突如其來的聲響，不料偏偏被一陣敲門聲嚇了一跳。

「這是誰呀？」艾麗諾嚷道。「來得這麼早！我還以爲不會有人來打擾呢。」

瑪麗安走到窗口。「是布蘭登上校！」她惱怒地說道。「我們什麼時候也擺脫不了他！」

「詹寧斯太太不在家，他不會進來的。」

「我才不信你這話呢，」說著就往自己房裏走去。「自己一個人無所事事，總要厚著臉皮來侵佔別人的時間。」

儘管瑪麗安的猜測是建立在不公平的基礎上，但是事實證明她還是猜對了，因爲布蘭登上校確實進來了。艾麗諾深知他是由於擔心瑪麗安才到這裏來的，而且從他那憂鬱不安的神情裏確實發現了這種擔心，便無法寬恕妹妹竟然如此小看他。

「我在邦德街遇見了詹寧斯太太，」寒暄之後，上校說道，「她慫恿我來一趟，而我也容易慫恿，因爲我想八成只會見到你一個人，這是我求之不得的。我要單獨見見你的目的——願望——我唯一的願望！我希望，我認爲是——是給你妹妹帶來點安慰——不，我不

我不記得我還有不愛伊麗莎的時候。我們長大以後，我對她一往情深，不過從我目前孤苦無告和悶悶不樂的情況來看，也許你會認爲我不可能有過這種感情。她對我的一片深情，我想就像你妹妹對威洛比一樣熾烈。可是我們的愛情是不幸的，雖然原因不一樣。她十七歲那年，我永遠失去了她。她嫁人了——違心地嫁給了我哥哥。她有一大筆財產，而我的莊園卻負債累累。這恐怕是我對她的舅父和保護人的行爲所能作出的全部說明。我哥哥配不上她，他甚至也不愛她。我本來希望，她對我的愛會激勵她度過任何困難，而在一段時間裏也確實是這樣。可到後來，無情的虐待使她陷入悲慘的處境，動搖了她的決心，雖然她答應我不會——瞧，我眞是亂說一氣！我還沒告訴你這是怎麼引起來的。我們準備再過幾個小時就一起私奔到蘇格蘭，不料我表妹的女僕背信棄義，或是辦事不牢，把我們出賣了。我被趕到一個遠方的親戚家裏，她失去了自由，不許交際和娛樂，直到我父親達到了他的目的爲止。我過於相信她的剛正不阿，因而受到了嚴厲的打擊——不過，她的婚姻假若幸福的話，我當時儘管很年輕，過幾個月也就死心塌地了，至少現在不用爲之悲傷。然而，情況並非如此。我哥哥對她沒有感情，追求的是不正當的快樂，從一開始就待她不好。對於像布蘭登夫人這樣一個年輕、活潑、缺乏經驗的女性來說，由此而造成的後果是極其自然的。起初，對於這種悲慘的處境她聽天由命。她若是後來沒有消除由於懷念我而產生的懊惱，事情倒也好辦些。但是，說來難怪的是，她有那樣的丈夫逗引她用情不專，又沒有親戚朋友開導她、遏制她（因爲我父親在他們婚後只活了幾個月，而我又隨我的團駐紮在東印度群島），她墮落了。我若是待在英國的話，也許——不過我是想促成他們兩人的幸福，才一走好幾年的，並且特意和人換了防。她結婚給我帶來的震驚，」上校聲音顫抖地繼續說道，「與我大約兩年後聽說她離了婚的感覺相比，實在是微不足道。正是這件事引起了我的滿腹憂愁，直至現在，一想起我那時的痛苦——」

他再也說不下去了，只見他急忙立起身，在房裏躑躅了幾分鐘。艾麗諾聽著他的敘說，特別是看到他那樣痛苦，感動得也說不出話來。上校見她如此關切，便走過來，抓住她的手緊緊握住，感激而又恭敬地吻了一下。他又沉默了幾分鐘，費了好大的勁才平靜下來，得以繼續往下敘說：

「這段悲苦的日子過去了將近三年，我回到英國。我剛一到，頭一件事當然是尋找她。但是眞叫人傷心，找來找去毫無結果。我查到她的第一個誘姦人，再也追查不下去了。我有充分理由擔心，她離開他進一步陷入了墮落的深淵。她的法定津貼既不足以使她富有起來，也不夠維持她的舒適生活。哥哥告訴我，幾個月以前，她的津貼接受權被轉讓給另一個人。他設想——而且可以安然自得地設想，生活的奢侈以及由此引起的拮据，迫使她不得不轉讓財產，以應付某種當務之急。

「最後，我回到英國六個月之後，我終於找到了她。我以前有個僕人，後來遭到不幸，因爲負債而被關進拘留所，我出於對他的關心，到拘留所看望他。在那兒，就在同一幢房子裏，由於同樣的原因，還關著我那不幸的表妹。她完全變了樣！變得病弱不堪——被種種艱難困苦折磨垮了！面對著這個形容憔悴、神志委靡的人兒，我簡直不敢相信，我曾經心愛過的那個如花似玉、健美可愛的姑娘，居然落到如此悲慘的境地。我這麼望著她，眞是心如刀絞——但是我沒有權利細說給你聽，傷害你的感情——我已經太使你傷心了。看來，她處在結核病的末期，這倒是——是的，在這種情況下，這對我倒是個莫大的安慰。生命對她來說，除了給點時間爲死亡做好充分的準備之外，別無其他意義。而這點準備時間還是給了她的。我看見她被放置在舒適的房間裏，受到妥善的護理。在她逝世前的一段時間，我每天都去看望她。在她生命的最後時刻，我守在她身旁。」

上校又停了下來，想鎮定一下。艾麗諾不由得發出一聲哀嘆，表示了對他朋友的不幸遭遇的深切同情。

「我認爲你妹妹和我那可憐的丟人現眼的表妹十分相似，」上校說，「我希望你妹妹不要生氣。她們的命運不可能是一樣的。我表妹天生的溫柔性情，假若意志堅強一些，或者婚事如意一些，她就可能和你將來要看到的妹妹的情況一模一樣。但是，我說這些幹什麼？我似乎一直在無緣無故地惹你煩惱。唉！達什伍德小姐——這樣一個話題——已經有十四年沒有提起了！一旦說起來還眞有點危險呢！我還是冷靜點！說得簡潔點。她把她唯一的小孩託付於我。那是個女孩，是她同第一個非法男人生下的，當時只有三歲左右。她很愛這孩子，總是把她帶在身邊。這是對我難能可貴的莫大信任。

「假如條件許可的話，我將會很樂意履行我的職責，親自監督她的教育。但是我沒有妻室沒有家，因此我的小伊麗莎只好放在學校裏。我一旦有空，就去學校看望她，我哥哥死後（那大約是五年前的事情，我因此而繼承了家業），她就常來德拉福看我。我稱她爲遠房親戚，但是我心裏很清楚，人們大都懷疑我和她是至親骨肉。那是在三年前，她剛滿十四歲的時候，我把她從學校裏領出來，交給居住在多塞特郡❶的一個非常體面的女人照料。她還照看著四、五個年齡大致相仿的小女孩。在頭兩年裏，我完全有理由對她的情況感到滿意。但是去年二月，也就是將近一年前，她突然失蹤了。由於她迫切懇求，我曾允許她（後來證

---

❶ 多塞特郡（Dorsetshire）：英格蘭西南部郡名。

明，這是很輕率的）與一位青年朋友一起去巴斯❷，這位朋友是去那兒護理她父親的。

「我知道這父親是個大好人，我對他女兒印象也很好——比她應該給我的要好，但實際上她並不如我想的那樣好，因爲她頑固不化地瞎保密。她肯定了解全部眞情，但她什麼也不說，連點線索都不肯提供。她父親倒是個好心人，但是目力遲鈍，我想他確實提供不出任何情況：因爲他通常閉門不出，由著兩個姑娘在城裏東遊西逛，隨心所欲地結交朋友。他想讓我相信，他女兒與此事毫不相干，確實他自己也完全是這麼認爲的。總而言之，我什麼情況也打聽不到，只知道她跑了，整整八個月，其他的情況只好憑空猜測。我當時的心情和憂慮可想而知，我當時的痛苦也可想而知。」

「天哪！」艾麗諾叫了起來，「會有這種事情！難道會是威洛比——」

「關於她的最早消息，」他繼續說道，「我是從她去年十月寫來的一封信裏得知的。這封信從德拉福轉來，我是恰好在大家準備去惠特韋爾遊玩的那天早晨收到的。這就是我突然離開巴頓的原因。我知道，大家當時肯定覺得很奇怪，而且我相信還得罪了幾個人。威洛比見我不禮貌地破壞了遊覽，只顧向我投來責難的目光，可是我認爲他絕然沒有想到，我被叫去搭救一個被他搞得窮困潦倒的姑娘。不過，即便讓他知道了，那會有什麼用呢？面對著你妹妹的滿臉笑容，他會變得少歡寡樂嗎？不，他已經做下了凡是對別人有點同情心的人都做不出來的事情。他勾引了一個天眞無邪的少女，然後又拋棄了她，使她陷入極端悲慘的境地，無家可歸，孤苦無援，舉目無親，連他的地址都不知道！他離開伊麗莎的時候，答應還要回來，但他既不回來，也不寫信，又不接濟她。」

---

❷ 巴斯（Bath）：英格蘭東南部城市，有名的溫泉療養地。

「眞是可惡透頂！」艾麗諾大聲嚷道。

「現在我已向你擺明了他的人格——揮霍、放蕩，而且比這更糟。你了解這一切（而我已經了解了好多個星期啦），就請設想一下：我見到你妹妹依然那麼迷戀他，還說要嫁給他，我心裏該是什麼滋味。請設想一下：我多麼爲你們擔憂。我上星期到這裏來，看到只你一個人，便決定問明事實眞相，雖然等眞的問明眞相以後又怎麼辦，我心裏一點沒譜。我當時的行爲一定會使你感到奇怪，不過現在你該明白啦。任憑你們大家如此上當受騙，眼看著你妹妹——可我能有什麼辦法？我的干預是不可能奏效的。

有時我想，你妹妹也許能把他感化過來。然而事到如今，他竟幹出了這麼不光彩的事情，誰知道他對你妹妹安的是什麼心？不過，不管他用心如何，你妹妹只要把自己的情況與伊麗莎的情況加以比較，考慮一下這位可憐少女的淒慘而絕望的處境，設想一下她還像她自己一樣對威洛比一片痴情，而內心卻要畢生忍受自責的痛苦，那麼，你妹妹現在和將來都無疑會對自己的情況感到慶幸。確實，這種比較對她一定會有好處。她會感到，她自己的痛苦是微不足道的。這些痛苦不是起因於行爲不端，因而不會招致恥辱。相反，每個朋友都會因此而更加親近她。對她不幸遭遇的關切，對她剛強精神的敬佩，定會進一步增強對她的喜愛之情。不過，你可以自行決定如何把我告訴你的情況轉告給她。這會產生什麼效果，你應該知道得最清楚。不過，我若不是眞心實意地認爲這會對她有益，會減少她的悔恨，我決不會容忍自己搬出家裏的不幸來煩擾你，滔滔不絕的好像是爲了抬高自己、貶低別人似的。」

聽了這一席話，艾麗諾感激不盡，懇切地向他道謝，而且向他保證：她若是把過往之事告訴瑪麗安，對她一定會大有裨益。

「別的事情都好說，」艾麗諾說道，「最讓我痛心的是，瑪麗安一直在設法爲威洛比開脫罪責，因爲這樣做比確信他卑鄙無恥還使她感到煩惱。她一開頭是會非常痛苦的，不過我相信她很快就會平靜下來。你，」她沉默了片刻，然後接著說，「自從在巴頓離開威洛比以後，有沒有再見到他？」

「見過，」上校嚴肅地答道，「見過一次。一場決鬥是不可避免的。」

艾麗諾被他的態度嚇了一跳，她焦灼不安地望著他，一面說道：

「什麼！你是找他——」

「我不會以別的方式見他。伊麗莎雖說極其勉強，但還是向我坦白了她的情人的姓名。威洛比在我回城之後不到兩週也回到城裏，這時我就約他相見，他爲自己的行爲自衛，我來懲罰他。我們誰也沒有受傷，因此這次決鬥從未宣揚出去。」

眞想得出，這也犯得著，艾麗諾不禁發出了一聲嘆息，但是，對於一位具有大丈夫氣概的軍人，她不敢貿然指責。

布蘭登上校停頓了一下，然後說道：

「她們母女倆的悲慘命運何其相似！我沒有很好地盡到我的責任！」

「伊麗莎還在城裏嗎？」

「不在。我見到她時，她快要分娩了。產期剛滿，我就連她帶孩子一起送到了鄉下，她現在還待在那兒。」

過了一陣，上校想起自己可能將艾麗諾和她妹妹分離得太久了，便終止了這次訪問。當他離開時，艾麗諾再次對他表示感謝，並且對他充滿了同情和敬意。

第三十二章

達什伍德小姐很快就把這次談話的詳細內容講給妹妹聽了，但是效果卻不完全像她期待的那樣明顯。看樣子，瑪麗安並不是懷疑其中有任何不真實的成分，因為她自始至終都在聚精會神地恭順地聽著，既不提出異議，又不發表議論，也不為威洛比進行申辯，彷彿只是用眼淚表明，她覺得這是令人難以忍受的。

不過，雖然她的這一舉動使艾麗諾確信她的確認識到威洛比是有罪的；雖然她滿意地看到她的話生效了，布蘭登上校來訪時，瑪麗安不再迴避他了，反而跟他說話，甚至主動搭話，而且對他懷有幾分同情和尊敬；雖然她發現她不像以前那樣喜怒無常，但是，卻不見她的沮喪情緒有所好轉。她的心倒是平靜下來了，但依然是那樣悲觀失意。她覺得，失去威洛比的人格比失去他的心更令人難以忍受。威洛比對威廉斯小姐的勾引和遺棄，那位可憐姑娘的悲慘遭遇，以及對他一度可能對她自己抱有不良企圖的懷疑，這一切加到一起，使她內心感到極其痛苦，甚至不敢向她姊姊傾訴心曲。但她把悲傷悶在心裏，比明言直語地及時吐露出來，更使她姊姊感到痛苦。

要敘說達什伍德太太在收到和回覆艾麗諾來信時的心情和言語，那就只消重述一遍她的女兒們先前的心情和言語：失望的痛苦不亞於瑪麗安，憤慨之心甚至勝過艾麗諾。她接二連三地寫來一封封的長信，告訴她們她的痛苦心情和種種想法，表示她對瑪麗安的百般憂慮，懇求她在不幸之中，要有堅忍不拔的精神。做母親的都勸她要堅強，可見瑪麗安悲痛到何種地步！連母親都希望女兒不要過於悔恨，可見造成這些悔恨的事端是多麼不光彩！

達什伍德太太置個人的慰藉於不顧，斷然決定：瑪麗安目前在哪裏都可以，就是別回巴頓。一回巴頓，她無論見到什麼，都會想起過去，時時刻刻想著過去與威洛比朝夕相處的情景，結果會引起極大的悲痛，因而她勸說兩位女兒千萬不要縮短對詹寧斯太太的訪問。她們訪問的期限雖然從來沒有明確說定，不過大家都期待她們至少待上五、六個星期。在巴頓，一切都很單調，而在詹寧斯太太那裏，卻必然要遇上各種各樣的活動、各種各樣的事物、各種各樣的朋友，她希望這有時能逗得瑪麗安異乎尋常地發生幾分興趣，甚至感到幾分樂趣，儘管這種想法現在可能遭到她的擯棄。

為了避免再次遇見威洛比，她母親認為她待在城裏至少與待在鄉下一樣保險，因為凡是自稱是她的朋友的那些人，現在一定都斷絕了與威洛比的來往。他們決不會再有意相逢了，即使出於疏忽，也決不會不期而遇。相形之下，倫敦熙熙攘攘的，相遇的可能性更小，而巴頓由於比較僻靜，說不定在他婚後乘車走訪艾倫漢的時候，硬是讓瑪麗安撞見呢。母親開頭預見這事很有可能，後來乾脆認為這是篤定無疑的。

她希望女兒們待在原地不動，也還有另外一個原因：約翰．達什伍德來信說，他和妻子二月中旬以前要進城，因此她覺得還是讓她們有時間見見哥哥為好。

瑪麗安早就答應按照母親的意見行事，於是便老老實實地服從了，儘管這意見與她期望的大相徑庭。她認為，這意見是建立在錯誤的基礎上，實屬大錯特錯。讓她在倫敦繼續待下去，那就使她失去了減輕痛苦的唯一可能性，失去了母親的直接同情，使她注定置身於這樣的環境，專跟這種人打交道，叫她時時刻刻不得安寧。

不過，使她感到大為欣慰的是，給她帶來不幸的事情，卻將給她姊姊帶來好處。但艾麗諾呢，她分明覺得無法完全避開愛德華，心裏卻在這樣安慰自己：雖然在這裏多待下去會妨礙她自己的幸福，但對瑪麗安來說，這比馬上回德文郡要好。

她小心翼翼地保護著妹妹，不讓她聽見別人提起威洛比的名字，結果她的努力沒有白費。瑪麗安雖說對此全然不知，卻從中受益不淺；因爲不論詹寧斯太太也好，約翰爵士也好，甚至帕爾默夫人也好，從未在她面前說起過威洛比。艾麗諾眞巴不得他們對她也有這般涵養功夫，然而這是不可能的，她不得不日復一日地聽著他們個個義憤塡膺地聲討威洛比。

約翰爵士簡直不敢相信會有這種事。「一個一向被我們看得起的人！一個如此溫順的人！我還認爲英國沒有一個比他更勇敢的騎手！這事眞叫人莫名其妙。我眞心實意地說：但願他不得好死。我說什麼也不會再跟他說一句話，見一次面，無論在哪裏！不，即使在巴頓樹林旁邊一起待上兩個小時，我也不跟他說一句話。他竟是這麼一個惡棍！這麼不老實的一個無賴！我們上次見面時，我還提出送他一隻富利小狗呢！現在只好不了了之！」

帕爾默夫人以她特有的方式，同樣表示很氣憤。「我決計馬上和他斷絕來往。謝天謝地，我其實從來沒有和他結交過。我眞心希望庫姆大廈離克利夫蘭別那麼近，不過這也毫無關係，因爲要去走訪還嫌太遠了些。我恨透他了，決心永遠不再提起他的名字。我要逢人就說，我看他是個飯桶。」

帕爾默夫人的同情還表現在，盡力搜集有關那門即將操辦的婚事的詳細情況，然後轉告給艾麗諾。她很快就能說出，新馬車在哪一家馬車鋪建造，威洛比的畫像由哪位畫師繪製，格雷小姐的衣服在哪家衣料店裏可以見到。

艾麗諾經常被人們吵吵嚷嚷的好意關懷攪得心煩意亂，這時唯有米德爾頓夫人不聞不問、客客氣氣的，倒使她心裏感到一些慰藉。在這幫朋友中，她盡可肯定至少有一個人對她不感興趣，這個人見到她既不想打聽那些細枝末節，又不擔心她妹妹的健康狀況，這對她委實是個莫大的安慰。

有時，不管什麼資質，都會受到當時條件的作用，而被提到不應有的高度。艾麗諾有時實在難以忍受那種過於殷勤的勸慰，於是便認爲：要安慰人，上好的教養比上好的性情更加必不可少。

如果這件事經常被人提起，米德爾頓夫人每天也要表示一、兩次看法，說上一聲：「眞叫人震驚！」透過這種持續而文雅的表態，她不僅看到達什伍德家兩位小姐從開頭起就無動於衷，而且很快發現她們也隻字不再提起此事。她如此這般地維護了她們女性的尊嚴，毫不含糊地指責了男性的過失之後，便覺得自己可以關心一下她自己的聚會了，於是決定（雖說違背了約翰爵士的意願）：既然威洛比夫人馬上要成爲一個高雅闊綽的女人，她要等她一結婚，就向她發出名片。

布蘭登上校體貼而謹愼的問候，從不使達什伍德小姐感到厭煩。他一心一意地想減輕她妹妹的沮喪情緒，因而充分贏得了與她親切交談此事的特權，兩人談起來總是那樣推心置腹。他沉痛地傾吐了他自己的舊怨新恥，得到的主要報答是，瑪麗安有時拿同情的目光望著他，而且每當（雖然並不常見）她被迫或主動和他說話時，語氣總是那樣溫和。這些舉動使他確信，他的努力增加了瑪麗安對他的好感，而且給艾麗諾帶來了希望，認爲這好感今後還會進一步加深。然而詹寧斯太太對此一無所知，她只曉得上校仍然像以往那樣鬱鬱寡歡，只曉得她絕對無法勸說他親自出面求婚，他也絕不會委託她代爲說合。因此過了兩天便開始琢磨：他們在夏至前是結不了婚啦，非得到米迦勒節不可，但過了一週之後，她又在思謀：這門婚事壓根兒就辦不成。上校和達什伍德小姐之間的情投意合似乎表明，享受那櫻樹、河渠和老紫杉樹蔭地的艷福要讓給她了。

一時之間，詹寧斯太太竟然把費拉斯先生忘得一乾二淨。

二月初，就在瑪麗安收到威洛比來信不到兩個星期，艾麗諾不得不沉痛地告訴她，威洛比結婚了。她事先作了關照，讓人一知道婚事辦完了，就把消息轉告給她，因爲她看到瑪麗安每天早晨都在焦慮不安地查看報紙，她不願讓她首先從報紙上得到這個消息。

瑪麗安聽到這一消息極其鎮靜，沒說一句話，起初也沒掉眼淚。可是過了一會兒，她又突然哭了起來，整個後半天一直可憐巴巴的，那副形態，簡直不亞於她最初聽說他們要結婚時的樣子。

威洛比夫婦一結婚就離開了城裏。艾麗諾見妹妹自從剛受到打擊以來一直沒出過門，而現在她又沒有再見到威洛比夫婦的危險，便想動員她像以前那樣，再逐漸到外面走走。

大約在這時候，不久前才來到霍爾本巴特利特大樓表姊妹家作客的兩位斯蒂爾小姐，又一次來到康迪特街和伯克利街拜訪兩門貴親，受到主人十分熱情的歡迎。

唯獨艾麗諾不願見到她們。她們一出現，總要給她帶來痛苦。露西見她還在城裏，不由得喜不自勝，而艾麗諾簡直無法作出禮貌周全的回答。

「我若是沒有發現你還在這裏，定會大失所望，」露西反覆地說道，把個「還」字咬得很重。「不過我總在想，我會見到你的，我幾乎可以肯定，你一時半刻不會離開倫敦。你知道，你在巴頓對我說過，你在城裏待不過一個月。但是，我當時就在想，你到時候很可能改變主意。不等你哥嫂來就走，那太遺憾啦。現在嘛，你肯定不會急於要走啦。你沒信守你的諾言，眞叫我又驚又喜。」

艾麗諾完全明白她的意思，不得不盡力克制，裝作全然不理解她這番話的含意似的。

「好啦，親愛的，」詹寧斯太太說，「路上怎麼樣？」

「老實對你說吧，我們沒乘公共馬車，」斯蒂爾小姐馬上洋洋得意地答道。「我們一路上都是乘驛車來的，有個非常漂亮的小伙子照顧我們。戴維斯大夫要進城，於是我們就想同他乘驛車一道來。他還眞夠體面的，比我們多付了十到十二個先令。」

「啃喲！」詹寧斯太太嚷道，「眞了不起！我向你擔保，他還是個單身漢呢。」

「你們瞧，」斯蒂爾小姐裝模作樣地痴笑著說道。「每個人都這麼拿大夫取笑我，我想不出這是爲什麼。我的表妹們都說，我準是把他征服了。不過，我要當衆宣布：我可不是無時無刻都在考慮他。那天，表姨看見他穿過街道朝她家裏走來，便對我說：『天哪！你的意中人來了，南希。』我說：『我的意中人，眞的？我想不出你指誰。大夫可不是我的意中人。』」

「哎呀！說得好聽——不過沒有用——我看他就是你的情郎。」

「不，的確不是！」她的表侄女裝出認眞的樣子答道。「你要是再聽人這麼議論，我求你給我闢闢謠。」

詹寧斯太太爲了投合她的心意，當即向她保證說：她當然不會闢謠。斯蒂爾小姐聽了心裏簡直樂開了花。

「達什伍德小姐，你哥嫂進城後，你們想必要去和他們團聚啦！」雙方影射式的鬥嘴中斷了一陣之後，露西又發起了攻擊。

「不，我想我們不會的。」

「哦，我敢說你們會的。」

艾麗諾不想迎合她再爭執下去。

「眞開心呀，達什伍德太太能讓你們兩個離開這麼長時間！」
「時間哪兒長了，眞是的！」詹寧斯太太插嘴道。
「怎麼，她們的訪問才剛剛開始呢！」
露西給說得啞口無言。
「很遺憾，達什伍德小姐，我們見不到你妹妹，」斯蒂爾小姐說。「很遺憾，她身體不舒服。」原來，她們一來，瑪麗安便走出房去了。
「你眞客氣。我妹妹錯過和你們的幸會，同樣會感到很遺憾。不過她近來腦神經痛得厲害，不宜於會客說話。」
「噢，親愛的，眞是遺憾！不過露西和我都是老朋友啦！我想她會見我們的。我們管保不說一句話。」
艾麗諾非常客氣地拒絕了這一建議。「我妹妹也許躺在床上，也許還穿著晨衣，因此不能來見你們。」
「喔，如果就是這些，」斯蒂爾小姐嚷道，「我們還是可以去看看她的。」
艾麗諾覺得這也太唐突無禮了，實在有點忍不住性子，不過，多虧露西厲聲訓了她姊姊一句，省得艾麗諾親自出面制止。露西的這次訓斥和在許多場合一樣，雖然沒給她的儀態帶來多少可愛的感覺，卻有效地遏制住了她姊姊的舉動。

第三十三章

瑪麗安執拗了一陣之後，還是向姊姊的一再懇求屈從了，同意陪她和詹寧斯太太上午出去溜達半個小時。不過，她規定了明確的條件：不准走親訪友，而且頂多陪她們走到塞克維爾街格雷商店，因爲艾麗諾正在同店家洽談，想替母親交換幾件舊式珠寶。

大家來到店門口，詹寧斯太太想起街那頭有位太太，她該去拜訪一下。因爲她到格雷商店無事可辦，於是雙方說定，趁兩位年輕朋友辦事的工夫，她去串個門子，然後再回來。

兩位達什伍德小姐上樓梯時，只見有不少人早來了，店裏沒人顧得上招呼她們，於是只好等候。最好的辦法是坐到櫃台一端，看來這樣可能輪起來最快。這裏只站著一位先生，艾麗諾大有希望讓他講點禮貌，辦事利索點。誰知他辨別準確，鑑賞精細，沒法講究禮貌。他要訂購一只牙簽盒，爲了確定大小、式樣和圖案，他把店裏的所有牙簽盒都拿來端詳、盤算，每只都要磨贈半個鐘頭，最後憑著他那神奇的想像力，終於定了下來。

在此期間，他無暇顧及兩位小姐，只是粗略地瞟了她們三、四眼。不過他這一回顧，倒使他那副外貌和嘴臉，深深銘刻在艾麗諾的腦海裏：他縱使打扮得時髦絕頂，也只不過是個愚昧、好強、不折不扣的卑微小人。

瑪麗安倒免於產生這種令人煩惱的輕蔑憎惡之感，那人傲慢無禮地打量她倆的面龐也好，神態自負地鑑定送他查看的種種牙簽盒的種種缺陷也好，她都不曾覺察。因爲她在格雷商店和在自己臥室裏一樣，總是聚精會神地想心思，對周圍發生的事情全然不知。

最後，事情終於定下來了，連上面的牙飾、金飾、珠飾都做了規定。那人又定了個日期，好像到那天拿不到牙簽盒，他就活不下去似的。他從容小心地戴上手套，又向兩位達什伍德小姐瞟了一眼，不過這一瞥似乎不是表示艷羨對方，而是想讓對方艷羨自己。接著，他故意擺出一副傲氣十足、怡然自得的架勢走開了。

艾麗諾趕忙提出了自己的買賣，正要成交的時候，又有一個男子出現在她身旁。她轉眼朝他臉部望去，意外地發現，原來是她哥哥。

他們見面時的那個高興親熱勁兒，在格雷商店裏看上去還眞像回事兒似的。約翰·達什伍德先生能再見到妹妹，確實一點也不感到難過。相反，大家都很高興。他對母親的問候是恭敬的、關切的。艾麗諾發現，他和范妮進城兩天了。

「我昨天就很想去拜望你們，」他說，「可是去不了，因爲我們得帶著哈里去埃克塞特交易場看野獸，剩下的時間就陪陪費拉斯太太。哈里高興極了。今天早晨哪怕能有半個小時的空閒工夫，我也決計要來看望你們的，哪知人剛進城，總有一大堆事情要辦！我來這裏給范妮訂一枚圖章。不過，我想明天一定能去伯克利街，拜見一下你們的朋友詹寧斯太太。我聽說，她是個十分有錢的女人。米德爾頓夫婦也很有錢，你一定要把我引見給她們。他們既然是我繼母的親戚，我很樂於表示我對他們的萬般敬意。我聽說，他們是你們的好鄉鄰。」

「的確是好。他們關心我們的安適，處處友好相待，好得我無法形容。」

「說老實話，聽你這麼說，我高興極啦，實在是高興極啦。不過，這是理所當然的，他們都是有錢人，和你們又沾親帶故的，按理是該對你們客客氣氣的，提供種種方便，使得你們過得舒舒適適。這麼一來，你們住在小鄉舍裏豐衣足食的，舒服極啦。有關那房子，愛德華向我們做過引人入勝的描繪。他說，在同類房子中，它是歷來最完美無缺的了，還說你們好像喜歡得不得了。說實話，我們聽了也大為高興。」

艾麗諾有點替她哥哥感到羞恥，因而當詹寧斯太太的僕人跑來報告太太已在門口等候，省得她再回哥哥的話時，她一點也不感到遺憾。

達什伍德先生陪著她倆下了樓，來到詹寧斯太太的馬車門口，被介紹給這位太太。他再次表示，希望第二天能去拜訪她們，說罷告辭而去。

他如期來拜訪了，而且還為她們的嫂嫂未能一同前來，假意道歉一番：「她要陪伴她母親，確實沒有工夫走開。」不過，詹寧斯太太當即讓他放心，叫做嫂嫂的不用客氣，因為她們也都算得上是表親嘛。她還說，她一定盡快去拜訪約翰．達什伍德夫人，帶著她的小姑去看望她。約翰對妹妹雖然處之泰然，卻也十分客氣，而對詹寧斯太太，尤為必恭必敬，禮貌周全。他進屋不久，布蘭登上校也接踵而來。約翰好奇地打量著他，好像在說：他只消知道他是個有錢人，對他也會同樣客客氣氣的。在這裏逗留了半個小時之後，約翰讓艾麗諾陪他走到康迪特街，把他介紹給約翰爵士和米德爾頓夫人。那天天氣異常之好，艾麗諾便欣然同意了。兩人一走出屋，約翰便張口詢問開了。

「布蘭登上校是誰？他是個有錢人嗎？」

「是的，他在多塞特郡有一大筆資產。」

「我聽了很高興。他看上去是個極有紳士風度的人。艾麗諾，我想我該恭喜你，你這一輩子可以指望有個十分體面的歸宿了。」

「我？哥哥——你這是什麼意思？」

「他喜歡你。我仔細觀察過他，對此確信不疑。他有多少財產？」

「我想一年大約兩千鎊。」

「一年兩千鎊。」他說著，心裏激起一股熱烈慷慨的豪情，接下去說道：「艾麗諾，看在你的份上，我眞心希望他有兩倍這麼多。」

「我的確相信你的話，」艾麗諾答道，「但是我敢肯定，布蘭登上校絲毫沒有想娶我的意思啊！」

「你搞錯了，艾麗諾，大錯特錯了。你只要略作努力，就能把他抓到手。也許他目前會猶豫不決，你的那點微薄的財產使他畏縮不前。他的朋友們還會從中作梗。不過，稍稍獻點殷勤，略微加以誘引，就能讓他不由自主地就範，這在女人是很容易做到的。你沒有什麼理由不去爭取他。不要以爲你以前的那種戀愛——總而言之，你知道那種戀愛是絕對不可能了，你有著不可逾越的障礙——你是個有理性的人，不會不明白這個道理。布蘭登上校滿不錯啦，我一定對他客客氣氣的，讓他對你和你的家庭感到滿意。這眞是一門皆大歡喜的親事。總而言之，」——他壓低聲音、神氣活現地悄悄說道——「這一定會受到各方面的熱烈歡迎。」接著又想起了什麼，補充說：「我的意思是——你的朋友們都眞誠渴望你能找個好人家，特別是范妮，老實說，她十分關心你的事。還有她母親費拉斯太太，是個非常溫厚的女人，我想她肯定會感到十分高興的。她前幾天就這麼說過。」

艾麗諾不屑一答。

「倘若范妮有個弟弟、我有個妹妹能在同時解決終身大事，」約翰繼續說道，「那眞是件了不起的事情，妙不可言的事情。然而，這也並非絕對不可能啊！」

「愛德華．費拉斯先生要結婚啦？」艾麗諾果斷地問道。

「還沒眞正定下來，不過正在籌劃這件事。他有個極好的母親。費拉斯太太極其慷慨，如果婚事辦成了，她將主動提出，一年給他一千鎊。女方是尊貴的莫頓小姐，是已故莫頓勛爵的獨生女，有三萬鎊財產——這門親事雙方都很稱心如意，我毫不懷疑它會如期舉行。一年一千鎊，一個做母親的能給這麼一大筆錢，而且要給一輩子；不過費拉斯太太具有崇高的精神。再給你說個她爲人慷慨大方的例子。那天，我們剛一進城，她知道我們手頭一時不很寬裕，就往范妮手裏塞了二百鎊。眞是求之不得呀，因爲我們在這兒的開銷一定很大。」

他頓了頓，想聽艾麗諾說句贊同和同情的話；不料，她卻勉強說道：

「你們在城裏和鄉下的開銷肯定都相當可觀，但是你們的收入也很高啊。」

「我說呀，可不像許多人想像的那麼高。不過，我倒不想嘆窮叫苦。我們的收入無疑是相當不錯的，我希望有朝一日會更上一層樓。正在進行的諾蘭公地的圈地耗資巨大。另外，我這半年裏還置了點地產——東金漢農場，你一定記得這地方，老吉布森以前住在這裏。這塊地無論從哪個方面來看，對我都十分理想，緊挨著我自己的房地產，因此我覺得我有義務把它買下來。假如讓它落到別人手裏，我將會受到良心的責備。人要爲自己的便利付出代價，我已經花費了一筆巨款。」

「你是不是認爲實在值不了那麼多錢？」

「噢，我希望並非如此。我買後的第二天本來可以再賣掉的，還能賺錢。可是說起買價，我倒可能眞是很不幸，因爲當時股票的價值很低，我若不是碰巧把這筆必要的錢存在我的銀行家手裏，那我就得大蝕其本賣掉全部股票。」

艾麗諾只能付之一笑。

「我們剛到諾蘭莊園時，還難免要有一些別的大筆開支。你很清楚，我們敬愛的父親把保留在諾蘭莊園的斯坦希爾的財產（這些財產還很値錢呢），全部送給了你母親。我決不是埋怨他不該這麼做。他毋庸置疑有權隨意處理自己的財產。不過，這樣一來，我們不得不購置大量的亞麻織品、瓷器之類的東西，用來彌補家裏被取走的那些玩意兒。你可以猜想到，這番開銷之後，我們一定是大傷元氣，費拉斯太太的恩賜眞是求之不得。」

「的確是那樣，你們得到她的慷慨資助，希望你們能過上優裕的生活。」

「再過一、兩年可能差不多了，」他一本正經地答道。「不過現在還差得遠。范妮的溫室一塊石頭也沒砌，花園只不過才畫出個圖樣。」

「溫室建在哪兒？」

「屋後的小山上。爲了騰出這個地方，那些老核桃樹全給砍掉了。這座溫室從莊園的每個部位看去都很漂亮，花園就在溫室前面的斜坡上，漂亮極了。我們已經清除了山頂上的荊棘叢。」

艾麗諾把憂慮和責難悶在心裏，使她感到欣慰的是，幸虧瑪麗安不在場，省得和她一起受這窩囊氣。

達什伍德先生哭窮哭夠了，下次再去格雷商店也用不著給他妹妹一人買一副耳環，心裏不禁又變得快活起來，便轉而恭喜艾麗諾能有詹寧斯太太這樣一位朋友。

「她確實是個非常富有的婦女。她的住宅和生活派頭都表明，她有極高的收入，有這麼個熟人，不光目前對你大有好處，最終還可能給你帶來鴻福呢。她邀請你到城裏來，這當然是賞給你的很大面子，確實表明她非常器重你，她去世的時候，十有八九忘不了你。她一定會留下一大筆遺產。」

「我看什麼也不會有，她只有點寡婦所得的財產，將來要傳給她的女兒。」

「那你很難想像她會進多少花多少。只要是注意節儉的人，誰也不會那樣幹。而她積存下來的錢，總得想法處理掉吧。」

「那麼，你難道不認為她可能寧肯留給她女兒，而不留給我們嗎？」

「她兩個女兒都嫁給了大富大貴人家，我看她沒有必要再給她們遺產。我倒是覺得，她這麼賞識你們，如此這般地厚待你們，那她將來就應該考慮到你們的正當要求，對於一個謹慎的女人來說，這是忽略不得的。她心地最善良不過了，她的這一切舉動會惹人產生期望，這她不可能不知道。」

「不過，她還沒有惹得那些切身有關的人產生期望呢。說眞的，哥哥，你為我們的安樂幸福操心，也操得太遠了。」

「噢，當然如此，」約翰說，彷彿想鎭定一下，「人是無能為力的，完全無能為力。不過，親愛的艾麗諾，瑪麗安怎麼啦？她看樣子很不舒服，臉色蒼白，人也變得非常消瘦。她是不是生病啊？」

「她是不舒服，最近幾個星期老說神經痛。」

「眞不幸。在她這個年紀，不管生一場什麼病，都會永遠毀掉青春的嬌艷！她的青春太短暫了！去年九月，她還和我見過的任何女人一樣漂亮，一樣惹男人動心。她的美貌有一種特別討男人喜愛的姿質。我記得范妮過去常說，她要比你早結婚，而且對象也比你的好。其實她是極其喜歡你的——她只是偶爾產生了這麼個念頭。不過，她想錯了。我懷疑，瑪麗安現在是不是能嫁給一個每年充其量不過五、六百鎊的男人。你要是不超過她，那才怪呢。多塞特郡！我對多塞特郡不很了解，不過，親愛的艾麗諾，我極其樂於多了解了解它。我想你一定會允許范妮和我成為你們第一批、也是最幸運的客人。」

艾麗諾非常嚴肅地對他說，她不可能嫁給布蘭登上校。然而，他一心期待這門親事能給他帶來無比巨大的喜悅，因而不肯善罷甘休。他打定主意，千方百計地密切與那位先生的關係，盡心竭力地促成這門婚事。他對妹妹一向沒有盡過力，感到有點歉疚，因此便渴望別人能多出點力。讓布蘭登上校向她求婚，或者讓詹寧斯太太給她留下一筆遺產，將是他彌補自己過失的最簡便的途徑。

他們還算幸運，正好趕上米德爾頓夫人在家，約翰爵士也在他們訪問結束之前回到家裏。大家都很有禮貌。約翰爵士隨便對誰都很喜愛，達什伍德先生雖說不善於識人，但很快就把他看作是個厚道人。米德爾頓夫人見他儀表堂堂，便也覺得他很值得結識。達什伍德先生告辭時，對這兩人都很中意。

「我要向范妮報告一下這次美好的會見，」他和妹妹一邊往回走，一邊說道。「米德爾頓夫人確實是個極其嫻雅的女人！我知道范妮就喜歡結識這樣的女人。還有詹寧斯太太，她是個極懂規矩的女人，雖然不像她女兒那樣嫻雅。你嫂嫂甚至可以毫無顧忌地來拜訪她。說老實話，她原來有點顧忌，這是很自然的。因爲我們先前只知道詹寧斯太太是個寡婦，她丈夫靠卑劣的手段發了財，於是范妮和費拉斯太太便抱有強烈的偏見，認爲她和她女兒都不是范妮應該與之交往的那種女人。現在，我要回去向她好好地美言一番。」

第三十四章

約翰·達什伍德夫人非常相信她丈夫的眼力，第二天就去拜訪詹寧斯太太和她的女兒。她沒有白相信她丈夫，因爲她甚至發現前者，也就是她兩位小姑與之待在一起的那位太太，決非不值得親近。至於米德爾頓夫人，她覺得她是天底下最迷人的一位女士。

米德爾頓夫人同樣喜歡達什伍德夫人。這兩人都有點冷漠自私，這就促使她們相互吸引。她們的舉止得體而乏趣，她們的智力總的來說比較貧乏，這就促使她們同病相憐。

不過，約翰·達什伍德夫人的這般舉止雖說博得了米德爾頓夫人的歡心，卻不能使詹寧斯太太感到稱心如意。在她看來，她不過是個言談冷漠、神氣傲慢的小女人，看到她丈夫的妹妹毫無親切之感，幾乎連句話都不跟她們說。她在伯克利街逗留了一刻鐘，其中至少有七分半鐘坐在那裏默不作聲。

艾麗諾雖然嘴裏不想問，心裏卻很想知道愛德華當時在不在城裏。但是，范妮說什麼也不肯隨意當著艾麗諾的面提起他的名字，除非她能夠告訴艾麗諾：愛德華和莫頓小姐的婚事已經談妥，或者除非她丈夫對布蘭登上校的期望已付諸實現。因爲他相信愛德華與艾麗諾之間仍然感情很深，需要隨時隨地促使他們在言行上盡量保持隔閡。然而，她不肯提供的消息，倒從另一個來源得到了。過沒多久，露西跑來，希望贏得艾麗諾的同情，因爲愛德華不敢去巴特利特大樓，唯恐被人發現。雖然兩人說不出多麼急於相見，但目前只能無可奈何地通通信。時隔不久，愛德華本人兩次親臨伯克利街，證明他確實就在城裏。有兩次，她們上午出去赴約回來，發現他的名片擺在桌上。艾麗諾對他的來訪感到高興，而且對自己沒見到他感到更加高興。

達什伍德夫婦極其喜愛米德爾頓夫婦，他們雖說素來沒有請客的習慣，但還是決定舉行一次晚宴，於是大家剛認識不久，便邀請他們到哈利街吃飯。他們在這裏租了一棟上好的房子，爲期三個月。他們還邀請了兩個妹妹和詹寧斯太太，約翰·達什伍德又特意拉上布蘭登上校。布蘭登上校總是樂於和達什伍德家小姐待在一起，受到這番熱切邀請，不免感到幾分驚奇，但更多的是感到欣喜。席間將見到費拉斯太太，但艾麗諾搞不清楚她的兩個兒子是否也會在場。不過，一想到能見到費拉斯太太，倒使她對這次宴會發生了興趣；因爲雖說她現在不像以前那樣，需要帶著焦灼不安的心情去拜見愛德華的母親，雖然她現在可以抱著全然無所謂的態度去見她，毫不在乎她對自己的看法，但是她仍一如既往地渴望結識一下費拉斯太太，了解一下她是個什麼樣子。

此後不久，她聽說兩位斯蒂爾小姐也要參加這次宴會，儘管心裏不很高興，可是期待赴宴的興致卻驟然大增。

米德爾頓夫人十分喜愛兩位斯蒂爾小姐，她們對她百般殷勤，博得了她的極大歡心。雖說露西確實不夠嫻雅，她姊姊甚至還不斯文，可是還是像約翰爵士一樣，立刻要求她們在康迪特街住上一個星期。事有湊巧，這樣做對斯蒂爾姊妹特別方便，因爲後來從達什伍德夫婦的請柬中得知，她倆要在設宴的前幾天就去作客。

這姊妹倆之所以能在約翰·達什伍德夫人的宴席上贏得兩個席位，倒不是因爲她們是曾經關照過她弟弟多年的那位先生的外甥女，而是因爲她們作爲米德爾頓夫人的客人，必須同樣受到歡迎。露西很久以來就想親自結識一下這家人，仔細觀察一下他們的人品和她自己的困難所在，並且乘機盡力討好他們一番。如今一接到約翰．達什伍德夫人的請帖，簡直有生以來沒有這麼高興過。

艾麗諾的反應截然不同。她當即斷定，愛德華既然和他母親住在一起，那就一定像他母親一樣，應邀參加他姊姊的晚宴。發生了這一切之後，頭一次和露西一起去見愛德華！——她簡直不知道她如何忍受得了！

她的這些憂慮並非完全建立在理智的基礎上，當然也根本不是建立在實事求是的基礎上。不過她後來還是消除了憂慮，這倒不是因爲她自己鎮靜下來了，而是多虧露西的一番好意。原來，露西滿以爲會讓艾麗諾大失所望，便告訴她愛德華星期二肯定不會去哈利街。她甚至還想進一步加深她的痛苦，怕碰到一起隱匿不住。

至關緊要的星期二來臨了，兩位年輕小姐就要見到那位令人望而生畏的婆婆啦。

「可憐可憐我吧，親愛的達什伍德小姐！」大家一起上樓時，露西說道——原來詹寧斯太太一到，米德爾頓夫婦也接踵而來，於是大家同時跟著僕人朝樓上走去。「這裏只有你能同情我。我告訴你吧，我簡直站不住啦。天啊！我馬上就要見到能決定我終身幸福的那個人了——我未來的婆婆！」艾麗諾本來可以提醒她一句：她們就要見到的可能是莫頓小姐的婆婆，而不是她露西的婆婆，從而立即解除她的緊張心理，但她沒有這樣做，只是情眞意切地對她說，她的確同情她。這使露西大爲驚奇，因爲她雖說很不自在，卻至少希望自己是艾麗諾妒羨不已的對象。

費拉斯太太是個瘦小的女人，身板筆直，甚至達到拘謹的程度；儀態端莊，甚至達到迂腐的地步。她臉色灰黃，小鼻子小眼睛，一點也不俏麗，自然也毫無表情。不過，她眉頭一皺，給臉部增添了傲慢和暴戾的強烈色彩，因而使她有幸免於落得一個面部表情單調乏味的惡名。她是一個話語不多的女人，因爲她和一般人不同，總是有多少想法說多少話。而就在情不自禁地說出的片言隻語裏，沒有一丁點是說給達什伍德小姐聽的，她對她算是鐵了心啦，說什麼也不會喜歡她。

現在，這種態度並不會給艾麗諾帶來不快。幾個月以前，她還會感到痛苦不堪，可是事到如今，費拉斯太太已經沒有能力讓她苦惱了。她對兩位斯蒂爾小姐迥然不同的態度——這似乎是在有意地進一步貶抑她——只能使她覺得十分滑稽。她看到她們母女二人對同一個人親切謙和的樣子，不禁感到好笑——因爲露西變得特別尊貴起來——其實，她們若是像她一樣了解她，那她們一定會迫不及待地羞辱她。而她自己呢，雖然相對來說不可能給她們帶來危害，卻遭到了她們兩人毫不掩飾的冷落。但是，當她冷笑那母女倆亂獻殷勤的時候，她懷疑這是由卑鄙而愚蠢的動機造成的。她還看到斯蒂爾姊妹也在蓄意大獻殷勤，使這種局面得以繼續下去，於是，她不由得對她們四個人鄙視極了。

露西被如此尊爲貴賓，禁不住欣喜若狂。而斯蒂爾小姐只要別人拿她和戴維斯大夫開開玩笑，便也感到喜不自勝。

酒席辦得非常豐盛，僕人多得不計其數，一切都表明女主人有心要炫耀一番，而男主人也有能力供她炫耀。儘管諾蘭莊園正在進行改修和擴建，儘管莊園的主人一度只要缺幾千鎊就得蝕本賣空，但是卻看不到他試圖由此而使人推論出他貧窮的跡象。在這裏沒有出現別的貧乏，只有談話是貧乏的！而談話確實相當貧乏。約翰·達什伍德自己沒有多少值得一聽的話要說，他夫人要說的就更少。不過這也沒有什麼特別不光彩的，因爲他們的大多數客人也是如此。他們由於沒有條件讓人感到愉快而幾乎傷透腦筋——他們有的缺乏理智（包括先天的和後天的），有的缺乏雅趣，有的缺乏興致，有的缺乏氣質。

女賓們吃完飯回到客廳時，這種貧乏表現得尤其明顯，因為男賓先前還變換花樣提供了點談話資料——什麼政治啦，圈地啦，馴馬啦——可是現在這一切都談完了，直到咖啡端進來為止，太太小姐們一直在談論著一個話題——年齡相仿的哈里．達什伍德和米德爾頓夫人的老二威廉究竟誰高誰矮。假如兩個孩子都在那裏，問題倒也容易解決，馬上量一下就能分出高矮，但只有哈里在場，雙方只好全靠猜測和推斷。不過，每人都有權利發表明確的看法，而且可以再三再四的，愛怎麼重複就怎麼重複。

各人的觀點如下：

兩位母親雖然深信自己的兒子高，但是為了禮貌起見，還是斷言對方高。兩位外祖母雖然和做母親的一樣偏心，但是卻比她們來得坦率，都在一個勁地說自己的外孫高。

露西一心想取悅兩位母親，認為兩個孩子年齡雖小，個子卻都高得出奇，她看不出有絲毫差別。斯蒂爾小姐還要老練，伶牙俐齒地把兩個孩子都美言了一番。

艾麗諾先前曾發表過看法，認為還是威廉高些，結果得罪了費拉斯太太，也更得罪了范妮，現在覺得沒有必要再去硬性表態。瑪麗安一聽說要她表示意見，便當眾宣布：她從未考慮過這個問題，說不出有什麼看法，因而惹得大家都不快活。

艾麗諾離開諾蘭之前，曾給她嫂嫂繪製了一對非常漂亮的屏風，這屏風送去裱褙剛剛取回家，就擺放在她嫂嫂現在的客廳裏。約翰．達什伍德跟著男賓走進來，一眼瞧見了這對屏風，便殷勤備至地遞給布蘭登上校欣賞。

「這是我大妹妹的畫作，」他說。「你是個很有鑒賞力的人，肯定會喜歡這兩幅畫兒。我不知道你以前有沒有見過她的作品，不過人們普遍認為她畫得極其出色。」

上校雖然矢口否認自己很有鑒賞力，但是一見到這兩幅畫屏，就像見到達什伍德小姐特別的畫作一樣，大爲讚賞。當然，這些畫屏也引起了其他人的好奇心，於是大家便爭相傳看。費拉斯太太不知道這是艾麗諾的作品，特意要求拿來看看。待米德爾頓夫人令人滿意地讚賞過之後，范妮便把它遞給了她的母親，同時好心好意告訴她，這是達什伍德小姐畫的。

「哼！」費拉斯太太說——「挺漂亮」——連看都不看一眼，便又遞給她女兒。

也許范妮當時覺得她母親太魯莽了，只見她臉上稍稍泛紅，然後馬上說道：「這畫屏很漂亮，是吧？」但是另一方面，她大概又擔心自己過於客氣，過於推崇，便當即補充說道：

「母親，你不覺得這畫有點像莫頓小姐的繪畫風格嗎？她確實畫得好極了。她最後一幅風景畫畫得多美啊！」

「的確畫得美。不過她樣樣事情都幹得好。」

這眞叫瑪麗安忍無可忍。她早已對費拉斯太太大爲不滿了，再一聽她這麼不合時宜地讚賞另一個人，貶低艾麗諾，她雖說不曉得對方有什麼主要意圖，卻頓時冒火了，只聽她氣沖沖地說道：「我們是在讚賞一種異乎尋常的繪畫藝術！莫頓小姐算老幾？誰曉得她？誰稀罕她？我們考慮和談論的是艾麗諾。」

說著，她從她嫂子手裏奪過畫屏，煞有介事地讚賞起來。

費拉斯太太看上去氣急敗壞，她的身子比以往挺得更直了，惡狠狠地反駁說：「莫頓小姐是莫頓勛爵的女兒。」

范妮看樣子也很氣忿，而她丈夫卻被他妹妹的膽大妄爲嚇了一跳。瑪麗安的發火給艾麗諾造成了更大的痛苦，剛才耳聞目睹那些導致瑪麗安發作的事情，她還沒有這麼痛苦呢。不過布蘭登上校一直拿眼睛盯著瑪麗安，他的目光表明，他只注意到事情好的一面：瑪麗安有顆火熱的心，使她無法容忍自己的姊姊受到絲毫的輕蔑。

瑪麗安的激憤沒有到此爲止。費拉斯太太如此冷酷無情、蠻橫無禮地對她待她姊姊，使她感到震驚和痛心，她似乎覺得，費拉斯太太的整個態度預示著艾麗諾的多災多難。轉眼間，一隻手臂摟住她的脖子，臉腮緊貼著她的臉，聲音低微而急切地說道：

「我最最親愛的艾麗諾，不要介意，不要讓她們搞得你不高與。」

她再也說不下去了，實在頂不住了，便一頭撲到艾麗諾肩上，哇地一聲哭了起來。她的哭聲引起了每個人的注意，而且幾乎引起了每個人的關切。布蘭登上校起身，不由自主地朝她們走去。詹寧斯太太十分機靈地喊了聲「啊！可憐的寶貝！」當即拿出她的氨水來讓她聞。約翰爵士對這場精神痛苦的肇事人極爲憤慨，他馬上換了個位置，坐到露西．斯蒂爾小姐身旁，把這起駭人聽聞的事情低聲對她簡要敘說了一番！

幾分鐘之後，瑪麗安恢復了正常，這場騷動便告結束，她又坐到衆人當中。不過整個晚上出了這些事，她情緒總是受到了影響。

「可憐的瑪麗安！」她哥哥一抓住了空檔，便輕聲對布蘭登上校說道。「她的身體不像她姊姊那樣好——她眞有些神經質——她沒有艾麗諾的素質好。人們必須承認，對於一個年輕姑娘來說，本來倒是個美人，一下子失去了自身的魅力，這也眞夠痛苦的。也許說來你不會相信，瑪麗安在好幾個月前確實非常漂亮——簡直和艾麗諾一樣漂亮。可現在你瞧，一切都完了。」

第三十五章

艾麗諾想見見費拉斯太太的好奇心得到了滿足。她發現她身上一無是處，在這種情況下兩家再去攀親，那是很不理想的。她看清了她的傲慢、自私和對她自己的頑固偏見，因而可以理解：即使愛德華不受約束地和她訂了婚，那也一定會遇到重重困難，使他們遲遲不能結婚。她看得眞切，幾乎在爲自己感到慶幸：由於遇到了一個較大的障礙，她可以免於遭遇費拉斯太太設置的任何其他障礙，可以免於忍受她那反覆無常的脾氣，免於費盡心機去贏得她的好感。或者，如果說她對愛德華迷上露西還不能感到十分高興的話，她至少可以斷定：假如露西更加和藹一些，她本應感到高興的。

使她感到驚奇的是，費拉斯太太一客氣，居然使露西變得飄飄然起來。她利令智昏，自視甚高，殊不知費拉斯太太只不過因爲她不是艾麗諾才對她另眼相待，而她卻認爲這是對她自己的賞識——本來費拉斯太太因不了解她的眞實底細才偏愛她，而她卻從中大受鼓舞。露西的這種心情，不僅從她當時的眼神裡看得出來，而且第二天早晨還毫不隱諱地說了出來。原來，經她特意要求，米德爾頓夫人同意讓她在伯克利街下車，也許會單獨見見艾麗諾。

事情還眞湊巧，她剛到不久，帕爾默夫人便來了封信，把詹寧斯太太請走了。「我親愛的朋友，」她們一剩下兩個人，露西便嚷了起來，「我來跟你談談我的喜幸心情。費拉斯太太昨天那樣厚待我，有什麼事比這更令人愉快的？她多麼和藹可親！你知道我原來多麼害怕見到她，可是一當我被介紹給她，她的態度是那樣和藹可親，似乎確實表明：她非常喜歡我。難道不是如此嗎？你全都看見了，難道你不爲之大受震動？」

「她當然對你非常客氣。」

「客氣！你只發現她很客氣？我看遠遠不止如此——除我之外，她對誰也沒這麼親切啊！一不驕，二不傲，你嫂嫂也是如此——和藹可親極了！」

艾麗諾很想談點別的，可是露西硬要逼著她承認，她有理由感到幸福，於是艾麗諾不得不繼續下去。「毫無疑問，她們要是知道你倆訂了婚，」她說，「再這樣厚待你，那當然是再愉快不過啦！然而，情況並非如此——」

「我早就猜到你會這麼說，」她急忙應答。「費拉斯太太若是不知道，她就決不會無緣無故地喜歡我——有她喜歡我，這比什麼都重要。你休想勸說我轉喜爲悲。我知道事情一定會有個圓滿的結局，我原先還顧慮重重，其實壓根兒不會有什麼困難。費拉斯太太是個可愛的女人，你嫂子也是如此。她們兩人的確都很討人喜歡！我很奇怪，怎麼從沒聽你說過達什伍德夫人如何惹人愛呀！」

對此，艾麗諾無言可答，也不想回答。

「你病了吧，達什伍德小姐？你似乎情緒不高——連話都不說。你一定不舒服。」

「我從來沒有這麼健康過。」

「我從心裡感到高興，不過你的臉色的確不好。你若是眞有病，我會感到很難過的——因爲你給我帶來了最大的安慰！要不是多虧了你的友情，天曉得我會怎麼樣。」

艾麗諾想給她個客氣的回答，可又懷疑自己是否做得到。不過，露西倒似乎頗爲得意，因爲她又立即說道：「的確，你的關心，我深信不疑。除了愛德華的愛，你的關心是我最大的安慰。可憐的愛德華！不過現在好了——我們能夠見面啦，而且要經常見面，因爲米德爾頓夫人很喜歡達什伍德夫人，這樣一來，我們也許可以常去哈利街，愛德華可以有一半時間待在他姊姊那裡。何況，米德爾頓夫人和費拉斯太太也可以進行互訪。費拉斯太太和你嫂嫂眞好，她們不止一次地說過：什麼時候都樂於見到我。她們多討人喜歡啊！我相信，你若是告訴你嫂嫂我對她如何評價，那你說得再高都不會過份。」

但是，艾麗諾不想讓她存有任何希望，認爲她眞會告訴她嫂嫂。

露西接著說道：「我知道，費拉斯太太若不是眞喜歡我的話，我準能馬上看得出來。比方說，假如她一聲不吭，只是刻刻板板地給我行個屈膝禮，此後再也不理睬我，再也不和顏悅色地看我一眼——你知道我這是什麼意思——假如我遭到如此可怕的冷遇，我早就死了這條心啦。那會叫我無法忍受的。我知道，她若是眞的討厭起誰來，那就是深惡痛絕啦。」

聽了這席客客氣氣的得意之言，艾麗諾還沒來得及作出回答，不料房門被推開了，只見僕人傳報費拉斯先生駕到，隨即愛德華便走了進來。

這是個令人非常尷尬的時刻，每個人的臉色表明，情況確實如此。一個個看上去呆痴痴的，愛德華似乎又想往裡進，又想往外退。這種難堪的局面本是他們極力想避免的，現在卻在所難逃了——他們不僅三個人都碰到一起了，而且沒有任何其他人幫忙解圍。兩位小姐先恢復了鎮定。露西不敢上前表示親熱，他們表面上還要保守秘密。因此，她只能用眼色傳送柔情蜜意，嘴裡剛與他寒暄了兩句，便不再作聲了。

不過，艾麗諾倒想多說幾句，而且爲了愛德華和她自己，還一心要處理得當一些。她稍許定了定神，硬是裝出一副近乎坦率大方的神態，對他的到來表示歡迎，再經過一番努力，則顯得更加神態自若了。儘管露西在場，儘管她知道自己受到了虧待，但她還是對他說：見到他很高興，他上次來伯克利街時，她不在家，很遺憾。雖然她馬上察覺露西那雙銳利的眼睛正在直溜溜地盯著她，她卻沒有畏怯，本來就是朋友嘛，還多少算個親戚，她還是對他以禮相待。她的這般舉止使愛德華消釋了幾分顧慮，鼓起勇氣坐了下來。不過，他還是比兩位小姐顯得更窘些，這種情形對男子漢來說雖不多見，但對他來說，倒也合乎情理。因爲他既不像露西那樣毫不在乎，也不像艾麗諾那樣心安理得。

露西故意裝出一副嫻靜自得的樣子，好像決計不想給他們增添安慰似的，一句話也不肯說。眞正說話的，幾乎只艾麗諾一個人。什麼她母親的身體狀況啊，她們如何來到城裡啊，諸如這些情況愛德華本該主動問起的，但他並沒有這樣做，艾麗諾只好主動介紹。

艾麗諾的一番苦心沒有到此結束。不一會兒，她心裡產生了一股豪情，便決定藉口去喊瑪麗安，將他們兩人留在房裡。她果眞這麼做了，而且做得極其大方，因爲她懷著無比高尚的剛毅精神，在樓梯口盤桓了半天之後，才去叫她妹妹。可是一旦把她妹妹請來，愛德華那種欣喜若狂的勁頭也就得結束了。原來，瑪麗安聽說愛德華來了非常高興，馬上急急忙忙地跑到客廳。她一見到他高興極了，就像她往常一樣，感情充沛，言詞熱烈。她走上前去，伸出一隻手讓他握，說話聲流露出做小姨子的深厚情意。

「親愛的愛德華！」她大聲嚷道，「這是個大喜的時刻！簡直可以補償一切損失！」

愛德華本想禮尚往來，但是面對著那兩位目擊者，他根本不敢說眞心話。大家又重新坐下，默默無語地待了一陣。這時，瑪麗安含情脈脈地時而望望愛德華，時而瞧瞧艾麗諾，唯一感到遺憾的是，本來是皆大歡喜的事情，卻讓露西討厭地夾在中間給攪壞了。愛德華第一個開口，他說瑪麗安變樣了，表示擔心她過不慣倫敦的生活。

「噢！不要爲我擔心！」瑪麗安興奮而誠懇地應答，說話間，淚水湧進了眼眶。「不要擔心我的身體。你瞧，艾麗諾不是好好的嘛。這就夠我倆知足了。」

這話不可能讓愛德華和艾麗諾感到好受，也不可能博得露西的好感，只見她帶著不很友好的表情，抬眼瞅著瑪麗安。「你喜歡倫敦嗎？」愛德華說，他想把話題岔開。

「一點也不喜歡。我原想來這裡會其樂無窮的，結果什麼樂趣也沒有。現在見到你，愛德華，是倫敦給我帶來的唯一欣慰。謝天謝地！你還是老樣子！」

她頓了頓，沒有人作聲。「我看，艾麗諾，」她接著又說，「我們該責成愛德華把我們送回巴頓。我想再過一兩週，我們就該走了。我相信，愛德華不會不願意接受這一付託吧。」

可憐的愛德華嘴裡咕噥了一下，不過咕噥了什麼，誰也不知道，就連他自己也不知道。瑪麗安見他有些激動不安，很容易牽扯到最使她得意的原因上去，因而感到心滿意足，馬上就談起了別的事情。

「愛德華，我們昨天在哈利街過得好窩囊啊！真沒意思，無聊之至！不過，我在這一點上有好多話要對你說，只是現在不能說。」她採取了如此令人欽佩的審慎態度，目前還不想告訴他：他們雙方的那幾位親戚比以往任何時候都討人嫌，特別是他的那位母親尤其令人作嘔。這些話只好等到他們單獨在一起的時候再說。

「愛德華，你昨天爲什麼不在那裡？你爲什麼不來呀？」

「我在別處有約會。」

「約會！有這樣的朋友來相聚，你還會有什麼約會呢？」

「也許，瑪麗安小姐，」露西大聲嚷道，她急切地想報復她一下，「你以爲年輕人遇到大大小小的約會，一旦不對心思，就從不信守啊。」

艾麗諾感到怒不可遏，然而瑪麗安似乎全然覺不出她話裡有刺，只見她心平氣和地答道：「我確實不這樣認爲。說正經的，我敢肯定，愛德華只是依照良心辦事，才沒去哈利街的。我確實認爲，他是全天下最有良心的人，每逢有約會，不管多麼微不足道，不管多麼違背他的興致和樂趣，他總是謹慎小心地踐約。他最怕給人帶來痛苦，最怕使人感到失望，他是我見過的人中最不自私自利的人。愛德華，事實就是如此，我就是要這麼說。什麼！你不想聽人表揚自己？那你一定不是我的朋友，因爲凡是願意接受我的友愛和敬意的人，必須受到我的公開讚揚。」

不過，聽了她的這番讚揚，她的三分之二的聽衆心裡覺得特別不是滋味，而愛德華更是大爲不快，馬上起身往外走去。

「這麼早就走！」瑪麗安說。她把他拉到旁邊一點，低聲對他說：露西不會待得很久。但是，她甚至這樣鼓勵也無濟於事，因爲他執意要走。本來，即使他待上兩個小時，露西也會奉陪到底的，現在見他走了，隨後也接踵而去。

「她爲什麼老到這裡來？」她一走，瑪麗安便說道。「她難道看不出來我們要她走！眞讓愛德華哭笑不得！」

「大家都是他的朋友，露西認識他的時間比誰都長，他想見我們，自然也想見見她。」

瑪麗安目不轉睛地望著她，然後說：「你知道，艾麗諾，你這樣說話眞叫我受不了。我看你說這話是存心想叫別人反駁你，要眞是這樣的話，你應該記得，我是決不會這麼幹的。我不能上你的當，降格說些毫無意義的廢話。」

她說罷走出房去。艾麗諾不敢跟著她再說什麼，因爲她向露西保證過要保守秘密，她無法說出讓瑪麗安信服的情況。儘管這將錯就錯的後果是痛苦的，但她只得恪守諾言。她只能希望，愛德華不要讓她或他自己經常聽見瑪麗安信口開河地瞎說一通，也不要重新引起他們最近這次會見所招致的其他痛苦——而這是她有充分理由加以期待的。

第三十六章

就在這次會見過後沒幾天，報上公布：托馬斯．帕爾默先生的太太平安生下一個兒子兼繼承人。這是一條令人感興趣的、令人滿意的新聞，至少那些事先了解情況的至親都是這麼認爲的。

這件事意義重大，關係到詹寧斯太太的幸福，因而促使她暫時改變了她的時間安排，同樣也影響到她的年輕朋友們的活動安排。這位太太希望盡可能地同夏洛特待在一起，因此每天早晨一穿好衣服便過去了，晚上直到很晚才回來。達什伍德家兩位小姐經米德爾頓夫婦特意要求，只好整日整日地在康迪特街度過。就舒適而言，她們還是寧願待在詹寧斯太太家裡，至少願意整個上午能夠如此。但是她們又不便違背衆人的願望，硬是提出這樣的要求。因此，她倆的時間就轉而泡在米德爾頓夫人和斯蒂爾姊妹身上。其實，她們雖然嘴上說要找她倆作伴，實際上並不歡迎她們。

達什伍德家小姐都是很有頭腦的人，不可能成爲米德爾頓夫人的理想伙伴。而兩位斯蒂爾小姐更以嫉妒的眼光看待她們，認爲她倆闖入了她們的地盤，分享著她們本想獨享的盛情厚意。雖說米德爾頓夫人對待艾麗諾和瑪麗安再客氣不過了，但她絕非眞正喜歡她們。正因爲她們既不阿諛她本人，又不奉承她的孩子，她便無法認爲她們和藹可親。又因爲她們喜歡看書，她便認爲她們愛挖苦人。也許她並不知道挖苦是什麼意思，不過那不要緊，這是大家動不動就搬出來的常用的指責語。她們的出現對她和露西都是個約束，既限制了一方的懶情，又限制了另一方的忙碌。米德爾頓夫人當著她們的面什麼事情也不幹，未免覺得有些羞愧。而露西在別的時候，無論在思想上還是行動上，都以阿諛奉承爲能事，現在卻擔心她們因此而瞧不起她。這三個人中，對達什伍德家小姐的到來最不感到煩惱的，是斯蒂爾小姐。她們完全有能力使她安然處之。晚飯後，一見她們進來，她就把火爐前的最好位置讓了出來。她們兩人只要有一位能向她詳細介紹一下瑪麗安與威洛比先生之間的整個戀愛史，她便會覺得這位置沒有白讓，得到了充分的報償。但是，這種和睦現象並非毫無問題；雖然她經常向艾麗諾表示對她妹妹的同情，並且不止一次地在瑪麗安面前流露過對於男人反覆無常的看法，但是這除了惹得艾麗諾露出漠然的神情、瑪麗安露出憎惡的神色之外，別無其他效果。她們哪怕稍微作出一點努力，她也會成爲她們的朋友。她們只要拿大夫開開她的玩笑就足夠啦！誰想她們與別人一樣，根本不想滿足她的願望。因此，如果約翰爵士外出，不在家吃飯，那她整天都聽不到別人用這件事戲弄她，她只好進行自我嘲弄。

不過，這些妒忌和不滿全然沒有引起詹寧斯太太的猜疑，她只覺得姑娘們待在一塊是件令人愉快的事情。每天晚上都要祝賀她的年輕朋友們能避開她這傻老婆子。清閒了這麼長時間，她有時到約翰爵士家，有時在自己家裡加入她們一夥。然而不管在哪兒，她總是精神煥發，興高采烈，神氣十足。她把夏洛特的順利恢復歸功於她自己的精心照料，她很想詳細準確地敘說一下她的情況，可惜願意聽的人只有斯蒂爾小姐一個人。有一樁事確實引起了她的不安，爲此她天天都要抱怨幾句。帕爾默先生堅持他們男人的一個共同觀點，認爲所有的嬰兒都是一個樣，眞不像個做父親的。雖然詹寧斯太太在不同時候能覺察這小傢伙和他父母雙方的個個親戚都酷似，她卻無法讓他父親接受這一看法。她無法使他相信，這小傢伙和他一般大小的其他小孩不盡相同；甚至也無法叫他認可這樣一個簡單的意見，即這小傢伙是天底下最漂亮的孩子。

大約就在這個時候，約翰．達什伍德夫人遇到了一件不幸的事情，我現在要來敘述一下。原來，就在她的兩個小姑夥同詹寧斯太太頭一次來哈利街拜訪她時，又有一個朋友也順便來訪！這件事情本身倒不見得會給她帶來不幸。但是有人會想入非非地對別人的行為得出錯誤的看法，憑著一鱗半爪的現象來判斷是非。這樣一來，人們的幸福在一定程度上總是要聽任命運的擺布。且說目前，最後到來的這位太太，她的想像完全超出事實和可能的界限，剛一聽到兩位達什伍德小姐的名字，知道她們是達什伍德夫人的小姑，便立即斷定她們目前住在哈利街。由於有這樣的誤解，她一、兩天後便發來請帖，邀請她倆及其哥嫂到她府上參加一個小型音樂會。其結果，不僅給約翰．達什伍德夫人帶來了極大的不便，只得派車去接達什伍德姊妹，而且更糟糕的是，她還必須顯得對她們關心備至，真叫她滿肚子不高興。誰敢說她們就不期待第二次同她一道出去活動？確實，她隨時都有權力拒絕她們。但是那還不夠，因為人們一旦認定了一種他們明知不對的行為方式時，你再想讓他們採取正確的行動，那他們會惱羞成怒的。

對於每天要出去踐約，瑪麗安已經漸漸習以為常了，因而她是不是出去也就無所謂了。她默默而機械地為每天晚上赴約做著準備工作，雖然她並不期望從中得到一絲一毫的樂趣，而且往往是直到最後時刻才知道要被帶到哪裡去。

瑪麗安對自己的衣著打扮已經變得滿不在乎了，隨隨便便地梳妝一下，等斯蒂爾小姐進來，難免引起她的注意。相比之下，瑪麗安整個梳妝時間花費的精力，還頂不上斯蒂爾小姐進來後五分鐘裡斟酌瑪麗安的衣著所付出精力的一半。她觀察得細緻入微，對什麼都很好奇，無所不見，無所不問，不弄清瑪麗安每件衣服的價錢，決不罷休。她可以猜出瑪麗安總共有多少件外衣，而且比瑪麗安自己判斷得還準確。分手前，她甚至還有希望發現瑪麗安每週洗衣服要花多少錢，每年在自己身上耗費多少錢。另外，她發出這種不禮貌的盤問，最後還總要奉承兩句。雖說她是一番好意，但瑪麗安卻認爲這比什麼都不禮貌；因爲她仔細調查了她外衣的價格和式樣、鞋子的顏色和髮式之後，近乎肯定地對她說：「說實話，你看上去漂亮極了，肯定會征服不少人的心。」

聽了這番鼓勵，瑪麗安便辭別斯蒂爾小姐，下去乘坐她哥哥的馬車。馬車停到門口才五分鐘，她們便已準備就緒。其實，她們的嫂嫂並不喜歡她們這麼守時，因爲她趕在她們前頭先來到朋友家裡，一心希望她們能耽擱一下。這也許會給馬車夫帶來些不便：但準時趕到卻會給她自己帶來不便。

晚上的活動並不十分精彩。和其他音樂會一樣，到會的有不少人對演出確有欣賞能力，還有不少人根本是一竅不通。而那些表演者卻像往常一樣，被他們自己和他們的親友視爲英國第一流的業餘表演家。

艾麗諾不喜歡音樂，也不假裝喜歡，她的目光可以毫無顧忌地隨意離開大鋼琴，即使豎琴和大提琴，對她也毫無約束，室內的目標她愛看什麼就看什麼。她東張西望的時候，從那夥年輕小伙子裡發現了一個人，就是他，曾經在格雷商店向她們講解過牙簽盒。轉眼間，艾麗諾察覺他正在望著自己，而且正在親切地同她哥哥說話。她剛想問問哥哥他叫什麼名字，不料他倆一齊朝她走來。達什伍德先生向她介紹說：他是羅伯特．費拉斯先生。

他和她說話的時候，顯得既客氣又隨便，腦袋一歪鞠了個躬，像言語一樣清楚地向她表明：他就是露西對她描繪過的那個花花公子。她當初喜歡愛德華假如不是看他人品好，而是看在他至親的分上，那她該大爲慶幸了。本來他母親和姊姊的乖戾脾氣已經引起了她的反感，現在他弟弟的這一鞠躬更把這種反感推向了頂點。然而，當她對這兩位年輕人的如此不同感到詫異時，她並沒有因爲一方的愚昧自負，而失去對另一方的謙遜高尙的好感。他倆爲什麼會如此迥然不同，羅伯特在一次一刻鐘的攀談中親自向她作了解釋。他一說起他哥哥，便對他的極端不善交際感到惋惜，認爲這確實妨礙了他與正經人的交往。他還坦率大方地將這一點歸咎於不幸的私人教育，而不是歸咎於天賦之不足。至於他自己，雖說天賦不見得特別優越，但是由於沾上了公學的便宜，結果與人交往起來比任何人都得心應手。

「說實在話，」他接著說道，「我認爲這也沒有什麼大不了的。我母親爲此難過的時候，我常對她這麼說。『我親愛的母親，』我總是這麼對她說，『你要放寬心。這種不幸是無可挽回的，而且都怪你自己不好。你爲什麼不堅持自己的意見，卻偏要聽信我舅舅羅伯特爵士的話，讓愛德華在他一生最關鍵的時候去接受私人教育？你當初只要把他像我一樣送進威斯敏斯特公學❶，而不是送到普萊特先生家裡，那麼這一切都可以避免。』這就是我對這件事的一貫看法，我母親已經完全認識了她的過錯。」

艾麗諾不想和他分辯，因爲不管她對公學的優點有些什麼看法，她一想到愛德華住在普萊特家裡，終究很難感到滿意。

「我想你是住在德文郡，」羅伯特接下去說道，「道利希附近的一幢鄉舍裡。」

艾麗諾糾正了他說的位置，這似乎使他感到很奇怪：有人居然住在德文郡而不靠近道利希。不過，他對她們的那種房子還是給予充份的肯定。

「就我本人來說，」他說，「我極其喜歡鄉舍。這種房子總是那樣舒適，那樣幽雅。我

---

❶ 威斯敏斯特公學（Westminster School）：倫敦著名的貴族子弟學校，創建於一五六〇年。

擔保，假如我有多餘的錢，我就在離倫敦不遠的地方買塊地皮，自己造座鄉舍，隨時可以乘車出城，找幾個朋友娛樂一番。我勸那些要蓋房子的人都蓋座鄉舍。那天，我的朋友考特蘭勛爵特意跑來徵求我的意見，將博諾米住宅的三份設計圖擺在我面前，要我確定哪一份最好。我一把將那些設計圖全都拋進了火裡，然後說道：『我親愛的考特蘭，你哪一份也別用，無論如何要建座鄉舍。』我想事情就是這麼個結局。有些人認爲鄉舍地方小，條件差，這就大錯特錯啦。上個月，我住在我的朋友愛略特家裡，就在達特福德附近。愛略特夫人想舉行一次舞會。『可是怎麼辦呢？』她說。『我親愛的費拉斯，請你告訴我該怎麼辦呀。這座鄉舍裡沒有一個房間都容得下十對舞伴，晚飯又在哪裡吃？』我倒馬上發現這沒有什麼難處，於是便說：『我親愛的愛略特夫人，你不用爲難。餐廳能寬寬裕裕地容得下十八對舞伴；牌桌可以擺在客廳裡；書房可以用來吃茶點；晚飯就在會客室裡吃。』愛略特夫人聽了這個意見非常高興。她們量了一下客廳，發現恰好能容納十八對舞伴，事情完全按照我的設想作了安排。所以嘛，你瞧，只要人們知道如何籌劃，住在鄉舍和住在最寬敞的住宅裡一樣，什麼舒適條件都能享受得到。」

艾麗諾對此一概表示同意，她認爲她犯不著去據理反駁，羅伯特不配受到這樣的抬舉。約翰．達什伍德和他大妹妹一樣不喜歡音樂，因而思想也在隨意開小差。他晚會期間想到一個主意，回到家裡說給妻子聽，徵求她的同意。鑒於丹尼森太太誤以爲他妹妹在他家裡作客，他應該趁詹寧斯太太出去忙碌的時候，確實請她們來家作客。開銷微乎其微，也不會帶來什麼不便；他是個很有良心的人，爲了徹底履行他對先父的諾言，完全有必要關照她們。范妮聽到這個建議，不禁大吃一驚。

「我眞不知道，」她說，「你這樣做怎麼能不使米德爾頓夫人難堪，因爲她們天天都跟她待在一起。不然的話，我也會很樂意這麼辦的。你知道，我總是願意盡力關照她們，正像我今天晚上帶她們出去所表明的那樣。不過，她們是米德爾頓夫人的客人，我怎麼能把她們從她身邊搶走呢？」

她丈夫看不出她的反對意見有什麼說服力，不過對她還是十分謙恭。

「她們已經在康迪特街住了一個星期，再到我們這樣的近親家住上同樣的天數，米德爾頓夫人不會不高興的。」

范妮停頓了一會兒，然後又重新打起精神，說：

「親愛的，要是辦得到的話，我一定誠心誠意地請她們來。可是，我心裡剛剛打定主意，想讓兩位斯蒂爾小姐來住幾天。她們是規規矩矩的好姑娘，再說她們的舅舅待愛德華那麼好，我覺得也該款待款待她們。你知道，我們可以改年再請你妹妹來。而斯蒂爾姊妹倆可能不會再進城了。你一定會喜歡她們的。其實，你知道，你已經非常喜歡她們了，我母親也很喜歡她們，而且哈里又那樣特別喜愛她們。」

達什伍德先生被說服了。他覺得有必要馬上邀請兩位斯蒂爾小姐，而改年再邀請他妹妹的決定則使他的良心得到了安慰。不過在這同時，他又暗中懷疑：再過一年就沒必要去邀請她們進城了，因爲到那時候艾麗諾已經成了布蘭登上校的夫人，瑪麗安成了他們的座上客。

達什伍德夫人爲自己避開了這場麻煩而感到欣喜，她爲自己的急中生智感到自豪。

第二天早晨，她給露西寫信，要求她和她姊姊在米德爾頓夫人肯放手的時候，馬上來哈利街住上幾天。這理所當然地使露西感到十分高興。達什伍德夫人似乎在親自爲她操心，眞是急她所急，想她所想！能有這樣的機會和愛德華及其家人待在一起，這對她比什麼事情都至關緊要，這樣的邀請比什麼都使她感到心滿意足！這眞是一件叫她感激不盡、急不可待的大好事。卻說她在米德爾頓夫人家作客本來並沒有明確的期限，現在卻突然發現，她早就打算住上兩天就走似的。

露西收到信不過十分鐘，就拿來給艾麗諾看。看完後，艾麗諾第一次感到露西還眞有幾分希望。才相識這麼幾天，就得到如此異乎尋常的厚愛。這似乎表明：對她的這番好意並非完全起源於對她自己的惡意，時間一久，說話投機，露西就能萬事如意。她的阿諛奉承已經征服了米德爾頓夫人的傲慢，打通了約翰．達什伍德夫人緊鎖的心房。這些成果揭開了取得更大成功的序幕。

兩位斯蒂爾小姐搬到了哈利街，她們在那裡非常吃香。消息傳到艾麗諾耳朵裡，進一步增強了她對事情的期待感。約翰爵士不止一次地去拜訪過斯蒂爾小姐，回到家裡詳細描繪了她們如何受寵的情況，誰聽了都覺得了不起。達什伍德夫人平生從來沒有像喜歡她們那樣喜歡過任何年輕女子。她送給她們一人一只針黹盒，那是一位移民製作的。她直接稱呼露西的教名。不知道她將來能不能捨得放她走。

第三十七章

帕爾默夫人產後已滿兩週，身體狀況很好，她母親認爲沒有必要再把全部時間都泡在她身上，每天來探視一、兩次也就足夠了。於是，結束了前一段的護理，回到家裏，恢復了以前的生活習慣。她發現，達什伍德兩位小姐很想再度分享先前的樂趣。她們姊妹回到伯克利街大約過了三、四天的一個上午，詹寧斯太太去看望帕爾默夫人剛回來，見艾麗諾小姐獨自坐在客廳裏，便急急匆匆、神氣十足地走了過去，好讓她覺得又要聽到什麼奇聞了。她只給她轉出這個念頭的時間，接著馬上證實說：

「天哪！親愛的達什伍德小姐！你有沒有聽到這個消息？」

「沒有，太太。什麼消息？」

「好奇怪的事！不過我會全告訴你的。我剛才到帕爾默先生家裏，發現夏洛特爲孩子急壞了。她一口咬定孩子病得厲害——孩子哭呀，鬧呀，渾身都是小疙瘩。我一瞧，就說：『天哪！親愛的，這不是紅疹才怪呢！』護士也這麼說。可是夏洛特不肯相信，於是去請杜納萬先生。幸虧他剛從哈利街回來，馬上就趕來了。他一見到孩子，說的和我說的一模一樣，就是紅疹，夏洛特這才放心。杜納萬先生剛想走，我也不知道怎麼搞的，居然想起來問他有沒有什麼消息。他聽了得意地傻笑了，然後擺出一副一本正經的神氣，看樣子像是了解什麼秘密似的。最後他小聲說道：『由於擔心你們照應的兩位小姐得知嫂嫂身體欠安的消息會感到難過，我最好這麼說：我認爲沒有理由大驚小怪，希望達什伍德夫人平安無事。』」

「什麼！范妮病了！」

「我當時也是這麼說的，親愛的。『天哪！』我說，『達什伍德夫人病了？』接著，全都眞相大白了。據我了解，事情大概是這樣的：愛德華．費拉斯先生，也就是我常常拿來取笑你的那位少爺（不過我很高興，事實證明這些玩笑毫無根據），看來，這位愛德華．費拉斯先生與我表姪女露西訂婚已經一年多了。你看，親愛的，竟有這種事！除了南希，別人居然一點也不知道！你能相信會有這種事嗎？他們兩人相愛，這倒不奇怪。但是事情鬧到這個地步，竟然沒有引起任何人的猜疑！這也就怪啦！我從來沒有看見他們在一起過，不然我肯定馬上就能看出苗頭。你瞧，他們由於害怕費拉斯太太，就絕對保守秘密。直到今天早晨，一直沒有引起他母親和你哥嫂的絲毫懷疑。到了今天早晨，可憐的南希，你知道她本是個好心人，可就是沒長心眼，一古腦全給捅出來了。『天哪！』她自言自語地說，『她們都這麼喜歡露西，將來肯定不會從中刁難啦。』說罷，趕忙跑到你嫂子跟前。你嫂子正獨自一個人坐在那兒織地毯，壓根兒沒想到會出什麼事——她五分鐘前還在對你哥哥說，她想讓愛德華和某某勛爵的女兒配成一對，我忘了是哪位勛爵。因此你可以想像，這對她的虛榮心和自尊心是多麼沉重的打擊。她頓時歇斯底里大發作，一個勁地尖聲叫喊。你哥哥坐在樓下化妝室裏，想給他鄉下的管家寫封信。聽到尖叫聲，飛身上樓，隨即發生了一個可怕的情景，因爲當時露西正好來了，她一點也不知道出了什麼事。可憐的人兒！我眞可憐她，應該說，我認爲她受到了十分無情的對待；因爲你嫂子發狂似地破口大罵，露西當即昏厥過去。南希跪在地上，失聲痛哭。你哥哥在房裏踱來踱去，說他不知道該怎麼辦。達什伍德夫人宣稱，她們想在她家多待一分鐘也不行，你哥哥被迫也跪倒在地，求她允許她們收拾好衣物再走。於是，她歇斯底里又發作起來，你哥哥嚇壞了，派人去請杜納萬先生。杜納萬先生發現他家簡直鬧翻了天。馬車停在門口，準備送走我那可憐的表姪女。她們正上車的時候，杜納萬先生正好下車。他說可憐的露西處於這種狀況，哪裏還走得了路；還有南希，情況幾乎一樣糟。跟你明說吧，我無法容忍你嫂子，衷心希望，他們能不顧她的反對，結成良緣。天哪！可憐的愛德華先生要是聽說了，他會多麼焦慮不安啊！自己心愛的人竟然受到如此的虐待！人們都說他極其喜歡露西，這倒是很有可能的。他要是勃然大怒起來，我才不會感到奇怪呢！杜納萬先生也有同感。他和我對這件事談論了很多。最有意思的是，他又回到了哈利街，我表姪女一走他們就派人去叫費拉斯太太，太太一來大夫還可以隨叫隨到，你嫂子認爲她母親肯定也會歇斯底里發作。她也許會吧，不過不關我事，她們兩人我一個也不可憐，我眞不知道人會爲金錢和門第而這樣大吵大鬧。根本沒有理由不讓愛德華先生娶露西。我想費拉斯太太對她兒子一定會盡到做母親的責任。露西雖說沒有多少財產，但是她比誰都善於勤儉持家。費拉斯太太哪怕一年只給兒子五百鎊，露西也許能像別人拿八百鎊搞得一樣體面。天呀！他們可以舒舒服服地住在你們那樣的鄉舍裏——或許稍大一點——雇兩個女僕、兩個男僕。我想我還可以幫他們物色一個女僕，因爲我的貝蒂有個妹妹沒事幹，去當個女僕正合適。」

詹寧斯太太說到這裏停住了。好在艾麗諾有足夠的時間定定心，因而還能合乎情理地做出回答，談點看法。她高興地發現，詹寧斯太太並沒懷疑她對此事特別感興趣。而且像她最近常常希望的那樣，這位太太不再認爲她還眷戀愛德華。而最使她感到高興的是，因爲瑪麗安不在場，她覺得自己完全可以不露窘態地談論這件事，並且認爲，對有關方面的行爲完全可以不抱任何偏見地做出判斷。

到底如何預期事情的結局，她簡直捉摸不定，雖然她千方百計地想打消這樣的念頭，即事情不是以愛德華和露西的結婚告終，而可能出現別的結局。她急切地想知道費拉斯太太會怎麼說、怎麼辦，儘管這本是無可懷疑的事情。她還更加急切地想知道愛德華會如何反應。對於他，她深感同。對於露西，她只有一點點同情──而這一點點同情還是她好不容易從心窩裏擠出來的。對於有關的其他人，她絲毫也不同情。

由於詹寧斯太太沒有別的事情好談，艾麗諾很快認識到，有必要使瑪麗安做好談論這件事的心理準備。不能再矇騙她了，要立即向她說明事實眞相，盡力使她在聽別人談論的時候，不要露出為姊姊擔憂、對愛德華不滿的神情。

艾麗諾的任務是令人痛苦的。她將搞掉的，她確信是她妹妹的主要精神慰藉：詳細敘說一下愛德華的情況，這恐怕會永遠毀壞她對他的良好印象。另外，在瑪麗安看來，她倆的遭遇極其相似，這也會重新勾起她自己的失望情緒。但是，儘管事情令人不快，還得照辦不誤，於是艾麗諾趕忙執行任務去了。

她絕不想多談她自己的情感，不想多談她自己如何痛苦，因為她從第一次獲悉愛德華訂婚以來所採取的克制態度，可以啓迪瑪麗安怎麼辦才比較現實。她說得簡單明瞭，雖說沒法做到不動感情，她還是沒有過於激動、過於悲傷。眞正激動、悲傷的倒是聽的人，因為瑪麗安驚駭地聽著，痛哭不止。艾麗諾倒成了別人的安慰者：她妹妹痛苦的時候她要安慰她，她自己痛苦的時候她還得安慰她。她甘願主動地安慰她，一再保證說她心裏很坦然，並且苦口婆心地替愛德華開脫罪責，只承認他有些輕率。

但是，瑪麗安眼前不肯相信那兩個人。愛德華好像是第二個威洛比。她像艾麗諾一樣，明知她曾經眞心實意地愛過他，這怎麼能叫她心裏感到好受呢！至於露西．斯蒂爾，她認為她一點也不可愛。一個有理智的男人根本不可能愛上她。因此，愛德華先前鍾情於她，始而使她無法置信，繼而使她無法諒解。她甚至不願承認這本是很自然的事情。艾麗諾只好讓她透過對世人的進一步了解，來認識事情的必然性，只有這樣才能使她信服。

艾麗諾在第一次交談中，只談到訂婚這件事以及訂婚多長時間了。這時瑪麗安心裏實在忍受不了，打斷了姊姊有條不紊的詳細敘述。一時之間，艾麗諾只能設法減輕她的痛苦，使她不要那麼大驚小怪，滿腹怨恨。瑪麗安提出的第一個問題又引起了更多的細枝末節：

「艾麗諾，這個情況你知道有多久了？他給你寫過信沒有？」

「我知道有四個月了。露西去年十一月初來巴頓莊園時，私下告訴我她已訂了婚。」

聽了這話，瑪麗安嘴裏沒說，目光裏卻流露出十分驚訝的神情。她詫異地頓了頓，然後驚歎道：「四個月！這事你已知道四個月啦？」

艾麗諾肯定了這一點。

「什麼！我遭到不幸你來照料我的時候，原來你自己也有這種傷心事兒？而我還責備你快活呢！」

「實際情況恰恰相反，但是當時還不便於讓你知道。」

「四個月！」瑪麗安再次嚷道。「這麼鎮定！這麼樂觀！你怎麼忍得住啊？」

「我覺得我在盡我的本分。我向露西許過諾，一定要保守秘密。因此，我要向她負責，不能隨便透露一點風聲；我還要向我的親友負責，不讓他們為我擔憂，我無法告訴他們事情的眞相。」

瑪麗安似乎大爲感動。

「我常想別再讓你和母親蒙在鼓裏，」艾麗諾接著說，「我試過一、兩次，但是，在不辜負別人信賴的前題下，我根本無法讓你們信服。」

「四個月！可你還愛著他！」

「是的。當時，我不單單愛他，還生怕引起親友的不安，寧願不讓大家知道我有多麼難過。現在，無論想起這件事，還是談起這件事，我都可以做到無動於衷。我不想讓你們為我受苦，我可以向你保證，我已經不再過於悲痛了。我有很多事情可以聊以自慰。我知道，這次失意決不是由於我自己的輕率引起的，而且我一直盡量忍著，沒有宣揚出去。我還替愛德華開脫，說他沒有什麼大不了的過錯。我希望他非常幸福，確信他一貫很盡職，現在雖說可能有點悔恨，最終一定會幸福的。露西並不缺乏理智，這是造成美滿姻緣的基礎。無論如何，瑪麗安，儘管有關對象專一、始終不渝的愛情的概念十分迷惑人，儘管人們可以說一個人的幸福完全依賴於某一個人，但是這並不意味著應該如此！那是不恰當，不可能的。愛德華要娶露西。他要娶一個才貌勝過半數女性的女人。隨著時間的推移、習性的改變，他以後會忘記，他曾經認為有人比她強。」

「如果你這樣思考問題，」瑪麗安說，「如果人們失去最珍貴的東西，可以如此輕易地用別的東西加以彌補，那麼你的堅韌不拔和自我克制，也許就不足為奇了。這就讓我更容易理解了。」

「我明白你的意思。你以為我一直無所謂似的。瑪麗安，這四個月以來，這樁事一直壓在我的心上，我不能隨意向任何一個人傾訴。我知道，一旦向你和母親作解釋，非但不會讓你們做好任何心理準備，反而會引起你們的極大痛苦。告訴我這件事的——而且是強迫我聽的，就是先前和愛德華訂過婚，毀了我一生前程的那個人。我覺得，她是帶著洋洋得意的神情告訴我的。這人對我有疑心，我只好和她對著來，當她講到我最感興趣的地方，我偏偏裝出似聽非聽的樣子。這事還不止發生過一次，我要三番兩次地聽她敘說她如何滿懷希望，如何欣喜若狂。我知道我與愛德華永遠分離了，但是我沒聽到一樁事情使我覺得和他結合有什麼不理想的。沒有任何情況證明他不值得鍾情，也沒有任何情況表明他對我冷漠無情。我要頂住他姊姊的冷酷無情和他母親的蠻橫無禮，吃盡了痴情的苦頭，卻沒嘗到什麼甜頭。而且你知道得一清二楚，這一切發生的時候，我還不單單遇到這一件不幸呢。如果你認爲我還有感情的話，你現在當然會想像得到，我一直很痛苦。我現在考慮問題之所以頭腦比較冷靜，我也願意承認自己得到了安慰，不過那都是一直拚命克制的結果。那不是自發自生的，而且一開始也沒有使我精神上感到寬慰。沒有的，瑪麗安。當時，我若不是必須保持緘默，也許無論什麼事情——即使我對最親密的朋友所承擔的義務——也不可能阻止我公開表明我非常不幸。」

瑪麗安被徹底說服了。

「噢！艾麗諾，」她嚷道，「我要痛恨自己一輩子。我對你太殘暴啦！一向只有你在安慰我，我悲痛的時候你和我患難與共，就好像只是爲我忍受痛苦似的！可我就這樣感激你？就這樣報答你？你的好品格表現得如此明顯，我卻一直不當一回事。」

話音一落，接著便是一陣熱烈的親吻。她現在處於這種心情，任憑艾麗諾提出什麼要求，她都會滿口答應的。經姊姊要求，瑪麗安保證決不帶著絲毫苦相跟任何人談論這件事；見到露西決不露出絲毫更加厭惡的神色；即使偶然見到愛德華本人，也要一如既往地熱情相待，決不能有任何怠慢。這是很了不起的退讓，不過瑪麗安一旦感到自己冤枉了別人，只要能彌補過失，叫她做什麼她都在所不辭。

她恪守諾言，果然謹愼可嘉。詹寧斯太太在這個問題上不管怎麼嘮叨，她都不動聲色地傾聽著，從不表示一點異議，並且三次說道：「是的，太太。」她聽她讚揚露西，只是身不由己地從一張椅子挪到另一張椅子上。詹寧斯太太談到愛德華的一片深情時，她只不過喉頭痙攣了一下。看見妹妹表現得如此堅強，艾麗諾覺得自己也能經得起任何考驗。

第二天早晨，她們的哥哥來訪，給她們帶來了進一步的考驗。他帶著極其嚴肅的表情，談起了這樁可怕的事情，並且帶來了他太太的消息。「我想你們都聽說了，」他剛剛坐定，便一本正經地說道，「我們家裏昨天有個十分驚人的發現。」

她們看樣子都表示同意。這似乎是個嚴肅的時刻，大家都噤若寒蟬。

「你們的嫂嫂，」他接著說，「痛苦極了。費拉斯太太也是如此——總之一句話，一幅十分悲慘的情景。不過，我希望這起風暴就會過去，別把我們任何人搞得狼狽不堪。可憐的范妮！她昨天歇斯底里了一整天。不過，我不想過於驚嚇你們。杜納萬說，沒有什麼大不了的，不必擔憂，她體質好，又有毅力，怎麼也頂得住。她以天使般的堅毅精神硬挺下來了！她說，她決不會再瞧得起任何人。這也難怪，她受了騙啊！她是那樣厚待她們，她們卻這樣忘恩負義。她是出自一片好心，才把這兩位年輕小姐請到家裏的。她之所以這樣做，只是因爲她覺得她們值得器重，都是天眞無邪、規規矩矩的姑娘，可以成爲愉快的伙伴。要不然，在你那位好心的朋友伺候女兒期間，我倆倒很想邀請你和瑪麗安來家作客。現在可好，受到這種報答！可憐的范妮情深意切地說：『我打心眼裏希望，我們當初請的是你妹妹，而不是她們。』」

他說到這裏停住了，等著對方道謝。接受謝意之後，他又繼續說下去。「費拉斯太太眞可憐，范妮第一次向她透露這個消息時，她那個痛苦勁兒，簡直沒法形容。本來，她懷著赤誠的慈愛之心，一直想給兒子安徘一門最合適的婚事，哪想到他居然早就同另一個人秘密訂了婚！她萬萬想不到會出這種事！假使她懷疑他已早有對象，那也不可能是那個人。她說：『對那個人，我本認爲自己可以大膽放心的。』她痛心極啦。不過，我們一起商量了該怎麼辦，最後她決定把愛德華叫來。他來是來了，但是說起後來的事情，眞叫人遺憾。費拉斯太太苦口婆心地動員他終止婚約，而且你完全可以想像，我和范妮也在幫著動員，我以理相勸，她一再懇求，可是徒勞無益。什麼義務啊，感情啊，全被置之度外。我以前從沒想到愛德華這麼固執，這麼無情。他假若娶了莫頓小姐，他母親可有些慷慨的打算，並且都向他交了底。她說她要把諾福克的地產傳給他，這宗地產用不著繳納土地稅，每年足有一千鎊的進益。後來，眼看事情嚴重了，她甚至提出加到一千二百鎊。與此相反，她還向他說明：如果他依然堅持要和那位出身低賤的女人結婚，那麼婚後必然會陷入貧窮。她斷言說：他自己的兩千鎊將是他的全部財產；她永遠不要再見到他；她決不會給他一絲一毫的幫助，假如他撈到一個有作爲的職業，那她也要千方百計地阻止他飛黃騰達。」

瑪麗安聽到這裏，頓時怒不可遏，兩手啪地一拍，大聲嚷道：「天哪！這可能嗎？」

「瑪麗安，」她哥哥回答道，「你完全有理由對他的頑固不化表示驚異，她母親如此講道理他都不聽。你的驚嘆是很自然的。」

瑪麗安正要反駁，但又想起了自己的許諾，只好忍住。

「然而，」他繼續說道，「這一切都沒效果。愛德華很少說話，說了幾句，態度很堅決，別人怎麼勸說，他也不肯放棄婚約。不管付出多大代價，他也要堅持到底。」

「這麼說，」詹寧斯太太再也無法保持緘默了，便帶著直率而誠摯的口氣嚷道，「他這樣做倒像個老實人。請恕我直言，達什伍德先生，他假若採取另外一套做法的話，我倒要把他看作無賴了。我和你一樣，和這件事多少有點關係，因爲露西・斯蒂爾是我的表姪女。我相信全天下沒有比她更好的姑娘啦，誰也沒有她更配嫁個好丈夫的了。」

約翰・達什伍德大爲驚訝。不過他性情文靜，很少發火，從不願意得罪任何人，特別是有錢人。因此，他心平氣和地答道，「太太，我決不想非議你的哪位親戚。露西·斯蒂爾小姐也許是個非常令人器重的年輕女子，但是你知道，目前這門親事是不可能的。也許，能和她舅舅照應下的年輕人秘密訂婚，而這位年輕人又是費拉斯太太這樣一位特別有錢的女人的兒子，這總歸有點異乎尋常。總而言之，詹寧斯太太，我並不想非難你所寵愛的任何人的行爲。我們大家都祝福她無比幸福。費拉斯太太的行爲自始至終都不過分，每個認真負責的慈母在同樣情況下，都會採取同樣的處置辦法。她做得體面大方。愛德華已經做出了命運的抉擇，我擔心這是個錯誤的抉擇。」

瑪麗安發出一陣嘆息，表示了同樣的擔心。艾麗諾替愛德華感到痛心，他不顧他母親的威脅，硬要娶一個不會給他帶來報償的女人。

「先生，」詹寧斯太太說，「後來怎麼樣啦？」

「說起來真遺憾，太太，結果發生了極其不幸的決裂——愛德華被攆走了，他母親永遠不想見到他。他昨天離開家，可是到哪兒去了，現在是否還在城裏，我一概不得而知，因爲我們當然不好打聽啦。」

「可憐的年輕人！他將怎麼辦啊？」

「眞的，怎麼辦啊，太太！想起來眞叫人傷心。生來本是個享福的命！我無法想像還有比這更悲慘的境況。靠兩千鎊得到點利息——一個人怎麼能靠這點錢生活！他若不是因爲自己傻，本來三個月後還可以每年享有兩千五百鎊的收入（因爲莫頓小姐有三萬鎊的財產）。考慮到這一點，我無法想像還有比這更悲慘的境況。我們大家都爲他擔心，因爲我們完全沒有能力幫助他，這就更爲他擔心。」

「可憐的年輕人！」詹寧斯太太嚷道，「我眞歡迎他來我家用膳住宿。我要是能見到他，就這麼對他說。他現在還不該自費生活，不能到處住公寓、住旅館。」

艾麗諾打心眼裏感謝她如此關心愛德華，雖然關心的方式使她不禁感到好笑。

「朋友們一心想幫他，」約翰．達什伍德說，「他只要自愛一些，現在也就稱心如意了，眞是要什麼有什麼。但在事實上，誰也幫不了他的忙。而且他還面臨著另一個懲罰，大概比什麼都糟糕——他母親帶著一種自然而然的心情，決定把那份地產立即傳給羅伯特。本來，愛德華要是接受合理的條件，這份地產就是他的了。我今天早晨離開費拉斯太太時，她正在和她的律師談這件事。」

「哎呀！」詹寧斯太太說，「那是她的報復。每個人都有自己的做法。不過我想，我不會因爲一個兒子惹惱了我，就把財產傳給另一個兒子。」

瑪麗安站起身，在房裏踱來踱去。

「一個人眼看著本該屬於自己的地產卻被弟弟撈去，」約翰繼續說道，「還有什麼事情比這更叫人煩惱的？可憐的愛德華！我眞心實意地同情他。」

就這麼慷慨激昂地又說了幾分鐘的話之後，約翰的訪問便結束了。他一再向他妹妹保證說，他確信范妮的病情沒有什麼大危險，因此她們不必過於擔憂。說罷便走了出去，留下的三位太太小姐對當前這個問題倒取得了一致的看法，至少對費拉斯太太、達什伍德夫婦和愛德華的行爲，看法是一致的。

約翰．達什伍德一走出房，瑪麗安便氣得大發雷霆。而她的動作又使艾麗諾不可能保持緘默，使詹寧斯太太沒必要保持緘默，於是她們三人聯合起來，把那夥人狠批了一通。

第三十八章

詹寧斯太太對愛德華的行爲大加讚揚，然而只有艾麗諾和瑪麗安懂得這種行爲的眞正價值。只有她們知道，愛德華實在沒有什麼東西可以誘使他違抗母命，到頭來失去了朋友，丟掉了財產，除了覺得自己做得對之外，別無其他安慰。艾麗諾爲他的剛直不阿感到自豪；瑪麗安因他受到了懲罰而憐憫他，寬恕了他的過失。不過，這件事情公開之後，姊妹倆雖說又成了知己，但她們單獨在一起時，誰也不願細談這件事。艾麗諾原則上盡量避而不談，因爲瑪麗安說話太偏激、太武斷，總認爲愛德華仍然對她鍾情。艾麗諾本來希望打消這個念頭，可是瑪麗安越說她考慮得越多。不久，瑪麗安也失去了勇氣，她抓住一個話題力爭談下去，但是拿艾麗諾的行爲和她自己的一比較，總是對自己越來越不滿意。

她感到了這種比較的效力，但是並非像她姊姊希望的那樣，促使她克制自己。她感到不斷自責的百般痛苦，懊惱自己以前從沒克制過自己。然而，這僅僅帶來懊惱的痛苦，並沒帶來改過自新的希望。她的意志變得如此脆弱，以致仍然認爲現在克制自己是不可能的，因此只落得越發沮喪。

之後一、兩天，她們沒聽說哈利街和巴特利特大樓有什麼新的動態。不過，雖說大家已經掌握了不少情況，詹寧斯太太不用進一步了解也足夠傳布一陣子了。但她從一開始就決定盡早去看看她的表侄女，安慰安慰她們，同時問問情況。不巧，這兩天客人比往常都多，使她脫不了身。

她們獲悉詳情後的第三天，是個晴朗明麗的星期日，雖然才到三月份的第二週，卻爲肯辛頓花園招來了許多遊客。詹寧斯太太和艾麗諾也夾在其中。但是瑪麗安知道威洛比夫婦又來到城裏，一直都怕碰見他們，因而寧可待在家裏，也不闖進這種公共場所。

走進花園不久，詹寧斯太太的一位相好也加進來湊熱鬧，對此，艾麗諾並不感到遺憾，因爲有她和她們待在一起，不停地和詹寧斯太太交談，她自己倒可以清靜地想想心事。她沒見到威洛比夫婦，也沒見到愛德華，而且有一陣連個湊巧使她感興趣的人都見不到，無論愉快的還是不愉快的機遇都沒有。可是最後，她無意中發現斯蒂爾小姐來到她跟前，帶著頗爲靦腆的神情，表示見到她們十分高興。經詹寧斯太太盛情邀請，她暫時離開她的伙伴，來到她們之間。詹寧斯太太當即對艾麗諾低聲說道：「親愛的，讓她統統說出來。你只要一問，她什麼都會告訴你。你看，我不能離開克拉克太太。」

幸好，詹寧斯太太和艾麗諾的好奇並非徒然，斯蒂爾小姐根本不用問，什麼話都願意說。不然的話，她們什麼也得不到。

「我很高興見到你，」斯蒂爾小姐說，一面親暱地抓住艾麗諾的手臂，「因爲我最要緊的就是想見到你。」接著放低聲音說：「我想詹寧斯太太都聽說了。她生氣了吧？」

「我想她一點也不生你的氣。」「這就好。米德爾頓夫人呢，她生氣了吧？」

「我認爲她不可能生氣。」

「我太高興啦。天哪！我心裏是什麼滋味啊！我從沒見過露西這樣勃然大怒。她一開始就發誓，她一生一世也不給我裝飾一頂新帽子，也不再給我做任何別的事情。不過她現在已經完全恢復了正常，我們又依然如故地成了好朋友。瞧，她爲我的帽子打了這個蝴蝶結，昨天晚上還給裝飾了羽毛。好啦，你也要嘲笑我了。不過，我爲什麼就不能紮粉紅絲帶？我倒不在乎這是不是大夫最喜愛的顏色。當然，他若沒有親口說過，我決不會知道他最喜歡這個顏色。我的表妹們眞叫我煩惱。我有時候就說，我在她們面前眼睛都不知道往哪裏看。」

說著說著她扯到了另一個話題上，艾麗諾對此無話可說，因而她覺得最好還是回到第一個話題上。

「不過，達什伍德小姐，」她揚揚得意地說，「人們說費拉斯太太曾當衆宣布愛德華不要露西了，他們愛怎麼說就怎麼說，不過說實在的，沒有那回事。到處散布這種流言蜚語，眞厚顏無恥。不管露西自己怎麼看，別人沒有權利信以爲眞。」

「說實在話，我以前從沒聽人流露過這種意思。」艾麗諾說。

「噢！眞的嗎？但我很清楚，確實有人說過，而且不止一個人。戈德比小姐就對斯帕克斯小姐說過：凡是有點理智的人，誰也不會認爲費拉斯先生肯放棄像莫頓小姐這樣一位有三萬鎊財產的女子，而去娶一個一無所有的露西．斯蒂爾。這話我是聽斯帕克斯小姐親口說的。況且，我表兄理查德還親自說過，到了節骨眼上，他擔心費拉斯先生會變卦。愛德華有三天沒接近我們了，我也說不出自己該怎麼想。我從心底裏相信，露西已經認定沒有希望了，因爲我們星期三離開你哥哥家，星期四、五、六整整三天都沒見到他，也不知道愛德華怎麼樣啦。露西一度想給他寫信，隨即又打消了這個念頭。不過，我們今天上午剛從教堂回到家，他就來了，於是事情全搞清楚了。

原來，他星期三被叫到哈利街，他母親一夥找他談話，他當著她們大家公開宣布：他是非露西不愛，非露西不娶。他被這些事情搞得心煩意亂，一跨出他母親的門檻便騎上馬，跑到了鄉下什麼地方。星期四、五兩天，他待在一家客棧裏，以便消消氣。經過再三考慮，他說他現在沒有財產，沒有一切，再和露西繼續保持婚約，似乎太不仁道，那要讓她跟著受苦了，因爲他只有兩千鎊，沒有希望得到別的收入。他想過，去做牧師，即使這樣，也只能撈個副牧師的職位，他們怎麼能靠此維持生活呢？一想到露西不能生活得更好些，他就難以忍受，因此他懇求說：露西只要願意，可以馬上終止婚約，讓他去獨自謀生。這一切我聽他說得清清楚楚。他提到解除婚約的事，那完全是看在露西份上，完全是爲露西好，而不是爲他自己。我願發誓，他從沒說過厭煩露西，沒說過想娶莫頓小姐，諸如此類的話他一句也沒說過。不過，露西當然不願聽他那樣說，因此她馬上對他說（你知道，又把那表示柔情蜜意的話說了一大堆！天哪，這種話你知道是沒法重複的）——她馬上對他說，她絕對不想解除婚約，只要有點微薄的收入，她就能和他生活下去。不管他只有多麼少的一點點錢，她都願意全部掌管起來，反正就是這一類話。

這一來，愛德華高興極了，談論了一會兒他們該怎麼辦，最後商定：愛德華應該馬上去做牧師，等他能夠謀生的時候，他們再結婚。恰在這時，我再也聽不見了，因爲我表兄在樓下叫我，說是理查森夫人乘馬車到了，要帶我們中的一個人去肯辛頓花園。因此，我不得不走進房去打斷他們，問露西想不想去。結果，她不願意離開愛德華。於是我就跑上樓，穿上一雙絲襪，隨理查森夫婦走了。」

「我不懂你說的『打斷他們』是什麼意思，」艾麗諾說，「你們不是一起待在一個房間裏的嗎？」

「當然不！我們不在一個房間裏。哎呀！達什伍德小姐，你以爲人們當著別人的面談情說愛嗎？唉！別丟臉啦！你當然知道不是那麼回事。（假裝痴笑）不，不，他們一起關在客廳裏，那些話我全是在門口聽到的。」

「怎麼！」艾麗諾嚷道，「你說來說去，原來只是在門口聽到的？很遺憾，我事先不知道，不然我不會讓你來細說這次談話內容的，因爲你自己都是不該知道的嘛。你怎麼能對你妹妹採取如此不正當的行爲？」

「啊呀！那沒什麼。我不過站在門口，能聽多少就聽多少。我相信，要是換成露西，她準會採取同樣的辦法對待我。在過去一、兩年裏，我和瑪莎·夏普經常有許多私房話要說，她總是毫不顧忌地藏在壁櫥裏、壁爐板後面，偷聽我們說話。」

艾麗諾試圖談點別的，但斯蒂爾小姐一心想著這件事，讓她拋開兩、三分鐘都不可能。

「愛德華說他不久要去牛津，」她說，「不過他現在寄住在帕爾美爾街××號。他母親眞是個性情乖戾的女人，對吧？你兄嫂也不大厚道！不過，我不能當著你說他們的壞話；當然，他們打發自己的馬車把我們送回家，這是我沒料到的。我當時嚇得要命，就怕你嫂嫂向我們要回她頭兩天送給我們的針線盒。不過，她沒說起這件事，我小心翼翼地把我的針線盒藏了起來。愛德華說他在牛津有點事，要去一段時間。在那之後，一碰到哪位主教，就接受聖職。我眞不知道他會得到什麼樣的聖職！天哪！（邊說邊吃吃發笑）我敢以性命打賭，我知道我的表妹們聽到後會說什麼。她們會對我說，我該給大夫寫封信，叫他在他新近工作的教區給愛德華找個牧師職位。我知道她們會這麼說，不過我當然決不會幹這種事。『哎呀！』我馬上會說，『我不知道你們怎麼會想到這種事。當眞讓我給大夫寫信！』」

「好啊，」艾麗諾說，「有備無患嘛，你把答話都準備好了。」

斯蒂爾小姐剛要回答，不料她的同伴們來了，她只好換個話題。

「啊呀！理查森夫婦來了。我本來還有許多話要對你說，可是又不能離開他們太久了。老實跟你說吧，他們是很有體面的人。那男的掙好多好多的錢，他們有自己的馬車。我沒有時間親自和詹寧斯太太談談這件事，不過請你轉告她，聽說她不生我們的氣，還有米德爾頓夫人也是如此，我感到非常高興。萬一你和你妹妹有事要走，我們一定願意來同她作伴，她要我們待多久，我們就待多久。我想，米德爾頓夫人這次不會再叫我們去了，再見！很遺憾，瑪麗安小姐不在這裏。請代我向她問好。哎呀！你不該穿上這件花斑細洋紗衣服。眞奇怪，你也不怕給撕破了。」

這就是她臨別時所表示的擔心。說完這話，她剛剛向詹寧斯太太最後恭維了幾句，便被理查森夫人叫走了。艾麗諾從她那兒了解到一些情況，雖說都是她早已預想得到的，倒可以促使她冥想遐思一陣子。和她推斷的情況一樣，愛德華要和露西結婚，這是確定無疑的，至於何時舉行婚禮，卻不能確定。正如她所料，一切取決於他獲得那位牧師職位，但這在當前是沒有絲毫指望的。

她們一回到馬車裏，詹寧斯太太就迫不及待地打聽消息。但是艾麗諾覺得那些消息起先是透過不正當途徑竊取的，還是盡量少傳播爲好，因而她只是敷衍了事地重複了幾個簡單的情況。她確信，露西爲了抬高自己的身價，也願意讓人知道這些情況。他們繼續保持婚約，以及採取什麼辦法來達到目的，這是她敘說的全部內容。詹寧斯太太聽了之後，自然而然地發出了以下的議論：

「等他能夠謀生！哎，我們都知道那會是個什麼結局。他們等上一年，發現一無所獲，到頭來只好依賴一年五十鎊的牧師俸祿，還有那兩千鎊所得到的利息，以及斯蒂爾先生和普萊特先生的一點點布施。而且，他們每年要生一個孩子！老天保佑！他們將窮到什麼地步！我要看看能送他們點什麼，幫他們佈置佈置家庭。我那天說過，他們當眞還能僱用個身強力壯的姑娘，什麼活兒都能幹。貝蒂的妹妹現在絕對不合格。」

第二天上午，郵局給艾麗諾送來一封信，是露西寫來的。內容如下——

希望親愛的達什伍德小姐原諒我冒昧地給你寫來這封信。不過我知道你對我非常友好，在我們最近遭到這些不幸之後，你一定很願意聽我好好講講我自己和我親愛的愛德華。因此，我不想過多地表示歉意，而倒想這樣說：謝天謝地！我們雖然吃盡了苦頭，但是現在卻都很好，我們相親相愛，永遠都是那樣幸福。我們遭受了巨大的磨難和迫害，但是在這同時，我們又非常感激許多朋友們，其中特別是你。我將永遠銘記你的深情厚誼，我還轉告了愛德華，他也將對你銘感終身。

我相信，你和親愛的詹寧斯太太聽到下面的情況一定會很高興：昨天下午，我和他幸福地在一起度過了兩個小時。我覺得自己有義務勸說他，便敦促他爲了謹愼起見，還是與我斷絕關係，假使他同意的話，我願意當即和他分手。儘管我說得語重心長，但他怎麼也不同意。他說我們決不分離，只要我愛他，他就不在乎他母親發不發火。當然，我們的前景不很光明，但是我們必須等待，要從最好的方面着想。他不久就想去當牧師，你若有門路的話，能把他舉薦給什麼人，賜給他個牧師的職位，我知道你準忘不了我們。

還有親愛的詹寧斯太太，我相信她會向約翰爵士、帕爾默先生等一夥能夠幫忙的朋友美言我們幾句。可憐的安妮不該說那些話，不過她是出於一片好心，所以我也就不再贅述。希望詹寧斯太太哪天上午路過此地時，光臨寒舍。這將是莫大的盛情厚誼，我表姊妹將會很榮幸地結識她。信紙不夠了，提醒我就此擱筆。你若有機會見到詹寧斯太太、約翰爵士、米德爾頓夫人以及那些可愛的孩子，請代我向他們問好，向他們轉告我的謝忱和敬意，代問候瑪麗安小姐好。

你的露西

三月寫於巴特利特大樓

艾麗諾一看完信，就遵照她推想的寫信人的眞實意圖，把信交給了詹寧斯太太。詹寧斯太太一邊朗讀，一邊洋洋得意地讚不絕口。

「眞是好極了！她寫得多動人啊！啊！愛德華假如願意的話，讓他解除婚約倒十分恰當。眞不愧是露西呀。可憐的人兒！我衷心地希望，我能替他搞到個牧師的職位。你瞧，她稱我爲親愛的詹寧斯太太。她眞是天底下心腸最好的姑娘。一點不假，千眞萬確。那句話寫得好極了。是的，是的，我肯定要去看她。她考慮得多麼周到，把每個人都想到了！親愛的，謝謝你把信拿給我看。這是我見到的寫得最動人的一封信，說明露西是一個很有理智，很有情感的。」

第三十九章

兩位達什伍德小姐如今已在城裏待了兩個多月，瑪麗安渴望回家的急切心情與日俱增。她眷戀鄉下的空氣、清閒和靜謐。她以爲，要是有什麼地方使她感到自由自在的話，那就是巴頓。艾麗諾幾乎和她一樣歸心似箭，只是不想馬上就走，因爲她知道路途遙遠，困難重重，而這是瑪麗安所無法認可的。不過，她在認眞開始考慮回家的問題，已經向和藹的女主人提起了她們的願望。女主人好心好意地極力挽留，並且提出了一個解決方案。根據這個方案，她們雖說還要待上幾個星期才能回家，但是艾麗諾似乎覺得它比別的方案更加切實可行。三月底，帕爾默夫婦要到克利夫蘭過復活節，詹寧斯太太和她的兩位朋友受到夏洛特的熱情邀請，要她們一同前往。達什伍德小姐是個性情嫻雅的女子，本來並不稀罕這樣的邀請。然而自從她妹妹遇到不幸以來，帕爾默先生對待她的態度發生了巨大的變化，這次又是他親自客客氣氣提出邀請，她只好愉快地接受了。

不過，當她把這件事告訴瑪麗安時，瑪麗安最初的回答卻並不痛快。

「克利夫蘭！」她大爲激動地嚷道。「不，我不能去克利夫蘭。」

「你忘了，」艾麗諾心平氣和地說，「克利夫蘭不在……不靠近……」

「但它在薩默塞特郡。我不能去薩默塞特郡。我曾經盼望過到那裏去……不，艾麗諾，你現在不要指望我會去那裏。」

艾麗諾並不想勸說她克制這種感情。她只想透過激起她的別的感情，來抵消這種感情。

因此，她告訴妹妹：她不是很想見到親愛的母親嗎？其實去克利夫蘭是個再好不過的安排，可以使她們以最切實可行、最舒適的方式，回到母親身邊，確定一個日期也許不需要拖得很久了。克利夫蘭距離布里斯托爾只有幾英里路遠，從那裏到巴頓不過一天的旅程，當然那是整整一天的路程，母親的僕人可以很方便地去那裏把她們接回家。因爲她們不必要在克利夫蘭待到一個星期以上，所以她們再過三個星期就回到家了。瑪麗安對母親的感情是眞摯的，這就使她很容易地消除了最初設想的可怕念頭。

詹寧斯太太對於她的客人沒有絲毫厭煩之感，非常誠懇地勸說她們和她一起從克利夫蘭回到城裏。艾麗諾感謝她的好意，但是不想改變她們的計劃。這計劃得到了母親的欣然同意，她們回家的一切事宜都已盡可能做好了安排。瑪麗安覺得，爲回巴頓前的這段時間記個流水帳，心裏也可得到幾分欣慰。

達什伍德家小姐確定要走之後，布蘭登上校第一次來訪時，詹寧斯太太便對他說：「唉！上校，我眞不知道，兩位達什伍德小姐走後，我倆該怎麼辦。她們非要從帕爾默夫婦那裏回家不可。我回來以後，我們將感到多麼孤寂啊！天哪！我倆對坐在那裏，你盯著我，我望著你，像兩隻貓兒一樣無聊。」

詹寧斯太太如此危言聳聽地說起將來的無聊，也許是挑逗他提出求婚，以使他自己擺脫這種無聊的生活——如果是這樣的話，她馬上就有充分的理由相信，她的目的達到了。原來，艾麗諾正要替她的朋友臨摹一幅畫，爲了盡快量好尺寸，她移到窗前，這時上校也帶著一種特別的神情跟到窗前，和她在那兒交談了幾分鐘。這次談話對那位小姐產生的作用，逃不過詹寧斯太太的目光。她雖說是個體面人，不願偷聽別人說話，甚至爲了有意使自己聽不見，還把位子挪到瑪麗安正在彈奏的鋼琴跟前。但是，她情不自禁地發現，艾麗諾臉色變了，同時顯得很激動，只顧得聽上校說話，手上的活兒也停了下來。而能印證她的希望的是，在瑪麗安從一支曲子轉到另一支曲子的間歇時刻，上校有些話不可避免地傳到了她的耳朵裏，聽起來，他像是在爲自己的房子不好表示歉意。這就使事情毋庸置疑了。她確實感到奇怪，他爲什麼要這樣做。不過，她猜想這或許是正常的禮節。艾麗諾回答了些什麼，她聽不清楚，但是從她嘴唇的蠕動可以斷定，她認爲那沒有多大關係。詹寧斯太太打心裏稱讚她如此誠實。隨後他倆又談了幾分鐘，可惜她一個字也沒聽見。

恰在這時，瑪麗安的琴聲碰巧又停住了，只聽上校帶著平靜的語氣說道：

「我恐怕這事一時辦不成。」

她一聽他說出這種不像情人樣子的話語，不禁大爲震驚，差一點嚷出聲來：「天啊！還有什麼辦不成的！」——不過她忍耐住了，只是悄聲說道：

「這倒眞怪！他總不至於等到再老下去吧。」

然而，上校提出的延期，似乎一點也不使他那位漂亮的朋友感到生氣或屈辱；因爲他們不久就結束了談話，兩人分手的時候，詹寧斯太太清清楚楚地聽見艾麗諾帶著眞摯的語氣說道：「我將永遠對你感激不盡。」

詹寧斯太太聽她表示感謝，不由得喜上心頭，只是有些奇怪：上校聽到這樣一句話之後，居然還能安之若素地立即告辭而去，也不答覆她一聲！她沒有想到，她的這位老朋友求起婚來會這麼漫不經心。

其實，他們之間談論的是這麼回事：

「我聽說，」上校滿懷同情地說，「你的朋友費拉斯先生受到家庭的虧待。我若是理解得不錯的話，他是因爲堅持不肯放棄和一位非常可愛的年輕小姐的婚約，而被家人完全拋棄了。我沒有聽錯吧？情況是這樣嗎？」

艾麗諾告訴他，情況是這樣。

「把兩個長期相愛的年輕人拆散，」他深為同情地說道，「或者企圖把他們拆散，這太殘酷無情，太蠻橫無禮了。費拉斯太太不知道她會造成什麼後果，她會把她兒子逼到何種地步。我在哈利街見過費拉斯先生兩、三回，對他非常喜歡。他不是一個你在短期內就能與他相熟的年輕人，不過我總算見過他幾次，祝他幸運。況且，作為你的朋友，我更要祝願他。我聽說他打算去做牧師。勞駕你告訴他，我從今天的來信裏得知，德拉福的牧師職位目前正空著，他若是願意接受的話，可以給他。不過，他目前處於如此不幸的境地，再去懷疑他是否願意，也許是無稽之談。我只是希望錢能再多一些。這職位拿的是教區長的俸祿，但是錢很少。我想，已故牧師每年不過能掙二百鎊，雖說肯定還會增加，不過怕是達不到足以使他過上舒適日子的程度。儘管如此，我還是萬分高興地推舉他接任此職。請你讓他放心。」

艾麗諾聽到這一委託，不禁大為吃驚，即使上校真的向她求婚，她也不會感到比這更為驚訝。僅僅兩天前，她還認為愛德華沒有希望得到推舉，現在居然有門了，他可以結婚啦。而天下人很多，偏偏又要讓她去奉告！她產生這樣的感情，不料被詹寧斯太太歸之於一個迥然不同的原因。然而，儘管她的感情裏夾雜著一些不很純潔、不很愉快的次要因素，但是她欽佩布蘭登上校對任何人都很慈善，感謝他對她自己的特別友誼。正是這兩方面的因素，促使他採取了這一行動。她不僅心裏這樣想，嘴裏還做了熱情的表示。她誠心誠意地向他道謝，而且帶著她認為愛德華受之無愧的讚美口吻，談起了他的為人準則和性情。她還答應，假如他的確希望有人轉告這樣一件好差事的話，那她很樂意擔當此任。

儘管如此，她仍然不得不認為，還是他自己去說最為妥當。簡單地說，她不想讓愛德華痛苦地感到他受到她的恩惠，因此她寧願推掉這個差事。不料布蘭登上校也是基於同樣微妙的動機才不肯親自去說的。他似乎仍然希望她去轉告，請她無論如何不要再推辭了。她相信愛德華還在城裏，而且幸運的是，她從斯蒂爾小姐那兒打聽到了他的地址。因此，她可以保證在當天就告訴他。此事談妥之後，布蘭登上校說起他有這麼一位體面謙和的鄰居，必將受益不淺。接著，他遺憾地提到，那幢房子比較小，質量也差。對於這一缺陷，艾麗諾就像詹寧斯太太猜想的那樣，一點也不在乎，至少對房子的大小是這樣。

「房子小，」她說，「我想不會給他們帶來任何的不便，因爲這同他們的人口和收入正好相稱。」

一聽這話，上校吃了一驚。他發現，艾麗諾已經把他們的結婚看成是這次推舉的必然結果。在上校看來，德拉福的牧師俸祿收入有限，凡是過慣了愛德華那種生活方式的人，誰也不敢靠著這點收入就能成家立業——於是，他照實對她說了。

「這點牧師俸祿只能使費拉斯先生過上比較舒適的單身漢生活，不能保證他們可以結婚。說來遺憾，我只能幫到這一步，我對他的關心也只能到此爲止。不過，萬一將來我有能力進一步幫忙，那時我一定像現在眞誠希望的一樣盡心竭力，只要我沒有徹底改變我現在對他的看法。我現在的所作所爲的確毫無價值，因爲這很難促使他獲得他主要的也是唯一的幸福目標。他的婚事依然是一場遙遙無期的美夢。至少，我恐怕這事一時辦不成。」

正是這句話，因爲被多愁善感的詹寧斯太太誤解了，理所當然地要引起她的煩惱。不過，我們如實地敘述了布蘭登上校和艾麗諾站在窗口進行的一席談話之後，艾麗諾在分手表示謝意時，總的來說，那副激動不已、言辭懇切的神情，也許不亞於接受求婚的樣子。

第四十章

布蘭登上校一走，詹寧斯太太便睿智地笑笑說：「達什伍德小姐，我也不問你上校在跟你說什麼來著。我以名譽擔保，雖說我盡量躲到聽不見的地方，但我還是聽到一些，知道他在談論什麼事兒。老實對你說吧，我生平從來沒有這麼高興過，我衷心地祝你快樂。」

「謝謝你，太太，」艾麗諾說。「這確實是一件使我感到十分快樂的事情。我切實感到布蘭登上校為人善良。能像他那樣辦事的人實在不多。很少有人像他那樣富於同情心！我生平從沒這樣驚奇過。」

「天哪！親愛的，你過於謙虛啦！我絲毫也不感到驚奇，因為我近來常想，沒有什麼事情比這更合乎情理啦。」

「你這樣認為，是因為你知道上校心腸慈善。可是你至少預見不到，這機會居然來得這麼快。」

「機會！」詹寧斯太太重複道。「啊！說到這點，一個男人一旦下定這樣的決心，他無論如何總會很快找到機會的。好啦，親愛的，我再三再四地祝你快樂。要是說世界上眞有美滿夫妻的話，我想我很快就會知道到哪裏去找啦。」

「我想，你打算到德拉福去找啦！」艾麗諾淡然一笑地說。

「啊，親愛的，我的確是這個意思。至於說房子不好，我不知道上校用意何在，因為那是我見到的最好的房子。」

「他談到房子失修了。」

「唉，那怪誰？他爲什麼不修理？他自己不修讓誰修？」

僕人進來打斷了她們的談話，傳報馬車停在門口。詹寧斯太太馬上準備出發，便說：

「好啦，親愛的，我的話還沒說完一半就要走啦。不過，我們晚上可以仔細談談，因爲我們將單獨在一起。我就不難爲你跟我一起去了，你大概一心想著這件事，不會願意陪我去的。何況你還急著告訴你妹妹呢。」

原來，她們的談話還沒開始，瑪麗安就走出房去了。

「當然，太太，我是要告訴瑪麗安的。但是，當前我還不想告訴其他任何人。」

「啊！好，」詹寧斯太太頗爲失望地說道。「那你就不讓我告訴露西啦，我今天還想跑到霍爾本呢。」

「對，太太，請你連露西也別說。推遲一天不會有多大關係。在我寫信給費拉斯先生之前，我想還是不要向任何人提起這件事。這信我馬上就寫。要緊的是不能耽擱他的時間，因爲他要接受聖職，當然有很多事情要辦。」

這幾句話起初使詹寧斯太太大惑不解。爲什麼一定要急急忙忙地寫信告訴費拉斯先生呢？這眞叫她一下子無法理解。不過，沉思片刻之後，她心裏不禁樂了起來，便大聲嚷道：

「喲嘀！我明白你的意思了。費拉斯先生要做主事人。嗯，這對他再好不過了。是的，他當然要準備接受聖職。我眞高興，你們之間已經進展到這一步了。不過，親愛的，這由你寫是否不大得體呀？上校難道不該親自寫信？的確，由他寫才合適。」

詹寧斯太太這番話的開頭兩句，艾麗諾聽了不太明白。不過，她覺得也不値得追問。於是，她只回答了最後的問題：

「布蘭登上校是個謹愼人，他有了什麼打算，寧願讓別人代言，也不肯自己直說。」

「所以，你就只好代言啦。嘿，這種謹愼還眞夠古怪的！不過，我不打擾你啦！」（見她準備寫信）「你自己的事情你知道得最清楚。再見，親愛的，自從夏洛特臨產以來，我還沒有聽到使我這麼高興的消息呢。」

她說罷走了出去，可是轉眼間又返了回來。「親愛的，我剛才想起了貝蒂的妹妹。我很願意給她找一個這麼好心的女主人。不過，她是否能做女主人的貼身女侍，我實在說不上來。她是個出色的女傭人，擅長做針線活。不過，這些事情你有閒空的時候再考慮吧。」

「當然，太太，」艾麗諾答道。其實，詹寧斯太太說的話，她並沒聽進多少，一心渴望她快點走，不要把她當作女主人說來說去。

現在，她一心考慮的是該如何下筆——她給愛德華的這封信該如何表達。由於他們之間有過特殊的關係，本來別人感到輕而易舉的事情，要她來寫可就犯難了。不過，她同樣害怕自己或者說得過多，或者說得過少，因而只見她手裏捏著筆，坐在那裏對著信紙出神。恰在這時，愛德華走了進來，打斷了她的沉思。原來，詹寧斯太太剛才下樓乘車時，愛德華正好來送告別名片，兩人在門口碰見了。詹寧斯太太因爲不能回屋，向他表示了歉意，隨後又叫他進去，說達什伍德小姐在樓上，正有要緊事要同他說。

艾麗諾在迷茫中剛剛感到有點慶幸，覺得寫信不管多麼難以確切地表達自己，但總比當面告訴來得好辦。正當她自我慶幸的時候，她的客人偏偏走了進來，迫使她不得不接受這項最艱鉅的任務。他的突然出現使她大吃一驚，十分慌張。愛德華的訂婚消息公開以後，他知道她是了解的，從那以來，他們一直沒有見過面。鑑於這個情況，再加上她自知有些想法，還有事要對他說，因而有好幾分鐘感到特別不自在。愛德華也感到很痛苦。他們一道坐下，樣子顯得十分尷尬。他剛進屋時有沒有求她原諒他貿然闖入，他也記不清了。不過爲了保險起見，等他坐定之後，一俟能說出話來，便按照禮儀道了歉。

「詹寧斯太太告訴我，」他說，「你想和我談談，至少我理解她是這個意思——不然我肯定不會如此這般地來打擾你。不過，你和你妹妹就離開倫敦我若是不見一下，將會抱憾終生。特別是，我大概一時半刻不會再見到你們了，我明天要去牛津。」

「不過，」艾麗諾恢復了鎮靜，決定盡快完成這項可怕的差事。於是說道，「你總不會不接受一下我們的良好祝願就走吧，即使我們未能親自向你表示祝願。詹寧斯太太說得一點不錯，我有件要緊事要告訴你，我剛才正要寫信通知你呢。我受人委託，接受了一項極其愉快的任務。」（說著說著，呼吸變得急促起來）「布蘭登上校十分鐘前還在這裏，他要我告訴你，他知道你打算去做牧師，很願意把現在空缺的德拉福牧師職位送給你，只可惜俸祿不高。請允許我祝賀你有這麼一個體面、明智的朋友，我和他都希望這份俸祿能比現在的一年大約二百鎊高得多，以便使你更有條件——不光是解決你自己的臨時膳宿問題——總而言之，可以完全實現你的幸福願望。」

愛德華的苦衷，他自己是說不出口的，也無法期望別人會替他說出來。聽到這條意想不到的消息，他看樣子大爲震驚。不過他只說了這麼幾個字：「布蘭登上校！」

「是的，」因爲最難堪的時刻已經有些過去了，艾麗諾進一步鼓起勇氣，繼續說道，「布蘭登上校是想表示一下他對最近發生的事情的關切——你家人的無理行徑把你推進了痛苦的境地——當然，瑪麗安和我，以及你的所有朋友，都和他一樣關切。同樣，他的行動也表明了他對你整個人格的高度尊敬，對你目前所作所爲的特別讚許。」

「布蘭登上校送我一個牧師職位，這可能嗎？」

「你受盡了家人的虧待，遇到旁人的好意也感到驚奇。」

「不，」他恍然省悟過來，回答說，「我得到你的好意就不會感到驚奇。因爲我知道，這一切都虧了你，虧了你的一片好心。我從心裏感激你——要是做得到的話，我一定向你表示這種感激之情——但是你知道得很清楚，我口齒不伶俐。」

「你搞錯了，老實對你說吧，這事完全歸功於，至少是幾乎完完全全歸功於你自己的美德和布蘭登上校對你這種美德的賞識，我根本沒有插手。我了解了他的意圖之後，才知道那個牧師職位空著。我根本沒有想到，他還會有個牧師職位可以相贈。他作爲我和我一家人的朋友，也許會——我的確知道他十分樂於贈給你。不過，說老實話，你不用感激我，這不是我求情的結果。」

爲了實事求是，艾麗諾不得不承認自己稍許起了一點作用。但是她不願意顯示自己是愛德華的恩人，因而承認得很不爽快。大概正是由於這個緣故，愛德華進一步加深了他心裏最近產生的那個猜疑。

艾麗諾說完之後，他坐在那裏沉思了一會。最後，他像是費了很大勁兒，終於說道：

「布蘭登上校似乎是個德高望重的人，我總是聽見人們這樣議論他，而且我知道，你哥哥非常敬佩他。毫無疑問，他是個聰明人，大有紳士風度。」

「的確如此，」艾麗諾答道，「我相信，經過進一步了解，你會發現，他和你聽說的一模一樣。既然你們要成爲近鄰（我聽說牧師公館就在他的大府第附近），他具有這樣的人格也就特別重要了。」

愛德華沒有作聲。不過，當艾麗諾扭過頭去，他乘機對她望了一眼。他的眼神那樣嚴肅，那樣認眞，那樣憂鬱，彷彿在說：他以後或許會希望牧師公館離大府第遠一點。

「我想，布蘭登上校住在聖詹姆斯街吧？」他隨後說道，一面從椅子上立起身。艾麗諾告訴了他門牌號碼。「那我要趕快走啦，既然你不讓我感謝你，我只好去感謝他。告訴他，他使我成為一個非常——一個無比幸福的人。」

艾麗諾沒有阻攔他。他們分手時，艾麗諾誠摯地表示，不管他的處境發生什麼變化，永遠祝他幸福。愛德華雖說很想表示同樣的祝願，怎奈卻表達不出來。

「下次我再見到他的時候，」愛德華一走出門去，艾麗諾便自言自語，「他就是露西的丈夫了。」

她帶著這種愉快的期待心情，坐下來重新考慮過去，回想著愛德華說過的話，設法去領會他的全部感情。當然，也考慮一下她自己的委屈。

且說詹寧斯太太回到家裏，雖然回來前見到了一些過去從未見過的人，因而本該大談特談一番的，但是由於她一心想著她掌握的那件重要秘密，所以一見到艾麗諾，便又重新扯起那件事。

「哦！親愛的，」她嚷道，「我叫那小伙子上來找你的，難道我做得不對？我想你沒有遇到多大困難，你沒發現他很不願意接受你的建議吧？」

「沒有，太太，那還不至於。」

「嗯，他多久能準備好？看來，一切取決於此啦。」

「說真的，」艾麗諾說，「我對這些形式一竅不通，說不準要多長時間，要做什麼準備。不過，我想有兩、三個月，就能完成他的授職儀式。」

「兩、三個月？」詹寧斯太太嚷道。「天哪！親愛的，你說得倒輕巧！難道上校能等兩、三個月！上帝保佑！這真要叫我無法忍耐了。雖然人們很樂意讓可憐的費拉斯先生來主事，但是不值得兩、三個月啊。肯定可以找到別人，一樣能辦嘛——找個已經有聖職的人。」

「親愛的太太，」艾麗諾說，「你想到哪兒去了？你聽我說，布蘭登上校的唯一目的是想幫幫費拉斯先生的忙。」

「上帝保佑你，親愛的！你總不至於想讓我相信，上校娶你只是爲了要送給費拉斯先生十個幾尼的緣故吧！」

這樣一來，這場假戲再也演不下去了。雙方不免要立即解釋一番，一時之間都對此極感興趣，並不覺得掃興，因爲只不過用一種樂趣取代了另一種樂趣，而且還沒有放棄對前一種樂趣的期待。

「當然，牧師公館房子很小，」第一陣驚喜過後，她說，「很可能年久失修了。不過，我當時以爲他在爲另一幢房子表示歉意呢。據我了解，那幢房子底層有六間起居室，我想管家對我說過，屋裏能安十五張床！而且他是向你表示歉意，因爲你住慣了巴頓鄉舍！這似乎十分滑稽可笑。不過，親愛的，我們得攛掇上校趕在露西過門以前，幫助修繕一下牧師公館，好叫他們住得舒適一些。」

「不過布蘭登上校似乎認爲，牧師俸祿太低，他們無法結婚。」

「親愛的，上校是個傻瓜。他因爲自己每年兩千鎊的收入，就以爲別人錢少了不能結婚。請你相信我的話，只要我還活著，我就要在米迦勒節以前去拜訪一下德拉福牧師公館。當然，要是露西不在那裏，我是不會去的。」

艾麗諾很同意她的看法：他們很可能什麼也不等了。

第四十一章

愛德華先到布蘭登上校那裏道謝，隨後又去找露西。到了巴特利特大樓，他實在太高興了，詹寧斯太太第二天來道喜時，露西對她說，她生平從未見過他如此興高采烈。

露西自己無疑也是喜氣洋洋的。她和詹寧斯太太一起，由衷地期望他們大家能在米迦勒節之前安適地聚會在德拉福牧師公館。同時，聽到愛德華稱讚艾麗諾，她也不甘落後，一說起她對他們兩人的友情，總是感激不盡，激動不已，立刻承認她對他們恩重如山。她公開宣稱，無論現在還是將來，達什伍德小姐再怎麼對他們盡心竭力，她都不會感到驚訝，因爲她爲她眞正器重的人辦事，總是什麼都肯幹。至於布蘭登上校，她不僅願意把他尊爲聖人，而且迫切希望在一切世俗事物中，確實把他當作聖人對待。她渴望他向教區繳納的什一稅❶能提高到最大限度。她還暗暗下定決心，到了德拉福，她要盡可能充分利用他的僕人、馬車、奶牛和家禽。

自從約翰·達什伍德走訪伯克利街，已有一個多星期了。從那之後大家除了口頭上詢問過一次以外，再也沒有理會他妻子的病情，因而艾麗諾覺得有必要去探望她一次·然而，履行這種義務不僅違背她自己的心願，而且也得不到她同伴的贊助。瑪麗安不僅自己斷然不肯

---

❶ 什一稅（tithes）：係指向教會繳納的農作物、牲畜等稅。其稅率約為年產額的十分之一，故名「什一」。

去，還拚命阻止她姊姊去。詹寧斯太太雖然允許艾麗諾隨時可以使用她的馬車，但是她太厭惡約翰．達什伍德夫人了，即使很想看看她最近發現她弟弟的隱情之後是個什麼樣子，即使很想當著她的面替愛德華打抱不平，卻無論如何也不願意去見她。結果，艾麗諾只好單獨前往，去進行一次她最不心甘情願的訪問，而且還冒著和她嫂子單獨會面的危險。對於這個女人，其他兩位女士都沒有像她那樣有充分理由感到深惡痛絕。

馬車駛到屋前，僕人說達什伍德夫人不在家，但是沒等馬車駛開，她丈夫偶然走了出來。他表示見到艾麗諾非常高興，告訴她他剛準備去伯克利街拜訪，還說范妮見到她定會十分高興，邀請她快進屋去。

他們走上樓，來到客廳。裏面沒有人。

「我想范妮在她自己房間裏，」約翰說，「我馬上就去叫她，我想她決不會不願意見你──的確不會。特別是現在，不會有什麼──不過，我們一向最喜歡你和瑪麗安。瑪麗安怎麼不來？」

艾麗諾盡量給妹妹找了個藉口。

「我想單獨見見你也好，」他回答說，「因爲我有許多話要對你說。布蘭登上校的這個牧師職位──這會是眞的嗎？他眞的贈給了愛德華？我是昨天偶然聽說的，正想去你那裏再打聽一下。」

「這是千眞萬確的。布蘭登上校把德拉福的牧師職位送給了愛德華。」

「眞的！哦！眞叫人吃驚！他們既沒交情，又非親非故！再加上牧師的薪俸又那麼高！給他多少錢？」

「一年大約兩百鎊。」

「不錯嘛——至於給繼任牧師那個數額的俸祿——假定在已故牧師年老多病，牧師職位馬上就要出現空缺的時候推舉，那他也許能得到一千四百鎊。但他爲什麼不在老牧師去世前就把這樁事料理妥當？現在嘛，確實爲時太晚了，再推舉就難辦了。可是布蘭登上校是個聰明的人啊！我感到奇怪，在這麼平平常常的一件事情上，他竟然這麼沒有遠見！不過我相信，幾乎每個人的性情都是變化無常的。經過考慮，我覺得情況很可能是這樣的，愛德華只是暫時擔任這個職務，等眞正把聖職買走的那個人長大了，再正式交給他。是的，是的，就是這麼回事，請相信我好啦。」

可是，艾麗諾斷然對他進行反駁。她說她受布蘭登上校的委託，負責向愛德華轉告這項提議，因而應該是了解贈送條件的。她哥哥見她說得有根有據，只好折服。

「這事確實令人驚訝！」他聽了她的話以後嚷道，「上校的用心何在呢？」

「用心很簡單——想幫助費拉斯先生。」

「好啦，好啦，不管布蘭登上校怎麼樣，愛德華還是個非常幸運的人！不過，你別向范妮提起這件事。雖然我已向她透露過，她也能泰然處之，但她總是不喜歡一直聽人說來說去的。」

艾麗諾聽到這裏，好不容易才忍住沒說出的話：她認爲范妮若是眞的聽說她弟弟發了財，倒會泰然處之，因爲這樣一來，她和她孩子便不會受窮了。

「現在，」約翰接著說，聲音壓得很低，以便和這麼個重要話題協調起來，「費拉斯太太還不知道這件事，我想最好徹底瞞著她，能瞞多久就瞞多久。他們一結婚，恐怕她就全知道了。」

「可是爲什麼要這麼小心翼翼呢？本來，誰也不認爲費拉斯太太會對她兒子有足夠的錢維持生活感到滿意，因爲那根本不可能。鑒於她最近的所作所爲，爲什麼還要期望她會有什麼感情呢？她已經和她兒子斷絕了關係，永遠拋棄了他，還迫使她可以左右的那些人也都拋棄了他。的確，她做出這種事情之後，你就不能設想她會爲愛德華而感到悲傷或喜悅，她不可能對愛德華遇到的任何事情發生興趣。她並不是個精神脆弱的人，連孩子的安適都不顧了，還會感到做母親的不安！」

「啊！艾麗諾，」約翰說，「你這個道理講得很好，但那是建立在不懂人性的基礎上。等到愛德華舉辦他那不幸的婚事時，保險他母親會覺得像是從沒拋棄他似的。因此，可能促進那起可怕事件的每個情況都得盡量瞞著她。費拉斯太太決不會忘記愛德華是她兒子。」

「你眞使我吃驚。我倒是認爲，她此時一定忘得差不多一乾二淨了。」

「你完全冤枉了她。費拉斯太太是天底下最慈愛的一位母親。」

艾麗諾默不作聲。

「我們現在正在考慮，」達什伍德先生停了片刻，然後說，「讓羅伯特娶莫頓小姐。」

艾麗諾聽到她哥哥那一本正經、果決自負的口氣，不禁微微一笑，一面鎮靜地答道：

「我想，這位小姐在這件事上是沒有選擇權的。」

「選擇權！你這是什麼意思？」「照你的說法推想，莫頓小姐不管是嫁給愛德華還是羅伯特，反正都是一個樣，我就是這個意思。」

「當然，是沒有什麼區別，因爲羅伯特實際上要被當作長子了。至於說到別的方面，他們都是很討人喜歡的年輕人——我不知道哪個比哪個好。」

艾麗諾沒再說話，約翰也沉默了一會兒。他最後談出了這樣的看法：

「有一件事，親愛的妹妹，」他溫存地握住她的手，悄聲低語地說道，「我可以告訴你，而且我也願意告訴你——的確，我知道這一定會使你感到高興。我有充分理由認為——的確，我是從最可靠的來源得到的消息，不然我就不會再重覆了，因為否則的話，就什麼也不該說——不過我是從最可靠的來源得到的消息——我倒不是明言直語地聽見費拉斯太太親口說過，但是她女兒聽到了，我是從她那兒聽來的。總而言之，有那麼一門親事——你明白我的意思，不管它有什麼缺陷，卻會更合費拉斯太太的心意，也遠遠不會像這門親事那樣給她帶來這麼多的煩惱。我很高興地聽說費拉斯太太用這種觀點考慮問題——你知道，這對我們大家是一個十分可喜的情況。『兩害相權取其輕，』她說，『這本來是無法比較的，我現在決不肯棄輕取重。』然而，你那事是根本不可能的——想也不要想，提也不要提。至於說到感情，你知道——那決不可能——已經全部付諸東流了。但是，我想還是告訴你，我知道這一定會使你感到非常高興。親愛的艾麗諾，你沒有任何理由感到懊悔。你無疑是極其走運的——通盤考慮一下，簡直同樣理想，也許更加理想。布蘭登上校最近和你在一起過嗎？」

艾麗諾聽到這些話，非但沒滿足她的虛榮心，沒激起她的自負感，反而搞得她神經緊張，頭腦發脹。因此一見羅伯特．費拉斯先生進來，她感到非常高興，這樣她就不用回答她哥哥，也不用聽他再說三道四了。大家閒談了一會，約翰．達什伍德想起范妮還不知道他妹妹來了，便走出房去找她，留下艾麗諾可以進一步增進對羅伯特的了解。他舉止輕浮，無憂無慮，沾沾自喜，想不到只是因為生活放蕩，便得到了他母親的過分寵愛和厚待。而他哥哥卻因為為人正直，反被驅出了家門。這一切進一步堅定了她對他的理智和感情的極壞看法。

他們在一起剛剛待了兩分鐘，羅伯特就談起了愛德華，因為他也聽說了那個牧師職位，很想打聽打聽。艾麗諾就像剛才給約翰介紹的那樣，把事情的來龍去脈又細說了一遍。羅伯特的反應雖然不大相同，但卻和約翰的反應一樣惹人注意。他肆無忌憚地縱聲大笑。一想到愛德華要當牧師，住在一幢小小的牧師公館裏，眞叫他樂不可支。再加上異想天開地想到愛德華穿著白色法衣念祈禱文，發布約翰．史密斯和瑪麗．布朗即將結婚的公告，這更使他感到滑稽透頂。

艾麗諾一面沉默不語、肅然不動地等著他停止這種愚蠢的舉動，一面又情不自禁地凝視著他，目光裏流露出極爲蔑視的神情。然而，這股神情表現得恰到好處，既發泄了她自己的憤懣之情，又叫對方渾然不覺。羅伯特憑借自己的情感，而不是由於受到她的指責的緣故，逐漸從嬉笑中恢復了理智。

「我們可以把這當作玩笑，」他終於止住了笑聲，說道。其實，根本沒多好樂的，他只不過想要矯揉造作地多笑一陣子罷了。「不過，說句眞心話，這是一件極其嚴肅的事情。可憐的愛德華！他永遠被毀滅了。我感到萬分惋惜，因爲我知道他是個好人，也許是個心腸比誰都好的人。達什伍德小姐，你不能憑著你和他的泛泛之交，就對他妄下結論。可憐的愛德華！他的言談舉止當然不是最討人喜歡的，不過你知道，我們大家生下來並不是樣樣能力一般齊——言談舉止也不一致。可憐的傢伙！你若是見他和一夥生人在一起，那可眞夠可憐的！不過，說句良心話，我相信他有一副好心腸，好得不亞於王國裏的任何人。說實在的，這事猛然一出來，我生平從沒那麼震驚過。我簡直不敢相信。我母親第一個把這件事告訴我，我覺得她是求我採取果斷行動，於是我立即對她說：『親愛的母親，我不知道在這個關頭會打算怎麼辦，但是就我而論，我要說，如果愛德華眞的娶了這個年輕女人，那我決不要再見到他。』這就是我當時說的話。的確，我這一驚吃得非同小可！可憐的愛德華，他完全把自己葬送了！把自己排除在上流社會之外！不過，正如我向我母親說的，我對此一點也不感到驚訝。從他所受的教育方式看，他總要出這種事的。我可憐的母親簡直有點瘋了。」

「你見過那位小姐嗎？」

「是的，見過一次。當她待在這座房子裏的時候，我偶然進來逗留了十分鐘，把她好好看了看。只不過是個彆彆扭扭的鄉下姑娘，既不優雅，也不漂亮。我還清清楚楚地記得她。我想她就是可以迷住可憐的愛德華的那位姑娘。我母親把事情對我一說，我就立刻提出要親自和他談談，說服他放棄這門婚事。但是我發現，當時已經為時過晚，無法挽救了。因為不幸的是，我一開始並不在家，直到關係破裂之後，我才知道這件事，不過你知道，這時候我已經無法干預了。我若是早得知幾個小時的話，十有八九是可以想出辦法的。我勢必會極力向愛德華陳說的。『我的好伙計，』我會說，『考慮一下你這是在做什麼。你在謀求一樁極不體面的婚事，遭到了你一家人的一致反對。』總之一句話，我認為當時是有辦法的，但是現在太晚了。你知道，他肯定要挨餓，這是確定無疑的，絕對要挨餓。」

他剛剛泰然自若說完這一點，約翰．達什伍德夫人走了進來，打斷了這個話題。不過，雖然她從不和外人談論這件事，可是艾麗諾還是看得出來這件事給她精神上帶來的影響：她剛才進來時，神情就有點慌亂，後來又試圖對艾麗諾表現得熱誠些。當她發現艾麗諾和她妹妹很快就要離開城裏時，她甚至還表示關切，好像她一直希望能和她們見見。她一面在說，陪她一起進來的丈夫一面在洗耳恭聽，好像哪裏說得最富有感情，哪裏說得最溫文爾雅，他都能辨別得一清二楚。

第四十二章

艾麗諾又到哈利街做了一次短暫的訪問，約翰．達什伍德祝賀她們不費分文就能朝巴頓方向做這麼遠的旅行，而且布蘭登上校過一、兩天也要跟到克利夫蘭。這次訪問結束了他們兄妹之間在城裏的來往。范妮含含糊糊地邀請她們一旦方便就去諾蘭莊園，這恰恰是最不可能的事情。約翰較爲熱情而不那麼公開地對艾麗諾說：他將迅即到德拉福看望她。這就是有關他們鄉下相會的全部預言。

使艾麗諾感到有趣的是，她發現似乎所有的朋友，都決計把她發落到德拉福，而那個地方如今偏偏成了她最不願走訪、最不想居住的地方。因爲它不僅被她哥哥和詹寧斯太太視爲她未來的歸宿，而且就連露西還在分手的時候也一再懇請她去那裏看望她。

四月初的一個清早，漢諾佛廣場和伯克利街的兩幫人分頭從家裏出發，相約在路上碰頭。爲了照顧夏洛特母子，她們計劃在路上走兩天，帕爾默先生和布蘭登上校走得快些，女眷們到達克利夫蘭不久，他們就能趕到。

瑪麗安雖說在倫敦沒有多少舒心的時候，一直急著早點離開，但是眞到臨走的時刻，她又不能不懷著巨大的痛苦，向那幢房子告別。因爲就在這幢房子裏，她最後一次享受到對威洛比寄予希望與信任的樂趣，可是如今這種希望與信任已經永遠破滅了。在這個地方，威洛比還在忙於新的約會、新的規劃，而這一切她卻無緣分享，現在要離開了，這怎麼能不叫她潸然淚下呢。

艾麗諾離別時倒確實感到非常高興。她沒有那樣值得留戀的對象，沒有拋下永遠不能分離的人兒，因而不會感到一時一刻的遺憾。她慶幸自己擺脫了露西的友情所給予的煩惱，慶幸自己能把妹妹帶走，而使威洛比自從結婚以來，一直未能見到她。她盼望回到巴頓安安靜靜地住上幾個月，可以使瑪麗安的心情恢復平靜，也可以使她自己的心情變得更加平靜。

旅途上她們一帆風順，第二天便進入薩默塞特郡，在瑪麗安的想像中，這裏時而是個可愛的地方，時而又是個禁區。第三天午前，她們就駛到了克利夫蘭。

克利夫蘭是棟寬敞的現代建築，座落在一片傾斜的草坪上。四周沒有花園，但是娛樂場地倒頗為寬闊。與同樣顯耀的其他地方一樣，這裏有開闊的灌木叢和縱橫交錯的林間小徑。一條環繞種植園的光滑鵝卵石鋪道，直通到屋前。草坪上樹木零散。房子為樹木所環護，冷杉、花楸、刺槐，密密層層的，間或點綴著幾棵倫巴第參天楊，把那些下房遮得嚴嚴實實。

瑪麗安走進屋裏，因為意識到距離巴頓只有八十英里，距離庫姆大廈不到三十英里，心情不禁激動起來。她在屋裏還沒待上十分鐘，便趁眾人幫助夏洛特給女管家瞧看小寶寶的時候，又退了出來，偷偷穿過剛剛開始呈現其姿容之美的蜿蜒伸展的灌木叢林，向遠處的高地上爬去。她站在希臘式的聖殿前面，目光掠過寬闊的田野向東南方向眺望，深情地落在地平線盡處的山脊上。她想，站在這些山頂上，也許能望見庫姆大廈。

她來到了克利夫蘭，在這極其難得又無比痛苦的時刻，她不禁悲喜交集，熱淚奪眶而出。當她繞著另一條路回到屋裏時，她感到了鄉下的逍遙自在，可以隨心所欲地單獨行動，不受約束地到處閒逛。因此她決定，在帕爾默夫婦家裏逗留期間，她每日每時都要沉迷於這樣的獨自漫步之中。

她回屋的時候，正趕上衆人往外走，想到房前屋後就近走走，她便一道跟了出來。大家來到菜園，一面觀賞牆上的花朵，一面聽著園丁抱怨種種病害。接著走進暖房，因爲霜凍結束得晚，再加上管理不慎，夏洛特最喜愛的幾種花草被凍死了，逗得她哈哈大笑。最後來到家禽飼養場，只聽飼養員失望地說起老母雞不是棄巢而去，就是被狐狸叼走，一窩小雞本來很有希望，不料卻紛紛死光，於是夏洛特又發現了新的笑料。

就這樣，上午餘下的時間很快便消磨過去了。

整個上午，天氣晴朗乾燥。瑪麗安計劃戶外活動時，並沒考慮她們在克利夫蘭逗留期間，天氣會發生任何變化。因此，她萬萬沒有料到，晚飯後一場連綿大雨，竟然使她再也出不去了。本來，她想趁著黃昏時刻，到希臘式聖殿去散散步，也許能在那四周好好逛逛。如果天氣僅僅是寒冷、潮濕一些，那還不至於阻擋得了她。但是，這樣的連綿大雨，即使是她，也不會當作是乾燥適意的好天氣而去散步的。

她們伙伴不多，平平靜靜地消磨著時光。帕爾默夫人抱著孩子，詹寧斯太太在織地毯。她們談論著留在城裏的朋友，猜想米德爾頓夫人有何交際應酬，帕爾默先生和布蘭登上校當晚能否趕過雷丁。艾麗諾雖然對此毫不關心，卻也跟著她們一起談論。瑪麗安不管到了誰家，不管主人們如何防止，總有本事找到書房，不久就撈來了一本書。

帕爾默夫人素性和悅，待人友好，不可能使客人們感到不受歡迎，她那坦率熱忱的態度大大彌補了她記憶和風度上的欠缺，這種欠缺往往使她有失風雅。她的和藹可親被那張漂亮的臉孔一襯托，顯得非常迷人。她的缺陷雖說很明顯，但並不令人厭惡，因爲她並不自負。除了她的笑聲之外，別的東西艾麗諾都能寬恕。

第二天，兩位紳士終於到達了，趕上了一頓很遲的晚餐。屋裏一下子增加了兩個人，著實令人高興。他們帶來的趣事樂聞為大家的談話增添了異彩。本來，整整下了一上午的雨，大家的談話興致已經變得十分低落。

艾麗諾以前很少見到帕爾默先生，而就在那不多的接觸中，她發現他對她妹妹和她自己的態度變化莫測，不知道他到了自己家裏會如何對待她們。不過她發現，他對所有的客人都非常斯文，只是偶爾對他妻子和岳母有點粗野。她覺得，他本來大可成為一個可愛的伙伴，如今所以不能始終如一地做到這一點，只是因為他太自信了，總以為自己比一般人都高明，就像他認為自己比詹寧斯太太和夏洛特都高明一樣。至於他個性和習性的其他方面，艾麗諾覺得，就他的性別和年紀而論，絲毫看不出有任何異乎尋常的地方。他吃食挑剔，起居無常；喜愛孩子，雖然假裝怠慢；本該用來務正業的時間，他卻一個個上午消磨在打彈子上。不過，總的來說，她對他比原來預料的要喜歡得多，但她並不因為不能更加喜歡他而從心裏感到遺憾。她瞧瞧他的貪圖享樂、自私自利和驕傲自大，想起愛德華的寬宏大量、樸實無華和虛懷若谷，不由得自鳴得意起來，對此她也不感到遺憾。

布蘭登上校最近去了一趟多塞特郡，艾麗諾從他那兒聽到了愛德華的消息，至少是關於他部分情況的消息。布蘭登上校既把她看作費拉斯先生的無私朋友，又把她看作他自己的知心朋友。他向她談起了德拉福牧師公館的大量情況，敘說了它的種種缺陷。他在這個以及其他任何具體問題上對她的態度，他在離別十天之後重新見到她時那股毫不掩飾的高興勁兒，他願意和她交談，尊重她的意見，這一切都大可證明詹寧斯太太關於他有情於她的說法很有道理。假如艾麗諾不像一開始那樣仍然認定瑪麗安才是他真正的心上人，那麼她或許也會跟著對此產生懷疑。

但在事實上，除了詹寧斯太太向她提到過以外，她幾乎沒動過這樣的念頭。

她不得不認爲，她們兩個比較起來，還是她自己觀察得更細心：她注意他的眼睛，而詹寧斯太太只考慮到他的行爲。當瑪麗安覺得頭昏喉痛，開始得了重傷風，布蘭登上校顯出焦慮不安的神情時，因爲沒有用言語加以表示，這副神情完全沒有被詹寧斯太太所察覺，而她卻從這副神情中發現了一個情人的多愁善感和大驚小怪。

瑪麗安來到這裏的第三天和第四天傍晚，又兩次愉快地出去散步，不僅漫步在灌木叢間的鵝卵石鋪道上，而且踏遍了四周的庭園，特別是庭園的邊緣地帶，這裏比別處更加荒涼，樹木最老，草最高最潮濕。這還不算，瑪麗安居然冒冒失失地穿著濕鞋濕襪子席地而坐，結果患了重感冒，頭一、兩天雖說滿不在乎，甚至矢口否認，無奈病情越來越嚴重，不能不引起衆人的關切和她自己的重視。從四面八方源源不斷地開來了處方，但通常都被謝絕。雖說她身子沉重，溫度很高，四肢酸痛，喉嚨又咳又痛，但是好好休息一夜就能徹底復原。她上床後，艾麗諾好不容易才說服她試用一、兩種最簡單的處方。

第四十三章

第二天早晨，瑪麗安還是按通常時刻起身，不管誰來問安，她都說好些了。而且爲了證實自己確有好轉，又忙起她慣常的事情。但是，一天裏，不是哆哆嗦嗦地坐在爐前，手裏拿著本書又不能讀，就是有氣無力、沒精打采地躺在沙發上，這都遠遠不能表明她確有好轉。後來，實在越來越不舒服，便早早上床睡覺去了。這時，布蘭登上校只是對她姊姊的鎮靜自若感到吃驚。她雖說違背瑪麗安的心願，整天在護理她，夜裏逼著她吃點合適的藥，但是她和瑪麗安一樣，相信睡眠肯定有效，因而並不感到眞正可怕。

但是，瑪麗安渾身發燒，折騰了一夜之後，兩人的期望便落了空。瑪麗安硬撐著爬下床，後來自認坐不住，便又自動回到床上。艾麗諾立即採納詹寧斯太太的意見，派人去請帕爾默夫婦的醫生。

醫生請來了，他診察了病人，雖然一面鼓勵達什伍德小姐說，她妹妹過不了幾天就能恢復健康，一面卻又斷言她得的是病毒性感冒，並且漏出了「傳染」兩個字。帕爾默夫人一聽嚇了一跳，很替自己的孩子擔憂。詹寧斯太太對瑪麗安的病，從一開始就比艾麗諾看得嚴重，現在聽到哈里斯先生的診斷報告，臉色顯得十分嚴肅。她認爲夏洛特是該擔憂，是該小心，催促她馬上帶著孩子離開家裏。帕爾默先生雖然認爲她們的憂慮毫無根據，但他又覺得他妻子那副憂心如焚、糾纏不休的樣子，實在叫他無法忍受，便決定讓她離開。就在哈里斯先生來後還不足一個小時，夏洛特就帶著小傢伙及其保姆，向住在巴斯對面幾英里遠的帕爾默先生的一個近親家出發了。在她的熱切懇求下，她丈夫答應一、兩天後就去那裏和她作伴。她幾乎同樣熱切地懇求她母親也去那裏陪伴她。不過，詹寧斯太太是個好心腸的人，她因此而受到艾麗諾的眞心喜愛。她當衆宣布：只要瑪麗安還在生病，她就決不離開克利夫蘭。既然是她把瑪麗安從她母親身邊帶走的，那她就要透過自己的悉心照料，盡力代行母親的職責。艾麗諾發覺，她任何時候都是個最樂於幫助別人的熱心人，一心想要分擔她的辛勞，而且由於她有豐富的護理經驗，往往能幫大忙。

可憐的瑪麗安被這場病折磨得無精打采，總覺得自己渾身病痛，再也無法希望明天可以復原了。一想到明天的計劃全毀在這倒楣的病上，她的病勢不覺變得更加嚴重。原來，她們明天要踏上歸家的旅途，一路上詹寧斯太太的一位僕從關照，後天下午就能使母親出其不意地見到她們。她很少開口，但是一開口，便是爲這次不可避免的耽擱而哀嚎。不過，艾麗諾試圖幫她打起精神，讓她相信，被推遲的時日將是非常短暫的，而她自己當時確實也是這麼認爲的。

第二天，病人的情況幾乎沒發生什麼變化。病勢當然不見好轉，但也不顯得有所加重。現在，賓主的人數進一步減少了，因爲帕爾默先生儘管很不願走（這一方面是出自眞正的仁愛與溫厚，一方面是不想顯得讓妻子嚇得不敢不去），但最後終於被布蘭登上校說服，準備履行跟著她去的諾言。當做準備動身的時候，布蘭登上校更是費盡了很大的勁兒，才說起自己也該走了。不過，好心的詹寧斯太太這時又令人心悅誠服地出面干預了。她認爲，上校的情人正爲她的妹妹感到不安，這時候就把他打發走豈不是叫他們兩人都不得安適。因而她立即對他說，她需要他待在克利夫蘭，逢到晚上達什伍德小姐在樓上陪伴她妹妹時，她要讓他和她一起玩皮克牌❶什麼的。她極力挽留他，而他一旦依從就能滿足他自己的最高心願。於是只能裝模作樣的推託兩句。特別是，詹寧斯太太的懇求得到了帕爾默先生的熱烈支持，他似乎覺得，他走後留下一個人，碰到緊急情況能幫達什伍德小姐的忙，或者替她出出主意，他也就感到寬慰了。

這一切安排當然都是背著瑪麗安進行的。她不知道，正是因爲她的緣故，克利夫蘭的主人們才在大家到來大約七天之後，便相繼離家而走。她見不到帕爾默夫人並不感到詫異，也不感到關切，她從來不提起她的名字。

帕爾默先生走了兩天，瑪麗安的病情依然如故。哈里斯先生每天都來護理她，仍然一口咬定她很快就會復原。達什伍德小姐同樣很樂觀，但是其他人卻絲毫不感到歡欣鼓舞。詹寧斯太太早在瑪麗安剛開始發病不久，就斷定她絕對好不了啦。布蘭登上校對詹寧斯太太的可怕預言基本上只能聽之任之，對其影響並無抵制能力。他試圖說服自己消除憂慮，醫生對病情的不同診斷似乎使這種憂慮顯得非常荒誕。但是他每天都要孤單單地待上好多時間，這非常適於他滋生種種傷心的念頭，他無法消除再也見不到瑪麗安的想法。

然而到了第三天早晨，兩人差一點打掉這種悲觀心理；因爲哈里斯先生來後宣布：病人的情況大有好轉。她的脈搏跳動催促得有力多了，所有症狀都比他上次來診療時要好。艾麗諾進一步證實了她的樂觀想法，不禁欣喜若狂。使她感到高興的是，她在寫給母親的信裏，一直堅持自己的見解，而沒有接受她朋友的判斷，對於把她們耽擱在克利夫蘭的那點小病完全等閒視之。她幾乎確定了瑪麗安可以上路的時間。

---

❶ 皮克牌（Piquet）兩人對玩的一種紙牌遊戲。

但是，這一天到最後並不像開始時那麼吉利。臨近傍晚時分，瑪麗安又病了，而且比以前更加沉重，更加煩躁不安。不過她姊姊仍然很樂觀，認爲所以出現這種變化，不過是因爲給她鋪床的時候，讓她坐了一會兒。她悉心照料她服了醫生開的鎮靜劑，滿意地看著她終於睡著了，她認爲這會產生最有益的效果。她雖然不像艾麗諾期望的睡得那麼安穩，但是卻睡了相當長的時間。艾麗諾一心想要親自觀察效果如何，便決定自始至終守著她。詹寧斯太太不知道病人有任何變化，便異常早地上床睡覺去了，她的女僕（也是一個主要的護士），正在女管家房裏休息，剩下艾麗諾一個人守著瑪麗安。

瑪麗安的睡眠變得越來越擾動不安。她姊姊目不轉睛地望著她輾轉反側，聽見她嘴裏不停地發出一些模糊不清的怨言，簡直想把她從這痛苦的睡眠中喚醒。不料瑪麗安忽然被屋裏的什麼意外聲音驚醒了，急忙爬起來，激動若狂地大聲嚷道：「媽媽來啦？」

「還沒有，」艾麗諾答道。她掩飾著自己的恐懼，一面扶著瑪麗安重新躺下。「不過，我想她很快就會到達。你知道，從這裏到巴頓路途遙遠。」

「她千萬不要繞道由倫敦來，」瑪麗安帶著同樣焦急的神情嚷道。「她若是去倫敦，那我永遠也見不到她啦。」

艾麗諾驚愕地察覺，她有些失常了。她一面盡力安撫她，一面急切地爲她診脈。脈搏比以前跳得更快。瑪麗安仍然發狂似地叨念著媽媽，艾麗諾越來越惶恐不安，因此決計立刻叫人把哈里斯先生請來，同時派使者去巴頓把她母親叫來。如何最妥當地實現這後依目標，決心剛定下，她就想到要找布蘭登上校商量商量。她拉鈴叫人替她看守妹妹，然後馬上跑下樓，匆匆來到客廳。她知道，通常在比現在晚得多的時刻，也能在客廳見到布蘭登上校。事不宜遲，她當即向他擺明了她的憂慮和困難。對於她的憂慮，上校沒有勇氣、也沒有信心幫她解除，只能頹然不語地聽她說著。但是，她的困難卻立即迎刃而解，因為上校自告奮勇要當使者，去把達什伍德太太請來。那個爽快勁兒彷彿表明，他對眼前這次幫忙，心裏先做了安排似的。艾麗諾起先不同意，但是很容易便被說服了。她用簡短而熱情的語言向他表示感謝。當上校打發僕人快去給哈里斯先生送信，並且馬上去準備驛馬的時候，艾麗諾給她母親寫了封短信。

此時此刻，能得到布蘭登上校這樣的朋友的安慰——她母親能有這樣的人作伴，她怎能不感到慶幸！母親有他作伴，他的精明能給她以指點，他的關照能消除她的憂慮，他的友情能減輕她的痛苦！只要這種召喚所引起的震驚可以減少的話，那麼憑著他的言談舉止，有他出面幫忙，一切準會如願以償。

這時候，上校不管有什麼感覺，行動起來還是踏踏實實，有條不紊。他雷厲風行地進行每一項必要的準備，精確計算她可能期待他回來的時間。前前後後，一分一秒也不耽擱。驛馬甚至不到時候就牽來了，布蘭登上校只是帶著嚴肅的神情握了握她的手，嘀咕了幾句，她也沒聽清說的什麼，便匆匆鑽進了馬車。此時約莫十二點光景，艾麗諾回到妹妹房裏，等候醫生到來，同時接著看護病人。這是一個兩人幾乎同樣痛苦的夜晚。瑪麗安痛苦得睡不安穩，盡說胡話，艾麗諾則憂心如焚，一小時又一小時地過去了，哈里斯先生還不見蹤影。

艾麗諾先前並不憂懼，現在一旦憂懼起來，倍覺痛苦不堪。因她不願叫醒詹寧斯太太，便讓那僕人陪著她熬夜，不過她只能使艾麗諾格外苦惱，因為她把女主人的一貫想法向她做了暗示。

瑪麗安仍然不時地語無倫次地叨念著母親。每當她提起母親的名字，可憐的艾麗諾心裏就像刀割一般。她責備自己不該小看了那麼多天的一場病，可憐巴巴地希望能立即給病人解除痛苦。但是她又覺得，解除痛苦的全部努力，很可能馬上化為泡影，一切都耽擱得太久了。她設想她那苦難的母親來得太遲了，已經見不到這個寶貝孩子，或者說，在她還省人事的時候已見不到她了。

她剛想再打發人去喊哈里斯先生，或者，如果他不能來，就去另請別人，不料哈里斯先生到了——不過那是五點半後才到。然而，他的意見多少彌補了一下他的耽擱，因為他雖然承認病人發生了意想不到的可怕變化，但是並不認為有多大危險。

他滿懷信心地談到，用一種新的療法可以解除病人的痛苦，而這種信心也多少傳給了艾麗諾幾分。哈里斯先生答應過三、四個小時再來看看。他離開的時候，病人和她那焦慮的看護人都比他剛見到時鎮靜多了。

到了早晨，詹寧斯太太聽說了夜裏的情形，不禁大為關切，一再責備她們不該不叫她來幫忙。她先前就感到憂懼，現在更有理由重新感到憂懼，因而對昨晚的事情毫不懷疑。她雖然盡量拿話安慰艾麗諾，但是她深信她妹妹病情危險，安慰中並不夾帶著希望。她的心情確實十分悲痛。像瑪麗安這麼年輕、這麼可愛的一個姑娘，居然會迅速垮掉，早早死去，這即使讓無關的人見了，也會感到痛惜的。瑪麗安還有別的理由得到詹寧斯太太的憐憫。她做了她三個月的同伴，現在仍然受她照顧。大家都知道她受到了很大的冤屈，一直不快活。另外，她還眼看著她的姊姊（也是她最寵幸的人）痛苦難熬。至於她們的母親，詹寧斯太太一想到瑪麗安對她大概就像夏洛特對她自己一樣，她對她的痛苦的同情就變得非常誠摯了。

哈里斯先生第二次來得很準時。他指望上次開的藥方能產生些效果，但這次來一看，希望落了空。他的藥沒起作用，燒沒有退，瑪麗安只是更安靜了——這有些反常——一直昏迷不醒。艾麗諾見他害怕了，自己也當即跟著害怕起來，而且害怕得比哈里斯先生有過之而無不及，於是便建議另請醫生。可是他認爲沒有必要，他還有點藥可以試試。這是一種新藥，他相信一定會有效，幾乎像他相信前一種藥物有效一樣。

最後，他又做了一番鼓舞人心的保證，可是對於這些保證，達什伍德小姐只是聽在耳朵裏，心裏可不相信，她是鎮靜的，除了想起她母親的時候。但是她幾乎絕望了，直到中午，她始終處於這種狀態，守在妹妹床邊幾乎一動不動，腦際浮現出一個個悲哀的形象、一個個痛楚的朋友。詹寧斯太太的談話使她的情緒低落到極點。這位太太毫無顧忌地把這次劇烈而危險的發作，歸咎於瑪麗安由於失戀而引起的歷時數星期的身體不適。艾麗諾覺得她說的很有道理，因而思想上又增加了新的痛苦。

約莫正午時分，她開始想像，覺得妹妹的脈搏可望略有好轉。但是她非常謹愼，因爲害怕希望落空，甚至都沒向她的朋友說出。她等待著、觀察著，一次次地診脈。最後，外表的鎮靜實在掩飾不住內心的激動，簡直比先前的痛苦還難以掩飾，她便冒昧地說出了自己的希望。詹寧斯太太雖然被逼著診了診脈，承認暫時是有好轉，但她極力想讓她的年輕朋友不要奢望這種現象可以持續下去。艾麗諾仔細考慮了一切可疑現象，也告誡自己不要抱有希望。但是，這已爲時過晚，她心裏已經浮現出希望。希望中只感到焦灼不安，便俯身向妹妹觀察——她也不知道是在觀察什麼。

半個小時過去了，但她幸運地見到那個可喜的徵候仍舊存在，甚至還出現別的徵兆，進一步證實了這個徵候。從她的呼吸、皮膚和嘴唇上，她都欣喜地見到了病勢好轉的跡象。瑪麗安帶著清醒而倦怠的神情凝視著她。現在，憂慮和希望同樣使她感到沉重，心裏時時刻刻不得安寧，直到哈里斯先生四點鐘到來爲止。這時，哈里斯對她說，她妹妹的病情好轉得這麼快，實在出乎他的意料之外，便一再向她表示祝賀，這不由得給她帶來了信心和安慰，眼裏閃爍著喜悅的淚花。

瑪麗安在各方面都大有好轉，哈里斯先生宣稱：她已完全脫離險境。詹寧斯太太也許對自己的預感在上次病危之際被部分證實而感到有些得意，便毅然相信了他的看法。她帶著眞摯的、繼而是毫不含糊的喜悅承認，瑪麗安很可能完全康復。

但艾麗諾高興不起來。她的喜悅屬於另一種形式，並沒使她表現得高興采烈。一想到瑪麗安重新獲得了生命，恢復了健康，可以回到朋友中間，回到溺愛她的母親身邊，她不由得感到無比欣慰，充滿了熾烈的感激之情。但是，她的喜悅沒有外露，既無言語，也無笑容。她的喜悅全部藏在心底，嘴裏不說，感情卻很強烈。

整個下午，她繼續不間斷地守在妹妹身邊，安撫她的每一種憂懼，回答她那孱弱心靈提出的每一次詢問，提供她所需求的每一樣東西，甚至幾乎注視著她的每一個表情、每一次呼吸。當然，有時候，舊病復發的可能性，又會促使她回想起焦灼不安的滋味——但是，她經過反覆仔細的檢查，發現所有復原的徵候都在繼續發展。到六點鐘，她見到瑪麗安安安穩穩、而且看來舒舒服服地睡著了，便消除了一切疑慮。

布蘭登上校回來的期限快到了。艾麗諾相信，母親一路上一定提心吊膽的，但到了十點鐘，或者頂多再遲一點，她就會如釋重負了。還有那上校！也許是個同樣可憐的人兒！噢！時間過得太慢了，還把他們蒙在鼓裏！

七點鐘，艾麗諾見瑪麗安還在熟睡，便來到客廳和詹寧斯太太一起用茶。她早飯因爲擔驚受怕，午飯因爲覺得有了希望，都沒吃多少。現在她帶著滿意的心情而來，這頓茶點就覺得特別可口。茶點用完，詹寧斯太太想動員她在母親到來之前休息一下，讓她替她守候瑪麗安。沒想到艾麗諾並不感覺疲勞，此刻也沒有睡意，如無必要，一時一刻也不想離開妹妹。

於是，詹寧斯太太陪著她上了樓，走進病人房間，滿意地看到一切都很正常，便讓她留在那兒照料妹妹，想她的心事。而她則回到自己房裏，寫寫信，然後睡覺。

這天夜裏，氣溫寒冷，暴風雨大作。風，繞著房子怒號；雨，衝著窗戶拍打。可是艾麗諾只知道心裏高興，對此全然不顧。儘管狂風陣陣，瑪麗安照樣酣睡著，而正在趕路的人兒——他們雖然目前遇到種種不便，但是等待他們的是豐厚的報償。

時鐘敲了八點。假如是十點的話，艾麗諾定會確信她聽見有馬車駛到屋前。她太自信了，儘管他們還幾乎不可能到來，但她確信聽到了馬車聲。她走進毗鄰的化妝室，打開一扇百葉窗，想證實一下她聽得不錯。她當即發現，她的耳朵沒有聽錯。一輛馬車的閃爍車燈立即映入眼帘。她想，從車燈那搖曳不定的亮光可以看出，馬車由四匹馬拉著。這除了表明她可憐的母親過於驚慌之外，還可以說明他們為什麼到得這麼快。

艾麗諾的心情從來沒有像當時那樣難以平息。一見馬車停在門口，她就意識到母親心裏會是個什麼滋味，疑慮呀——恐懼呀——也許還有絕望！而她也知道她要說些什麼！她一想到這一切，心裏哪能平靜！現在唯一需要的是快。因此，她剛把妹妹交給詹寧斯太太的僕人關照，就匆匆跑下樓。

她走過一道內廊的時候，聽到門廳那裏一片忙亂，便知道他們已經進到屋裏。她朝客廳奔去——走進去，不料卻只見到了威洛比。

第四十四章

艾麗諾一見到他，頓時驚慌失色，情不自禁地扭身往外就走。她手抓住鎖柄剛想開門，不料被威洛比搶上前一把攔住，只聽他帶著命令而不是懇求的口氣說道：「達什伍德小姐，請你留一下——半個小時——十分鐘。」

「不，先生，」她毅然答道，「我不想留下。你不會有事找我的。我想僕人忘了告訴你，帕爾默先生不在家。」

「即使他們告訴我，」威洛比激動地嚷道，「帕爾默先生及其親屬都見閻王去了，也休想把我趕出門。我是來找你的，只找你一個人。」

「找我！」艾麗諾極其驚愕地說——「好吧，先生——快說吧——如果可以的話，不要那麼激動。」

「請你坐下，這兩點我都能做到。」

她躊躇了一下，有些茫然不知所措。她忽然想到，說不定布蘭登上校會來這裡撞見他。不過，她答應聽他說下去，因為這事不僅觸動了她的自尊心，而且引起了她的好奇心。她思忖了片刻，覺得為了謹慎起見，還是讓他快說快完，而要快說快完，她最好順從他的意思，她悄悄走到桌邊坐下。威洛比坐到對面的椅子上，足足有半分鐘工夫，兩人沒有說話。

「請快說吧，先生，」艾麗諾不耐煩地說。「我沒有閒工夫。」

從他坐的樣子看，他像是在沉思默想，似乎沒有聽見她的話。

停了一刻，他突然說道：「你妹妹已經脫離危險。我是從僕人那裡聽說的。感謝上帝！但這是眞的！的確是眞的嗎？」

艾麗諾不肯吱聲。威洛比更加急切地又問了一次：

「看在上帝的份上，告訴我她脫險了沒有？」

「我們希望她脫險了。」

威洛比立起身，走到房間對面。

「我若是半個小時以前得知這些情況——可是既然我就在這裡，」——他又回到座位上，裝作快活的樣子說道！「這又有什麼關係？達什伍德小姐——或許這是我們最後一次——就讓我們快快樂樂地相見這麼一次吧。我現在倒很有興致。老實告訴我，」——他兩頰唰地變得通紅——「你認爲我是個壞人，還是個蠢人？」

艾麗諾愈加驚訝地看著他。她在想，他一定是喝醉了。不然，他的來訪、他的言談舉止，就令人覺得不可思議。因爲有這樣的印象，她立即站起身，說道：

「威洛比先生，我勸你現在還是回庫姆去。我沒有閒工夫陪你。不管你找我有什麼事，最好還是等到明天，這樣你可以想得更周到，解釋得更清楚些。」

「我明白你的意思，」他意味深長地微微一笑，帶著極其鎭定的語氣說道。「是的，我喝得醉醺醺的。我在馬爾博羅吃冷牛肉，喝上一品脫的黑啤酒，就醉倒了。」

「在馬爾博羅！」艾麗諾嚷道，越來越不明白他要幹什麼。「是的——我今天早晨八點離開倫敦，從那之後，我只走出馬車十分鐘，在馬爾博羅吃了點飯。」

他說話的時候，態度穩重，兩眼炯炯有神，這就使她認識到，不管他會抱有什麼不可寬恕的蠢念頭，但他不是由於喝醉酒才來到克利夫蘭。她考慮了片刻，然後說道：

「威洛比先生，你應該明白，而我當然是明白的——出了這些事情之後，你再如此這般地來到這裡，硬要找我談話，那你一定有什麼特殊理由啦。你來這裡究竟是爲了什麼？」

「我來這裏的目的是，」他鄭重有力地說道，「如果可能的話，使你比現在少恨我一點。我想爲過去作點解釋，表示點歉意——把全部的心裡話說給你聽聽，讓你相信：我雖說一直是個傻瓜蛋，但並非一直都是個壞蛋——以此能獲得瑪——你妹妹的某種諒解。」

「這是你來這裡的眞正原因？」

「的的確確是這樣，」他答道，語氣非常熱切，使她頓時想起了過去的威洛比。她情不自禁地覺得，他是誠懇的。「如果就爲這個，那你早就可以滿意了，因瑪麗安已經原諒了你——她早就原諒了你。」

「眞的！」他帶著同樣急切的語氣嚷道。「那麼她是在應該原諒我之前就已原諒了我。不過她會再次原諒我的，而且理由更加充分。好啦，現在可以聽我說了吧？」

艾麗諾點點頭表示同意。她期待著，只見威洛比略思片刻，然後說道：「我不知道你是如何解釋我對你妹妹的行爲的，把什麼邪惡的動機歸罪到我頭上。也許你不大會瞧得起我了，不過還是値得聽我說說，我要原原本本地說給你聽聽。我最初與你一家人結識的時候，並沒有別的用心、別的意圖，只想使我在德文郡的日子過得愉快些，實際上是比以往過得更愉快。你妹妹那可愛的姿容和有趣的舉止，不可能不引起我的喜愛。而她對我，幾乎從一開始就有點——仔細想想她當時的情況，想想她那副樣子，簡直令人吃驚，我的心竟然那麼麻木不仁！不過應該承認，我起先只是被激起了虛榮心。我不顧她的幸福，只想到自己的快活，任憑我過去一貫沉溺其中的那種感情在心裡興風作浪，於是便千方百計地去討好她，而並不想報答她的鍾情。」

聽到這裡，達什伍德小姐向他投去極其憤怒、鄙夷的目光，打斷了他的話，對他說：

「威洛比先生，你沒必要再說下去，我也沒必要再聽下去。像這樣的話題不會導致任何結果。不要讓我痛苦地聽你說下去。」

「我一定要你聽完，」他答道。「我的財產歷來不多，但我一向出手大方，一向愛和比自己收入多的人交往。我成年以後，甚至我想是在成年以前，欠債逐年增多。雖然我的表姑史密斯太太一去世我就會獲救，但那靠不住，很可能遙遙無期，於是我一直想娶個有錢的女人，以便重振家業。因此，讓我去愛你妹妹，那是不可思議的。我是這樣的卑鄙、自私、殘忍！對此，達什伍德小姐，即便是你，不管用多麼憤慨、多麼鄙夷的目光加以譴責，都不會過分——我就是採取這樣的行為，一方面想贏得她的喜愛，另一方面又不想去愛她。不過，有一點可以說明一下，即使在充滿自私和虛榮的可怕情況下，我也不知道我造成了多大的危害，因為我當時還不懂得什麼是愛情。但是我後來懂得了嗎？這很值得懷疑，因為假若我真的愛她，我會犧牲感情而去追求虛榮和貪婪嗎？再說，我會犧牲她的感情嗎？可是我偏偏這樣做了。我一心想避免陷入相對的貧窮，其實，有了她的恩愛和友誼，貧窮一點也不可怕。如今我雖然發了財，但是我失去了可以給我帶來幸福的一切東西。」

「這麼說來，」艾麗諾有點心軟地說道，「你確實認為你曾一度愛過她啦！」

「見到這樣的丰姿美貌，這樣的柔情蜜意而不動心！天下有哪個男人做得到呢！是的，我不知不覺地漸漸發現，我從心裡喜歡她。我生平最幸福的時刻，就是和她一起度過的。那時，我覺得自己的用心正大光明，感情無可指責。不過，即便在當時，雖說我下定決心向她求愛，但是由於我不願意在極其窘迫的境況下與她訂婚，因此便極不恰當地一天天拖延下去。在這裡，我不想進行爭辯——也不想停下來讓你數落我多麼荒唐。本來是義不容辭的事情，我卻遲遲疑疑地不講情義。眞比荒唐還糟糕。事情證明，我是個狡猾的傻瓜，謹小愼微地製造機會，使自己永遠成爲一個不齒於人類的可憐蟲。不過，我最後終於拿定主意，一有機會與她單獨相會，就向她表明我一直在追求她，公開對她說我愛她。事實上，我早已在盡力設法表露這種愛。但是，在這時候——就在隨後的幾個鐘頭裡，我還沒能找到機會私下和她交談，卻出現了一個情況！一個不幸的情況，使得我的決心、我的幸福毀於一旦。我的一件事情敗露了。」——說到這裡，他有些猶豫，不禁垂下了頭。「史密斯太太不知怎麼聽說了，我想是哪個遠房親戚密告的，這個親戚一心想使我失寵於史密斯太太，便告發了我的私情，我與別人的瓜葛——但是我不需要親自再作解釋，」他補充說，面孔脹得通紅，直拿探詢的目光望著艾麗諾。「你和他的關係特別親密——你大概早就聽說了事情的來龍去脈。」

「是的，」艾麗諾答道，臉色同樣變得通紅，但她重新狠了狠心，決定不再憐憫他。「坦白地說，我無法理解，在這起可怕的事件中，你有哪點能給自己開脫罪責。」

「請你不要忘記，」威洛比嚷道，「你是聽誰說的，那會公平無私嗎？我承認，她的身分、她的人格應該受到我的尊重。我並不想替自己辯解，但是也不能讓你認爲：我就無可辯解了，而她因爲受了損害就無可指責了，好像因爲我是個浪蕩子，她就一定是個聖人。如果她那強烈的感情和貧乏的理智——然而，我並非有意爲自己辯護。她對我的一片深情，應該受到更好的對待，我經常懷著自咎的心情，緬懷她的柔情蜜意，而這股柔情蜜意在一個短時期裡不能引起我的反響。我但願——我由衷地但願，要是沒有這碼事就好了。我不僅傷害了我自己，而且還傷害了另一個人，此人對我的一片深情（我可以這樣說嗎？）簡直不亞於那個姑娘，此人的心地——哦！眞是高尙無比！」

「然而，你對那個不幸姑娘的冷漠無情——儘管我很不願意談論這件事，但我還是一定要說——你的冷漠無情並不能爲你對她的殘酷的棄置不顧作辯解。你不要以爲藉口她脆弱，天生缺乏理智，就可以爲你自己的蠻橫殘忍作辯解。你應該知道，當你在德文郡盡情享樂，歡天喜地地追求新歡的時候，她卻陷入了窮困潦倒的深淵。」

「我以名譽擔保，我並不知道這個情況，」他急切地答道。「我不記得我忘了告訴她我的地址。況且，普通常識就能告訴她如何查到。」

「好啦，先生，史密斯太太說了些什麼？」

「她馬上就責備我的過失，我的窘態可想而知。她生活聖潔、思想刻板、對人情世故全然無知！這一切都對我不利。事情本身我無法否認，企圖大事化小也是徒勞無益的。我相信，她事前就大體上對我的行爲準則發生了懷疑，而且對我這次來訪期間對她不夠關心、很少把時間花在她身上，感到不滿。總之一句話，最後導致了總決裂。也許，我有一個辦法可以挽救自己。在她最崇尚道德的時候（慈善的女人），他表示如果我願意娶伊麗莎，她就原諒我的過去。這是不可能的——於是我正式失去她的寵愛，被她趕出家門。就在事情發生之後的那天夜裡——我第二天早晨就得離開——我一直在反覆考慮將來怎麼辦？思想鬥爭是激烈的——但結束得太突兀。我愛瑪麗安，而且我深信她也愛我！可是這都不足以克服我對貧窮的恐懼心理，不足以克服我貪財愛富的錯誤思想。我本來就有這種自然傾向，再加上盡跟些出手大方的人混在一起，進一步助長了這些錯誤思想。我當時有理由認爲，我目前的妻子是靠得住的，只要我願意向她求婚就行，我自以爲謹愼考慮一下也沒有別的出路。可是我還沒來得及離開德文郡，便遇到一個令人苦惱的場面。就在那天，我約定和你們一道吃飯，因而必須對我不能踐約表示道歉。但是，究竟是寫信，還是當面陳說，我一直舉棋不定。去見瑪麗安吧，我感到這很可怕。我甚至懷疑我再見到她時能否不動搖自己的決心。可是事實證明，我在這點上低估了自己豁達的氣度；因爲我去了，見到了她，發現她很痛苦，我離開她時仍然很痛苦——我離開了她，希望永遠別再見到她。」

「威洛比先生，你爲什麼要去呢？」艾麗諾用責備的口吻說道，「寫封信就足夠了，爲什麼一定要去呢？」

「這對我的自尊心是必要的。我不忍心就這樣離開鄉下，讓你們和左鄰右舍懷疑我與史密斯太太之間眞的出了什麼事，因此，我決定在去霍尼頓的途中，順道到鄉舍看看。見到你妹妹確實很可怕。而且更糟糕的是，我只見到她一個人。你們都不在，不曉得到哪兒去了。我頭天夜裡才離開她，當時我心裡暗暗下定決心，一定要對得起她！只要再多幾個小時，她就永遠屬於我的了。我記得，我從鄉舍往艾倫漢走去時，不知有多高興、多快活，自鳴得意的，逢人便樂！但是，在我們友好相處的這最後一次會見中，我懷著一種內疚的感覺來到她的跟前，簡直連掩飾感情的能力都沒有了。當我告訴她我必須馬上離開德文郡時，她是那樣悲傷，那樣失望，那樣懊悔——我永遠無法忘懷。另外，她那樣信賴我、信任我！哦，上帝！我是個多麼狠心的無賴！」

兩人沉默了一陣。艾麗諾首先開口。「你告訴她你不久就會回來？」

「我不知道告訴了她些什麼，」他不耐煩地答道。「毫無疑問，這與其說是由於過去的緣故，不如說是由於後來的緣故。我想不起來說了些什麼——想也沒用。接著，你親愛的母親進來了，她那樣和藹可親，那樣推心置腹，使我愈加痛苦。謝天謝地！這確實使我感到痛苦。我當時很悲傷。達什伍德小姐，你不可能知道，回想過去的悲傷對我是一種寬慰。我憎恨自己太愚蠢、太卑鄙，過去忍受的一切痛苦如今反倒使我感到洋洋得意，欣喜萬分。你瞧，我走了，離開了我喜愛的人，去找那些我並不感興趣的人。我進城的途中——我和自己的馬一道趕路，因而無聊得很——沒有個人可以說說話——心裡卻是多麼愉快——展望未來，一切都那麼引人入勝！回顧巴頓，多麼令人寬慰的情景！哦！那是一次幸福的旅行。」

他停住了。

「嗯，先生，」艾麗諾說，她雖然憐憫他，但是又急於想讓他快走。「就這些？」

「就這些！不——難道你忘記了城裡發生的事情？那封卑鄙的信！她沒給你看？」

「看過，往來的信件我都看過。」

「我收到她第一封信的時候（因爲我一直待在城裡，信馬上就收到了），我當時的心情——用常言說，不可名狀。用更簡單的話來說——也許簡單得令人無動於衷——我的心情非常痛苦。那一字字、一行行，用個陳腐的比喻來說！假使那親愛的寫信人在這裏的話，她會禁止使用這個比喻的——猶如一把把利劍刺進我的心窩。聽說瑪麗安就在城裡，用同樣陳腐的比喻說——如同晴天霹靂，利劍鑽心！她會狠狠責備我的！她的情趣、她的見解——我相信我比對自己的情趣和見解更了解，當然也更親切。」

艾麗諾的心在這次異乎尋常的談話過程中經歷了多次變化，現在不覺又軟了下來。然而，她覺得自己有義務制止她的同伴抱有最後的那種想法。

「這是不正常的，威洛比先生。別忘了你是有婦之夫。你只須說些你認爲我的確要聽的內容即可。」

「瑪麗安在信中對我說，她仍然像以前那樣愛我——儘管我們分離了許多個星期，她的感情始終不渝，她也深信我的感情始終不渝。這些話喚起了我的悔恨之感。我說喚起了，那是因爲久居倫敦，忙於事務也好，到處放蕩也好，我漸漸心安理得了，變成了一個冷酷無情的惡棍。我自以爲對她情淡愛弛，便硬是認爲她對我也一定情淡愛弛。我對自己說，我們過去的傾心相愛，只不過是閒散無聊時幹的一樁區區小事，而且還要聳聳肩膀，證明事情確實如此。爲了堵住一切責難，消除一切顧忌，我時常暗自說道：『我將非常高興地聽說她嫁給了個好人家。』可是這封信使我進一步認清了自己。我感到，她對我比全天下任何女人都無比可親，而我卻無恥地利用了她。但是，我和格雷小姐的事情剛剛確定，退卻是不可能的。我唯一的辦法，就是避開你們兩個人。我沒有給瑪麗安回信，想以此避開她的進一步注意。

我一度甚至決定不去伯克利街。但是我最後斷定，最明智的辦法，還是裝成一個普通朋友的樣子，擺出一副冷漠的神情，於是有一天早晨，我眼看著你們都出了門，走遠了，便進去留下了我的名片。」

「眼看著我們出了門？」

「正是如此。你若是聽說我經常在注視你們，好幾次差一點撞見你們，你準會感到驚訝。你們的馬車駛過的時候，我鑽過好多商店，爲的是不讓你們看見。我既然住在邦德街，幾乎每天都能瞧見你們中的某一位。只有堅持不懈地加以提防，只有始終不渝地想要避開你們，才能使我們分離得這麼久。我盡量避開米德爾頓夫婦，以及我們雙方都可能認識的其他任何人。但是，我不知道他們來到城裡，我想，就在約翰爵士進城的第一天，還有我去詹寧斯太太家的第二天，我兩次撞見了他。他邀請我晚上到他府上參加舞會。若不是他爲了引誘我，對我說你們姊妹倆都要光臨，我當然會放心大膽地前往助興。

第二天早晨，我又接到瑪麗安寄來的一封短信——仍然那樣情深意長，開誠布公，樸實無華，推心置腹——一切都使我的行爲顯得可惡透頂。我無法回信。我試了試，但是一句話也寫不出來。不過我相信，我那天時時刻刻都在想著她。達什伍德小姐，如果你能同情我，就請同情一下我當時的處境吧。我一心一意想著你妹妹，又不得不向另一位女人扮演一個愉快的情人角色！那三、四個星期是再糟糕不過了。最後，這就不用我說啦，我硬是碰上了你們。我那副醜態妙極啦！那是個好不痛苦的夜晚！一方面，瑪麗安美麗得像個天使，用那樣的語氣在喊我！哦，上帝！她向我伸出手，一雙迷人的眼睛帶著深沉急切的神情盯著我的臉孔，要我向她作解釋！另一方面，索菲婭像個醋罈子似的，看樣子完全——好了，這無關緊要，反正事情都過去了。

那天晚上眞夠我受的！我一有機會就從你們那裡溜跑了，但那只是在見到瑪麗安的漂亮臉孔變得煞白之後。那是我見到她的最後一眼——她出現在我面前的最後一副形象。那是一副極其可怕的形象！然而，當我想到她今天眞的要死去，我感到可以聊以自慰的是，我完全知道那些最終見到她去世的人們，會發現她是個什麼樣子。我走在路上，她出現在我眼前的，自始至終出現在我眼前的，就是這副形象、這副氣色。」

接著，兩人沉思了一會，威洛比首先從沉思中醒來，隨即說道：

「好啦，讓我趕快說完走吧。你妹妹肯定有所好轉、肯定脫離了嗎？」

「我們對此確信無疑。」

「你那可憐的母親也確信無疑——她可溺愛瑪麗安啦。」

「可是那封信，威洛比，你的那封信。對此你還有什麼話要說嗎？」

「是的，是的，這要特別說說。你知道，就在第二天早晨，你妹妹又給我寫了信。你見到她寫了些什麼內容。我當時正在艾利森府上吃早飯，有人從我住所給我帶來了她那封信，還有其他幾封。不巧，索菲婭比我眼快，先看見了這封信，一見到那麼厚的一封信，紙張那麼精緻，還有那筆跡，這一切立即引起了她的疑心。本來，她早就聽人模模糊糊地傳說，我愛上了德文郡的一個年輕小姐，於是，她變得比以往更加妒忌。因此，她裝出一副開玩笑的神氣（一個被你愛上的女人作出這番舉動，那是很討人喜歡的），馬上拆開信，讀了起來。她的無禮行徑大有收穫。她讀到了使她感到沮喪的內容。她的沮喪我倒可以忍受，但是她的那種感情——她的那股惡意——卻無論如何也得平息下去。總而言之，你對我妻子的寫信風格有何看法？細膩，溫存，道道地地的女人氣——難道不是嗎？」

「你妻子！但信上是你自己的筆跡呀！」

「是的，不過我的功勞只在於，我奴隸般地抄寫了一些我都沒臉署名的語句。原信全是她寫的，她的巧妙構思，她的文雅措詞。可我有什麼辦法？我們訂了婚，一切都在準備之中，幾乎連日子都擇定了——不過我說起話來像個傻瓜。什麼準備呀！日子呀！說老實話，我需要她的錢。處在我這樣的境地，爲了避免引起關係破裂，那是什麼事情都做得出來的。話說到底，我用什麼樣的言語寫回信，這會使我的人格在瑪麗安和她的朋友的心目中產生什麼結果呢？只能產生一個結果。我這事等於宣布我自己是個惡棍，至於做起來是點頭哈腰還是吹鬍子瞪眼，那是無關緊要的。『照她們看來，我是永遠毀滅了，』我對自己說。『我永遠和她們絕緣了。她們已經把我看成了無恥之徒。這封信只會使她們把我看成惡棍。』我一面這樣推想，一面無所顧忌地抄寫我妻子的話，退回了瑪麗安的最後幾件信物。她的三封信——不巧都放在我的皮夾子裡，不然我會否認有這些信，並把它們珍藏起來。但我不得不把信拿出來，連吻一下都做不到。還有那綹頭髮——也放在那同一皮夾子裡，我隨時帶在身邊，不料卻讓夫人半討好半使壞地給搜了——那綹心愛的頭髮，每件信物都給奪走了。」

「你搞錯了，威洛比先生，你有很大的責任，」艾麗諾說，語氣中情不自禁地流露出憐憫的感情。「你不該這樣談論威洛比夫人，或者我妹妹。那是你自己作出的抉擇，不是別人強加給你的。你妻子有權利要求你待她客氣些，至少得尊重她。她一定很愛你，否則不會嫁給你。你這麼不客氣地對待她，這麼不尊重地議論她，這對瑪麗安並不是什麼補償，我認爲也不可能使你的良心得到安慰。」

「不要對我談起我的妻子，」他說著，重重地嘆了口氣。「她不值得我憐憫。我們結婚的時候，她知道我不愛她。就這樣，我們結了婚，來到庫姆大廈度蜜月，後來又回城尋歡作樂。達什伍德小姐，現在你是可憐我了呢，還是我這些話都白說了？依你看來，我的罪過是不是比以前少了點呢——哪怕只少一丁點也好。我的用心並非總是不好。我的罪過解釋掉一點沒有呢？」

「不錯，你當然解釋掉一點！只是一點。總的來說，你證明了你的過失沒有我想像的那麼大，你證明了你的心不是那麼壞，遠遠沒有那麼壞。但是我簡直不知道——你使別人遭受這麼大的痛苦——我簡直不知道，怎麼會有比這更惡劣的事情。」

「你妹妹痊癒之後，你能不能把我對你說的話向她重複說說？讓我在她的心目中像在你的心目中一樣，也能減少一點罪過。你說她已經寬恕了我。讓我這樣設想：她若是更好地了解我的心，了解我當前的心情，她就更加自然、更加本能、更加溫和、而不是那麼一本正經地寬恕我。告訴她我的痛苦、我的懺悔，告訴她我從沒對她變過心。如果你願意的話，請告訴她我此刻比以往任何時候都愛她。」

「我會把那些相對來說可以爲你開脫的話都告訴她。但是你還沒向我說明你今天來這裡究竟有什麼特殊緣由，也沒說明你是怎麼聽說她生病了？」

「昨天夜晚，我在德魯里巷劇院的門廳裡碰見了約翰・米德爾頓爵士，他一認出我是誰（這是近兩個月來的第一次），就跟我說起話來。自我結婚以來，他一直不理睬我，對此我既不驚訝，也不怨恨。可是現在，他那麼溫厚誠實而又糊里糊塗的一個人，懷著對我的滿腔憤怒，對你妹妹的深切關心，情不自禁地想把那些覺得應該使我氣惱的事情告訴我，雖然他很可能不認爲我眞會十分氣惱。因此，他索性直截了當地告訴我：瑪麗安．達什伍德在克利夫蘭得了斑疹傷寒，生命垂危——那天早晨收到詹寧斯太太的一封信說，她危在旦夕——帕爾默夫婦都給嚇跑了，等等。我一聽大爲震驚，沒法裝出無動於衷的樣子，即使感覺遲鈍的約翰爵士也察覺了這一點。

他見我心裡難過，忍不住也心軟了。他消除了幾分敵意，臨別時差一點跟我握了手，並說看見我，使他想起了老早答應送我一隻小獵犬的事。我聽說你妹妹生命垂危——而且在垂危中把我視爲人間的最大惡棍，在最後時刻蔑視我、仇視我，我心裡是什麼滋味呀？因爲，我怎麼說得清有什麼可怕的陰謀不能移栽到我身上？有一個人準會把我描繪得無所不爲。我感到很可怕！我很快打定主意，今天早晨八點鐘就登上馬車。現在你全知道了。」

艾麗諾沒有回答。她在沉思默想：一個才貌出衆的人，天生的好脾氣，坦率誠實，多情善感，不料只因獨立得過早，染上了遊手好閒、放蕩不羈、愛好奢侈的壞氣習，於是對他的心靈、性情和幸福造成了不可彌補的損害。世態人情使他變得奢侈虛榮；而奢侈虛榮又使他變得冷漠自私。爲了達到追求虛榮的可恥目的，他不惜損人利己，結果捲入了一場眞正的愛情；但是對奢侈的追求，或者至少是由此而起的拮据，又要求他犧牲這眞正的愛情。每一種錯誤傾向不僅導致他棄善從惡，而且使他受到懲罰。先前，他不顧道義，不顧情感，不顧一切利害關係，從表面上割斷了這段愛情。可是現在，這種愛情再也得不到了，卻又支配了他的全部思想。再說那門婚事，他爲此曾無所顧忌地讓她妹妹吃盡了苦頭，如今可能證明是他自己不幸的源泉，而且是更加不可挽回的不幸的源泉。

她如此這般地沉思了幾分鐘，驀地被威洛比先生打斷了。原來，他剛從至少是同樣痛苦的沉思中驚醒過來，忽地站起身準備要走，順口說道：

「待在這裡沒有用，我該走啦。」

「你回城嗎？」

「不，去庫姆大廈。我去那兒有事，過一、兩天再從那兒回城。再見。」

他伸出手。艾麗諾不好不把手伸給他。威洛比親熱地一把握住了。「你確實有點改變了對我的看法？」他說著鬆開她的手，一面靠在壁爐架上，彷彿忘記了他要走。

艾麗諾對他說，她確實有點改變了對他的看法。她還說原諒他，同情他，祝他幸運——甚至對他的幸福表示關心！並對他在行動上如何最有效地促進自己的幸福，提出了忠告。他的回答卻並不十分令人鼓舞。

「說到這點，」他說，「我一定盡力勉勉強強地過下去。家庭幸福是不可能的。不過，如果我能想到你和你妹妹在關心我的命運和行動，這就會成為——這會讓我有所戒備——至少，這會成為生活的動力。當然，我永遠失去了瑪麗安。假如我有幸可以再次自由地——」

艾麗諾一聲斥責，打斷了他的話。

「好吧，」他答道，「再見。我要走了，提心吊膽怕的就只一件事。」

「你這是什麼意思？」

「就怕你妹妹結婚。」

「你完全想錯了。你現在更休想得到她啦。」

「但是她會讓別人獲得的。假若那人偏偏就是我最不能容忍的人——不過，我不想待在這裡，讓你看出傷害我最深的人，倒是我最不能原諒的人，從而讓你一點也不同情我、可憐我。再見，上帝保佑你！」說著，他幾乎是從房裡跑著出去的。

第四十五章

威洛比走後好久，甚至他的馬車聲消失後好久，艾麗諾一直思緒紛亂，各種想法雖然迥然不同，但結果都使她感到異常哀傷，竟連她妹妹都被置之腦後了。

威洛比——就是半小時前還被她深惡痛絕地視爲卑鄙小人的那個威洛比，他儘管有千錯萬錯，但是這些過錯已經給他造成了百般痛苦，這就多少激起了她的一點惻隱之心。一想到他與她們家現在已經一刀兩斷，她不由得感到一陣惋惜和懊悔。她很快認識到，她的惋惜與懊悔正遂了他的心願，而與他的德行並不相稱。她覺得有些情況按理說是無關緊要的，卻進一步左右了她的看法。這其中也有他那異常迷人的姿容——他那坦率、多情、活潑的神態，其實具備這些特點並算不上什麼美德。還有他對瑪麗安仍然一往情深，其實沈迷於這種深情並不就是無辜的。但是，遠在她感到他的感染力開始削弱之前，她倒覺得情況確是如此。

最後，她回到睡夢中的瑪麗安身邊，發現她正在蘇醒，甜甜地睡了一大覺之後，精神回復到她所期望的程度。艾麗諾不由得思潮澎湃。過去，現在，未來——威洛比的來訪，瑪麗安的康復，她母親的即將到來，這一切使她情緒激動，絲毫看不出任何疲勞的跡象。她唯一擔心的是，不要在她妹妹面前不自覺地露了實情。然而，好在擔心的時間不長，因爲威洛比走後不到半個鐘頭，她又聽見一輛馬車的聲音，便再次奔下樓去。爲了不使母親多忍受一瞬間的憂慮不安，她立即跑進門廳。剛來到大門口，恰好迎上母親，把她扶了進來。

達什伍德太太方才快進屋的時候，提心吊膽地幾乎認定瑪麗安已經不在人世了。她連話都說不出來了，無法詢問瑪麗安的情況，甚至也無法問候艾麗諾。但是艾麗諾，既不等母親詢問，也不等她問候，當即報告了令人欣慰的喜訊。母親聽了像往常一樣激動不已，剛才還被嚇壞了，轉眼便欣喜至極。她由女兒及其朋友攙著，走進客廳。她流著喜悅的淚水，雖然仍舊說不出話來，卻一而再再而三地擁抱艾麗諾。同時，不時地轉過身去握布蘭登上校的手，那神情好像既表示她的感激之情，又深信他也在分享當時的巨大喜悅。不過上校的確在分享著這番喜悅，只是表現得比她還要緘默。

達什伍德太太一鎮靜下來，首先要求去看看瑪麗安。兩分鐘後，便見到了她心愛的孩子。經過這場分離、不幸和危險之後，她覺得她比任何時候都更加可親可愛。艾麗諾看出了兩人見面時的心情，只因怕影響瑪麗安的進一步睡眠，才克制住自己的喜悅。不過，達什伍德太太雖然看見自己的孩子生命處在危險關頭，但還是能沈得住氣，甚至非常謹慎。瑪麗安滿意地得知母親就在身邊，知道她自己身體太虛，不宜說話，便遵照周圍護士的囑咐，乖乖地一聲不響，一動不動。達什伍德太太一定要通宵守著她，艾麗諾答應了母親的要求，自己睡覺去了。按說她整整一宿沒有合眼，而且中間心急火燎地折騰了好幾個鐘頭，現在是該休息休息了，誰知由於心情激動，偏偏又睡不著。

她無時無刻不在想著威洛比——現在她情願稱他為「可憐的威洛比」。她說什麼也該聽聽他的辯解。她時而責怪自己過去不該把他看得那麼壞，時而又斷定自己沒有錯。但是，她答應把事情說給妹妹聽，卻總是使她感到很痛苦。

她害怕告訴瑪麗安，唯恐這會給她帶來什麼後果。她懷疑，經她這麼一解釋，瑪麗安還會不會再去愛別人，因而一時之間，她又巴不得威洛比變成個鰥夫。隨即想起布蘭登上校，她不禁又責備自己。她覺得，上校受盡了痛苦，且又始終如一，妹妹應該報答的是他，而決不是他的情敵，於是她又不希望威洛比的夫人死掉。

且說達什伍德太太因爲早有心理準備，待布蘭登上校來巴頓接她時，她並不感到十分震驚。原來，她太爲瑪麗安感到焦慮不安了，已經決定不再等候消息，當天就起程去克利夫蘭。布蘭登上校還沒到達，她就爲上路做好了一切安排。凱里夫婦隨時準備將瑪格麗特領走，因爲她母親不想把她帶到那可能受傳染的地方。

瑪麗安的病天天都在好轉，達什伍德太太那副歡天喜地的神情，證明她確實像她一再宣稱的那樣，是世界上最幸福的女人。艾麗諾聽見她如此宣稱，並且目睹她種種實際表示，有時不禁在納悶，母親是不是還記得愛德華。但是，達什伍德太太對於艾麗諾寫給她的關於她自己情場失意的有節制的描述深信不疑，目前又正趕在興頭上，一心只往那些能使她更高興的事情上想。瑪麗安已經從死亡線上回到了她的懷抱，但她開始感到，當初正是自己看錯了人，慫恿瑪麗安不幸地迷戀著威洛比，結果使她差一點送了命。艾麗諾沒有想到，瑪麗安的病癒還給母親帶來了另外一種喜悅。

她們兩人一得到說私房話的機會，母親便這樣向她透露說：「我們終於單獨在一起啦。我的艾麗諾，你還不知道我有多高興。布蘭登上校愛上了瑪麗安，這是他親口對我說的。」

她女兒聽了，眞是忽而高興，忽而痛苦，忽而驚奇，忽而平靜，她一聲不響地聽著。

「你從來不像我，親愛的艾麗諾，不然我會對你的鎭靜感到奇怪。假若要我坐下來爲我們家裡祝福，我會把布蘭登上校娶你們兩人中的一個定爲最理想的目標。我相信，你們兩人中，瑪麗安嫁給他會更幸福些。」

艾麗諾很想問問她憑什麼這樣認爲，因爲她確信，只要不存偏心地考慮她倆的年齡、性格和感情，她就拿不出任何理由。但是她母親一想起有趣的事情總是想入非非、忘乎所以，因此她還是不問爲好，只是一笑置之。

「昨天我們走在路上，他向我傾吐了全部衷情。事情來得非常意外，非常突然。你儘管相信好啦，我開口閉口都離不了我那孩子，他也掩飾不住自己的悲痛。我發現他和我一樣悲痛。他也許認爲，按現在的世道來看，純粹的友誼不允許抱有如此深切的同情——或者也許他根本沒有這麼想——他忍不住大動感情，告訴我他對瑪麗安抱有眞摯、深切和堅貞的愛情。我的艾麗諾，他從第一次看見她的時候起，就一直愛著她。」

不過，艾麗諾在這裡覺察得到，問題不在這話怎麼說，不在布蘭登上校是怎麼表白的，問題在於她母親太富有想像力，天生喜歡添枝加葉，因此無論什麼事情，她總是怎麼中意就怎麼說。

「他對瑪麗安的愛大大超過了威洛比那些眞眞假假的感情，比他熱烈得多，也更眞誠，更專一——你怎麼說都可以——他明知親愛的瑪麗安早就不幸地迷上了那個不成器的年輕人，但他還始終愛著她！不夾帶任何私心——不抱有任何希望！說不定他還能看著她與別人結成良緣呢？多麼崇高的思想！多麼坦率，多麼眞誠！他不會欺騙任何人的。」

「布蘭登上校作爲一個傑出的人，」艾麗諾，「那眞是德高望重啊。」

「這我知道，」她母親鄭重其事地答道，「要不然，有過這樣的前車之鑒，我才不會去鼓勵這種愛情呢，甚至也不會爲此而感到高興。他如此積極主動、如此心甘情願地來接我，這就足以證明他是個最值得器重的人。」

「然而，」艾麗諾答道，「他的人格並非建立在一樁好事上，因爲即使這其中不存在什麼人道之心，可是出自對瑪麗安的鍾情，也會促使他這樣做的。長期以來，詹寧斯太太、米德爾頓夫婦和他一直很親近，他們都很喜愛他、敬重他。即使我自己，雖說最近才認識他，對他卻相當了解，我十分敬重他、欽佩他。如果瑪麗安能和他美滿結合，我會像你一樣十分爽快地認為，這門婚事真是我們天大的福氣。你是怎麼答覆他的？你讓他存有希望了吧？」

「哦！我的寶貝，我當時對他、對我自己還談不出什麼希望不希望的。那時候，瑪麗安說不定就快死了。不過，他沒有要求我給他希望或鼓勵。他那是對一個知心朋友無意中說說知心話，不料一開口就滔滔不絕地遏制不住了——他並不是在向一個做母親的求情。起先我實在不知說什麼好，但是過了一會，我倒是跟他說了：要是瑪麗安還活著（我相信她會活著的），我的最大幸福就是促成他們的婚事。自從我們到達這裡，聽到瑪麗安脫險的喜訊以來，我跟他說得更具體了，想方設法地鼓勵他。我告訴他：時間，只要一點點時間，就能解決一切問題。瑪麗安的心，不會永遠報廢在威洛比這樣一個人身上。他自己的美德，一定會很快贏得這顆心的。」

「不過，從上校的情緒判斷，你還沒有使他感到同樣樂觀。」

「是的。他認為瑪麗安的感情太根深柢固了，在很長時間裡是不會改變的。即使她忘卻了舊情，他也不敢輕易相信，他們在年齡和性情上存在那麼大的差距，他居然會博得她的喜愛。不過，在這一點上，他完全想錯了。他的年齡比瑪麗安大，剛好是個有利條件，可以使他的性格、信念固定不變。至於他的性情，我深信恰恰可以使你妹妹感到幸福。他的外貌、風度對他也很有利。我的偏愛並沒使我陷入盲目。他當然不及威洛比漂亮，但他的臉上有一股更加討人喜愛的神情。你若是記得的話，有時威洛比的眼裡總有一股我不喜歡的神氣。」

艾麗諾說什麼也記不起來。不過她母親沒等到她表示同意，便又接下去說：

「他的言談舉止，上校的言談舉止，不僅比威洛比的更討我喜歡，而且我知道也更討瑪麗安喜愛。他舉止斯文，真心待人，樸實自然，一派男子漢氣概，這與威洛比往往矯揉造作、往往不合時宜的快活性格比較起來，他和瑪麗安的眞實性情更加協調。我敢肯定，即使威洛比證明和實際情況相反，變得非常和藹可親，瑪麗安嫁給他，也決不會比嫁給布蘭登上校來得幸福。」

她頓住了。女兒不能完全贊同她的意見，但是她沒聽見女兒的話，因而也沒惹她生氣。「她若是嫁到德拉福，和我們來往就方便了，」達什伍德太太接下去說，「即使我還住在巴頓。很可能！因爲我聽說那是個大村子——實際上，那附近一定有幢小房子，或是幢小鄉舍，會像我們現在的住房一樣適合我們。」

可憐的艾麗諾！這是要把她搞到德拉福的一個新陰謀！但是，她的意志是堅強的。

「還有他的財產！你知道，人到了我這個年紀，誰都要關心這個問題。雖然我不知道、也不想知道他究竟有多少財產，但是數量肯定不少。」

說到這裡，進來了第三者，打斷了她們的談話，艾麗諾乘機退了出來，想獨自好好考慮考慮。她祝願她的朋友如願以償，然而在祝願的同時，又爲威洛比感到痛心。

第四十六章

瑪麗安的這場病雖說很傷元氣，但是好在發病時間不長，復元起來不是很慢。她年輕，體質好，再加上有她母親直接護理，康復得十分順利。她母親到後第四天，她就得以遷進帕爾默夫人的化妝室。一到這裡，她就迫不及待地想對布蘭登上校接來母親一事向他致謝，於是，經她特別要求，上校應邀來看她。他走進房來，見到她那變了樣的面容，抓住了她立即伸出來的蒼白的手。他此時此刻的激動心情，照艾麗諾推測，不僅僅出自他對瑪麗安的鍾情，也不僅僅出自他知道別人了解他有這番鍾情。艾麗諾很快發現，他看她妹妹的時候，眼神是憂鬱的，臉色也在不斷變化，大概是過去的許多悲慘情景重新浮現在他的腦際。他早已看出了瑪麗安與伊麗莎彼此很相像，現在再見到她那空虛的眼神、蒼白的皮膚、孱弱無力地斜臥著的體態，以及對他感恩戴德的熱情勁頭，進一步增強了她們之間的相似之感。

達什伍德太太對這幕情景的留神程度並不亞於大女兒，但是由於看法不一樣，因而觀察的結果也大相徑庭。她對上校的舉動，只能看到那些最簡單、最明確的感情流露，而見了瑪麗安的言談舉止，卻要極力使自己相信，她流露出來的感情已經超出了感激的範疇。

又過了一、兩天，瑪麗安的身體越來越健壯，眞是半天就換一個樣子。達什伍德夫人在自己和女兒的願望的驅使下，開始說起要回巴頓。她作何安排，決定著她兩位朋友的安排，因爲詹寧斯太太在達什伍德母女逗留期間是不能離開克利夫蘭的，而布蘭登上校經她們一致要求，也很快認識到，他陪在那裡雖說不是同樣義不容辭，卻是同樣理所當然。反過來，經他和詹寧斯太太一起要求，達什伍德太太終於同意回去時乘用他的馬車，以便使她生病的女兒路上走得舒適些。而上校在達什伍德太太和詹寧斯太太的聯合邀請下，高興地答應在幾週時間內拜訪鄉舍，答謝盛情。

離別的那天來到了。瑪麗安特別向詹寧斯太太道別了好半天——她是那樣誠懇，那樣感激，話裡充滿了敬意和祝願，好像在暗中承認自己過去有所怠慢似的——隨即，她帶著朋友般的熱忱向布蘭登上校告別，由他攙著小心翼翼地鑽進了馬車。上校似乎希望她至少要獨占一半地方。接著，達什伍德太太和艾麗諾也跟著上了車。旅行者起程後，留下的人們談論起她們，心情落寞。後來詹寧斯太太被喊上自己的馬車，與女僕說說閒話，爲失去兩位年輕朋友找點安慰。緊接著，布蘭登上校也獨自回德拉福去了。

達什伍德母女在路上旅行了兩天。兩天來，瑪麗安經受了旅途的顛簸，並不感到十分疲倦。每個旅伴都懷著無比深厚的感情，對她密切注意，關懷備至，盡量使她感到舒服，只要她身體安適，精神鎮定，人們也就得到了寬慰。對於艾麗諾來說，觀察瑪麗安使她感到特別愉快。幾個星期以來，她看著她一直忍受著痛苦，心裡的苦楚既沒勇氣說出口，又沒有毅力埋在心底。但現在，她帶著別人無法分享的喜悅心情，看見妹妹頭腦鎮定下來，認爲這一定是認眞思索的結果，最後必將使妹妹感到滿意和高興。巴頓眞的臨近了，映入眼簾的景致，每塊田、每棵樹都能勾起一段奇特的、痛楚的回憶。此刻，瑪麗安陷入了沈思默想。她扭過臉去，避開衆人的視線，一本正經地坐在那裡朝窗外凝視。見此情景，艾麗諾既不感詫異，又沒什麼好指責的。她攙扶瑪麗安下車時，發現她在流淚，她認爲這種激動是很自然的，完全應該同情，而她能不聲不響地暗暗垂淚，卻是值得讚揚的。在她隨後的全部舉動中，她察覺她現在能進行理智的思索了。她剛剛跨進全家共用的起居室，就帶著堅定沈著的神情，環視四周，彷彿決心立即熟悉一下可以使她記起威洛比的每一件物品。她言語不多，但每句話都旨在引人高興。雖然有時禁不住嘆息一聲，但每次更要補償過錯似地嫣然一笑。晚飯後，她想試著彈彈鋼琴。她走過去，不料最先看到的琴譜是齣歌劇，那還是威洛比替她搞來的，裡面有幾支他們最喜愛的二重奏曲，外頁上還有由他書寫的她的名字。那可不行。她搖搖頭，把琴譜推到一邊，剛彈奏了一分鐘，就抱怨指力虛弱，只好把琴蓋重新蓋上，不過蓋的時候又堅決表示，以後要多加練習。

第二天早晨，這種令人快樂的跡象並沒減少。相反，經過休息，她的身心都得到增強，言談舉止顯得更有精神。她期望瑪格麗特快點回來，說起全家人又要歡聚一堂，大家同消遣，共娛樂，可謂理想中的唯一幸福。

「等天氣放晴，我恢復了體力之後，」她說，「我們每天一起散步要走到丘陵邊緣的農場，看看那些孩子們怎麼樣啦。我們要走到約翰爵士在巴頓十字口的新種植園和修道院屬地。我們還要常去小修道院遺址那裡，探索一下它的地基它一度達到的最大深度。我知道我們會快樂的。我知道我們會愉愉快快地度過這個夏天。我的意思是說，我們決不能晚於六點鐘起床，從那時起直到吃晚飯，我要把每時每刻都用在音樂和讀書上。我已經下定決心好好學習一番。我們自己的書房我很熟悉，除了消遣之類的書籍外，找不到別的書。不過，巴頓莊園有許多書很值得一讀。我還知道，從布蘭登上校那裡可以借到更新的書。我每天只要看六個小時書，一年工夫就能獲得大量我現在覺得自己所缺少的知識。」

艾麗諾佩服她訂出一項如此宏大的計劃。不過，眼看著同一種熱切的幻想，過去曾經使她陷入極度懶散和任性埋怨，現在又給她的一項如此合乎情理、富於自我克制的計劃安排增添了過激色彩，她不由得笑了起來。可是，轉而想起還沒履行她對威洛比的諾言，她的微笑又變成了一聲嘆息。她擔心，她把那些事情一告訴瑪麗安，可能再次讓她心神不安，至少會暫時斷送她那忙碌而安靜的美好前景。因此，她還是想把這不幸的時刻向後推遲，決心等妹妹身體完全康復，再定個時間告訴她。但是決心下定後，又違背了。

瑪麗安在家裡待了兩、三天，天氣一直不好。不過，最後終於出現了一個和煦宜人的早晨，瑪麗安獲准由艾麗諾陪著在屋前散散步，只要不覺得疲倦，走多長時間都可以。

姊妹倆出發了，因爲瑪麗安自從生病以來一直沒有活動過，身體還很虛弱，所以兩人不得不慢慢行走。剛走過屋角，到達可以對屋後的大山一覽無遺的地方，瑪麗安停下腳步，舉目朝山上望去，然後平靜地說道：「那兒，就在那兒，」——用一隻手指去——「就在那道高崗上——我摔倒了，而且第一次見到了威洛比。」

說到最後三個字，她的聲音低沈下來，但隨即又恢復了正常，接著說道：「我高興地發現，我見到這個地方一點也不感到痛苦。艾麗諾，我們還能談論這件事嗎？」她這話說得有點吞吞吐吐。「還是這樣談論是錯誤的？我希望，我現在可以談啦，照理也該談談。」

艾麗諾親切地要求她有話直說。

「至於懊悔，」瑪麗安說，「就他而論，我早已懊悔過了。我不想跟你談論我以往對他的看法，而只想談談現在的看法。現在，如果有一點我可以感到滿意的話——如果我可以認爲他並非總是在演戲，總是在欺騙我。然而最重要的是，如果我可以相信，他從來沒有像我有時想像的那樣缺德透頂，只因爲那個不幸姑娘的遭遇，」

她頓住了。艾麗諾一聽這話如獲至寶，欣喜地答道：「你若是可以相信這一點，你以爲你心裡就會平靜啦？」

「是的。這對我心情的平靜有著雙重影響。他與我有過那樣的關係，懷疑他居心不良，這不僅是可怕的，而且使我自己顯得成了什麼人？像我這樣的處境，只有極不體面、極不愼重地亂表鍾情，才能使我遭受——」

「那麼，」她姊姊問道，「你想如何解釋他的行爲呢？」

「我認爲——哦！我將十分高興地認爲，他只是變化無常——極其變化無常。」

艾麗諾沒再多說。她心裡在盤算：究竟馬上把情況告訴她爲好，還是等到她身體更壯實一些。兩人默不作聲，又款步走了幾分鐘。

「當我希望他暗暗回想起來不會比我更不愉快時，」瑪麗安終於嘆息地說，「我的希望並不過分。他回想起來會感到十分痛苦的。」

「你是不是拿你的行爲與他的行爲相比較？」

「不。我是拿我的行爲與理應如何相比較，與你的行爲相比較。」

「我們的處境並不相似。」

「我們的處境比我們的行爲更相似。我親愛的艾麗諾，你不要讓你的好心爲你理智上並不贊成的東西作辯解。我的病促使我思考——它使我得到閒暇，平心靜氣地認眞進行思考。早在我恢復到可以說話之前，我已完全能夠思索了。我細想過去，發現自從我們去年秋天與他開始結識以來，我的一連串行動對自己是輕率的，對別人是不厚道的。我發現，我自己的情感造成了我的痛苦，而在痛苦的情況下缺乏堅忍不拔的精神，又差一點使我送了命。我知道，我的病完全是自己造成的，當時我明知不對，但還是不注意自己的身體。假如我眞的死了，那是自取滅亡。我不知道自己生命垂危，直到脫險之後。但是，由於這些思考給我帶來的情感，我不禁對自己的康復感到驚異——眞奇怪，我一心渴望能活下來，以便有時機向上帝、向你們大家贖罪，到頭來居然沒有一命嗚呼。姊姊，萬一我眞的死了，那會給你——我的看護、朋友和姊姊，帶來多大的悲痛呀！你在前些日子裡對我的煩惱自私看得一清二楚，對我的心思瞭若指掌！我會給你留下什麼印象啊！還有母親！你可怎麼安慰她呀！我簡直說不出多麼痛恨自己。

「每當我回顧過去，總感到自己有點沒有盡到自己的責任，或者有點姑息自己的缺點。我似乎傷害了所有的人。詹寧斯太太好心好意，一貫好心好意，我不但不領情，還要瞧不起她。對米德爾頓夫婦、帕爾默夫婦、斯蒂爾姊妹，甚至對一般相識的人，我總是傲慢無禮，不講公道：硬起心腸無視他們的優點，他們越是關心我，我就越是惱火。對約翰、范妮，是的，即使對他們，儘管他們不值得器重，我也沒有給予他們以應有的對待。

「可是你，首先是你，而不是母親，倒被我冤枉了。我，而且只有我，了解你的心事和悲痛。然而，這對我有什麼作用呢？沒有引起對你我都有好處的任何同情。你爲我樹立了榜樣，可是有什麼用呢？我對你和你的安適更體貼了嗎？我沒有仿效你的涵養功夫，設法減少一下你的負擔，也來承擔一點諸如奉承恭維、感恩戴德之類的事情，而不至於一直讓你在那裡獨自應酬呢？沒有。我無論是認爲你稱心如意的時候，還是得知你的不幸之後，都沒盡到職責和友情。我簡直不承認除我之外誰還會有什麼悲傷。我只對遺棄、虧待了我的那個人感到懊惱，結果使我自稱無比鍾愛的你爲我感到悲痛。」

說到這裡，她那滔滔不絕的自我責備嘎然停止了。艾麗諾雖然是個誠實人，不愛說恭維話，但是她急於要安慰妹妹，當即對她表示了讚揚和鼓勵。瑪麗安緊握著姊姊的手：「你眞好，未來一定會給我作證的。我已經訂好了計劃，如果我能堅決執行的話，我就會控制住自己的情感，改變自己的脾氣。這就不會再使別人感到煩惱，也不會使我自己感到痛苦。現在，我將只爲自家人活著。你、母親和瑪格麗特今後就是我的一切，你們三人將分享我全部的愛。我決不會再產生絲毫雜念，想離開你們，離開我的家。如果我真與外人交往，那只是為了表明：我的態度已經變得謙恭起來，我的心靈已經改過自新，我也可以文質彬彬、寬宏大量地講講禮儀客套，履行一下生活中的繁文縟節。至於威洛比，要是說我很快就會忘掉他，或者說遲早總會忘掉他，那是毫無意義的。無論環境和看法如何改變，我是忘不掉他的。不過，這要有個控制，要透過宗教信仰、理智和不停的忙碌，來加以遏制。」

她頓了頓，接著又補充了一句：「假如我能了解他的心，那麼一切事情都好辦了。」

艾麗諾聽到這話時，已經有好一陣子都在考慮馬上把話說出去是否恰當，結果還像起先一樣猶豫不決。她發覺，既然左思右想都解決不了問題，乾脆下個決心不就什麼都解決了，於是她立即講起事實眞相。正像她希望的那樣，她力求說得有技巧些，謹慎小心地使她那位迫不及待的聽話人做好心理準備。她簡單忠實地敘說了威洛比作爲辯解依據的主要論點，如實地傳達了他的悔過之意，只是對他現在的愛慕表示說得比較委婉。瑪麗安一聲不響。她在瑟瑟發抖，兩眼盯著地上，嘴唇在病後本來就是蒼白的，現在變得更加蒼白。上千個問題湧上她的心頭，但是她一個也不敢提出。她急不可待地一字不漏地傾聽著，一隻手不知不覺地緊緊握住了她姊姊的手，臉上沾滿了淚水。

艾麗諾怕她勞累，領著她朝家裡走去。雖然瑪麗安嘴裡沒有明說，但是艾麗諾很容易猜到她一定對什麼感興趣。因此，在到達鄉舍門口之前，她一直在談論威洛比以及他們之間的談話。有關他言談神態的每一個細節，凡是說出來沒有妨礙的，她總要津津樂道地說個仔細。她們一進屋，瑪麗安就不勝感激地吻了她一下，並且流著眼淚，清晰可辨地說出了幾個字：「告訴媽媽。」隨後便離開姊姊，緩步朝樓上走去。她想獨自清靜一下，這是合情合理的，艾麗諾也就不便打擾。她一心想使她的清靜獲得預想的結果，並且決計在她萬一不再重提此事的時候幫她重新提起，於是她走進客廳，去完成瑪麗安臨別時交代的使命。

第四十七章

達什伍德太太聽到她以前的寵兒的辯詞，心裏不無感觸。使她感到高興的是，轉嫁給威洛比的部分罪過得到洗刷。她為他感到惋惜，並且祝他幸福。但是，過去的感情是無可挽回了。任何東西也恢復不了瑪麗安對他的完全信任，不會再認為他的人格完美無瑕；任何東西也抹殺不了瑪麗安因為他而遭受痛苦的事實，抹殺不了他對伊麗莎犯下的罪過。因此，任何東西也不會使他再像過去那樣受到瑪麗安的器重，同時也損害不了布蘭登上校的利益。

假若達什伍德太太能像她女兒那樣，親自聽到威洛比的申述——親眼目睹他的痛苦狀態，置身於他的神情舉止的影響下，那她很可能更加憐憫他。但是，艾麗諾既沒有這個能力，也沒有這個願望，透過詳細敘說去激發母親也產生她自己起先產生的那種感情。

經過再三考慮，她心裏變得鎮定下來，對威洛比的功過有了清醒的認識。因此，她想只能簡單說明一下真情，透露一些與他的人格真正有關的事實，不能大發善心地添枝加葉，以免惹得母親想入非非。

晚上，大家聚到一起的時候，瑪麗安又主動說起威洛比。但是這並非毫不費力，她先是坐在那裏忐忑不安地沉思了半晌，後來一開口，臉上泛起紅暈，聲音哆哆嗦嗦。

「我想向你們倆保證，」她說，「正像你們希望的那樣，我一切都明白了。」

達什伍德太太剛想打斷她，以便用好言安撫兩句，不料艾麗諾還真想聽聽妹妹的公正意見。她急忙做了個手勢，母親才沒出聲。

瑪麗安慢吞吞地繼續說道：「艾麗諾今天早晨告訴我的話，使我感到極大的寬慰。現在，我終於聽到了我一心想聽的話。」霎時之間，她的聲音哽住了；但她立即恢復了鎮靜，更加心平氣和地接著說：「我現在感到絕對滿意。我不希望有什麼變化。我知道這一切之後（這我遲早總會知道），再和他在一起是決不會幸福的。我決不會信任他，尊重他，任何東西也無法消除我的這種情感。」

「這我知道，我知道，」她母親嚷道。「和一個行爲放蕩的人在一起哪能幸福！他破壞了我們最親愛的朋友、也是天底下最好的人的安寧，誰能和他在一起？不——我的瑪麗安犯不著讓這樣一個人給她帶來幸福！她的良心，她敏感的良心，會感受到她丈夫應該感受到而沒感受到的情感。」

瑪麗安嘆口氣，重覆了一句：「我不希望有什麼變化。」

「你考慮問題，」艾麗諾說，「和一個有頭腦、有見識的人應該做的完全一樣。大概你和我一樣，不只從這一事件，還從許多其他事件裏悟出了一定的道理，以至於認識到：你若是和他結了婚，肯定會陷入重重困難，感到百般失望。在這種情況下，憑著他那反覆無常的感情，那是維持不下去的。你倘若結了婚，肯定一直是個窮光蛋。他花起錢來出手大方，這連他自己也供認不諱。他的整個行爲表明，他簡直不知道什麼叫做自我節制。就憑著那麼一點點收入，他的需求量那麼大，你又缺乏經驗，一定會引起不少痛苦。這些痛苦決不會因爲你事先完全沒有想到而減輕幾分。我知道，你一旦認識到自己的處境，你的自尊和誠實感會促使你厲行節約。也許，當你只是對自己節衣縮食的時候，你還可以盡量節省，但是超出這個限度——況且，你就是一個人節省到最大限度，你也無法阻止你們結婚前就已開始的傾家蕩產！一超出這個限度，假如你試圖要減少他的物質享受，也不管多麼合情合理，難道你就不擔心，你非但不能說服具有如此自私之心的人表示贊同，反而會使你駕馭不住他的心，讓他後悔不該和你結婚，認爲和你結婚才使他陷入這樣的困境？」

瑪麗安的嘴唇顫抖了一下，她重覆了一聲「自私」這兩個字，聽語氣意思是說：「你眞認爲他自私嗎？」

「他的整個行爲，」艾麗諾答道，「自始至終都建立在自私的基礎上。正因爲自私，他先是玩弄了你的感情——後來，當他自己也傾心於你的時候，又遲遲不肯表白，最後又離開了巴頓。他自己的享樂，他自己的安適，這是他高於一切的指導原則。」

「確實如此。他從來沒把我的幸福放在心上。」

「現在，」艾麗諾接下去說，「他對自己的所作所爲感到懊悔。他爲什麼要懊悔呢？因爲他發現事情不合他的心意，沒使他感到幸福。他現在的境況並不窘迫——他還沒有遭到這樣的不幸，他只是覺得他娶了一個性情不及你溫柔的女人。然而，這是不是意味著他娶了你就會幸福呢？那會出現別的麻煩。他會爲金錢問題感到苦惱。目前只是因爲不存在這個問題，他才認爲無所謂。他本來想娶一個性情上無可指謫的妻子，但是那樣一來他會永遠陷入貧困。他也許很快就會覺得：即使對家庭幸福來說，一宗不納稅的田產和一筆可觀的收入能帶來無窮無盡的物質享受，要比妻子的脾氣重要得多。」

「這我毫不懷疑，」瑪麗安說。「我沒有什麼好懊悔的——只恨自己太傻。」

「應該怨你母親不愼重，孩子，」達什伍德太太說。「我該負責任。」

瑪麗安不想讓母親說下去。艾麗諾對兩人都引咎自責感到滿意，便想避而不再追究過去，以免削弱她妹妹的興致。於是，她又繼續抓住第一個話題，馬上接下去說道：

「我想，從整個事件中可以公平地得出一個結論——威洛比的一切麻煩都起因於他最初對伊麗莎・威廉斯的不道德行爲。這一罪惡是他一切較小罪過的根源，也是他現在滿腹牢騷的根源。」

瑪麗安深有感觸地贊同這一說法。她母親聽後就數說起布蘭登上校受了多少多少冤屈，又有多少多少美德，那個熱烈勁兒只有友情和有意交織在一起，才能表現出來。可是看樣子，她女兒像是沒有聽見多少似的。

果然不出艾麗諾所料，她在隨後兩、三天裏發現，瑪麗安不像過去那樣在繼續增強體質。但是，她的決心並未動搖，她仍然顯得很高興、很平靜，做姊姊的盡可放心，她的身體隨著時間的推移總會好起來的。

瑪格麗特回來了，一家人又聚到一起，在鄉舍裏重新安定下來。如果說她們學習起來不像初來巴頓時那麼勁頭十足，她們至少在計劃將來要努力學習。

艾麗諾一心急於得到愛德華的音訊。自從離開倫敦以來，她一直沒有聽到他的消息，不知道他有什麼新的打算，甚至不知道他現在的確鑿地址。因爲瑪麗安生病的緣故，她與哥哥通了幾封信。約翰的頭封信裏，有這麼一句話：「我們對不幸的愛德華一無所知，也不敢違禁查問，不過斷定他還在牛津。」

這是他來信中提供的有關愛德華的全部消息，因爲他以後的幾封信裏，甚至連愛德華的名字都沒提到。不過，艾麗諾並非注定要對愛德華的行止長此無知下去。

一天早晨，她家裏的男僕奉命去埃克塞特出了一趟差。歸來後伺候進餐的時候，女主人問他出差時聽到了什麼新聞，他順口回答說：

「太太，我想你知道費拉斯先生結婚了。」

瑪麗安猛地一驚，將眼睛盯住艾麗諾，只見她面色蒼白，便歇斯底里似地倒在椅子上。

達什伍德太太回答僕人的詢問時，目光也不由自主地朝同一方向望去。她從艾麗諾的臉上看出她十分痛苦，不禁大爲震驚，隨即又見瑪麗安處於那副狀態，使她同樣感到十分悲痛。一時之間，她不知道應該主要照顧哪個女兒爲是。

男僕只看見瑪麗安小姐有病，還知道去喚來一位女僕。女僕和達什伍德太太一起，把小姐扶進另一房間。此時，瑪麗安已經大爲好轉，母親把她交給瑪格麗特和女僕照料，自己回到艾麗諾面前。艾麗諾雖然心裏還很混亂，但她已經恢復了理智，而且也能說話了，現在正開始詢問托馬斯，他的消息是從哪裏得來的。達什伍德太太立即把這事攬了過去，於是艾麗諾便不費口舌地知道了端倪。

「托馬斯，誰告訴你費拉斯先生結婚了？」

「太太，我今天早晨在埃克塞特親眼見到費拉斯先生，還有他的太太，就是斯蒂爾小姐。他們乘坐一輛四輪馬車，停在新倫敦旅館門前，我也正好從巴頓莊園到那裏，替薩莉給她當郵差的兄弟送封信。我走過那輛馬車的時候，碰巧抬頭望了望，當即發現是斯蒂爾府上的二小姐。我向她行了個脫帽禮，她認識我，把我叫住了，問起了太太您的情況，還問起了幾位小姐，特別是瑪麗安小姐，吩咐我代她和費拉斯先生向你們表示問候，衷心的問候和敬意。還說他們非常抱歉，沒有工夫來看望你們——他們還急著往前走，因爲他們還要趕一程路——不過回來的時候，一定要來看望你們。」

「可是，托馬斯，她告訴你她結婚了嗎？」

「是的，太太。她笑嘻嘻地對我說，她一到了這塊地方就改名換姓了。她素來是個和藹可親、心直口快的年輕小姐，待人客客氣氣的。於是，我冒昧地祝她幸福。」

「費拉斯先生是不是和她一道坐在馬車裏？」

「是的。我看見他仰靠在裏面，但是沒有抬頭，他從來都是個言語不多的先生。」

艾麗諾心裏不難說明他為什麼不向前探身，達什伍德太太可能找到了同一解釋。

「車裏沒有別人嗎？」

「沒有，太太，就他們倆。」

「你知道他們從哪兒來的嗎？」

「他們直接從城裏來的，這是露西小姐——費拉斯夫人告訴我的。」

「他們還要往西走？」

「是的，太太——不過不會待得很久。他們很快就會回來，那時候肯定會到這裏來。」

達什伍德太太看看女兒。可是艾麗諾心裏有數，知道他們不會來。她聽了這個消息，就把露西這個人徹底看透了，她也深信愛德華決不會再接近她們。她輕聲對母親說：他們大概要去普利茅斯附近的普萊特先生家。

托馬斯的消息似乎說完了。看樣子，艾麗諾還想多聽點。

「你走開以前看見他們出發了沒有？」

「沒有，小姐！馬剛剛牽出來，我不能再停留了，我怕誤事。」

「費拉斯夫人看上去身體好嗎？」

「是的，小姐，她說她身體好極了。在我看來，她一向是個非常漂亮的小姐——她好像非常稱心如意。」

達什伍德太太想不起別的問題了，托馬斯也好，台布也好，現在都不需要了，她便立即讓他拿走了。瑪麗安早就打發人來說過，她不想吃飯。達什伍德太太和艾麗諾同樣沒有胃口。瑪格麗特或許會覺得，兩個姊姊最近搞得心神不定，總是有那麼多理由動不動就不吃飯，她自己倒眞夠幸運，還從來沒有迫不得已挨過餓呢。

等甜點和酒擺上桌，桌前只剩下達什伍德太太和艾麗諾兩個人。她們在一起待了很長時間，都在沉思默想。達什伍德太太唯恐出言有失，不敢貿然安慰女兒。她現在發現，她過去相信艾麗諾的自我說明是錯誤的。她得出這樣的公正結論：因爲她當時已經爲瑪麗安吃盡了苦頭，爲了不給她增添痛苦，艾麗諾顯然把一切都作了輕描淡寫。她發現，她本來很了解艾麗諾和愛德華之間的感情，但是艾麗諾的小心體貼使她得出了錯誤的結論，認爲他們的感情實際上比她原先想像的淡薄得多，也比現在所證實的淡薄得多。她擔心，照這樣說來，她對她的艾麗諾有失公道，有失體諒！不，簡直有失仁慈：瑪麗安的痛苦，因爲她認識到了，而且擺在她的眼前，便使她深情傾注，從而忘記艾麗諾也可能忍受著同樣大的痛苦，當然只不過她更能克制、更有毅力罷了。

第四十八章

艾麗諾發現，一件不幸的事情，不管你心裏如何認定會發生，但期待中和發生後，兩者之間畢竟還有不同之處。她發現，當愛德華尙未結婚的時候，她總是不由自主地抱有一線希望，希望能出現個什麼情況，使他不能與露西結婚；希望他自己能下定決心，朋友們能從中調解，或者露西能遇到什麼良機奇緣，促成大家皆大歡喜。但是他現在結了婚啦，艾麗諾責備自己不該存有僥倖的心理，這種僥倖心理大大增加了這條消息帶來的痛苦。

他居然這麼快就結了婚，沒等他（照艾麗諾的想像）當上牧師，因而也沒等他獲得牧師俸祿，這在起初使艾麗諾感到有點吃驚。但是她很快領悟到，露西出於深謀遠慮，一心只想趕快把他弄到手，除了擔心拖延的危險之外，別的事情一概無所顧忌。他們結了婚，在城裏結了婚，現在正急著趕到她舅舅家。愛德華來到離巴頓不過四英里的地方，見到了她母親的男僕，還聽到了露西的話，這時他作何感想呢？

她想，他們很快就會在德拉福安居下來——德拉福，就在這個地方，一連串事件激起了她的興趣，使她既想了解，又想迴避。轉瞬間，她看見他們住在自己的牧師公館裏，發現露西是個活躍機靈的當家人，她把崇尙體面和克勤克儉融爲一體，生怕別人看出她在節衣縮食。她一心一意追求自己的利益，極力巴結布蘭登上校、詹寧斯太太以及每一位闊朋友。她不知道愛德華怎麼樣，也不知道她該希望他怎麼樣，是幸福還是不幸福——這都不會使她感到高興。她索性不去考慮他是個什麼樣子。

艾麗諾滿以爲，她們倫敦的哪位親友會寫信來告訴這件事，並且進一步介紹具體情況。誰知一天天過去了，還是杳無音訊。她也說不上應該責怪誰，便乾脆埋怨起不在跟前的每位朋友。他們一個個不是不體諒人，就是手太懶。

「母親，你什麼時候給布蘭登上校寫信？」她一心急著想找個法子，突然提出了這樣一個問題。

「好孩子，我上星期給他寫了封信，我期待能見到他，而不是再收到他的信。我懇切地敦促他快來我們這裏，說不定今明後天就會到。」

這話很起作用，使她有了盼頭。布蘭登上校一定能帶來點消息。

她剛想到這裏，不料有人騎著馬走來，她情不自禁地朝窗外望去。那人在門口停住。他是位紳士，而且就是布蘭登上校。現在，她可以聽到更多的情況了。期待之中，她不禁顫抖起來。但是——這不是布蘭登上校——既不是他的風度，也不是他的身材。如果可能的話，她要說這一定是愛德華。她再一看，他剛剛下馬。她不會搞錯——就是愛德華。她離開窗口，坐了下來。「他特地從普萊特家趕來看望我們。我一定要鎮靜，一定要控制住自己。」

轉瞬間，她察覺別人同樣意識到這一錯誤。她發現母親和瑪麗安臉色變了；發現她們都在望著她，相互耳語了幾句。她眞恨不得能告訴她們——讓她們明白，她希望她們不要冷落他、怠慢他，可是她什麼也沒說出來，只好聽任她們自行其是。

大家一聲不響，都在默默地等著客人出現。先是聽到他走在鵝卵石鋪道上的腳步聲；一眨眼工夫，他走進過道；再一轉眼，他來到面前。

他進房的時候，神色不太高興，甚至在艾麗諾看來也是如此。他的臉色因爲侷促不安而變得發白。看樣子，他擔心受到冷遇。他知道，他不配受到禮遇。可是，達什伍德太太心裏一熱，還是想一切聽從女兒的，於是她自信是遵照女兒的心願，裝出一副自鳴得意的神情迎上前去，把手伸給他，祝他幸福。

愛德華臉色一紅，結結巴巴地回答了一句，聽不清說的是什麼。艾麗諾只是隨著母親動了動嘴唇，動完之後，又巴不得自己也和他握握手。但是，已經爲時過晚，她只好帶著想要開誠相見的神情，重新坐下，談起了天氣。

瑪麗安盡量退到隱蔽的地方，不讓別人看見她在傷心。瑪格麗特對情況有所了解，但又不全了解，她認爲保持尊嚴是她義不容辭的責任，因此找了個離他盡可能遠的地方坐下，一直沉默不語。

艾麗諾對這乾燥季節表示完喜悅之後，出現了非常糟糕的冷場。達什伍德太太打破了沉默，表示但願愛德華離家時，費拉斯太太一切都好。愛德華慌忙作了肯定的回答。

再次冷場。艾麗諾雖然害怕聽到自己的說話聲，但她還是硬著頭皮說道：

「費拉斯太太在朗斯特普爾嗎？」

「在郎斯特普爾！」他帶著驚訝的神情答道。「不，我母親在城裏。」

「我的意思是，」艾麗諾一面說，一面從桌上拿起針線活，「問問愛德華．費拉斯太太的情況。」

她不敢向上看，但是她母親和瑪麗安卻一起把目光投向愛德華。愛德華臉上一紅，似乎有些茫然，疑惑地望了望，猶豫了一陣之後，說道：

「也許你指的是——我弟弟——你指的是！羅伯特．費拉斯太太。」

「羅伯特．費拉斯太太！」瑪麗安和她母親帶著極爲驚奇的語氣重覆說道。艾麗諾雖然說不出話來，她的眼睛卻帶著同樣急切驚奇的神情凝視著他。他從座位上立起身，走到窗前，顯然不知如何是好。他拾起一把放在那兒的剪刀，一邊說話一邊亂剪，不僅把剪刀鞘剪得粉碎，把剪刀也剪壞了。這時，只聽他急忙說道：

「也許你們還不知道——你們可能還沒聽說，我弟弟最近同那位二小姐——露西．斯蒂爾小姐——結婚了。」

在場的人，除艾麗諾之外，都帶著不可言狀的驚奇表情，把他的話重覆了一遍。艾麗諾一頭俯在針線活上，只覺心情過於激動，簡直不知道自己身在何處。

「是的，」他說，「他們是上星期結婚的，現在在道利希。」

艾麗諾再也坐不住了。她幾乎是跑出了房間，剛一關上門，便喜不自勝地哭了起來。她起先以爲，喜悅的淚水永遠也止不住了。愛德華本來始終沒有朝她那裏看，直到那時，他才瞧見她急急匆匆地跑走了，也許看見——甚至聽見她激動的感情，因爲他緊接著就陷入沉思，任憑達什伍德太太說什麼話，提什麼問題，談吐多麼親熱，都無法打破這種沉思。

最後，他一言不發地離開房間，朝村裏走去，留下的人見他的處境發生了如此奇妙、如此突然的變化，不由得感到驚奇不已、大惑不解——而這種困惑之感，除了憑藉她們自己的猜測之外，沒有別的辦法可以消釋。

第四十九章

雖然在達什伍德母女看來，愛德華解除婚約一事似乎是不可思議，但他確實是解除了。而他將如何利用這次解約，卻被她們大家輕易地預料到了。因爲四年來，他沒有徵得母親的同意，已經嘗到了一次輕率訂婚的甜頭，現在這門婚事吹了，讓他會馬上再訂一次親。

其實，他來巴頓的任務很簡單，就是要求艾麗諾嫁給他。鑒於他在這種問題上並非毫無經驗，這一次他居然會如此惴惴不安，如此需要別人加以鼓勵，需要出去透透新鮮空氣，眞是不可思議。

不過，他路上如何迅速地堅定了決心，如何迅速地將決心見諸行動，又以何種方式表達衷曲，這一切都毋庸贅述。需要說明的只是——四點鐘光景，大約在他到來三個鐘頭以後，大家一道坐下吃飯的時候，他已經把他的意中人撈到手了，並且取得了她母親的贊同。他聲稱自己是世上最幸福的人，這不僅出自情人的狂喜，而且不管從理論和實際來說，他也的確如此。他的情況確實令他異常高興。除了求愛被接受了之外，他還有別的事使他思潮格外澎湃，情緒格外高昂。他絲毫不用責備自己，他終於擺脫了一起長期給他造成痛苦的愛情糾葛，擺脫了一個他早已不再愛慕的女人——而且立即一躍贏得了另外一個女人。可是想當初，他剛剛產生這個念頭時，心裏幾乎是絕望的。他不是從疑慮不安，而是從痛苦不堪中轉而獲得了幸福。他毫不掩飾地表白了這種變化，那股發自衷心、感激不盡、湧流不止的歡快勁頭，他的朋友們以前從未見過。

他向艾麗諾傾吐了全部衷情——他供認了自己的全部弱點和過失——並且帶著二十四歲的明哲和尊嚴，敘說了自己最初對露西的幼稚的眷戀。

「這是我的愚蠢和惰性引起的，」他說，「是我人情世態全然無知的結果——無所事事的結果。我十八歲脫離普萊特先生關照的時候，我母親若是給我點事情幹幹，我想，不，我敢肯定，這種情況決不會發生。因爲我離開朗斯特普爾的時候，雖然自以爲對她的外甥女喜愛得不得了，但是我假如有點事情幹，讓我忙上幾個月，和她疏遠幾個月，特別是多跟世人打打交道（在這種情況下，我肯定會這樣做的），那我很快就會消除對她異想天開的眷戀。可是我回到家裏，卻沒有事情幹——既沒給我選好職業，也不讓我自己選擇，完全無所事事。在隨後的第一年，我甚至連個大學生名義上應該忙碌的事情都沒有緣份，因爲我直到十九歲才進入牛津大學。我在世上無事可做，只能沉溺於愛情的幻想。再加上我母親沒給我安排個舒舒適適的家——我與弟弟不友好，合不來，又討厭結識新朋友，我也就自然而然地常往朗斯特普爾那裏跑，因爲我在那裏總覺得很自在，總會受到歡迎。就這樣，我從十八歲到十九歲，絕大部分時間都消磨在那裏。露西似乎非常和藹，非常可親，人長得也很漂亮——至少我當時是這麼認爲的。我很少見到別的女人，沒法比較，看不出她有什麼缺陷。因此，考慮到這一切，儘管我們的訂婚是愚蠢的，而且被徹底證明是愚蠢的，但是我希望，這在當時並非是不近人情、不可寬恕的蠢行。」

僅僅幾個小時，就給達什伍德母女心裏帶來如此巨大的變化和幸福，她們完全可望洋洋得意地度過一個不眠之夜。達什伍德太太高興得有點忐忑不安了，她不知道如何喜愛愛德華、如何讚揚艾麗諾才好——不知道如何才能對他的解除婚約表示足夠的慶幸，而又不傷害他那脆弱的感情，如何才能既給他倆一起暢談的閒暇，又能按照她的心願，多瞧瞧他們，多和他們歡聚一會兒。

瑪麗安只能用眼淚表示她的喜悅。她難免要做比較，要懊悔。她的喜悅之情雖然像她對姊姊的鍾愛一樣眞心誠意，但是這種喜悅既沒使她振奮起來，也沒使她開口說話。

可是艾麗諾，她的心情應該如何描繪呢？從她得知露西嫁給了別人，愛德華解除了婚約，到他證實她有理由如此迅速地燃起希望之火，在這段時刻裏，她心裏百感交集，難以平靜。但是這段時刻過後——當她消除了一切懷疑、一切焦慮——將她現在的情況與剛才的情況一比較。見他體面地解除了過去的婚約——見他當即從解約中獲得益處，向她求婚，就像她一直料想的那樣，向她表露了深沉、堅貞的愛情——這時，她喜出望外，反倒變得沉悶起來。因爲人心好喜不好悲，一見到形勢好轉就容易激動，所以她需要經過幾個小時才能平靜下來。

現在，愛德華在鄉舍裏至少住了一個星期。因爲不管她們對他會有什麼別的要求，他與艾麗諾歡聚的時間不能少於一個星期，否則，談起過去、現在和未來，心裏的話連一半也說不完。對於兩個正常人來說，滔滔不絕地說上幾個鐘頭，談論的問題確實要比他們共同關心的問題來得多，然而對戀人來說，情況就不然了。在他們之間，一個話題至少得重複二十遍才能完結，否則，甚至都算不上交談。

露西的結婚，理所當然是她們大家最感到驚奇不已的事情，當然也構成兩位情人最早談論的話題之一。艾麗諾對男女雙方有著特別的了解，他們的婚事無論從哪個角度看，都是她平生聽到的一個最異乎尋常、最不可思議的現象。他們怎麼會湊到一起，羅伯特受到什麼誘惑，居然娶了一個她親自聽他說過，他一點也不愛慕的姑娘——況且，這個姑娘已經和他哥哥訂了婚，他哥哥爲此還遭到家庭的遺棄——這一切眞叫她百思不得其解。就她的心願來說，這是樁大好事，就她的想像而言，事情甚至有點荒唐。但是，就她的理智和見識而論，這完全是個謎。

愛德華只能試圖作作解釋，憑藉想像說：也許他們先是不期而遇，一方的阿諛奉承激起了另一方的虛榮心，以至逐漸導致了以後的事情。艾麗諾還記得羅伯特在哈利街對她說的話。他談到他若是及時出面調解的話，他哥哥的事情會出現什麼局面。她把那些話向愛德華重覆了一遍。

「羅伯特就是那種人，」愛德華馬上回道。「也許，」他接下去說，「他們剛開始，他腦子裏可能就有那個念頭。露西起初也許只想求他幫幫我的忙。圖謀不軌可能是後來的事了。」

不過，他們之間究竟圖謀了多久，他像艾麗諾一樣，也是不得而知。因爲自從離開倫敦之後，他一直情願待在牛津，除了收到露西的信，沒有別的辦法能聽到她的消息，而露西的信件直到最後既不比以往少，也不比以往顯得情淡愛弛。因此，他絲毫沒有起過疑心，對後來的事，一點也沒有心理準備。最後，露西來了一封信，給他來了個突然襲擊。的的確確，當時一聽說自己給解除了這樣一門婚事，眞是又驚又怕又喜，不禁發了半天呆。他把那封信遞到艾麗諾手裏——

親愛的先生：鑒於我肯定早已失去了你的愛情，我認爲自己有權利去鍾愛另外一個人，而且我毫不懷疑，我與他結合將和我一度認爲的與你結合，一樣幸福。你既然把心都交給了別人，我也就不屑和你結婚。衷心祝願你作出了幸運的抉擇。如果我們不能一直成爲好朋友（我們現在的近親關係使得我們理應如此），那可不是我的過錯。我可以向你保證：我對你沒有惡意。我還相信，你是個寬懷大度的人，不會來拆我們的台。你弟弟徹底贏得了我的愛情，因爲我們兩人離開了就活不下去，剛到教堂結了婚，現在正在奔赴道利希的途中。因爲你親愛的弟弟很想看看這個地方，我們準備在那逗留幾個星期。不過，我想先寫信告訴你，恕不多言。

你永遠誠摯的祝福者、朋友和弟媳

露西．費拉斯敬上

再啓．大札我已全部付之一炬，尊照一有機會定將奉還。請將拙書燒掉。至於戒指和頭髮，你盡可保留。

艾麗諾看完信，又一聲不響地遞了回去。

「我不想問你對這封信的文筆有什麼看法，」愛德華說。「要在以前，我無論如何也不會把她的信拿給你看。作爲弟媳，已經夠糟糕啦，但若是作爲妻子，我一見到她寫的信，就臉紅！我想必可以這樣說，自從我們的蠢事開始頭半年以來，這還是我從她那兒收到的唯一的一封信，其內容可以彌補其文筆上的缺陷。」

歇了片刻，艾麗諾說道：「不管事情是怎麼發生的，他們肯定是結了婚啦。你母親自作自受，這是對她再恰當不過的懲罰。她因爲對你不滿，便把一筆足以維持生計的資產贈給羅伯特，結果使他有能力自己選擇。實際上，她是在用一年一千鎊的資金，收買一個兒子去做被她剝奪了財產繼承權的另一個兒子想做而沒做的事情。我想，羅伯特娶露西給她帶來的打擊，很難說會比你娶露西給她帶來的打擊小。」

「她只會受到更大的打擊，因爲羅伯特一向都是她的寵兒。她將會受到更大的打擊，而且基於同樣的原因，她也會更快地原諒他。」

現在他們之間的關係如何，愛德華不得而知，因爲他沒有和家裏任何人聯繫過。他收到露西的信不到二十四小時，就離開了牛津，心裏只有一個目標，要取最近的路趕到巴頓，因而沒有閒情逸致去考慮與那條路上沒有緊密聯繫的行動安排。他與達什伍德小姐的命運不落實下來，他什麼事也不能幹。他如此刻不容緩地追求這一命運，這就可以推想，儘管他一度嫉妒過布蘭登上校——儘管他對自己的估價比較謙虛，談起自己的疑慮比較懇切，但是整個來說，他並不期待他會受到冷遇。但實際上，他偏說他確實是這麼期待的，而且說得那麼娓娓動聽。不過他一年以後這話會怎麼說，那就只得留給做夫妻的去想像。

露西早先讓托馬斯給她們捎來個口信，這當然是個騙局，旨在惡意中傷愛德華，對此，艾麗諾看得一清二楚。至於愛德華自己，他現在徹底看透了露西的本性，他毫不遲疑地相信，她性情邪惡乖戾，再卑鄙的事情都幹得出來。雖然他甚至早在認識艾麗諾之前，就從她的一些見解中看出了她的無知和狹隘，但他把這些缺陷都歸咎於缺乏教育的結果。直到收到她最後一封信之前，他一直認爲她是個和藹善良的姑娘，對她一片深情。只是因爲抱有這種信念，他才沒有結束這起婚約，雖然早在他母親發現後對他大發雷霆之前，這門親事就一直是他煩惱和悔恨的根源。

「當我被母親拋棄，看來孤立無援的時候，」他說，「我認爲不管我的眞實感情如何，我有義務加以克制，讓她選擇是否繼續保持婚約。在這種情況下，似乎沒有什麼東西可以打動任何人的貪心和虛榮心，而她又如此誠懇、如此熱切地堅持要與我同甘共苦、共命運，這叫我怎麼能設想，她的動機不是出自純眞無私的愛情呢？即使現在，我也無法理解她出於什麼動機，或者說她幻想這對她有什麼好處，偏要委身於一個她絲毫也不愛慕的人，而這個人不過只有兩千鎊的財產。她無法預見，布蘭登上校會贈送我一份牧師俸祿。」

「她是無法預見，不過她也許在想：說不定會出現對你有利的情況。你家裏人也許遲早會發發慈悲。無論如何，繼續婚約對她並無損害，因爲她已經證明，這既不束縛她的意向，也不束縛她的行動。這當然是一門很體面的親事，很可能取得朋友們的諒解：如果不能出現更有利的情況，那她嫁給你總比獨身要好。」

當然，愛德華馬上認識到，沒有什麼事情比露西的行爲更自然了，也沒有什麼事情比她的動機更昭然若揭了。

艾麗諾嚴厲責備愛德華，就像女人總是責備男人行爲輕率（而這種輕率又抬高了女人的身價），說他在諾蘭和她們共處了那麼長時間，他應該感到自己的反覆無常。

「你的行爲當然是非常錯誤的，」她說，「因爲——且不說我有什麼看法——我們的親屬都因此而產生了錯覺，異想天開地期待著一些照你當時處境來看絕對不可能的事情。」

他只好推說自己太無知，誤信了婚約的力量。

「我頭腦眞夠簡單，以爲我和別人訂有婚約，和你在一起不會有危險的。只要想到婚約，就能使我的心像我的尊嚴一樣聖潔無恙。我感到我愛慕你，但我總對自己說，那只不過是友情而已。直到我開始拿你和露西進行比較，才知道我走得太遠了。我想，從那之後，我不該繼續賴在蘇塞克斯不走，後來我甘願待在那裏的理由不外乎是這樣的：危險是我個人的，除我自己之外，我並不損害任何人。」

艾麗諾微微一笑，搖了搖頭。

愛德華很高興聽到，布蘭登上校即將光臨鄉舍。說眞的，他不僅想跟布蘭登深交，而且想乘機讓他相信：布蘭登要把德拉福的牧師職位贈給他，對此他再也不感到不愉快了。

他說：「我當時很不禮貌地道了聲謝，他現在一定會以為，我一直沒有滿足於他要送我這份俸祿。」

現在，他感到驚訝，他居然從未去過那個地方。不過，他以前對這件事太不感興趣，現在能對那兒的住宅、花園、土地、教區範圍、土質狀況以及什一稅率有所了解，完全歸功於艾麗諾。她從布蘭登上校那兒聽到大量情況，而且聽得非常仔細，因而對此事瞭若指掌。

在這之後，他們兩人之間只剩下一個問題還懸而未決，只剩下一個困難還有待克服。他們由於相親相愛而結合在一起，贏得了真正朋友的嘖嘖稱讚。他們相互之間非常了解，這使他們無疑地會獲得幸福——他們唯一缺少的是生活費用。愛德華有兩千鎊，艾麗諾有一千鎊，這些錢，再加上德拉福的牧師俸祿，是屬於他們自己的全部資產。因為達什伍德太太不可能資助他們，而他們兩人還沒有熱戀到忘乎所以的地步，認為一年三百五十鎊會給他們帶來舒適的生活。

愛德華對母親可能改變對他的態度，並非完全不抱希望。相反，他就期望能從她那裏得到他們的其餘收入。可是，艾麗諾卻不存有這種指望，因為，既然愛德華還是不能娶莫頓小姐為妻，既然費拉斯太太過去在奉承他選擇艾麗諾時，只說比選擇露西．斯蒂爾危害要小一點，那麼她不免擔心，羅伯特這樣冒犯他的母親，除了肥了范妮之外，不會產生別的結果。

愛德華到後約四天，布蘭登上校也來了，一則使達什伍德太太徹底感到遂心如意，二則使她自從遷居巴頓以來，第一次有幸迎來這麼多客人，以致家裏都容納不下了。愛德華享有先來的特權，布蘭登先生每天晚上只好到巴頓莊園的老住處去投宿。第二天早晨又往往早早地從那兒返回來，正好打斷那對戀人早飯前的第一次密談。

布蘭登上校曾在德拉福住了三個星期。三個星期以來，至少在每天晚上，他閒著沒事，總在盤算三十五歲與十七歲之間的不相協調。他帶著這樣的心情來到巴頓，只有看到瑪麗安恢復了元氣，受到她的友好歡迎，聽到她母親鼓舞人心的話語，才能振奮起來。果然，來到這樣的朋友之間，受到如此的厚待，他眞的又變得興致勃勃起來。有關露西結婚的消息還沒傳進他的耳裏，他對這些情況一無所知。因此他來訪的頭幾個小時，全是用來聽聽新聞，邊聽邊感到驚訝。達什伍德太太向他原原本本地作了介紹，他發現原先給費拉斯先生幫了點忙，現在更有理由為之慶幸了，因為最終使艾麗諾從中得到了好處。

不用說，兩位先生的交往越深，彼此之間的好感也越發增長，因為不可能出現別的結果。他們在道義和理智上、性情和思維方法上都很相似，即使沒有其他誘惑力，也足以使他們友好相處。而他們又愛著兩姊妹，而且是非常要好的兩姊妹，這就使得他們的相互尊敬成為不可避免和刻不容緩的了。否則，那就只好等待日久見人心啦。

城裏的來信，若在幾天之前，倒會使艾麗諾渾身的神經都跟著激動起來，可是現在收到信讀起來，感到的與其說是激動，不如說是喜悅。詹寧斯太太寫信來告訴這奇異的故事，發泄她對那位負心女子的滿腔義憤，傾吐她對可憐的愛德華先生的深切同情。她確信，愛德華先生過於嬌寵那小蕩婦了，現在待在牛津據說心都快碎了。「我認為，」她接著寫道，「從來沒有什麼事情搞得這麼詭譎，因為僅僅兩天前，露西還來我這裏坐了兩、三個小時。沒有一個人對這件事起過疑心，就連南希這個可憐人兒也沒疑心過！她第二天哭哭啼啼地跑來了，嚇得可憐巴巴的，唯恐費拉斯太太找她算帳，同時也不曉得如何去普利茅斯。看樣子，露西去結婚之前把她的錢全借走了，想必是有意要擺擺闊氣，但是可憐的南希總共剩下不到七先令。於是我很高興地送給她五個畿尼，把她送到埃克塞特。她想在那裏與伯吉斯太太一起待上幾個星期，希望像我說的那樣，能再次碰到大夫。應該說，露西不帶著南希乘馬車一起走，這是再缺德不過了。可憐的愛德華，我沒法忘掉他，你應當請他去巴頓，瑪麗安小姐應當盡力安慰安慰他。」

達什伍德先生的口氣更加嚴肅。費拉斯太太是個最不幸的女人——可憐的范妮感情上極其痛苦——他認爲這兩個人受到如此打擊還能幸存於世，眞叫他謝天謝地，驚歎不已。羅伯特的罪過是不可饒恕的，不過露西更是罪大惡極。以後再也不會向費拉斯太太提起他們兩個人。即使費拉斯太太有朝一日會原諒他兒子，她決不會承認他的妻子是她的兒媳，也決不會允許她出現在她面前。他們暗中搞秘密活動，這就理所當然地被視爲大大加重了他們的罪過，因爲假使這事引起了別人的懷疑，就會採取適當的措施阻止這門婚事。他要求艾麗諾同他一起對這一情況表示遺憾：露西與愛德華不僅沒有完婚，反而因她更進一步擴大了家庭的不幸。約翰接著這樣寫道：

「費拉斯太太迄今還從未提起過愛德華的名字，對此我們並不感到驚奇。不過，使我們大爲驚訝的是，在這關口，家裏沒有收到愛德華的片紙隻字。也許他怕招惹是非，乾脆保持緘默，因此我想往牛津寫封信，給他個暗示，就說他姊姊和我都認爲，他應該寫一份中肯的求情書，或許可以寄給范妮，再由范妮轉給她母親，誰也不會見怪。因爲我們都知道費拉斯太太心腸軟，最希望與自己的子女保持良好的關係。」

這段話對愛德華的前途和行動頗爲重要。他決定試圖爭取和解，雖然不完全遵照他姊夫姊姊指出的方式。

「一份中肯的求情書！」愛德華重覆道，「難道他們想讓我乞求母親寬恕羅伯特對她忘恩負義，對我背信棄義？我不能委曲求全我對這件事既不感到丟臉，也不爲之懺悔。我覺得非常幸福，不過他們對此不會感興趣。我不知道我有什麼情好求。」

「你當然可以要求得到寬恕，」艾麗諾說，「因爲你犯了過錯。我倒認爲，你現在不妨大膽一些，對那次訂婚惹得你母親生氣表示於心不安。」

愛德華同意可以這樣辦。

「當她寬恕你之後，你再承認第二次訂婚，或許要謙恭一點，因爲在她看來，這幾乎與第一次訂婚一樣輕率。」

對此，愛德華沒有什麼好反對的，但他仍然不肯寫一封中肯的求情信。他公開聲稱，要作出這種不體面的讓步，他寧肯親口去說，也不願寫信表示。因此，爲了不難爲他，他們決定：他不給范妮寫信，而是跑一趟倫敦，當面求她幫幫忙。

「如果他們當眞願意促成這次和解，」瑪麗安帶著重新顯現的坦率性格說道：「我會認爲，即使約翰和范妮也不是一無是處。」

布蘭登上校只待了三、四天，兩位先生便一道離開巴頓。他們馬上就去德拉福，以便讓愛德華親自了解一下他未來的寓所，並幫助他的恩人和朋友決定需要作出哪些修整。在那裏待上兩夜之後，他再起程去倫敦。

第五十章

費拉斯太太似乎一向就怕別人說她太心慈手軟，因此，爲了掩人耳目，她先是很有分寸地堅決推托了一陣子，然後才把愛德華叫到面前，宣布他又成了她的兒子。

最近，她家裏簡直亂了套。她多年來一直是有兩個兒子。但是幾週前，愛德華自作自受，使她失去了一個兒子，接著羅伯特又同樣自作自受，半個月來，她一個兒子也沒有了。現在，經由愛德華的幡然悔悟，她又有了一個兒子。

愛德華儘管再次得到生存的權利，在他透露目前的訂婚之前，並不感到自己的繼續生存是萬無一失的。他擔心這件事情一公之於衆，就會突然改變他的身分，像前次那樣馬上被宣布爲不復存在。他帶著誠惶誠恐的心情，小心翼翼地作了透露，出乎意料之外，聽的人顯得異常平靜。起先，費拉斯太太盡量以理相勸，動員他不要和達什伍德小姐成親，告訴他莫頓小姐是個更高貴、更有錢的女人。爲了增強說服力，她又談到莫頓小姐是貴族的女兒，有三萬鎊財產，而達什伍德小姐只是個無名紳士的女兒，財產不到三千鎊。可是當她發現，他雖然承認她說的千眞萬確，但他決不想俯首聽命。她根據以往的經驗斷定，最明智的辦法還是順從他——於是，她粗暴無禮地延遲了一陣之後（這都是爲了維護她的尊嚴，防止有人懷疑她心腸太好），終於發布命令，同意愛德華與艾麗諾結婚。

她準備如何幫助他們增加收入，那是下一步考慮的事情。不過，有一點很明確，雖然愛德華現在是他唯一的兒子，但他決不是她的長子了，因爲她一方面不可避免地要贈給羅伯特一年一千鎊，另一方面又甘願看著愛德華為了充其量不過二百五十鎊的收入而去當牧師。她除了原先送給愛德華和范妮一人一萬鎊以外，對現在和將來沒有作出任何別的許諾。

不過，這倒滿足了愛德華和艾麗諾的願望，而且超出了他們的期望。倒是費拉斯太太自己，卻在裝腔作勢地自我辯解，似乎只有她在為自己沒有多給表示驚訝。

愛德華取得了足以滿足他們需要的收入，在獲得牧師職位之後，便一切具備，只等新房子了。布蘭登上校渴望快點迎接艾麗諾，房子正在大加修繕。艾麗諾一心等著快點完工，誰料像往常一樣，因為工人莫名其妙地拖拖拉拉，工程總是遲遲不能竣工。艾麗諾千失望、萬掃興地等了一段時間之後，便遵照慣例，打破了當初關於不準備就緒就不結婚的明確誓言，趁早秋時節在巴頓教堂舉行了婚禮。

他們婚後的第一個月是和他們的朋友一起，在大宅第裏度過的。從這裏，他們可以監督牧師公館的工程進展，隨意到現場直接指揮。可以選擇糊牆紙，規劃灌木叢，設計園景。詹寧斯太太的預言雖然點錯了鴛鴦譜，但是基本上兌現了。因為她可以趕在米迦勒節前到牧師公館拜訪愛德華夫婦，而且正如她所確信的那樣，她發覺艾麗諾和她的丈夫是世界上最幸福的一對夫妻。實際上，他們也沒別的奢望，只盼著布蘭登上校和瑪麗安能結成良緣，他們的奶牛能吃到上好的牧草。

他們剛定居下來，幾乎所有的親友都趕來拜訪。費拉斯太太跑來瞧瞧這對幸福的小夫妻，當初允許他們結婚時，她還真有點羞愧呢。就連達什伍德夫婦也不惜破費，從蘇塞克斯遠道而來，向他們道喜。

一天早晨，他們一道在德拉福大宅第門前散步時，約翰說道——「我的好妹妹，我不想說我感到失望，這樣說也許有點過分，因為事實上你當然是個世上最幸運的年輕女人。不過，坦白地說，我倘若能把布蘭登上校稱作妹夫，那我會感到高興之至。他在這裏的財產、地位和住宅，一切都是那樣體面，那樣優越！還有他的樹林！現在生長在德拉福坡林上的那種樹木，我在多塞特郡的其他地方還從未見到過呢。也許瑪麗安不像是個對他有吸引力的姑娘，不過我想你們最好讓他倆經常和你們待在一起。因爲布蘭登上校在這裏非常怡然自得，誰也說不上會出現什麼情況——因爲如果兩個人碰到一起，見不到其他任何人——你們總有辦法把瑪麗安打扮得綽約多姿……總之，你們不妨給她個機會。你懂得我的意思吧！」

且說費拉斯太太雖然來看望他們了，而且總是裝作對他們頗有情義，但是他們從來沒有眞正得到她的歡心與寵愛。那是由於羅伯特的愚蠢和他妻子的狡詐所引起的。沒出幾個月，他們倒贏得了費拉斯太太的歡心與寵愛。露西的自私與精明，最初使羅伯特陷入窘境，後來又爲他擺脫窘境立下了汗馬功勞，因爲她那唯唯諾諾、大獻殷勤和百般奉承的本領一旦得到機會施展，費拉斯太太便寬容了羅伯特的選擇，完全恢復了對他的歡心。

露西在這件事中的整個行爲及其獲得的榮華富貴，可以被視爲一個極其鼓舞人心的事例，說明對於自身利益，只要刻意追求，鍥而不捨，不管表面上看來有多大阻力，都會取得圓滿成功，除了要犧牲時間和良心之外，別無其他代價。

羅伯特最初去找她，在巴特利特大樓對她進行私訪時，本是帶著他哥哥所說的目的去的。他只打算勸說她放棄這門婚事。再說他不過就是要制服兩個人的感情，他便自然而然地認爲：談上一、兩次就能解決問題。不料在這一點上，也只是在這一點上，他算計錯了。因爲雖說露西給他希望，覺得憑著他的能說會道，遲早總會說服她，但每次總是需要再見一面，再談一次，才能達到說服她的目的。他們分別的時候，她心裏總是存有幾分疑慮，只有和他再交談半個小時才能消釋。就用這個辦法，她把他給套住了，事情往後就順當了。他們不再談論愛德華，而是漸漸地只談起羅伯特。一談起自己，羅伯特總是比談論什麼話題都健談，而露西也馬上顯得同樣興致勃勃。總之一句話，雙方迅即發現，羅伯特已經完全取代了他哥哥的位置。他爲他贏得了露西的愛情感到得意，爲他戲弄了愛德華感到驕傲，爲不經母親同意而秘密結婚感到自豪。緊接著發生的事情，大家已經知道。他們在道利希非常快樂地度過了幾個月，因爲她可以擺脫許多親戚舊交——他還設計了幾幢豪華的鄉舍。他們隨後回到城裏，在露西的唆使下，經羅伯特簡簡單單地一要求，便取得了費拉斯太太的寬恕。

理所當然，一開始得到寬恕的只是羅伯特。露西對他母親本來就不負有義務，因而也談不到背信棄義。又過了幾個星期，她仍然沒有得到寬恕。但是她繼續裝作低三下四的樣子，一再對羅伯特的罪過引咎自責，對她自己受到的苛刻待遇表示感激，最後終於受到了費拉斯太太的賞識。儘管費拉斯太太表現得有些傲慢，但露西深爲她的寬宏大量所折服，此後不久，她便迅速達到了最受寵愛、最有影響的地步。

對於費拉斯太太來說，露西變得像羅伯特和范妮一樣必不可少。愛德華因爲一度想娶她而一直得不到眞誠的諒解，艾麗諾雖說財產和出身都勝她一籌，但卻被當成不速之客，而在這同時，她露西卻總是被視爲、而且總是被公認爲一顆掌上明珠。

他們在城裏定居下來，受到了費拉斯太太的慷慨資助，並且與達什伍德夫婦保持著再好不過的關係。如果排除范妮與露西之間持續不斷的嫉妒和仇視（當然她們的丈夫也有份），排除羅伯特與露西之間經常出現的家庭糾紛，他們大家相處得倒再和睦不過了。

愛德華究竟爲什麼失去了長子的權利，可能使許多人感到疑惑不解；而羅伯特憑什麼繼承了這個權利，可能會使人們更加疑惑不解。這種安排如果說沒有正當的原因，其結果卻是無可非議的。因爲從羅伯特的生活派頭和說話派頭來看，一直沒有任何跡象表明他對自己的巨額收入感到懊悔，既不懊悔給他哥哥留得太少，也不懊悔自己撈得太多。如果再從愛德華處處注意履行自己的職責，越來越鍾愛自己的妻室，總是興高采烈的情形來判斷，他似乎對自己的命運同樣感到稱心如意，並不希望和他弟弟來個對調。

艾麗諾出嫁以後，經過妥當的安排，一方面使自己盡量少與家人分離，一方面又不讓巴頓鄉舍完全荒廢，因爲她母親妹妹有大半時間和她住在一起。達什伍德太太之所以頻頻來到德拉福，既有散散心的打算，又有策略上的考慮，因爲她想把瑪麗安和布蘭登上校撮合到一起的願望，雖然比約翰所說的磊落得多，但是也著實夠熱切的了。現在，這已成爲她夢寐以求的目標。儘管她十分珍惜和女兒在一起的機會，但是她更願意把這種樂趣永遠讓給她尊貴的朋友。況且，親眼見到瑪麗安嫁進大宅第，也是愛德華和艾麗諾的願望。他們都感到了上校的悲傷和自己的責任。他們一致認爲：瑪麗安將給大家帶來慰藉。

瑪麗安在這樣的共謀之下——她如此了解上校的美德——上校對她的一片深情早爲大家有目共睹，最後終於也被她認識到了——她該怎麼辦呢？

瑪麗安·達什伍德天生有個特殊的命運。她天生注定要發現她的看法是錯誤的，而且用她的行動否定了她最喜愛的格言。她天生注定要克服十七歲時形成的那股鍾情，而且懷著崇高的敬意和眞摯的友情，自覺自願地把心交給了另一個人！而這另一個人，由於過去的一次戀愛經歷，遭受的痛苦並不比她少。就是他，兩年前被瑪麗安認爲太老了，不能結婚；就是他，現在還要穿著法蘭絨背心保護身體。

不過，事情就是如此。瑪麗安沒有像她一度天眞地期望的那樣，淪爲不可抗拒的感情的犧牲品，沒有像她後來頭腦冷靜下來所決定的那樣，準備一輩子守在母親身邊，唯一的樂趣就是閉門讀書。如今到了十九歲她發現自己屈從於新的情感，擔負起新的義務，安頓在一所新居裏，做了妻子、家庭主婦，一個村莊的女保護人。

布蘭登上校就像最喜愛他的人們認爲的那樣，現在理所當然是非常幸福的。瑪麗安爲他過去的一切創傷帶來了安慰。有她關心，有她作伴，他的心智恢復了活力，情緒重新歡快起來。每個明眼的朋友也都高興地認識到，瑪麗安給他帶來了幸福，也從中找到了自己的幸福。瑪麗安愛起人來決不會半心半意，她的整顆心就像一度獻給了威洛比那樣，現在終於完全獻給了她的丈夫。

威洛比聽到她結婚的消息，不能不感到極度悲痛。過了不久，史密斯太太故意寬恕了他，將對他的懲罰推向頂點。史密斯太太明確表示，他與一個正派的女人結婚本是她厚待他的前提，這就使他有理由相信：想當初他假若能體面地對待瑪麗安，他馬上就會獲得幸福，變得富有起來。他悔恨自己的不道德行爲給他帶來了懲罰，他的懺悔是誠懇的，無可懷疑的。同樣無可懷疑的是，有很長一段時間，他一想起布蘭登上校就滿懷嫉妒，一想起瑪麗安就懊悔莫及。但是說他永遠得不到安慰——說他要逃離塵囂，養成陰鬱消沈的習慣，最後死於過度悲傷，這可令人無法置信——因爲他並非如此。他頑強地活著，而且經常活得很快活。他的妻子並非總是悶悶不樂，他的家裏並非總是鬱鬱寡歡！他的馬、他的狗，以及各種各樣的遊獵活動，都給他帶來了不少家居之樂。

儘管失去瑪麗安以後使他變粗野了，但他一直對瑪麗安懷有明顯的敬戀之情，使他對降臨到她頭上的每件事都深感興趣，使他暗中把她視爲女人中十全十美的典範。在以後的歲月裏，出現了不少美麗的少女，只因比不上布蘭登夫人而被他嗤之以鼻。

達什伍德太太比較愼重，仍然住在鄉舍裏，而沒有搬到德拉福去。使約翰爵士和詹寧斯太太感到幸運的是，瑪麗安出嫁之後，瑪格麗特到了適合跳舞的年齡，而且有個她心愛的人也並非很不適當了。

一家人的深情厚誼，自然要使巴頓與德拉福之間保持著持續不斷的聯繫。在艾麗諾和瑪麗安的眾多美德和諸般幸福之中，可不要小看這樣一點：她們雖說是姊妹倆，而且近在咫尺，但卻能和睦相處，她們丈夫之間的關係也沒淡漠下來。

〈全書終〉

國家圖書館出版品預行編目資料

理性與感性／珍・奧斯汀／著　孫致禮／譯
-- 修訂一版-- 新北市：新潮社，2018.07
面；　公分
譯自：Sense and sensibility
ISBN　978-986-316-711-2（平裝）

873.57　　107006599

理性與感性
珍・奧斯汀／著
孫致禮／譯

【策　劃】林郁
【出版人】翁天培
【企　劃】天蠍座文創
【出　版】新潮社文化事業有限公司
電話：(02) 8666-5711
傳真：(02) 8666-5833
E-mail：service@xcsbook.com.tw

【總經銷】創智文化有限公司
新北市土城區忠承路89號6F（永寧科技園區）
電話：(02) 2268-3489
傳真：(02) 2269-6560

印前作業　東豪印刷事業有限公司

修訂一版　2018年07月